LA TULIPE DU MAL

Né en 1962, Jörg Kastner est un auteur allemand. En 1993, il abandonne son métier de juge afin de se consacrer exclusivement à l'écriture. Ses livres, traduits en une douzaine de langues et best-sellers dans de nombreux pays, relèvent du thriller historique, du polar, de l'aventure exotique, de l'ésotérisme, de la fantasy ou encore du space opera.

JÖRG KASTNER

La Tulipe du mal

ROMAN TRADUIT DE L'ALLEMAND PAR OLIVIER MANNONI

JC LATTÈS

Titre original :

DIE TULPE DES BÖSEN
Publié par Knaur Verlag.

Cette édition française a été publiée avec l'accord
de AVA international GmbH, Allemagne.
ISBN : 978-2-253-16253-7 – 1re publication LGF

Pour Corinna,
Que mille tulipes pleuvent pour toi.

« Les événements des temps anciens sommeillent le plus souvent dans des ombres brumeuses. Parfois ils dorment dans l'obscurité la plus totale ; il arrive même qu'ils reposent comme dans la mort, entourés d'un profond silence. Il est donc très difficile de regarder à travers leur brouillard ; il est presque impossible de chercher une lumière dans leur noirceur, et même dans leur dépouille muette. »

Philipp VON ZESEN,
Description de la ville d'Amsterdam (1664).

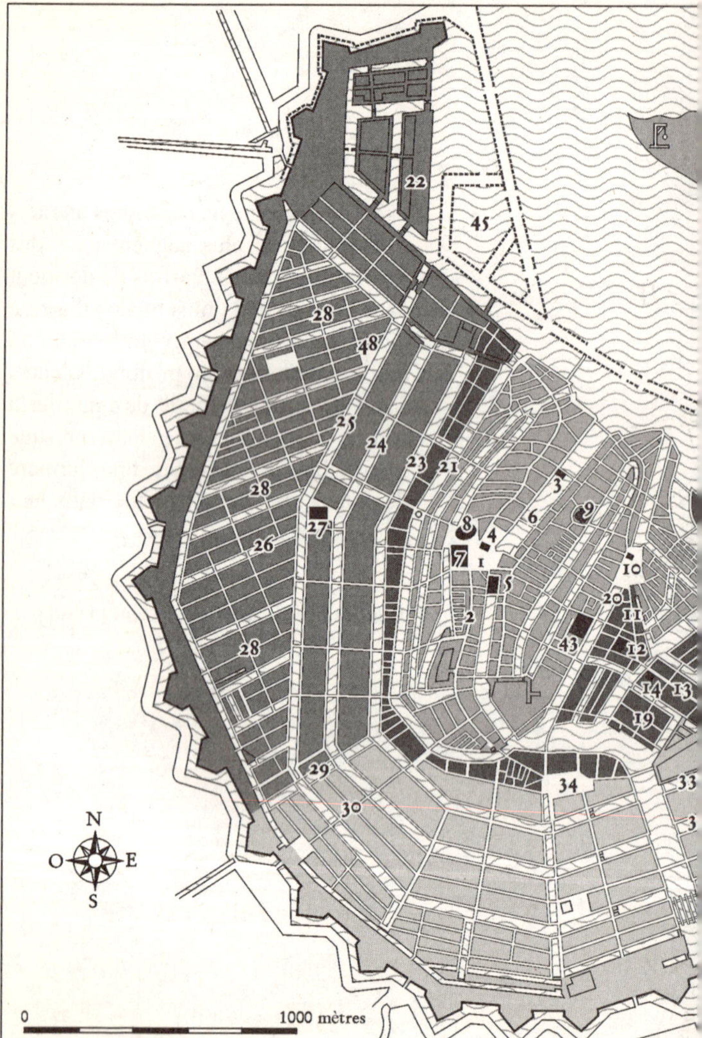

22
45
28
48
25
24
23
21
3
6
9
8
4
7
1
5
10
20
11
2
43
12
14
13
19
28
27
26
28
29
34
33
30
N
O
E
S
0
1000 mètres

1 Dam
2 Kalverstraat
3 Korenbeurs (Bourse aux céréales)
4 Oude Waag (Ancienne balance)
5 Koopmansbeurs (Bourse du commerce)
6 Damrak
7 Stadhuis (Hôtel de ville)
8 Nieuwe Kerk (Nouvelle Église)
9 Oude Kerk (Ancienne Église)
10 Nieuwe Waag (Nouvelle balance)
11 Anthonisbreestraat
12 Zuiderkerk (Église du Sud)
13 Jodenbreestraat
14 Rembrandthuis (Maison Rembrandt)
15 Waleneiland
16 Rapenburg
17 Uilenburg
18 Marken
19 Vlooienburg
20 Kloveniersburgwal
21 Singel
22 Bickerseiland (Île Bicker)
23 Herengracht
24 Keizersgracht
25 Prinsengracht
26 Rozengracht
27 Westerkerk (Église Ouest)
28 Jordaan
29 Leidsegracht
30 Leidsestraat
31 Nieuwe Prinsengracht
32 Nieuwe Keizersgracht
33 Nieuwe Herengracht
34 Botermarkt
35 La Plantation
36 Nieuwe Vaart
37 Kattenburg
38 Wittenburg
39 Oostenburg
40 Corderie (a), chantiers navals (b), dock (c) de la CIO
41 Local de la Marine (« 's Lands Magasyn », « dépôt d'État »)
42 West-Indisch Huis (Maison de l'Inde occidentale)
43 Oost-Indisch Huis (Maison de l'Inde orientale)
44 Oude Waal
45 Nieuwe Waal
46 's Lands Dok (Dock d'État)
47 Volewijk
48 Noorderkerk
47
IJ
44
46
42
16
41
37
38
36
39
40c
40b
40a
18
35
35
AMSTERDAM VERS 1650
Jusqu'en 1585
Jusqu'en 1657
Jusqu'en 1613
Après 1657
Canaux
Amstel

Mesures, monnaies, pouvoir d'achat et salaires aux Pays-Bas du XVII*e siècle*

- Pied : un pied correspond à peu près à trente centimètres.
- Klafter : un klafter est composé de six pieds et correspond à peu près à la brasse française.
- Pfennig : le pfennig était la plus petite unité de calcul d'un prix, mais on ne frappa pas de monnaie correspondante. À l'époque, les monnaies de toutes sortes de pays étaient en cours, et cela valait tout particulièrement dans un centre marchand mondial comme l'était Amsterdam.
- Stüber : un stüber correspond à douze pfennigs.
- Florin : Un florin représente vingt stüber.

Une cruche de bière coûtait à peu près autant qu'une miche de pain, c'est-à-dire un demi-stüber ; le prix d'une pinte d'un demi-litre (le contenant, sans bière) était de quinze stüber. Un drap de lit coûtait six stüber et demi, une table trois florins.

Un ouvrier spécialisé gagnait 150 florins par an, un enseignant ou un prédicateur 200 florins, un drapier 250, un négociant de moyenne importance 1 500, et un grossiste le double.

Ce ne sont que des indications approximatives, qui variaient beaucoup selon le lieu et l'époque. Vivre dans une ville comme Amsterdam coûtait sans doute plus cher que dans le reste du pays.

La tulipe et les Néerlandais

Si les premiers oignons de tulipe arrivèrent aux Pays-Bas, en provenance de l'Empire ottoman, en 1562, ce fut plutôt le fruit d'un hasard. Ils se trouvaient à bord d'un navire de commerce, coincés, sans que l'on sache pourquoi, entre des ballots de tissu. Le marchand de drap, surpris, fit ce que l'on fait généralement avec des oignons : il demanda qu'on lui fasse revenir à la poêle une partie de cette marchandise qu'il n'avait pas commandée, et se les fit servir avec du vinaigre et de l'huile. Le plat lui parut tellement succulent qu'il fit planter le reste des bulbes dans la terre de son jardin, pour pouvoir en manger un plus grand nombre l'année suivante. Mais il n'en fit rien : le printemps venu, il découvrit que sa plate-bande brillait des vives couleurs de la tulipe. C'est du moins ce que raconte la légende.

Ce qui est certain, c'est que la tulipe, originaire des territoires ottomans, arriva en Europe au cours du XVIe siècle et s'y répandit rapidement. On la vit à Augsbourg en 1570, à Vienne deux ans plus tard, en Angleterre en 1582 et à Francfort en 1593, en 1598 dans le sud de la France. Partout, la tulipe trouva des amis et des admirateurs, pas tant comme aliment – bien que le savant Charles de L'Escluse (Carolus Clusius) l'eût, dit-on, jugée excellente confite dans du sucre –, mais pour sa beauté. C'est la multiplicité de ses formes, et tout particulièrement de ses couleurs, qui avait séduit ses admirateurs, mais aussi et surtout le fait que les oignons produisaient parfois de tout nouveaux types de fleurs.

Ce sont les Néerlandais qui s'entichèrent le plus de la tulipe, après que ce même savant, Charles de L'Escluse, nommé en 1593 professeur de botanique à l'université de Leyde, leur eut fait découvrir cette fleur. Les Hollandais, toujours prêts à faire des affaires, transformèrent leur passion en commerce, et au cours des décennies suivantes le commerce des oignons de tulipes prit des dimensions insoupçonnées. Une véritable « tulipomania » s'empara du pays. Pour un seul oignon de l'une des espèces rares, qui se caractérisaient par un dessin inhabituel, on paya bientôt mille, puis cinq mille, voire dix mille florins. Pour une somme pareille, on aurait pu avoir une belle maison au bord des *grachten* (des canaux) les mieux situés du cœur d'Amsterdam.

Mais en 1637, la bulle spéculative sur les tulipes éclata brutalement lorsque la demande cessa de suivre l'offre. De plus en plus nombreux, des spéculateurs qui avaient pu s'enrichir en revendant les oignons avant même d'avoir la marchandise en main se retrouvèrent avec leurs collections achetées à prix d'or dans les bras. Grands et petits marchands de tulipes sombrèrent ainsi les uns après les autres dans la pauvreté.

Et d'un seul coup, la tulipe eut mauvaise réputation. On continuait certes à trouver des amateurs pour en faire le commerce, mais désormais, leurs prix étaient régulés par la loi.

La tulipe ne conduirait plus jamais les Pays-Bas au bord de la catastrophe. C'est du moins ce que l'on croyait…

Prologue

Lundi 8 mai 1671

Le soir du 8 mai, l'an de Grâce 1671, Balthasar De Koning quitta l'auberge des Trois Tulipes à une heure tardive. Il avançait de belle humeur : il avait eu une réunion intéressante. Et il ignorait que cette heure serait celle de sa mort.

Il n'avait pas vu passer le temps lorsqu'il discutait avec ses amis. La nuit avait depuis très longtemps déployé son manteau sombre sur Amsterdam. Sans les lampes à pétrole modernes, qui jalonnaient depuis l'an passé dans la ville les rues et les bords de canaux, il aurait eu du mal à revenir chez lui. Mais avec cet éclairage, ce banquier en vue pouvait marcher sans inquiétude; le simple fait de penser à son lit le faisait déjà bâiller.

Une brise fraîche soufflait, et un léger frisson s'ajouta à la subite lassitude de Balthasar De Koning. Alors qu'il resserrait sa cape sous sa poitrine, son regard tomba sur l'enseigne de l'auberge qui se balançait au gré du vent, avec un léger couinement : trois tulipes entrelacées, l'une aux pétales rouges – il le distinguait en dépit de l'obscurité –, l'autre aux pétales jaunes, la dernière aux pétales bleus.

Jadis, lorsqu'il était encore jeune homme, on voyait des enseignes de ce genre presque partout à Amsterdam. C'était autrefois, avant que tant de bons bourgeois ne perdent leur fortune et parfois même tout ce qu'ils avaient, au terme de la grande spéculation sur les tulipes. Depuis, on les regardait de travers, ces oignons et ces plantes qui n'étaient pourtant pour rien dans toute cette folie. Une belle fleur innocente s'était transformée en porteuse de malheur, pour ne pas dire en monstruosité. Rares étaient les auberges dont le nom les mentionnait encore, mais Geert Willems, le patron des Trois Tulipes, était resté un ami de cette fleur singulière, tout comme Balthasar De Koning et les autres « Vénérateurs de la Tulipe » qui se retrouvaient chez lui chaque lundi soir.

Tout en se dirigeant vers le Dam, De Koning se félicitait d'avoir eu un père doté d'un sens des affaires solide et que la cupidité malsaine n'avait jamais étouffé. Lui-même avait suivi son exemple, et c'est ainsi que les De Koning avaient pu, peu à peu, accroître l'envergure de leur banque. Il était désormais l'un des cinq ou six hommes les plus en vue de tous les Pays-Bas. Il détenait pouvoir et influence, mais il était aussi conscient de sa responsabilité à l'égard de la jeune république et de ceux qui y vivaient. C'était *son* pays, et Amsterdam était *sa* ville.

Il laissa glisser son regard avec plaisir sur les étroites façades en brique des maisons de commerçants qui s'alignaient comme les perles d'un collier le long des *grachten*, ces rues au bord des canaux. C'est ici, du lever au coucher du soleil, que l'on produisait la prospérité d'Amsterdam : on chargeait les marchandises sur des péniches, on concluait des affaires, on attendait impatiemment des informations sur les navires à bord desquels les produits des marchands d'Amsterdam parcouraient la moitié du monde. Certains ne revenaient pas, perdus dans la tempête, abandonnés à des indigènes insurgés ou des pirates anglais, mais le risque demeurait quantifiable, notamment pour celui qui savait diversifier ses placements et ne pas tout miser sur une seule affaire, cette erreur commise jadis par ceux qu'avait aveuglés la folie des tulipes.

Ces gens-là travaillaient d'arrache-pied pendant toute la journée ; le soir, ils se reposaient dans les effluves de la bière et du tabac, au son de la musique et de la danse. Balthasar De Koning n'y voyait aucune objection tant que ces plaisirs restaient dans un cadre raisonnable. Si les gens pouvaient, l'espace de quelques heures, au soleil couchant, oublier les peines de leur journée, se lever le lendemain matin leur serait moins pénible. Il se contenta donc de sourire d'un air entendu lorsqu'il croisa sur le pont situé devant la Zuiderkerk quelques hommes éméchés qui entonnaient avec ferveur, mais sur des tonalités très hétéroclites, un chant consacré à la navigation et aux bienfaits des contrées lointaines.

Il s'arrêta pour laisser passer ces chanteurs titubants, puis reprit sa marche. Mais il s'arrêta de nouveau au pied du pont : il avait distingué une silhouette à l'ombre de la saillie d'un mur, placée de telle sorte que la lumière des lanternes ne l'atteignait pas. Était-ce par hasard ou à dessein ? Il n'était pas capable de le dire : il existait hélas à Amsterdam toutes sortes de canailles qui préféraient l'ombre. Il se demandait encore s'il serait judicieux d'appeler haut et fort la garde de nuit lorsque la silhouette s'anima et avança vers lui dans la lumière.

De Koning constata avec soulagement qu'il n'avait pas affaire à l'une de ces crapules qui écumaient la ville, mais à une femme qui avait noué un foulard autour de sa tête pour se protéger du froid. Était-ce une fille de joie qui s'apprêtait à l'aborder et à lui proposer son corps en échange de quelques stüber ? Au même instant, le regard du marchand tomba sur le long couteau qu'elle tenait à la ceinture, l'un de ceux que les femmes honorables portaient sur elles lorsqu'elles faisaient leurs achats au marché, afin de découper la quantité de fromage ou de pain dont elles avaient besoin.

— Pardonnez-moi, *Mijnheer*, commença timidement la femme. Vous pouvez peut-être m'aider. Je me suis égarée, et je ne tiens pas à demander mon chemin à ces ivrognes.

De Koning hocha la tête, compréhensif. Mais il ne tarda pas à froncer les sourcils d'un air dubitatif.

— Vous vous êtes perdue, *Mevrouw* ? Mais vous êtes juste à côté de la Zuiderkerk ! D'ici, n'importe quel citoyen d'Amsterdam devrait pouvoir trouver son chemin.

— C'est bien possible, mais ça ne m'avance pas beaucoup : je ne suis pas d'Amsterdam. Je me rends chez mon frère pour soigner sa femme malade et m'occuper des enfants jusqu'à ce que ma belle-sœur soit de nouveau sur pied.

— Et où devez-vous aller ?

— Au Dam.

De Koning leva le bras droit et désigna la direction dans laquelle il comptait de toute façon se rendre.

— Nous prenons le même chemin. Permettez-moi donc de vous accompagner.

La femme sourit.

— Cela m'aiderait beaucoup. On ne se sent pas à son aise à cette heure tardive, toute seule dans une ville étrangère.

— Mais vous n'êtes plus seule désormais, *Mevrouw*. Mon nom est Balthasar De Koning.

Il fit une petite courbette. Lorsqu'il se releva, il vit la lame du couteau étinceler tout près de lui.

— Je sais comment vous vous appelez, dit la femme d'une voix étrangement déformée, avant de lui enfoncer profondément son arme dans la poitrine.

1.

Le Labyrinthe, la nuit

Le Labyrinthe n'était jamais silencieux, pas même dans la nuit la plus profonde. Des marins dont la gorge rauque n'était certainement pas faite pour le chant braillaient des chansons à boire indécentes. Des musiciens jouaient des airs de danse en rivalisant avec leurs chalumeaux, leurs luths et leurs orgues de Barbarie. Des femmes riaient, d'un rire bien trop haut et bien trop strident. Partout on chantait, on jouait du crin-crin, on braillait, on riait, même les murs semblaient être de la partie. Pour Jeremias Katoen, le Labyrinthe était une créature vivante, un animal aux dimensions gigantesques, qui respirait, bâfrait, se soûlait sans jamais trouver de repos. Il se nourrissait de ceux qui venaient chercher ici une distraction facile et des plaisirs à bon marché, il les aspirait, eux et leurs petits désirs minables, avant de les recracher comme de simples dépouilles vidées de leur chair.

— Je crois qu'ils arrivent, dit Jan Dekkert, qui surveillait l'extérieur par la minuscule fenêtre donnant sur la sombre ruelle du Labyrinthe.

Le Labyrinthe – c'est le nom qu'ils donnaient à l'entrelacs indémêlable de ruelles étroites et tortueuses situé près du port, où les bouges côtoyaient les gargotes et où un honorable citoyen pouvait, en l'espace d'une nuit, perdre son argent, son honneur, mais aussi, facilement, sa vie. Ici, une vie humaine ne valait pas plus de quelques stüber, quelques pintes de bière ou une cruche d'alcool anisé.

Katoen poussa doucement Dekkert sur le côté et regarda dehors. Trois personnes s'approchaient de la maison, deux hommes et une femme. Celle-ci s'était accrochée au bras de l'un des hommes, elle lui susurrait quelque chose à l'oreille tout en lui caressant le bas-ventre de sa main libre. Katoen s'efforça vainement de reconnaître leur visage.

Depuis l'année précédente, il y avait des lanternes dans les rues à Amsterdam, près de deux mille au total ; mais ici, aux marges de la ville, l'obscurité coutumière continuait à régner. Il semblait que le Labyrinthe résistait à toute transformation, qu'il resserrait encore ses ruelles étroites pour qu'aucun rayon de lumière indésirable ne tombe sur la débauche à laquelle on s'y livrait toutes les nuits.

De l'autre côté de la rue se trouvait un *musico*, une auberge musicale appelée le Coq d'Or, d'où résonnait la mélodie lancinante d'un orgue de Barbarie à bout de souffle. La vive clarté qui filtrait par les grandes fenêtres du local éclaira aussi, l'espace d'un instant, ces trois promeneurs tardifs. La femme était un peu trop imposante, un peu trop vieille, et son visage était un peu trop enflé pour qu'un homme ayant toute sa raison puisse prendre le moindre plaisir à la regarder. Mais son accompagnateur n'avait justement pas toute sa tête, comme le montrait sa démarche vacillante. Avec ce qu'il avait ingurgité, il aurait trouvé belle la plus difforme des putains. Ses vêtements propres et bien coupés révélaient qu'il n'était pas de ce quartier. Sans doute un artisan ou un commerçant honorable poussé ici par le désir de se divertir un peu après une dure journée de travail. L'autre homme lui avait certainement laissé espérer que son vœu serait exaucé. Celui-là était très grand et fort – et tout à fait maître de ses esprits. Son visage large et osseux paraissait tendu, et pourtant il souriait à l'ivrogne et lui lança une plaisanterie que la mélopée de l'orgue mécanique empêcha d'arriver jusqu'aux oreilles de Katoen. Ce dernier se tourna vers son adjoint, qui le regardait avec impatience :

— C'est bien eux, Jaepke Dircks et la Grosse Dela. Avec au bout de leur hameçon un poisson qui a apparemment mordu avec joie.

— Oui, et de son plein gré, dit Dekkert. C'est vraiment inique, de nous faire passer des nuits blanches pour quelques amateurs de bas plaisirs et de soûleries.

— Aimer les plaisirs de ce monde n'est pas un crime, en tout cas pas pour la justice des hommes. Le vol, si. Étant donné que l'un de ceux qui se sont fait dépouiller est un bon ami du juge d'instance, comme me l'a fait comprendre Van der Zyl, nous devrions mettre un terme à cette affaire si nous voulons retrouver des nuits paisibles.

Quatre hommes au total avaient porté plainte : tout leur argent avait disparu lorsqu'ils avaient quitté cet établissement au bout de quelques heures réjouissantes, comme les avait qualifiées l'un d'entre eux. Le nombre de victimes de ces vols était sans doute supérieur, mais les circonstances « réjouissantes » des délits les avaient dissuadés de se manifester.

Katoen n'éprouvait aucune compassion pour ces gens-là. Des hommes adultes auraient dû savoir dans quoi ils s'engageaient. Lorsqu'on entrait dans le tourbillon bouillonnant du Labyrinthe, il fallait s'attendre à y couler à pic. Mais il était l'un des inspecteurs de circonscription de la ville d'Amsterdam et devait obéir aux ordres du juge d'instance. Et puis il était curieux et voulait voir comment procédaient Dircks et sa putain. Aucun des hommes détroussés, parmi ceux qui s'étaient présentés aux autorités, n'était capable de donner le moindre détail sur le déroulement précis du vol. C'est après, seulement, que chacun d'entre eux avait compris que sa bourse avait joué les filles de l'air.

Les deux hommes et la femme disparurent sous le porche de la maison, échappant ainsi au regard de Katoen. On les entendit d'autant mieux monter bruyamment l'escalier et s'arrêter enfin devant la porte de la pièce voisine. On déverrouilla une serrure et la porte d'à côté s'ouvrit dans un couinement aigu.

Katoen attrapa l'une des deux chaises branlantes qui constituaient, avec une table et un lit d'une qualité tout aussi douteuse, tout le mobilier de cette chambre de location, et la posa contre le mur donnant sur la pièce voisine. Il s'assit et se pencha jusqu'à ce qu'il puisse voir par le petit trou que Dekkert avait foré une heure plus tôt dans le bois certes épais, mais vermoulu. Leur chance avait été qu'ici, sur le port, on trouvait encore beaucoup de vieilles maisons anciennes presque intégralement en bois. À Amsterdam, depuis bien des années déjà, les nouveaux bâtiments devaient être construits en brique pour réduire les risques d'incendie.

Dans la chambre voisine Jaepke Dircks alluma la flamme d'une petite lampe posée sur l'unique table, à côté d'une bouteille ventrue et de trois godets en grès austère. Puis il prit la bouteille et remplit les récipients.

— À votre santé, *Mijnheer* ! Buvez donc, cette bonne genièvre est sur mon compte !

La Grosse Dela, rompue à la consommation de boissons, avait été la première à finir son godet et s'attaquait à présent aux vêtements de son client – Katoen ne comprenait cependant pas tout à fait si les mouvements légèrement incontrôlés de la femme visaient à exciter l'homme ou à le déshabiller. En tout cas, celui-ci se sentit assailli et fit deux pas en arrière en titubant. Dircks posa son verre en riant :

— Pas si vite ! Les affaires d'abord, le plaisir ensuite. Nous étions d'accord sur le prix, *Mijnheer*. Alors si vous aviez la bonté...

— Mais bien entendu, dit le client, la langue lourde, avant d'émettre un rot magistral et d'aller chercher dans ses poches une bourse en cuir ; quelques pièces de monnaie passèrent dans les mains du maquereau. Trente stüber, comme convenu !

Dircks laissa tomber les pièces de monnaie dans une poche de son pourpoint et désigna le lit, à l'arrière de la chambre.

— Prenez donc vos aises, *Mijnheer*, pour que Dela puisse vous gâter. Vous ne le regretterez pas.

Le client rangea sa bourse sous son pourpoint. Entraîné à la fois par son propre mouvement et par la traction de Dela, il s'écroula sur le lit où la fille de joie lui descendit son pantalon jusqu'aux mollets. Ses mains énergiques lui attrapèrent le sexe et le frictionnèrent.

Il ferma les yeux. Son souffle s'accéléra. Il poussait des grognements de délice. La putain poursuivit son travail, aussi mécanique qu'une horloge, jusqu'à ce que le sexe de l'homme se dresse solidement.

Pendant tout ce temps-là, Jaepke Dircks était assis à table, plongeant à intervalles réguliers les lèvres dans son godet de genièvre et observant avec ennui ce qui se passait sur le lit. Si le soupçon de Katoen se confirmait, il avait droit au même spectacle tous les soirs, et les trente stüber payés pour la passe étaient certainement le moindre de ses gains.

La Grosse Dela se détacha pour un instant de son micheton et souleva ses jupes jusqu'à ce que son postérieur nu apparaisse. Et quel postérieur ! Deux puissantes boules de chair rouge dont Katoen préféra ne pas évaluer le poids.

Dekkert, qui était resté assis tout ce temps sur la deuxième chaise, à côté de lui, se pencha et chuchota à l'oreille de Katoen :

— Qu'est-ce qui vous arrive ? Vous avez l'air effrayé…

— Effrayé, vous le seriez autant que moi si on vous avait présenté deux jambons de ce calibre, répondit Katoen, lui aussi à voix basse.

— Des jambons ? (Dekkert ouvrit grand les yeux et se frotta le ventre.) Ça me rappelle que je n'ai rien mangé depuis des heures.

Dans la pièce d'à côté, la prostituée avait hissé avec une agilité extraordinaire son corps massif au-dessus du client et commençait à évoluer de haut en bas et de bas en haut, à un rythme qu'elle avait mis au point au cours de mille autres nuits. L'homme grogna plus fort, et son bas-ventre imita le rythme de la femme.

— Vous faites ça bien ! gémit Dela sans véritable enthousiasme. Personne ne fait ça si bien que vous !

Elle n'obtint pour toute réponse qu'un double grognement.

Elle augmenta la vitesse de ses mouvements ascendants et descendants, ses larges fesses ne cessaient de claquer sur les cuisses de l'homme. Les grognements du client se muèrent en long gémissement lorsqu'il se cabra et s'accrocha aux bras ronds de Dela. Les yeux écarquillés, il regardait le plafond moisi de la pièce tandis que sa semence si laborieusement obtenue se déversait dans le ventre de la prostituée.

— Enfin, dit Katoen, à peine audible.

Cette scène le répugnait ; il n'aurait pas vu d'un mauvais œil un décret bannissant toutes les putains d'Amsterdam.

Une fois son client apaisé, la Grosse Dela mit un terme à ses efforts. Elle se laissa glisser des jambes de l'homme et s'allongea à côté de lui. Par chance, du moins au goût de Katoen, ses jupes retombèrent sur ses fesses massives. Avec un mouchoir taché qu'elle avait sorti d'entre ses seins, elle essuya le front de l'homme en nage.

— Vous avez été magnifique, susurra-t-elle. Personne ne m'avait encore fait ça aussi bien que vous.

Il marmonna quelque chose qui ressemblait à « déjà fini, hélas », et fit mine de sortir du lit. Dela le tira en arrière et le retint auprès d'elle.

— Mais vous n'allez tout de même pas déjà partir ! La nuit commence à peine. Reposez-vous un peu, ensuite vous pourrez recommencer. Ne vous inquiétez pas, c'est compris dans le tarif.

Tout en parlant, elle dénuda l'un de ses seins lourds, mais qui avaient perdu leur fermeté depuis longtemps, et en glissa l'extrémité dans la bouche de son client. Elle se mit à caresser avec douceur sa chevelure clairsemée, comme une mère berce son enfant.

— Détendez-vous, *Mijnheer.* Dormez un peu, vous reprendrez des forces.

Elle parlait si bas et si tendrement que Katoen manqua s'endormir lui aussi. Le client de Dela, lui, avait fermé les yeux. Pendant un moment, il suçota la poitrine de la prostituée comme un nourrisson affamé, puis sa tête roula un peu sur le côté et ne bougea plus. Son bas-ventre était toujours dénudé, et son sexe ramolli paraissait à présent rabougri. Il semblait bel et bien dormir – la gnôle qu'on lui avait administrée en abondance en était sans doute la première responsable.

Dela se redressa et regarda le maquereau qui, de l'autre côté de la pièce, lui répondit d'un hochement de tête encourageant. Elle tendit alors la main droite vers la tête du lit, courba l'index et frappa doucement contre le mur, en suivant apparemment un rythme déterminé.

Trente secondes ne s'étaient pas écoulées qu'un trou s'ouvrit dans le mur; quelque chose s'y fraya un passage et glissa sans bruit dans la pièce. Jeremias Katoen en avait déjà beaucoup vu au cours de ses nombreuses années passées comme gardien de l'ordre, mais ce spectacle lui fit battre le cœur plus vite. La lumière de la lampe à huile de poisson était trop faible pour qu'il ait pu distinguer ce qui était sorti du mur, de l'autre côté. Une créature vivante, sans aucun doute, mais l'ombre du lit dissimulait sa vraie nature : humaine ou animale ? Humaine, peut-être, mais était-ce seulement possible ? Le trou dans le mur était beaucoup trop petit pour un adulte, et même un enfant n'y serait pas passé, tout au plus un nourrisson.

La Grosse Dela fouilla minutieusement les vêtements de son client jusqu'à ce qu'elle tienne enfin sa bourse pleine d'argent. D'un geste agile, la créature accroupie au sol, à côté du lit, attrapa la bourse de cuir si rapidement que Katoen ne put voir, cette fois non plus, si c'était une main humaine ou animale qui s'en était emparée. La créature glissa de nouveau par le trou et le referma, sans doute au moyen d'un mécanisme rudimentaire.

La prostituée avait rempli sa mission. Elle se roula sur le lit, qui grinça de manière inquiétante sous son poids. Sa victime tourna un peu la tête, mais garda les yeux fermés. Le sommeil voluptueux de l'ivresse et de l'épuisement s'était fermement emparé de lui.

Katoen bondit sur ses pieds et lança à voix basse :

— Nous y voilà, Dekkert. Prévenez Kampen !

Dekkert fila à la fenêtre et l'ouvrit d'un geste sec pour alerter son collègue, caché dans la rue, dans un passage étroit qui jouxtait le Coq d'Or. Pendant ce temps-là, Katoen attrapa sur la table les pistolets à deux coups et les vérifia. Il en tendit un à Dekkert. Ils sortirent en courant dans le couloir – au même moment, Jaepke Dircks ouvrait la porte de la chambre voisine.

Il eut l'air passablement étonné en se retrouvant face à quatre canons de pistolet, mais s'adapta rapidement à la nouvelle situation et se força même à sourire.

— Oh là, je suis en territoire étranger, les amis ? Je vous garantis que je n'avais pas l'intention de marcher sur vos plates-bandes. On va certainement pouvoir s'arranger.

Sa main droite glissa dans une poche de son pourpoint sombre.

— Laisse ta main où elle est ou j'en fais de la charpie ! ordonna Katoen.

Dircks continuait à sourire, mais le vif tressaillement du coin de ses yeux révélait combien il était tendu.

— Vous vous méprenez, mes amis. J'allais juste sortir ma bourse pour partager mes revenus avec vous. Je ne savais pas que ce secteur était déjà pris. D'ailleurs, à bien y réfléchir, vous pouvez tout garder. Un petit dédommagement pour les problèmes que je vous ai causés.

— Nous ne sommes pas tes amis, grogna Katoen. Je suis l'inspecteur Jeremias Katoen, délégué du juge d'instance d'Amsterdam, et voici mon lieutenant, Jan Dekkert.

— N'empêche, vous pouvez prendre ce que j'ai gagné ce soir, je vais même y rajouter quelque chose.

Je sais bien que les hommes du juge ne touchent pas des salaires mirobolants.

Dircks désigna du pouce la prostituée qui, un sein toujours dénudé, se trouvait à présent dans son dos et exhalait à chaque souffle un nuage d'alcool frelaté.

— Si vous le voulez, reprit-il, vous pouvez aussi passer un bon moment avec la Grosse Dela, ce sera gratuit. L'un après l'autre ou les deux à la fois, comme il vous plaira.

— Qu'est-ce que c'est que ces types ? demanda Dela. Encore du travail pour cette nuit ?

— Ta gueule ! lui lança le maquereau.

Dekkert confia à Katoen son pistolet à rouet, et le jeune adjoint passa aux deux canailles des bracelets de fer, en prenant soin d'attacher le poignet droit de Dircks au poignet gauche de Dela. Puis il les fouilla et tira de la botte de son prisonnier un poignard à la lame acérée et pointue. Il s'empara en outre de la bourse bien remplie du maquereau. Lorsque tout cela fut fait, Katoen rendit son pistolet à son lieutenant.

Le bruit avait réveillé le client. Il se frotta les yeux avec l'avant-bras et se laissa rouler sur le lit en gémissant. Avec son pantalon aux chevilles, il tomba dès qu'il eut effectué les premiers pas. Il jura bruyamment, se releva et se rhabilla. Katoen lui donnait entre quarante-cinq et cinquante ans. Une femme et une horde d'enfants l'attendaient vraisemblablement chez lui. Les yeux de l'homme se resserrèrent pour ne plus former que des fentes, tandis qu'il tentait d'appréhender la situation. Avant même qu'il ne puisse formuler une question, Katoen expliqua :

— On vous a volé, *Mijnheer*, votre bourse a disparu. (De la main gauche, il désigna la triste chambre de la putain.) Vous êtes tombé dans un traquenard.

Cette fois, l'homme parut avoir tous ses esprits. Il palpa hâtivement son pourpoint et son gilet pour y trouver sa bourse.

— Je vais peut-être pouvoir récupérer votre argent, reprit Katoen. Attendez ici !

Tandis que Dekkert restait auprès des deux prisonniers et du client détroussé, Katoen quittait l'immeuble. De nombreuses portes de chambres qu'on avait entrouvertes à cause du bruit se refermèrent brusquement lorsqu'il passa devant elles. On trouvait en ces lieux toute une vermine allergique à la lumière, et sans doute aussi de braves citoyens en goguette : ni les uns ni les autres ne tenaient à rencontrer l'inspecteur.

Dehors, dans la rue étroite, la brise salée qui se répandait vers les terres continuait à souffler, voilée par la puanteur des immondices humaines et animales. Le Labyrinthe était l'un des pires quartiers d'Amsterdam, et l'odeur y était tout aussi abominable. Katoen aurait volontiers retenu sa respiration.

— Par ici !

L'appel venait de la gauche. Katoen reconnut la voix un peu stridente de Joris Kampen. Son lieutenant se tenait dans le passage voisin de la maison en ruines d'où Katoen venait de sortir, et lui faisait signe. Lorsque celui-ci se rapprocha, il vit que Kampen tenait son pistolet pointé vers une cabane en planches située à l'extrémité du passage. Il s'essuya, d'une manche, la sueur du front, et le soulagement se dessina sur son large visage un peu pâteux.

— Content de vous voir, *Mijnheer* Katoen. Ce truc est bougrement agile. Seule la vue de mon pistolet l'a empêché de partir sans laisser d'adresse. Pour l'instant, il est terré dans cet appentis. Dieu sait ce qu'il y mijote !

— Un truc ? De quoi parlez-vous ?

— Si je le savais ! Il fait si sombre ici, on y voit à peine. J'ai d'abord cru qu'il s'agissait d'un homme, puis j'ai pensé à un animal. Un chat sauvage, peut-être, ou un grand singe. En tout cas, il filait comme une bestiole lorsqu'il a grimpé sur le mur. Il va falloir être sur nos gardes si nous ne voulons pas qu'il nous échappe !

— Dans ce cas, appelons la garde de nuit à la rescousse, proposa Katoen en sortant de sa poche une crécelle de bois qu'il fit tourner dans un geste qu'il avait déjà cent fois accompli.

Ce son perçant fit accourir les gardes qui patrouillaient la nuit dans les rues et au bord des canaux d'Amsterdam : Katoen disposa bientôt de plus d'une vingtaine d'hommes en armes. L'une des patrouilles se déplaçait avec un chien, un grand animal au poil noir comme la nuit, doté d'une mâchoire impressionnante.

Katoen demanda aux hommes de former une chaîne étroite devant le passage et s'approcha, sans lâcher son pistolet, de la baraque bancale. Les planches avaient été clouées les unes aux autres avec une telle négligence que de larges fentes s'ouvraient entre elles. Il ne pouvait cependant pas distinguer qui ou ce qui s'y cachait. Il faisait déjà très sombre dans le passage ; dans le réduit, l'obscurité était complète.

La porte était seulement poussée, il n'y avait pas de serrure. On ne gardait certainement rien de précieux là-dedans. Le pistolet dans la main droite, il ouvrit prudemment la porte avec la gauche. Il entendit alors un souffle discret et hâtif, comme celui d'un animal qui, pris au piège et saisi par la panique, se terre dans un recoin obscur. Mais il ne vit que quelques sacs vides sur le sol.

— Une lanterne ! cria-t-il.

L'un des gardes de nuit s'approcha, et la lumière vacillante de son lumignon tomba à l'intérieur du réduit.

Une silhouette y était recroquevillée dans le coin le plus éloigné. Comme un escargot dans sa coquille, songea Katoen. Sauf que cette créature n'avait aucun refuge où se tapir. Elle était entièrement nue. Ses bras et ses jambes étaient fins, presque secs, et paraissaient tout aussi fragiles que son corps émacié. De sa tête, dissimulée entre ses mains, on ne voyait que la longue chevelure, sombre et feutrée, aussi sale que le reste de son corps.

C'était une créature humaine qui était assise devant Katoen, un enfant, un garçon de huit ou neuf ans peut-être. Jamais auparavant l'inspecteur n'avait rencontré un fils de la Terre qui lui eût plus rappelé un animal sauvage. Sa saleté n'en était pas la seule responsable. Toute l'attitude de ce corps nerveux était celle d'une bête, et les yeux qui le regardaient à présent entre ses doigts écartés ne semblaient refléter aucune émotion humaine. Katoen n'y lisait que la peur de l'animal aux abois et la recherche désespérée d'une issue.

Le garçon tenait les bras autour de ses genoux, l'une de ses mains serrait la bourse qu'il avait volée – la proie du prédateur. De sa main libre, Katoen désigna le sachet de cuir.

— Donne-moi cette bourse, mon garçon !

Il avait parlé d'une voix calme, mais ferme. L'enfant ne bougea pas : il regardait anxieusement le double canon du pistolet pointé dans sa direction. Katoen baissa son arme.

— Je ne te ferai rien. Mais il faut que tu me donnes la bourse, elle ne t'appartient pas !

Le gamin se déplaça très lentement et, d'une main tremblante, finit par lui tendre la bourse. Katoen la prit, la glissa dans sa poche, puis voulut attraper la main du petit. Celui-ci tressaillit et, dans un geste fulgurant, retira son bras.

— Non ! geignit-il. Pas battre, s'il vous plaît !

— Je ne te frapperai pas. Personne ne te fera de mal, je te le promets. Mais à présent, il faut que tu sortes !

Katoen recula de quelques pas, jusqu'à être ressorti de la cabane ; le garçon se sentirait peut-être moins menacé ainsi. Le petit voleur se leva effectivement en vacillant ; à cet instant seulement, Katoen vit à quel point il était maigre. Mais il ne comprenait toujours pas comment cet enfant avait pu passer par le trou dans le mur. Il se jura d'étudier cette affaire de plus près.

En quelques pas prudents, le jeune garçon dénudé, qui tremblait de tout son corps, sortit dans la clarté de la lanterne.

Tandis que Katoen se demandait encore où il pourrait trouver quelques vêtements pour ce bonhomme, les événements se précipitèrent. Le chien échappa au gardien qui le tenait en laisse et bondit sur la cabane en aboyant à tue-tête, bousculant l'homme qui portait la lanterne. Il heurta aussi Katoen, avec une telle force que l'inspecteur en vacilla à son tour.

Un nouveau bond, et le chien était sur l'enfant, qu'il entraîna au sol avec lui. Ils roulèrent l'un sur l'autre comme deux lutteurs. Mais le jeune garçon n'avait rien à opposer à la bête. L'animal le serrait contre le sol et glapissait, la gueule grande ouverte, pour lui déchiqueter la gorge. Katoen brandit son pistolet, le serra des deux mains et appuya sur les deux détentes en même temps.

Le fracas de la double explosion s'était dissipé depuis longtemps, mais les larmes lui montaient encore aux yeux. Il se passa la manche sur le visage et regarda de plus près. Devant lui étaient allongées deux créatures immobiles, le petit garçon et le chien. Le plomb craché à bout portant par le pistolet de Katoen avait pulvérisé le crâne de l'animal. Des morceaux de peau et d'os étaient collés partout, y compris sur le corps nu du gamin qui se remit à trembler. Il est vivant, se dit Katoen, c'est déjà ça !

Il tendit le pistolet déchargé à Kampen, immobile et bouche bée à côté de lui, et aida l'enfant à se remettre sur ses jambes. Souillé par le sang et les restes du chien mort, il ressemblait encore plus à une bête sauvage. Katoen envoya l'un des gardes de nuit dans la maison pour aller chercher une couverture dans la première chambre qu'il trouverait. Un peu plus tard, l'homme revint avec un chiffon de laine troué que Katoen posa autour des épaules étroites du petit bonhomme.

Le garde arrivé avec le chien en laisse semblait avoir du mal à comprendre ce qui s'était passé. Il fit quelques pas en avant et regarda, les yeux écarquillés, les tristes restes de l'animal. Son effroi se transforma en colère, et il s'en prit à Katoen :

— Comment avez-vous pu faire ça? Vous l'avez abattu ! Mon Hans !

— Le chien aurait réduit l'enfant en charpie.

— Et après? Mon Hans était un animal de valeur, bien plus précieux que ce gamin des rues, qui ne vaut pas plus qu'une bête !

L'enfant ne montra pas s'il se sentait concerné par les mots du garde. Dans sa courte vie, il avait vraisemblablement subi de tout autres insultes.

— Ça, c'est un être humain, répondit Katoen. Votre Hans, en revanche, était un animal, et un dangereux. Vous auriez dû faire plus attention à lui, mon vieux ! Voulez-vous que j'écrive un rapport afin d'expliquer que le chien a profité de votre négligence pour s'échapper, et qu'il a fallu l'abattre ?

Katoen avait haussé le ton, et le gardien reculait devant chacun de ses mots comme sous des coups de fouet.

— Non, ça ira, dit-il d'une petite voix avant de rejoindre ses camarades.

Katoen ne lui prêta pas plus d'attention que cela et se tourna de nouveau vers le jeune garçon, qui continuait à trembler de tout son corps.

— Comment t'appelles-tu ?

Derrière les cheveux gras, deux yeux toisaient l'inspecteur avec un mélange de crainte et de désarroi ; apparemment, l'enfant ne connaissait pas son propre nom. Katoen répéta sa question à deux reprises sans obtenir de réponse. Ce petit était-il terrorisé au point d'être incapable de parler, ou se pouvait-il vraiment qu'il ignorât son propre nom ?

Katoen, qui s'était accroupi devant le gamin, se releva en soupirant.

— Eh bien soit, je vais t'appeler Félix. Félix, le bienheureux et le chanceux. Car de la chance, tu en as eu, me semble-t-il. Quant au bonheur, il me semble que tu vas en connaître plus désormais que jusqu'à ce jour.

La cave située sous le nouvel hôtel de ville sentait la sueur, les excréments, la pourriture et la peur. Beaucoup avaient déjà avoué leurs méfaits en ces lieux, et Jaepke Dircks ne ferait pas exception, Jeremias Katoen en était certain. Joris Kampen prit son élan pour le coup suivant, le cuir siffla un bref instant dans l'air et alla mordre avec un claquement la chair du maquereau. Une strie sanglante de plus sur ses reins : Dircks cria et se tordit de douleur.

Selon la loi en vigueur à Amsterdam, seuls ceux qui avaient déjà été condamnés pouvaient recevoir le fouet. Mais ici, dans ce sous-sol, personne ne prenait cette règle au pied de la lettre. Le fouet était souvent l'unique moyen de faire parler une canaille entêtée. Chacun le savait, et cela ne gênait personne. Ce n'était pas pour rien qu'on donnait parfois à ces lieux le nom de cave au fouet.

Katoen attrapa le prisonnier par ses cheveux clairs et lui tira brutalement la tête vers l'arrière, jusqu'à ce qu'il puisse voir son visage trempé de sueur. La rage qu'il lut dans le regard de Dircks ne pesait rien à côté de la douleur. Aucun doute, le supplice avait brisé la volonté de cet homme.

— J'ai l'impression que tu as envie de parler, maintenant. Je me trompe ?

Dircks respirait lourdement, et ses lèvres tremblaient ; le sang coulait de sa lèvre inférieure, qu'il s'était mordue sous le coup de la douleur.

— J'ai un autre choix ? Votre sbire va me découper en tranches. Qu'est-ce que vous voulez savoir ?

— Il me faut des aveux, maquereau. Je ne te crois pas quand tu dis que c'est la première fois, ce soir, que tu voles un client. Le passage secret dans la chambre, c'est trop d'efforts pour un seul coup.

Katoen ne comprenait toujours pas comment le garçon auquel il avait donné le nom de Félix avait pu se frayer un chemin dans la chambre. Il était allé inspecter le puits, pour autant que la chose était possible depuis les deux accès, et aurait juré que même ce garçon squelettique ne pouvait pas passer là-dedans.

— Bon, je l'admets. Ça n'était pas la première fois.

— Combien ?

— Je n'ai pas fait le compte. Neuf ou dix hommes ont sans doute couché avec Dela depuis que l'enfant-serpent m'appartient.

— L'enfant-serpent ?

— Le petit.

— Quel est son nom ?

— Aucune idée, et je m'en fiche. Le vieux forain auquel je l'ai acheté l'appelait l'enfant-serpent parce qu'il se tord comme un reptile. Il passe absolument partout, je n'avais encore jamais vu ça.

— Et c'est ça qui t'a donné l'idée non seulement de prendre la Grosse Dela sous ta protection, mais en plus de faire les poches de ses clients. Si jamais l'un d'eux s'apercevait qu'il avait perdu sa bourse, il pouvait toujours vous fouiller, Dela et toi, vous n'aviez rien à craindre...

— Oui, c'est exactement ça, répondit Dircks avec un rictus déplacé. Et tous mes remerciements, monsieur l'Inspecteur de circonscription.

— Pourquoi donc ?

— J'ai entendu dire que vous avez abattu l'un de vos propres chiens pour sauver le gamin. Je vous en suis reconnaissant, évidemment : ce gamin crasseux m'avait coûté cinq florins et demi.

— Je parie qu'il t'a rapporté plusieurs fois la mise... (La lueur qu'il aperçut dans les yeux du détenu confirma les soupçons de Katoen.) Mais c'est du passé, Dircks. Ce garçon est désormais sous la tutelle des autorités.

— La tutelle des autorités ? répéta Dircks, très lentement. Qu'est-ce que ça veut dire ?

— Je l'ai emmené dans un orphelinat.

L'image du petit garçon obsédait Katoen. Depuis que le chien l'avait attaqué, Félix était resté muet. Il s'était laissé conduire à l'orphelinat sans résistance, mais au moment où Katoen s'apprêtait à partir, l'enfant l'avait regardé comme un homme qui se noie fixe la main tendue d'un sauveteur. Il aurait peut-être du mal dans les premiers temps, mais il serait cent fois mieux à l'orphelinat que chez Dircks ou au Rasphuis, la prison que l'on réservait aux hommes et aux garçons à Amsterdam.

— Vous n'avez pas le droit ! coassa Dircks. L'enfant-serpent m'appartient !

— Tu comptes sans doute poursuivre ta sale besogne avec ce garçon, n'est-ce pas ?

Dircks donna l'impression de vouloir répliquer brutalement au policier ou l'injurier, mais il se reprit et dit tranquillement, d'un ton légèrement caustique :

— Non, bien sûr que non, je suis un pécheur repenti.

Cette insolence lui valut un nouveau coup de fouet, et Katoen ne vit aucune objection à ce que son lieutenant y aille de bon cœur. Pareille canaille ne méritait aucun égard. Mais la douleur passerait tôt ou tard, et l'inspecteur craignait qu'elle ne laisse pas d'impression durable au proxénète.

Katoen posa une main sur l'épaule de Kampen.

— Bon, nous allons pouvoir arrêter et nous offrir un peu de sommeil. Le jour ne va pas tarder. Et toi, ajouta-t-il à l'attention de Dircks, n'oublie pas de répéter tes aveux demain devant le juge !

Dircks le gratifia d'un regard qui semblait lui souhaiter tout le mal de cette terre.

2.

Le mort de la Zuiderkerk

Mardi 9 mai 1671

Il avait commis une erreur en repassant à l'hôtel de ville et en buvant encore avec Jan Dekkert quelques verres de cet alcool de myrtilles qu'il avait rapporté d'Utrecht la semaine précédente. Lorsque Joris Kampen arriva et, à l'encontre de toutes ses habitudes, refusa la boisson qu'on lui proposait, Katoen se demanda s'il parviendrait à trouver un moment pour dormir cette nuit-là.

— Un messager du juge vient d'arriver, annonça Kampen. Vous devez immédiatement vous rendre à la Zuiderkerk. Un meurtre y a été commis.

Katoen vida son verre et lécha sur ses lèvres les dernières gouttes du liquide rouge teinté de bleu qui l'emplit d'une agréable chaleur.

— Qui a tué qui ?

— Je l'ignore, inspecteur, répondit Kampen en levant les mains, l'air désemparé.

— Si l'on connaissait le coupable, votre présence ne serait guère nécessaire, dit Dekkert sans pouvoir réprimer un rictus malicieux.

— *Notre* présence, corrigea Katoen en répondant au sourire de Dekkert. Que serais-je sans mes deux vaillants lieutenants ?

Minuit avait sonné depuis longtemps lorsqu'ils virent se dresser devant eux le haut clocher filiforme de la Zuiderkerk. Il fit à l'inspecteur l'effet d'un index de géant pointé vers le ciel pour le mettre en garde. Un mauvais pressentiment s'empara de lui, l'intuition floue d'un grand danger qui semblait le guetter dans l'obscurité d'Amsterdam. Je suis peut-être trop fatigué, se dit-il pour se tranquilliser.

Il vit de loin qu'un événement inhabituel s'était produit à proximité de l'église que Hendrick De Keyser avait bâtie au début de ce siècle, le premier lieu de culte protestant. Un grand nombre de personnes s'y était regroupé, dont de nombreux gardes de nuit portant lances et lanternes. Ils reconnurent l'inspecteur de circonscription et ouvrirent sans qu'il ait eu besoin de le demander un passage pour lui et son lieutenant, jusqu'à ce que ceux-ci se trouvent devant le juge.

Nicolaas Van der Zyl était un homme impressionnant, ne fût-ce que par sa taille. Katoen ne s'estimait pas petit, mais le juge le dépassait d'une tête. Le visage taillé à la hache de Van der Zyl et son long nez aquilin lui donnaient un air sévère qui avait déjà fait trembler les genoux de plus d'un accusé. À cette heure tardive – ou matinale –, il paraissait toutefois exténué et soucieux. Katoen ôta son chapeau orné d'une plume, et le juge répondit à son salut d'un bref hochement de tête.

— Heureux que vous soyez venu si vite, inspecteur. J'avais espéré que mon messager vous rejoigne avant que vous ne quittiez l'hôtel de ville.

— Oui, nous avons pris le proxénète Dircks en flagrant délit, et l'ami Kampen, ici présent, a su lui arracher des aveux à coups de fouet.

— Bien, bien, murmura Van der Zyl, qui semblait ne plus accorder aucune importance à l'affaire qu'il avait pourtant lui-même confiée à Katoen et dont il avait souligné l'urgence. Le proxénétisme et le fait de dépouiller des clients sont une chose, le meurtre en est une autre. Surtout un meurtre comme celui-ci. Regardez-moi ça. Deux gardes de nuit ont découvert le cadavre il y a une heure !

Le juge fit un pas de côté, dévoilant un corps massif allongé devant un petit pont. Au sol, posée à côté de l'homme inerte, la lanterne d'un gardien de nuit éclairait son visage charnu encadré par une barbe grise. L'homme avait perdu son chapeau, et sa chevelure tombait, hirsute, autour de sa face. Il n'y avait plus la moindre lueur de vie dans ses yeux.

— Je le connais, dit Katoen. Ce n'est pas le banquier Balthasar De Koning ?

— C'est bien lui, confirma Van der Zyl, la mine sombre.

D'un seul coup, Katoen comprit la gravité de la situation. De Koning était l'un des hommes les plus influents d'Amsterdam, voire de tous les Pays-Bas. Rien d'étonnant à ce que le juge d'instance soit accouru en personne sur le lieu du crime.

Van der Zyl se rapprocha de Katoen et lui glissa, d'une voix si basse que personne, hormis l'inspecteur, ne pouvait le comprendre :

— C'est une affaire explosive, Katoen. Il faut absolument que vous la régliez, vite et discrètement. Il est bien possible que je remette ainsi entre vos mains le destin de tous les Pays-Bas !

La force avec laquelle le juge prononça ces mots inquiéta Katoen.

— Vous ne croyez pas à un banal meurtre crapuleux ?

— Non, même si le mort n'a plus sa bourse sur lui. Je ne pense pas que l'assassin la lui ait dérobée. C'est vraisemblablement l'un de nos hommes qui la lui aura soutirée. Nous savons tous que les gardes de nuit sautent sur n'importe quelle occasion d'améliorer leur maigre solde.

— Sans doute, mais qu'est-ce qui vous en rend si sûr, en l'espèce ?

— Ceci, regardez.

Lorsque le juge se pencha à côté du cadavre, Katoen l'imita et regarda Van der Zyl ouvrir prudemment le poing droit serré du défunt. On y voyait quelque chose de plat et d'allongé. Katoen l'examina plus attentivement. C'était un fragment de fleur.

— Un pétale ?

— De tulipe, pour être précis, répondit Van der Zyl.

Katoen le regarda de nouveau.

— Je n'ai encore jamais vu une tulipe pareille. Le pétale est noir comme du charbon, et ces taches rouges rappellent des gouttes de sang.

— Une tulipe rarissime, sans aucun doute. L'une de celles avec lesquelles on aurait pu gagner une fortune du temps de la grande spéculation.

— Gagner, ou bien perdre, objecta Katoen.

— Ou la perdre, c'est cela.

Katoen laissa glisser son regard sur le cadavre ; un trou profond béait dans sa poitrine, et du sang, s'échappant de l'orifice, imbibait ses vêtements.

— Un coup en plein cœur, porté avec une force considérable. L'assassin doit être fort, ou bien c'est une grande colère qui l'a poussé à commettre cet acte. Mais quel rapport avec ce pétale de tulipe ? Et comment saviez-vous qu'il se trouvait là ?

— J'avais déjà ouvert son poing avant que vous n'arriviez. Je ne le savais pas, mais je le soupçonnais. C'était comme ça pour l'autre mort.

— L'autre mort ? répéta Katoen, avec le mauvais pressentiment qu'il allait entendre quelque chose de très désagréable.

Van der Zyl se leva avec un léger soupir.

— Nous ne devrions pas discuter de tout cela ici, parmi tous ces gens. Allons à l'hôtel de ville !

La lampe à huile vacillante n'éclairait qu'une partie du vaste cabinet de Van der Zyl. Les ombres des meubles dansaient sur les murs et tressaillaient comme si l'inquiétude des deux hommes les avait contaminés. Debout à l'une des deux fenêtres, Katoen levait les yeux vers la ville obscurcie par la nuit. Elle lui faisait l'effet d'un moloch auquel il fallait arracher de sombres mystères.

Ses deux lieutenants, Dekkert et Kampen, étaient, sur son ordre, restés auprès du cadavre. Ils devraient ensuite demander aux habitants des maisons voisines s'ils avaient vu ou entendu quelque chose d'important. Mais Katoen devinait que ce que le juge avait à lui révéler pesait bien plus lourd que ce que ses auxiliaires découvriraient peut-être.

Comme Katoen, Van der Zyl s'était débarrassé de sa cape et de son chapeau, et prenait le temps d'allumer sa pipe. Lorsque l'odeur légèrement mordante du tabac en incandescence se propagea, il s'adossa à son siège imposant. Mais il ne paraissait pas du tout détendu.

— L'autre mort dont j'ai parlé est Jacob Van Rosven, lança-t-il.

— Le propriétaire des chantiers navals, oui, j'en ai entendu parler. Il est mort la semaine dernière, n'est-ce pas ?

— Il y a exactement une semaine, lundi dernier, confirma le juge. J'aurais dû vous confier l'affaire tout de suite, mais vous n'étiez pas à Amsterdam.

— Je rendais visite à mon oncle à Utrecht, expliqua Katoen, en pensant avec nostalgie, une minute durant, aux soirées agréables qu'oncle Adalbert et lui-même avaient passées en buvant de l'alcool de myrtille et en fumant du tabac. Je ne sais pas grand-chose sur l'assassinat de Van Rosven, j'ai juste entendu dire que cela s'est passé sur les terrains de son chantier, sur l'île de Marken. L'un de mes adjoints m'a dit qu'il s'agissait d'un meurtre crapuleux.

— Ça n'en était pas un. Contrairement à De Koning, Van Rosven avait encore sa bourse sur lui lorsque nous l'avons trouvé. Nous avons dissimulé au public les circonstances de sa mort et fait volontairement passer le tout pour un meurtre crapuleux, parce que Van Rosven était un homme important et que nous vivons des temps agités. Vous le savez, la République des Provinces-Unies est à la veille d'une guerre.

— Nous devenons trop puissants pour les Français, compléta Katoen, et le roi Louis est un homme jaloux et avide. S'il flaire l'occasion de mettre la main sur quelques nouvelles provinces, nous ne tarderons sans doute pas à être en guerre contre la France.

— Et si nous n'avons pas de chance, ce ne sera pas seulement avec la France, mais avec tous nos voisins. Les petits États ne m'inquiètent guère, mais les Anglais semblent eux aussi faire cause commune avec Louis, que l'on appelle pour des motifs insondables le Roi Soleil alors que sa principale qualité est de répandre l'ombre autour de lui. Le roi Charles aurait conclu dès l'an passé avec Louis un pacte secret contre nous. L'Angleterre lorgne sur notre commerce florissant avec l'outre-mer, et le roi des Français, comme vous le dites si justement, aimerait volontiers détenir encore plus de terres et encore plus de pouvoir. Nos correspondants en France annoncent que Louis lève des troupes en secret pour préparer son armée à une guerre de conquête. Il ne nous manquait plus que ces meurtres ! Quelqu'un semble avoir voulu s'en prendre précisément à des hommes dont le soutien sera vital pour les Pays-Bas en cas de guerre. De Koning a toujours été prêt à apporter son aide financière aux efforts de défense et l'on a construit certains de nos meilleurs navires de guerre dans le chantier naval de Van Rosven. Nous devons absolument empêcher l'assassin de causer de nouveaux dommages à notre pays – mais aussi veiller à ce que ces meurtres ne sèment pas le trouble dans la population. La situation paraît aussi menaçante qu'il y a deux ans, lorsque l'affaire des tableaux de la mort a ébranlé Amsterdam. À l'époque, vous avez rendu de fiers services à notre république, Katoen, et vous nous avez évité une catastrophe. J'ai une grande confiance en vous, plus qu'en aucun de mes hommes. C'est donc à vous que je demande d'élucider les meurtres de Van Rosven et de De Koning. Vous n'avez aucun égard à avoir, pour rien ni pour personne, je vous couvre !

Van der Zyl s'était penché en avant et le regard qu'il lança à Katoen, toujours assis de l'autre côté de la table, exprimait autant une demande qu'un ordre. De toute évidence, il se faisait de gros soucis.

— Vous pensez à des mercenaires que les Français ou les Anglais auraient chargés de commettre des attentats ? demanda Katoen.

— Quelque chose de ce genre, oui, confirma le juge.

Le regard de Katoen s'arrêta sur la toile qui ornait le mur à sa droite. Il montrait un homme au front altier qui, une main posée sur un canon de la navale, l'autre sur la hanche, semblait vouloir répondre crânement à celui qui l'observait. Il s'agissait de Maarten Harpertszoon Tromp, le commandant en chef de la marine néerlandaise qui avait infligé de sévères défaites aux ennemis de la jeune république. En 1639, il avait vaincu la 2e armada espagnole, qui avait mis le cap vers les Flandres, sonnant ainsi le début de la fin pour la puissance maritime ibérique. Plus tard, il s'était lancé à corps perdu dans le combat contre les Anglais, jusqu'à la bataille de Ter Heijde, où il avait été mortellement touché par la balle d'un tireur d'élite. En observant le tableau, Katoen eut l'étrange sentiment que Tromp lui faisait un clin d'œil pour l'encourager. Le père de l'inspecteur avait servi sous les ordres de l'amiral et perdu la vie au cours de la bataille contre l'armada. Tromp exigeait-il à présent qu'il mette à son tour sa vie en jeu pour le royaume uni des Pays-Bas ?

Il finit par revenir au temps présent.

— Dites-m'en plus sur le premier meurtre, *Mijnheer* Van der Zyl !

— Il a eu lieu tard dans la soirée, alors que les gardes de nuit avaient déjà commencé leurs patrouilles. Mais ils ont été tout aussi incapables d'empêcher l'assassinat de Van Rosven que celui de De Koning. Le cadavre de Van Rosven n'a été découvert que le lendemain matin, dans l'enceinte de ses chantiers. Personne ne sait ce qu'il y faisait en pleine nuit. Lui aussi a été tué d'un coup de couteau en plein cœur, et l'on a trouvé ceci dans son poing.

Van der Zyl se leva et se dirigea vers une armoire étroite d'où il sortit une petite boîte en bois sans décoration. Lorsqu'il la posa, ouverte, sur la table, devant Katoen, celui-ci y discerna un objet sombre. Il le sortit. C'était un pétale de tulipe fané, noir, moucheté de gouttes rouges.

— La même espèce de tulipe, dit le juge en déposant à côté, sur la table, le pétale qu'il avait trouvé sur le cadavre de De Koning.

Katoen souleva aussi le deuxième pétale et les tint tous les deux l'un à côté de l'autre.

— Une similitude frappante, effectivement. Mais quel message l'assassin veut-il nous transmettre ?

— Peut-être qu'il vise les « Vénérateurs de la Tulipe ». Vous connaissez certainement cette association.

— Oui. N'en faites-vous pas partie, vous aussi ?

Van der Zyl tira une longue bouffée de sa pipe et opina.

— Quelques bourgeois haut placés de notre ville, qui ont de l'affection pour la plus belle fleur du monde, se sont regroupés dans cette association, et je m'honore d'être des leurs. Nous nous retrouvons chaque lundi soir à l'auberge des Trois Tulipes, dans la Jodenbreestraat ; mais notre amour de la tulipe n'est pas le seul motif de ces rencontres. Nous menons des actions de bienfaisance, mais nous y abordons aussi en toute liberté des questions politiques et économiques importantes, ce qui produit parfois de meilleurs résultats qu'un entretien officiel. Tous deux, Jacob Van Rosven et Balthasar De Koning, appartenaient à notre cercle, et tous deux sont morts un lundi soir après avoir quitté l'auberge.

— Vous en êtes certain ?

— Absolument. J'étais présent aux deux réunions. J'étais à peine rentré chez moi, je ne m'étais pas encore défait de mes vêtements, lorsqu'un garde de nuit est venu m'annoncer l'assassinat de De Koning. Raison pour laquelle j'ai pu me trouver si vite devant la Zuiderkerk.

Katoen comprit peu à peu que la grande inquiétude qu'il percevait chez Nicolaas Van der Zyl ne concernait pas seulement le destin des Pays-Bas, mais aussi son propre sort.

3.

La fièvre des tulipes

Lorsque Jeremias Katoen franchit, en fin de matinée, l'enceinte des chantiers navals de feu Jacob Van Rosven, il fut assailli par les bruits et les effluves les plus variés. Une brise salée venait de l'Ij, le bras de mer du Zuiderzee qui séparait Amsterdam de Volewijk, au nord. Elle s'insinuait dans les exhalaisons lourdes et collantes de la poix chauffée. À sa droite, les travailleurs du chantier naval avaient mis en cale sèche un navire de commerce ventru pour réparer ses planches. Au-dessus d'un foyer entouré d'un muret, on avait accroché une grande marmite devant laquelle deux hommes, bouche et nez protégés par un foulard contre la puanteur, faisaient chauffer la poix de calfatage avec laquelle les autres ouvriers étanchéifiaient les nouvelles séries de planches. Aux quatre coins du chantier, on donnait du marteau et de la scie, en braillant pour se faire comprendre. Les mouettes qui tournaient nonchalamment au-dessus de toute cette scène semblaient s'amuser à recouvrir de leurs cris stridents le bruit produit par les humains.

Toute cette activité emplit Katoen de fierté pour son pays et ses concitoyens. À force d'ardeur, de discipline et d'opiniâtreté, les Pays-Bas s'étaient hissés au rang de puissance navale et commerciale de premier ordre. Rien d'étonnant à ce que d'autres nations observent avec envie et crainte ce qui se passait dans les Provinces-Unies. Katoen se représenta la mer, devant la côte d'Amsterdam, peuplée de navires ennemis. Ce n'était que tonnerre du canon et fumée de la poudre. Des soldats étrangers sillonnaient la ville en tuant, en pillant et en incendiant. Il était fermement décidé à ne pas laisser les choses aller jusque-là. Quoi qu'il puisse faire pour protéger Amsterdam et le royaume uni des Pays-Bas, il comptait le faire. Son père avait combattu en mer aux côtés de l'amiral Tromp. Lui-même menait sa bataille ici pour anéantir des ennemis peut-être plus dangereux que des marins et des soldats étrangers : des espions et des assassins.

Immobile devant le navire en cale sèche, il regardait à la ronde lorsqu'il entendit soudain des pas rapides et perçut derrière lui l'ombre d'un mouvement. Alarmé, il tenta de se retourner tout en s'écartant. Mais il était trop tard : quelque chose lui frappa brutalement le dos et le jeta au sol. Katoen tomba dans la boue et perdit son chapeau à rebords larges orné d'une touffe de plumes bleues. Il roula vite sur le côté, échappant ainsi à une autre attaque. La brève extrémité d'une corde au bout de laquelle on avait fait un gros nœud claqua à l'endroit où il était allongé un instant plus tôt.

L'agresseur n'était pas particulièrement grand, mais c'était un homme puissant, presque chauve, un cache-œil en cuir sur l'orbite gauche. Soufflant comme un taureau furieux, il se retourna vers Katoen et prit son élan pour donner un nouveau coup de sa corde nouée.

Katoen mit alors à profit les heures d'entraînement qu'il avait suivies auprès de Robbert Cors, ce lutteur connu de toute la ville. Ses jambes serrèrent comme une paire de ciseaux les cuisses de son adversaire, qui s'effondra dans la boue, près de l'inspecteur, avant même d'avoir pu porter son coup. L'homme donna de la tête contre une pile de planches à coque, et resta un instant abasourdi. Ce laps de temps suffit à Katoen pour lui arracher la corde et la lancer loin de lui. Il s'assit à cheval sur l'inconnu et constata que son cache-œil avait glissé, dévoilant une cavité béante.

Mais un nouveau danger le menaçait déjà : les ouvriers du chantier encerclaient les hommes allongés au sol et regardaient Katoen avec méfiance, pour ne pas dire avec hostilité. C'étaient des types de bonne stature, et bon nombre d'entre eux tenaient un outil entre les mains. Quant à leurs mots, ils n'étaient guère plus avenants que leurs regards : « Qu'est-ce qu'il vient faire ici, ce gommeux que personne ne connaît? » – « Il fouine! » – « C'est peut-être l'assassin de Van Rosven, ou l'un de ses amis! » – « En tout cas il n'a rien à faire ici, foutons-lui une raclée! »

Celui qui avait parlé en dernier, un rouquin au cou de taureau, tenait dans la main droite un marteau pourvu d'une tête cylindrique allongée – un marteau à calfater. Il fit un pas vers Katoen et leva son instrument.

— Je vais lui cogner un peu la tête, ça va lui faire passer sa curiosité!

Katoen ne portait pas d'arme à feu sur lui, mais un poignard était accroché à sa hanche droite. En un éclair, il le sortit de son fourreau et tint la pointe face à l'œil unique de son premier adversaire.

— Si l'un d'entre vous fait un pas, un seul, vous pourrez aller visiter votre ami à l'asile des aveugles!

L'homme au marteau s'arrêta net. Il ne semblait pas douter que Katoen parlait sérieusement. Celui-ci n'avait aucune raison d'épargner le borgne qui l'avait agressé sans prendre de gants.

L'homme au cache-œil, qui avait retrouvé tous ses esprits, comprit lui aussi quel risque il courait. La pointe du poignard à deux doigts de sa paupière ouverte, il avait le souffle court et saccadé. Son front luisait de sueur.

— Tu ne peux pas nous vaincre tous, l'étranger, reprit le rouquin. Si tu touches à Claes, on te réduit en bouillie !

— Si Claes est aveugle, ça ne l'avancera pas beaucoup, répondit Katoen avec tout le calme et la réflexion dont il était capable dans une situation tendue. Et ne vous trompez pas, mes amis, je sais très bien me servir d'un couteau ! Je liquiderai d'abord deux ou trois d'entre vous !

— On le sait, que tu le manies bien. Ton poignard a coûté la vie à notre maître, Jacob Van Rosven. Ça t'explique qu'on ne va certainement pas te laisser filer !

Avant que Katoen n'ait pu répondre, on demanda d'une voix de stentor :

— Qu'est-ce qui se passe ici ? Pourquoi est-ce qu'on ne travaille pas ?

Les hommes ouvrirent une haie, que traversa un personnage aux habits élégants. Une barbe et une moustache soigneusement taillées cachaient un visage encore jeune. Katoen lui donna entre vingt-cinq et trente ans.

— Alors, qu'est-ce qui se passe ? répéta-t-il.

— Nous avons mis la main sur un étranger qui venait fouiner par ici, répondit l'homme au marteau de calfatage. Ce type dit qu'il sait manier le poignard et menace d'arracher l'œil à Claes Pieters. C'est sans doute l'assassin de votre père, *Mijnheer* Van Rosven.

— Absurde ! répliqua Katoen. Je suis l'inspecteur de circonscription Jeremias Katoen, et le juge d'instance m'a chargé de mener l'enquête sur le meurtre de Jacob Van Rosven.

— Ça, n'importe qui peut le prétendre, grogna le rouquin.

— Nous pouvons aller ensemble à l'hôtel de ville. Si tu as raison, le rouquin, tu pourras me fracasser le crâne avec ton marteau. Mais si j'ai dit vrai, je te ferais fouetter en public. Alors, qu'est-ce que tu en penses ?

Le regard du rouquin trahit son incertitude, et il se tourna vers ses collègues pour demander leur aide. Aucun n'eut envie de prendre la responsabilité d'une décision, et tous regardèrent le sol d'un air contrit.

Le jeune Van Rosven ramassa le chapeau de Katoen et s'adressa aux ouvriers :

— Je connais cet homme, je l'ai déjà vu à l'hôtel de ville. C'est bien l'un des policiers du juge d'instance. Alors il vaudrait mieux retourner à votre travail avant qu'il ne vous fasse tous mettre au cachot.

Les gaillards obéirent à contrecœur tandis que Katoen se redressait et rangeait le poignard dans le fourreau qu'il portait à la hanche. Claes Pieters resta au sol, immobile, seul son œil suivait le moindre mouvement de Katoen. La peur se lisait à présent sur son visage – non plus celle du poignard, mais celle de voir s'abattre la sanction de la Loi.

— Ne tenez pas rigueur à nos hommes pour leur comportement, *Mijnheer* Katoen, le pria Van Rosven. Ce sont des âmes simples, mais fidèles. Depuis que mon père a été trouvé ici assassiné, la tension est extrême aux chantiers navals, vous l'avez constaté vous-même. Mon père était très apprécié par ses employés, et chacun d'entre eux se ferait un plaisir de régler le sort de l'assassin de ses propres mains.

Katoen toisa le borgne et soupira :

— Lève-toi et retourne à ton travail !

L'ouvrier ne se le fit pas dire deux fois. Agile comme un chat, il se remit sur ses jambes et disparut derrière une grande cabane en bois.

— Je vous remercie de votre compréhension, dit Van Rosven en tendant son chapeau au policier. Je suppose que cela vous appartient.

Katoen reprit le couvre-chef et le frotta pour le dépoussiérer. La touffe de plumes bleues était cassée. Katoen la retira et la laissa tomber sans y prendre garde.

— Je suis désolé. Je vous remplacerai votre chapeau.

— Ce n'est pas nécessaire. Depuis quelque temps, de toute façon, la couleur bleue me fatigue.

Le vent tourna et poussa vers eux la lourde odeur de la poix.

— Marchons encore un peu, proposa Van Rosven. On ne parle pas bien quand on respire mal.

Ils traversèrent le terrain du chantier naval vers la rive de l'Ij, où ils s'assirent sur une caisse à outils en bois. Une intense animation régnait sur le fleuve. De petits bateaux revenaient du Zuiderzee ou s'y rendaient pour récupérer le chargement des grands navires de commerce ancrés devant l'île de Texel, ou les approvisionner avant un nouveau transport de marchandises et de vivres. Katoen crut même reconnaître le lourd parfum des épices exotiques.

La tension qu'il ressentait depuis l'attaque de Claes Pieters déclina ; à cet instant seulement, il sentit une douleur lancinante qui partait de ses reins et rayonnait dans tout son dos. Il gémit doucement en le palpant avec prudence. Van Rosven le regarda avec inquiétude.

— Rien de sérieux, j'espère.

— Moi aussi, *Mijnheer*…

— Paulus Van Rosven, compléta-t-il avec un sourire, comme pour s'excuser. Avec toute cette excitation, j'ai oublié de me présenter dans les formes. Je suis le fils aîné de Jacob Van Rosven.

— Et vous reprenez les affaires après la mort de votre père ?

— Pas tout seul : avec mon frère Mathijs, ma sœur Cornelia et ma mère. C'étaient les dernières volontés de mon père.

— Quatre têtes ne sont-elles pas trop quand il s'agit de prendre une décision ?

— Au contraire, quatre opinions sont plus utiles que trois, deux ou une, et nous prenons la décision que la majorité estime être la bonne.

— Quand cela se joue sur quatre voix, il n'y a pas forcément de majorité.

— À cela aussi, mon père a pensé. Dans de tels cas, la voix de ma mère est prépondérante.

— Votre père semble avoir envisagé tous les cas de figure.

— Effectivement. (Après un long regard instigateur sur Katoen, le jeune propriétaire du chantier naval ajouta :) N'allez donc pas penser sérieusement qu'un héritier impatient pourrait avoir la mort de mon père sur la conscience.

— Vous lisez dans mes pensées, *Mijnheer* Van Rosven ?

— Non, je ne lis pas, je devine. Si vous êtes chargé de cette enquête, vous vous posez forcément cette question, je le comprends bien. Mais croyez-moi, vous chercherez l'assassin en vain dans notre famille. Je réponds sur ma tête de l'innocence de mes frères et sœur ; quant à ma mère, elle est au-dessus de tout soupçon.

— Je vous crois. Il y a en effet eu un autre meurtre, et celui-là n'a rien à voir avec votre famille, dit Katoen, et il lui raconta la mort de Balthasar De Koning.

Van Rosven marqua le coup et eut besoin d'un bon moment pour retrouver contenance. Il finit par demander :

— Mais qu'est-ce qui vous fait croire qu'il s'agit du même assassin ?

— *Primo* : les deux hommes ont été poignardés de la même manière. *Secundo* : les deux crimes ont eu lieu un lundi soir, après la réunion des « Vénérateurs de la Tulipe ». *Tertio* : les deux victimes tenaient ceci au creux de leur main.

Katoen sortit une petite boîte de tabac à priser et en ôta le couvercle. La boîte contenait un pétale noir moucheté de taches rouges. Van Rosven prit la boîte et en observa longuement le contenu.

— C'est donc cela, le pétale qu'on a trouvé sur mon père !

— Vous êtes au courant ?

— Le juge m'en a parlé.

— Il ne vous l'a pas montré ?

— Non. Pourquoi l'aurait-il fait ? En matière de tulipes, aucun membre de la famille n'a la science que détenait mon père. C'était sa passion.

— Vous ne pouvez donc pas me dire de quelle tulipe provient ce pétale ?

— Non.

— Avez-vous déjà vu une tulipe présentant ce motif, chez votre père, peut-être, ou dans votre maison ?

Van Rosven réfléchit brièvement avant de secouer la tête.

— Pas que je sache. Mais les tulipes ont beau ne pas être ma passion, je suppose tout de même qu'il s'agit d'un spécimen très rare.

— Il n'est effectivement pas nécessaire d'être grand connaisseur pour le voir.

Katoen reprit la boîte et referma le couvercle.

— Ça n'est d'ailleurs pas le pétale qu'on a trouvé sur votre père, mais celui que Balthasar De Koning tenait dans sa main après sa mort. Cela dit, les deux pétales ont une ressemblance extraordinaire. Nous pouvons très vraisemblablement considérer qu'un seul et même criminel a commis les deux meurtres.

— Et vous avez déjà une piste ?

— Rien d'autre que ce pétale.

Jeremias Katoen était mécontent lorsqu'il quitta le chantier naval. Son entretien avec Paulus Van Rosven avait été aussi infructueux que celui qu'il avait eu avec les parents de Balthasar De Koning avant de se rendre chez Van Rosven. Ce qui était arrivé à De Koning était tout aussi incompréhensible à la famille du banquier que l'était, pour Paulus Van Rosven, le destin qu'avait connu son père. Nul ne paraissait pouvoir lui fournir le moindre élément susceptible de faire avancer son enquête. Il ne cessait d'aligner et de recomposer tous les faits qu'il connaissait pour y trouver un sens caché. Deux lundis soir, deux meurtres dont avaient été victimes deux citoyens de premier plan, tous deux membres des « Vénérateurs de la Tulipe ». Tout cela coïncidait encore avec la théorie du juge d'instance : une puissance ennemie tirait les ficelles de cette affaire. Mais cette histoire de pétale vraisemblablement laissé par l'assassin rendait le tout énigmatique.

Plus il y réfléchissait, plus il lui était difficile de démêler cet écheveau. Après la discussion qu'il avait eue au cours de la nuit avec le juge, il s'était rendu dans son appartement au Botermarkt et s'était allongé quelques heures, mais bien qu'il eût été totalement exténué, il n'avait pratiquement pas dormi. La fatigue se faisait sentir, et ses reins douloureux contribuaient à assombrir encore son humeur.

Plongé dans les réflexions qui le tourmentaient, il avait pris la direction du sud-ouest sans vraiment savoir pourquoi. Il était sorti de l'enceinte du chantier naval et voyait à présent à sa gauche les vastes espaces verts du jardin botanique où les habitants d'Amsterdam venaient volontiers flâner, le soir, une fois leur travail accompli. Mais à cette heure-là, en plein jour, on apercevait surtout, tapies à l'ombre des arbres, des canailles peu enclines à se montrer au soleil : les putains et leurs clients.

Il resta au bord du jardin botanique et observa une femme vêtue d'une robe que l'on voyait de loin, avec son tissu rouge éclatant. Elle aussi l'avait vu et se dirigea vers lui, la démarche enjôleuse. Elle n'était pas aussi jeune que devaient le faire croire sa robe et son déhanchement exagéré. Katoen fut pris d'un étrange sentiment, mélange d'écœurement et de colère ; il fut tenté d'arrêter cette créature impudique et de la faire inculper de prostitution illégale. La fille de joie parut deviner son mécontentement. Elle s'arrêta d'un seul coup, et l'incertitude se dessina sur son visage un peu trop large juste avant qu'elle ne fasse volte-face et s'éloigne d'un pas rapide. Il réprima l'envie de lui courir après pour lui infliger la peine qu'elle méritait. Il était trop épuisé et avait plus important à faire.

À cet instant seulement, il s'aperçut qu'il n'était pas loin de la Jodenbreestraat, où se trouvait l'auberge des Trois Tulipes. Était-ce vraiment un hasard s'il avait pris cette direction ? Il se tourna vers la droite et n'eut pas à marcher beaucoup : l'auberge se trouvait à l'extrémité est de la Jodenbreestraat. On voyait de loin l'écriteau aux trois tulipes entrelacées posé au-dessus de l'entrée.

Il entra et constata que cette gargote était moins ténébreuse que la plupart des autres. Les murs étaient ornés de tableaux, et tous, sans exception, représentaient des variétés de tulipes les plus diverses. Toutes les fleurs qu'on distinguait sur les toiles avaient des pétales aux motifs exceptionnels, dans toutes les couleurs possibles. Mais il chercha en vain une tulipe noire mouchetée de gouttes rouges.

Seules deux tables étaient occupées, et l'aubergiste, un homme trapu qui devait avoir la quarantaine, s'ennuyait visiblement derrière son comptoir. Katoen le salua courtoisement et commanda une bière de Delft.

— Et avec ça une pipe avec du bon tabac.

— L'un des meilleurs, ceux d'Utrecht ou de Veluwe ? demanda l'hôte tout en déposant devant Katoen une chope de bière en étain joliment orné.

— Je veux dire : du *vraiment* bon tabac.

— Par exemple de l'américain de Virginie ? fit l'aubergiste avec un sourire.

— Si vous en avez.

— Bien entendu que j'en ai, mais il est trop cher pour la plupart de mes clients.

— Mes fonds suffiront bien à remplir deux pipes, si je peux vous inviter à partager le tabac et une bière.

Le sourire de l'aubergiste s'élargit considérablement.

— Mais vous le pouvez, *Mijnheer*, vous le pouvez !

Ils s'installèrent à une table voisine du comptoir, et l'odeur épicée du tabac ne tarda pas à emplir la pièce. Katoen constata avec joie qu'il fumait du tabac de Virginie pur et authentique. En de nombreux lieux, on avait pris la mauvaise habitude de le mélanger à des espèces locales meilleur marché. La pipe et la bière l'aidèrent à se détendre. La fureur qui s'était emparée de lui à la vue de la putain s'était dissipée, et il sentait qu'il retrouvait peu à peu sa capacité de réflexion.

— Êtes-vous Geert Willems, le propriétaire de cette auberge ? demanda-t-il entre deux bouffées.

— Oui, répondit son interlocuteur d'une voix hésitante, comme s'il était subitement pris de méfiance. Nous nous sommes déjà rencontrés ?

— Non, mais le juge d'instance a mentionné votre nom la nuit dernière, expliqua Katoen avant de se présenter. Savez-vous ce qui s'est passé après que l'un de vos clients a quitté cette maison ?

Ses joues rouges n'empêchèrent pas l'hôte de faire grise mine ; il hocha la tête.

— Comment l'avez-vous appris ?

— Vous êtes dans une auberge, les nouvelles y circulent plus vite que n'importe où ailleurs. Quelques gardes de nuit sont venus ici ce matin reprendre des forces après leur service. Ils ont raconté ce qui s'était passé à la Zuiderkerk. (Willems frappa du poing sur la table, si fort que les godets d'étain en tremblèrent.) La semaine dernière Jacob Van Rosven, et à présent Balthasar De Koning, voilà un sacré coup porté aux « Vénérateurs de la Tulipe » ! Et un mauvais hasard.

— Ah ça, c'est tout sauf un hasard.

Katoen posa sur la table la boîte de bois allongée et l'ouvrit.

— Qu'est-ce que c'est ? demanda le patron.

Katoen désigna les tableaux de tulipes aux murs.

— Vous devriez le savoir.

— Le pétale d'une tulipe, ça, je le vois bien. Et même d'une tulipe très exceptionnelle. Mais pourquoi me le montrez-vous ?

— Vous n'êtes donc pas au courant ? grogna Katoen avant d'expliquer à l'aubergiste ce qui caractérisait le contenu de la boîte et de conclure : Vous voyez bien, *Mijnheer* Willems, qu'un hasard est exclu.

— Oui, d'accord. Mais il n'empêche, je ne comprends pas. Pourquoi quelqu'un fait-il une chose pareille ?

— Si je le savais, j'aurais avancé d'un bon pas. J'avais espéré que vous pourriez me fournir quelques indices. Vous semblez vous y connaître en tulipes. Vous pouvez peut-être me dire de quelle espèce il s'agit.

Tout en parlant, Katoen poussa la boîte juste sous le nez de Willems. Le patron en sortit prudemment le pétale, le mit sous la lumière et le regarda longuement. Son étonnement initial se changea peu à peu en admiration.

— Je n'ai encore jamais vu une teinte aussi sombre ; cette tulipe semble effectivement avoir des pétales noirs comme du charbon. Et puis il y a les taches, aussi étonnantes par leur forme que par l'intensité de la couleur. En règle générale, les tulipes ont des motifs en ruban. Mais des gouttes comme celle-là… Ça doit être un hybride très rare et très précieux. (Il reposa le pétale dans la boîte, presque avec recueillement.) Du temps de mon père, lorsque la fièvre des tulipes se propageait et que notre auberge passait pour l'une des plus connues parmi les bourses aux tulipes, on aurait offert une fortune pour un oignon de cette fleur-là.

— On négociait donc les tulipes, ici ?

— Oui, ici comme dans tant d'auberges ; mais aujourd'hui aucun patron ne veut plus en entendre parler ni donner à son établissement le nom d'une tulipe, alors que c'était monnaie courante dans le temps. Mais bon, je peux le comprendre, beaucoup ont perdu toute leur fortune quand les cours se sont effondrés, en 37 ; ensuite, les tulipes ont été beaucoup moins appréciées. À deux maisons seulement d'ici, sur le côté droit de la rue, en direction du centre, il y a un malchanceux de ce genre – Swalmius, il s'appelle. J'étais encore un enfant à l'époque, mais mon père m'a souvent raconté l'histoire. Ce Swalmius était un homme riche, et l'un des plus grands passionnés de tulipes d'Amsterdam. Mais après l'effondrement, il a dû vendre sa maison pour payer ses dettes ; du jour au lendemain, il s'est retrouvé pauvre comme Job.

— Moi aussi, j'étais petit en ce temps-là, beaucoup trop petit pour entendre même parler de la fièvre des tulipes. Plus tard non plus, je n'ai jamais vraiment compris comment des gens avaient pu miser toute leur fortune sur quelques bulbes.

— Et parfois même sur un seul, lorsque c'était un spécimen exceptionnel. (Willems avala une bonne gorgée de bière et se radossa à son siège.) À l'origine, l'amour des tulipes était un plaisir réservé aux gens fortunés ; mais cette distraction est devenue une véritable fièvre qui s'est aussi emparée du peuple ordinaire. On s'est mis à proposer des variétés à bon marché, ce qui permettait à chacun d'acheter des oignons et d'en faire commerce. Mais la demande a augmenté d'un seul coup et a aussi fait monter le prix des tulipes que chacun pouvait s'offrir autrefois ; plus d'un a vendu pour du bon argent ce qu'il avait acheté pour quelques misérables stüber. Cela a donné au peuple et aux riches le goût de faire des affaires. On s'est mis à acheter et à vendre des tulipes avant même que leurs oignons n'aient poussé. On négociait du papier dans l'espoir de profits à venir, et chaque acheteur voulait bien entendu vendre plus cher qu'il n'avait acheté.

— Mais comment tout cela s'est-il effondré ? demanda Katoen, qui avait écouté attentivement.

— On ne sait pas trop bien. Les autorités étaient de plus en plus mal à l'aise depuis un certain temps. On vendait des oignons de tulipes qui n'existaient pas, on payait avec de l'argent que l'on ne gagnerait qu'à la revente. Toute l'économie semblait menacée. Des rumeurs ont annoncé l'interdiction du commerce des tulipes. Soudain, plus personne ne voulait acheter d'oignons de tulipe, et le château de cartes s'est effondré en très peu de temps.

— Votre père ne s'est manifestement pas ruiné en spéculant.

— Il n'a pas participé à ce commerce. Son métier à lui, c'était de mettre son établissement à la disposition des spéculateurs, pour leurs affaires. On avait à cette époque une belle habitude : une fois l'affaire conclue, l'acheteur devait payer ce qu'on appelait le sou du vin, un demi-stüber par florin, avec lequel on pouvait boire et manger. Ah oui, à la grande heure de la fièvre des tulipes, c'était quelque chose !

— Dans ce cas, il faut féliciter votre père autant pour son habileté en affaires que pour la retenue dont il a fait preuve.

— Moi qui suis son héritier, je ne peux que vous approuver, *Mijnheer*, répondit Willems en riant.

— Et comment se fait-il que l'on n'ait pas rebaptisé son auberge après la catastrophe des tulipes ?

— À l'époque, tous n'ont pas renié leur amour de la tulipe. Certains des citoyens respectables qui n'avaient pas perdu leur fortune se sont réunis au sein des « Vénérateurs de la Tulipe » et ont choisi notre auberge pour en faire leur quartier général.

Willems était visiblement fier que ces rencontres aient lieu dans son établissement.

Katoen jouait avec la boîte en bois qu'il tenait dans la main droite.

— Quel que soit le responsable, il ne semble pas beaucoup tenir à la bonne réputation de la tulipe.

4.

L'assassin aux tulipes

Lorsque Katoen quitta l'auberge des Trois Tulipes, il se sentait un peu mieux qu'une heure plus tôt. La bière et le tabac de Virginie l'avaient rasséréné et sa douleur aux reins avait elle aussi nettement décru. En revanche, un tiraillement dans la région de l'estomac vint bientôt lui rappeler qu'il n'avait encore rien mangé. Dès qu'il atteignit le Dam, l'artère centrale d'Amsterdam, il entra dans l'une des nombreuses tambouilles du lieu et commanda une carpe marinée dans le vin, arrosée d'une bonne cruche de rhénan.

Assis près d'une fenêtre, il se sustenta avec une grande satisfaction, tout en suivant l'animation qui régnait sur le Dam. De nombreux stands occupaient la place située au milieu de cette avenue : les jours de semaine, du petit matin jusqu'à une heure tardive de la soirée, on y tenait le marché au poisson. Les mareyeuses au corps trapu criaient à tue-tête pour vanter leur marchandise, brochet, cabillaud, saumon, aiglefin, turbot ou sole. Non loin des éventaires, les négociants locaux et étrangers, certains vêtus d'habits aux couleurs somptueuses qui se distinguaient des robes sombres des Néerlandais, se bousculaient aux entrées de la bourse où ils réglaient leurs affaires dans la grande cour intérieure. Mais le tohu-bohu qui régnait autour de l'établissement n'était pas le seul fait des négociants en gros : à l'étage supérieur se trouvaient aussi quelques boutiques dans lesquelles on vendait des marchandises de luxe en provenance de toutes sortes de pays : verre de Zutphen, porcelaine chinoise ou couverts en cuivre importés des pays allemands, gants de cuir, mouchoirs en soie ou tapis de Damas, peinture à l'huile, gravures ou dessins, on y trouvait de tout. Le regard de Katoen continua à balayer son entourage, se dirigea vers le bâtiment isolé de la balance municipale, autour duquel une foule de gens allait et venait : c'est là que chaque grossiste devait faire peser ses marchandises avant le prélèvement des taxes. C'est sur le Dam que battait véritablement le cœur d'Amsterdam, peut-être même celui de tous les Pays-Bas, et cette animation bigarrée et bruyante lui fit oublier, quelques minutes durant, que de puissants ennemis menaçaient la nation et qu'un meurtrier sévissait au cœur de cette ville.

La grande cloche de la tour de la bourse sonna la deuxième heure de l'après-midi, annonçant ainsi la fin de la journée boursière. Et elle rappela Katoen à ses obligations. Il paya son repas à la hâte, sortit sur le Dam et se tourna vers le nouvel hôtel de ville, un bâtiment massif qui semblait rivaliser avec la Nieuwe Kerk, juste à côté de lui. Le somptueux édifice carré de l'hôtel de ville, que l'on avait déjà qualifié de huitième merveille du monde, avait été construit quelques années plus tôt seulement, et l'architecte Jacob Van Campen avait fait enfoncer plus de treize mille pieux dans la terre pour asseoir solidement ce bâtiment sur le Dam, lequel n'était après tout qu'une digue érigée un siècle plus tôt.

Pour Katoen, l'hôtel de ville incarnait à la perfection le caractère inflexible des Néerlandais et leur quête inconditionnelle de prestige et de succès. L'intérieur du bâtiment était lui aussi somptueux, depuis les sols en marbre jusqu'aux sculptures et peintures coûteuses que l'on avait commandées aux plus fameux artistes d'Amsterdam. Mais son aménagement était encore loin d'être terminé ; dans les moindres recoins, on continuait à donner du marteau et de la scie, et il faudrait sans doute encore quelques années pour que tout ait l'allure que le conseil municipal avait prévu de lui donner. Pour en rester à sa comparaison entre ce bâtiment et l'âme hollandaise, Katoen estimait cela tout à fait normal : le Néerlandais était lui aussi inlassable, son développement ne s'arrêtait jamais, il construisait des navires, créait des colonies outre-mer, pratiquait le commerce avec tous les continents – en un mot : il n'en avait jamais fini.

Katoen se considérait comme un rouage modeste, mais important de ce mécanisme, même s'il ne construisait pas de navires, ne produisait pas de marchandises, ne prenait pas la mer et n'explorait pas de contrées exotiques. Il veillait sur la sécurité et l'ordre à Amsterdam, contribuant ainsi, à sa manière, à maintenir la stabilité de tout ce grand ensemble. Cela l'emplissait de satisfaction, et il était fermement décidé à tout faire pour qu'Amsterdam reste une ville où les citoyens pourraient continuer à se déplacer sans craindre les ennemis intérieurs ou extérieurs.

À l'ombre de l'hôtel de ville, il tomba sur ses deux lieutenants, qu'il avait de nouveau envoyés, dans la matinée, faire le tour de la Zuiderkerk pour trouver d'éventuels témoins de l'assassinat de Balthasar De Koning. Ils firent grise mine lorsqu'il les interrogea sur le résultat de leur travail.

— Nous avons fait du porte-à-porte, nous avons parlé à tous ceux que nous avons rencontrés, répondit Joris Kampen en soupirant et en essuyant avec la manche de son pourpoint la sueur qui perlait sur son front élevé, comme pour prouver l'effort accompli. Mais personne, ou presque, n'a rien remarqué.

— Qu'est-ce que signifie ce personne *ou presque* ?

Jan Dekkert prit la parole :

— Personne n'a vu le meurtre proprement dit, mais le marchand de soie Éphraïm da Costa, de l'Anthonisbreestraat, croit avoir vu Balthasar De Koning à l'endroit où l'on a trouvé son cadavre, et ce à peu près au moment où De Koning avait quitté l'auberge des Trois Tulipes. Da Costa lui-même rentrait chez lui et ne s'est donc pas attardé. Mais il pense que le banquier parlait à une femme.

— Il croit et il pense, gémit Katoen. Tout cela n'a pas l'air particulièrement fiable !

— Je pense tout de même que sa déposition est digne de foi, reprit Dekkert. Il était tard et da Costa était pressé, raison pour laquelle il n'a pas regardé trop attentivement. Il ne veut donc pas se montrer trop formel. Mais je le considère comme un homme de conscience et un témoin qui mérite confiance.

— A-t-il entendu de quoi parlaient De Koning et cette femme ?

— Non, malheureusement pas. Il n'a même pas eu le temps de voir le visage de la femme.

— Une meurtrière plutôt qu'un meurtrier ? fit Katoen en soupirant. Elle doit avoir une sacrée force, ou savoir diablement manier le couteau, sans quoi la lame ne se serait pas enfoncée aussi profondément dans sa poitrine.

Dekkert ôta son chapeau sombre et ramena en arrière ses boucles blondes qui lui étaient tombées sur le front.

— Même si cette femme a un rapport avec l'assassinat, ça ne veut pas forcément dire qu'elle l'a commis elle-même. Elle pourrait aussi avoir servi d'appât. Comme la Grosse Dela pour son maquereau de Dircks.

— Puisque vous mentionnez cette fille de joie, ce serait bien d'arriver à l'heure à l'audience, rappela Katoen.

Les trois hommes entrèrent dans l'hôtel de ville et rejoignirent à grands pas la salle d'audience située à l'arrière du bâtiment. Le procès de la Grosse Dela avait déjà commencé et le juge d'instance lança aux retardataires un regard désapprobateur. Katoen ne fut pas surpris de constater que Nicolaas Van der Zyl en personne présidait le tribunal. Le maquereau et sa prostituée avaient tout de même dépouillé quelques honorables bourgeois ; après le meurtre qui avait eu lieu la nuit précédente, le juge voulait peut-être faire comprendre qu'il œuvrait à la sécurité de la population d'Amsterdam.

En tout cas, la Grosse Dela, qui s'appelait en réalité Dela Oetgens, ne trouva aucune grâce à ses yeux : en dépit de ses lamentations, et bien qu'elle ait promis, d'une voix entrecoupée de sanglots, de mener à l'avenir une vie pieuse et décente, elle fut condamnée à deux années de Spinhuis – tel était le nom de la prison pour femmes où les délinquantes, astreintes à un rude travail aux métiers à tisser, étaient censées connaître l'amélioration spirituelle et morale.

À peine les huissiers avaient-ils fait sortir la fille de joie que le juge proclama ouvert le procès de Jaepke Dircks. Il portait une chemise propre, et l'on ne devinait rien des coups de fouet qu'il avait reçus la nuit précédente. Lorsqu'il s'assit sur le banc, il poussa un cri de douleur que Katoen entendit avec satisfaction. Le policier n'avait aucun doute : c'est Dircks qui tirait les ficelles. Dela et cet étrange petit garçon n'avaient été que ses instruments. Lorsque Katoen vint déposer et affirma sa conviction avec force, le visage du proxénète s'assombrit.

Mais lorsque vint le tour du maquereau, il sembla avoir retrouvé d'un seul coup sa bonne humeur. Katoen et les autres membres de l'assistance ne tardèrent pas à en comprendre le motif : Dircks se proposait de rendre sur-le-champ tout l'argent qu'il avait volé et de verser en outre le double de cette somme au conseil municipal afin d'être dispensé de peine.

Van der Zyl, étonné, se pencha vers lui :

— Vous voulez vous racheter ? Vous avez autant d'argent ?

— Je l'ai et je peux le verser à n'importe quel moment.

Le juge consulta un instant ses assesseurs avant de répondre :

— Votre proposition est acceptée par le tribunal, accusé. Non pas pour vous épargner, mais parce que cela permettra de réparer les dommages que vous avez causés.

La déception et la rage s'emparèrent de Katoen à l'idée que Dircks pourrait s'en tirer à si bon compte.

— La prostituée est punie, mais le proxénète qui l'a mise sur le trottoir pourrait repartir comme ça ?

Il s'était levé et avait prononcé ces mots à voix haute dans la salle. Van der Zyl le regarda d'un air sévère :

— Vous avez bien entendu, monsieur l'inspecteur de circonscription, que l'accusé veut se racheter.

— Oui ! Avec l'argent qu'il a volé !

— Celui-là, il le remboursera. Et il paiera le double pour se racheter, rétorqua le juge.

— Dircks a certainement détroussé plus de citoyens que ceux dont nous avons entendu parler, répondit

Katoen. La honte a dû en inciter beaucoup à se taire. Ce que l'accusé a volé à ceux-là suffira sans aucun doute largement à payer son rachat.

— C'est une accusation sans preuve ! lança Dircks à Katoen.

— L'accusé a raison, opina Van der Zyl.

— Si cet homme quitte le tribunal sans avoir été sanctionné, cela en incitera plus d'un à l'imiter.

Le juge et ses assesseurs tinrent un nouveau conciliabule. Puis Van der Zyl proclama :

— Le tribunal considère que l'objection de l'inspecteur Katoen est justifiée, d'autant plus que l'accusé a commis son acte en récidive. Raison pour laquelle le rachat lui est concédé mais s'accompagnera de dix coups de fouet donnés devant l'hôtel de ville.

Katoen entendit avec satisfaction les paroles du juge, et vit avec le même contentement, peu après, le cuir du fouet danser sur le dos du maquereau en y laissant des stries ensanglantées et en rouvrant les plaies encore fraîches de la nuit passée. Dans l'esprit de Katoen, qui s'était mêlé aux badauds attroupés autour de la place de grève, le corps du délinquant qui se tordait sous les coups se mêla à celui, demi-nu, de la Grosse Dela. Il se rappela avec dégoût la chevauchée qu'elle avait entreprise la nuit précédente sur son client. Jaepke Dircks était à l'origine de tout cela, il n'avait que ce qu'il méritait, un coup de fouet après l'autre. Mais Dircks fixa Katoen du regard, et une franche haine brilla dans ses yeux.

Katoen entra avec des sentiments mitigés dans le bureau du juge qui l'avait fait appeler juste après la séance de coups de fouet. Van der Zyl voulait-il lui faire des remontrances pour être intervenu à l'audience ?

En tout cas, le juge d'instance, assis à son bureau, le regard rivé sur une grande feuille de papier, avait la mine extrêmement maussade.

— Ah, vous voilà, Katoen. Vous avez vu ça ?

Il souleva la feuille et la tendit à Katoen. C'était la toute dernière édition du *Populaire d'Amsterdam*, parue le jour même.

— Je n'ai pas encore eu aujourd'hui l'occasion de lire le journal.

— Dans ce cas, regardez l'article en haut de la première page, dit le juge d'une voix énervée. Allez, lisez donc !

Katoen se mit à lire.

L'Assassin aux Tulipes

Deux meurtres inquiétants se sont produits à Amsterdam, le premier la nuit passée, le deuxième voici huit jours. La première victime est le propriétaire de chantiers navals Jacob Van Rosven, que l'on a trouvé poignardé dans l'enceinte de son entreprise. Il revenait ce soir-là de l'assemblée hebdomadaire des « Vénérateurs de la Tulipe », qui se retrouvent chaque lundi soir à l'auberge Aux Trois Tulipes, Jodenbreestraat. La deuxième victime, le banquier Balthasar De Koning, a été trouvé près de la Zuiderkerk, lui aussi poignardé. Et lui aussi revenait de cette réunion. Cette coïncidence est à elle seule une cause de soupçon et permet de conclure qu'il s'agit d'un seul et même criminel. Étrangement, les autorités gardent le silence sur ce point – tout comme sur le fait que les deux victimes serraient dans leur main le pétale d'une espèce rare de tulipe, noir moucheté de taches rouges rappelant le sang. Ici, l'assassin semble avoir laissé un mystérieux indice. On se demande pourquoi les autorités font tant de mystères. Peut-être ne tiennent-elles pas du tout à mettre la main sur ce funeste assassin aux tulipes?

Katoen, de fort mauvaise humeur, lança le journal sur la table.

— Avec ces pisse-copie, nous pouvons faire une croix sur nos efforts pour ne pas inquiéter la population ! Mais d'où tiennent-ils tous ces détails ? Qui leur a parlé des pétales ?

— C'est bien ce que vous allez devoir établir. Le directeur du *Populaire*, Antonius Swildens, a ses bureaux non loin d'ici, Kalverstraat.

— Je vais tout de suite lui rendre visite.

— Bien. À propos, Katoen, venez donc chez moi ce soir. Je donne une petite soirée de bienfaisance au nom des « Vénérateurs de la Tulipe ». Compte tenu de ces terribles meurtres, nous avions d'abord envisagé de décommander la fête, mais nous avons finalement préféré la dédier aux deux morts. Pour vous, c'est une bonne occasion de vous familiariser avec notre association botanique et ses membres.

Katoen repartit avec ses deux lieutenants et les informa de l'entretien qu'il venait d'avoir avec le juge d'instance.

Lorsqu'ils se furent extraits de la foule qui peuplait le Dam pour emprunter la Kalverstraat, avec ses nombreuses boutiques de bouchers, cordonniers et tresseurs d'osier, Dekkert demanda :

— Pourquoi Antonius Swildens a-t-il publié cet article sans s'en entretenir d'abord avec nous ou avec Van der Zyl ? Il se doute bien, quand même, que ce texte ne va guère réjouir l'hôtel de ville.

— Je suppose que c'est bien son but, répondit Katoen. Dans sa jeunesse, Swildens a vainement tenté, à plusieurs reprises, d'obtenir un poste élevé au conseil. Il visait sans doute le fauteuil du maire. Mais ses manières ne lui attirent pas beaucoup d'amis, et sans amis on n'accède pas à ce genre de fonctions. Depuis qu'il a échoué, aucun des hommes de l'hôtel de ville ne trouve plus grâce à ses yeux. Quelques pamphlets ont déjà paru dans le *Populaire* à propos de l'administration municipale. Mais cet article sur le prétendu tueur aux tulipes m'inquiète particulièrement : tous les faits qui y sont mentionnés sont exacts !

— Pour un article de journal, c'est effectivement extraordinaire, confirma Dekkert.

La maison de Swildens se trouvait sur le côté droit de la rue, près de l'un de ces cafés à la mode qui ouvraient depuis quelques années dans toutes les grandes villes. Celui-ci était l'un des premiers à Amsterdam. Sa porte était à demi ouverte et l'odeur forte et épicée chatouilla le nez de Katoen. Il réprima l'envie soudaine d'une grande tasse de café assaisonnée de cannelle et sucrée au miel, et tira sur le cordon de la sonnette. Son bruit strident attira à la porte un jeune homme aux doigts tachés par l'encre d'imprimerie qui le conduisit de bon cœur auprès d'Antonius Swildens une fois que Katoen se fut présenté.

Le directeur du *Populaire d'Amsterdam* résidait dans une pièce étonnamment étroite qui offrait tout juste assez de place pour un bureau, une chaise et deux bibliothèques. Deux peintures à l'huile ornaient ce qui restait de mur libre. Celle qu'on avait accrochée à côté de la fenêtre montrait un grand navire des Indes orientales ancré devant une côte tropicale ; la deuxième, accrochée près de la porte, faisait face à Swildens lorsqu'il était assis à son bureau. C'était une représentation remarquablement fidèle du nouvel hôtel de ville. L'homme se rongeait-il les sangs en regardant à longueur de journées le bâtiment dans lequel il aurait tant aimé travailler ? Ou bien cela lui servait-il à attiser sa haine ? Peut-être les deux, songea Katoen avant de se tourner vers Antonius Swildens.

Celui-ci avait sans doute déjà dépassé la cinquantaine, et sa mine renfrognée ne contribuait pas à le faire passer pour plus jeune qu'il ne l'était. Une couronne de cheveux grisonnante courait autour de son crâne. Une barbiche pointue, elle aussi poivre et sel, lui donnait une certaine ressemblance avec un bouc. Il était de frêle stature et avait tout d'un homme qui a passé sa vie entière à son bureau.

— Tiens donc, vous êtes monsieur l'inspecteur de circonscription ? (Il toisa longuement Katoen qui, faute d'autres sièges, se tenait debout devant le bureau avec ses deux collaborateurs.) Que faites-vous ici ? Vous occuperiez mieux votre temps à assurer l'ordre dans les rues d'Amsterdam…

Katoen fit un pas en avant et tapota, de l'index, la dernière édition du *Populaire* posée sur le bureau.

— C'est pour cela que je suis ici. Qui a écrit l'article sur l'assassin aux tulipes ?

Swildens se radossa à sa chaise et croisa les mains sur le ventre.

— Pour quelle raison devrais-je vous le dire ?

Katoen singea le ton arrogant de son interlocuteur.

— Parce que sans cela, je vais vous emmener dans cet hôtel de ville qui semble tant vous préoccuper. Je vous y enfermerai dans la cave aux fouets jusqu'à ce que vous répondiez à ma question.

Le calme apparent de Swildens céda la place à l'indignation :

— Comment osez-vous me menacer ainsi ! Je suis directeur du *Populaire*, j'ai une influence considérable !

— Elle ne vous servira à rien. La cave aux fouets a des murs épais, personne ne vous y entendra.

— Vous n'avez pas le droit de faire ça !

— Et comment, que je l'ai ! En protégeant l'auteur de cet article, vous couvrez peut-être l'assassin aux tulipes et vous vous rendez complice de ses crimes.

— Comment cela ?

— Votre article, je dois le reconnaître, contient une foule de détails, des détails authentiques que personne, ou presque, ne connaît. Je suis donc bien forcé de me demander d'où vous tenez vos informations. Peut-être de l'assassin en personne ?

Swildens commença par regarder Katoen, puis ses deux lieutenants, et sembla évaluer s'ils étaient en mesure de faire ce dont l'avait menacé Katoen. Il finit par pousser un profond soupir, se pencha en avant et posa les coudes sur la table tachée d'encre.

— C'est moi qui ai rédigé cet article, comme la plupart des textes du *Populaire*, d'ailleurs. Tout directeur de journal devrait faire la même chose : cela lui évite les confrontations pesantes avec des scribouillards incontrôlables qui se prennent pour Dieu sait qui juste parce qu'ils savent faire des mots avec les lettres de l'alphabet.

— Et comment avez-vous eu connaissance des détails des meurtres ?

Swildens plongea rapidement la main dans un tiroir et en sortit une feuille de papier qu'il montra à Katoen. C'était une lettre, rédigée dans une écriture étrangement anguleuse, et qui commençait par la phrase : « Vous devriez un jour parler dans votre journal des faits suivants, sur lesquels le conseil municipal d'Amsterdam garde un silence complet. » Ce qui suivait correspondait presque mot pour mot à l'article que Katoen avait lu dans le bureau du juge.

— Il me semble que ce n'est pas vous qui avez rédigé l'article, *Mijnheer* Swildens, mais l'expéditeur de cette lettre. De qui s'agit-il ?

— Je l'ignore. La lettre a été glissée pendant la nuit sous la porte de la maison. Il n'y a pas de nom d'expéditeur.

— Vous ne reconnaissez pas l'écriture ?

Swildens secoua la tête.

— Non. Comment voulez-vous ? Cette écriture est visiblement déformée, j'en suis certain.

— C'est possible. Ces lettres gauches et anguleuses ne cadrent pas du tout avec le raffinement des formules. Et vous n'avez vraiment pas la moindre idée de l'identité de son auteur ?

— Aucune, je vous l'assure.

— Je ne serais pas étonné que ce soit l'assassin en personne. Et si j'ai raison, Swildens, vous avez fait cause commune avec lui. J'emporte la lettre, annonça Katoen au directeur du journal qui, piqué au vif, ne disait plus un mot. Et je vous conseille vivement de ne plus publier ne serait-ce qu'une ligne sur l'assassin aux tulipes. Si vous ne respectez pas cette recommandation, c'est dans la cave de l'hôtel de ville que nous poursuivrons cette discussion !

5.

La beauté et la mort

Nicolaas Van der Zyl habitait une grande maison de commerçant sur le Damrak, avec vue sur l'Ij. Le Damrak, qui commençait sur le Dam et débouchait dans le fleuve, était l'un des plus larges canaux d'Amsterdam, si bien que même des bateaux de grande taille pouvaient y naviguer. Des bourgeois de bonne condition, en majorité des marchands, habitaient ici, et de nombreux navires, canots et allèges étaient amarrés aux quais. La grue qui, sous le campanile, dépassait de la maison de Van der Zyl et émergeait au-dessus de l'eau, témoignait de l'époque où un marchand avait effectivement vécu ici et où le bâtiment avait servi non seulement de maison d'habitation, mais aussi d'entrepôt. Le beau-père de Van der Zyl, Wouter Jaelens, avait été un membre en vue de la Compagnie commerciale des Indes orientales et avait amassé une petite fortune. Le juge d'instance avait épousé la fille unique de Jaelens, Hendrickje, et avait revendu, après la mort du commerçant, les parts de celui-ci dans la société. Le bâtiment était désormais strictement réservé à l'habitation, mais il était très peu peuplé depuis que l'épouse de Van der Zyl et ses deux enfants en bas âge avaient été victimes de la peste, quelques années plus tôt. Ce soir-là, l'édifice était vivement éclairé.

Jeremias Katoen fut accueilli par le maître de maison et sa sœur Catrijn, veuve d'un pharmacien. La blonde Catrijn ne vivait pas chez son frère : depuis la mort de son époux, elle continuait à diriger sa pharmacie sur le Kloveniersburgwal, en compagnie d'un docteur en pharmacie qu'elle avait associé à l'affaire. C'est en tout cas ce que Katoen avait entendu dire. Mais lorsque son frère donnait une soirée, c'est elle qui tenait le rôle d'hôtesse. Elle avait sans doute dépassé la trentaine depuis quelques années, elle était donc à peine plus jeune que son frère. Mais elle restait une jolie femme, et lorsqu'elle souhaita la bienvenue à Katoen, en quelques mots aimables et avec un gentil sourire, elle lui fit chaud au cœur.

Le juge attrapa Katoen par le bras et le conduisit dans une petite pièce retirée, où nul ne les dérangerait. Il remplit deux verres de liqueur d'anis et en offrit un à son invité.

— Alors, Katoen, qu'avez-vous obtenu d'Antonius Swildens ?

— Je pense qu'il n'imprimera plus d'autres articles sur le tueur aux tulipes, répondit l'inspecteur en racontant au juge de quoi il avait menacé le directeur du journal.

— Et Swildens n'a pas été outré ?

— Si, mais sa peur de la cave au fouet semble avoir été plus forte que son indignation.

Van der Zyl tapa sur l'épaule de Katoen.

— Bien joué, très bien ! Swildens mérite depuis longtemps ce genre de coup de semonce. Espérons qu'il fera preuve de plus de retenue, désormais, lorsqu'il dénigrera le conseil. (Il vida son verre et le posa sur le buffet, à côté de la carafe de liqueur.) Avez-vous aussi établi d'où l'auteur de l'article tenait tous ces détails ?

— De là. (Katoen sortit la lettre qu'il avait soutirée à Swildens, la tendit au juge et lui expliqua tout ce qu'il savait à son propos.) Mes lieutenants et moi, nous avons interrogé tous les employés de Swildens et les habitants des maisons voisines, mais aucun ne dit avoir vu la personne qui a glissé la lettre sous la porte de la maison de Swildens.

— Dans ce cas, le messager a été très prudent, ou alors…

— Ou alors la lettre n'a jamais été glissée sous la porte, compléta Katoen alors que Van der Zyl s'était arrêté au beau milieu de sa phrase pour replonger dans sa lecture. Si tel est le cas, elle peut être arrivée dans la maison par un autre moyen, ou bien c'est là qu'on l'a rédigée. Tant que nous n'avons pas d'autres éléments, nous aurons du mal à clarifier cette question.

Le juge rendit la lettre à Katoen.

— Mais qui peut bien avoir écrit ça ? Qui a une connaissance aussi intime des circonstances du meurtre ?

— Le meurtrier.

Pendant un instant, Van der Zyl regarda fixement Katoen, incrédule, puis il hocha la tête.

— Il ne fait aucun doute que l'assassin sait tout cela, mais pourquoi le transmettrait-il au public ?

— Pour la raison même qui lui fait laisser des pétales près des corps : il veut que ses crimes attirent l'attention. Comme la mort du propriétaire des chantiers navals n'en a pratiquement suscité aucune, malgré le pétale de tulipe qu'on lui avait glissé dans la main, l'assassin déçu a décidé d'écrire cette lettre afin de soulever l'émotion désirée. Et il a atteint son but.

— Tout cela paraît certes très concluant, Katoen, mais ne nous donne pas le mobile de l'assassin. Pourquoi cherche-t-il à émouvoir le public ?

— Si nous le savions, nous le tiendrions sans doute déjà. Peut-être ne l'apprendrons-nous que lorsque nous lui aurons mis la main dessus.

— Dans ce cas trouvez-le, Katoen, trouvez-le, et vite !

Ils se rendirent dans le grand salon, où Nicolaas Van der Zyl fit une allocution de bienvenue à ses convives. Il évoqua la triste perte qu'avaient subie les « Vénérateurs de la Tulipe » avec les assassinats de Jacob Van Rosven et Balthasar De Koning et expliqua qu'il comptait consacrer cette soirée au souvenir des deux défunts. Il invita ses hôtes à remplir cette fois-ci avec une générosité toute particulière la sébile qui se trouvait sur une petite table ronde : cet argent serait transmis à la Chambre des orphelins d'Amsterdam afin qu'elle en fasse bon usage.

Catrijn s'assit au clavier de l'épinette Virginal installée sous un miroir à cadre d'or ; chacun de ceux qui jetaient quelques pièces dans la sébile était autorisé à choisir une chanson. Les doigts de Catrijn dansaient avec légèreté et virtuosité sur les touches, et Katoen la regardait avec admiration. Il se surprit plus d'une fois à observer dans le miroir le beau visage de la jeune fille, ses lèvres rouges et tentatrices.

Mais le juge d'instance ne tarda pas à capter toute son attention : il le présenta successivement aux différents « Vénérateurs de la Tulipe » – près de trente au total, tous des citoyens de haut rang à Amsterdam : banquiers, marchands, médecins… Aucun d'entre eux ne semblait pourtant savoir quoi que ce soit qui aurait pu le faire progresser dans ses recherches. Et personne ne paraissait connaître non plus le type de la tulipe à laquelle appartenait le pétale noir aux taches rouges. À chaque fois qu'il ouvrait la boîte de bois qui le contenait, il ne récoltait qu'un hochement de tête et devait la refermer, déçu.

— Vous devriez peut-être, un jour, montrer votre trouvaille au vieux Willem Van Dorp. On dit qu'aucune espèce de tulipe n'échappe à son savoir encyclopédique.

Celui qui avait prononcé ces mots était un homme d'un certain âge – Katoen lui donnait au moins soixante-dix ans. Il portait une fraise immaculée, plissée à l'ancienne ; sa coiffure clairsemée, encore brune çà et là, déjà grise ailleurs, encadrait un visage assez maigre. Sa barbe volumineuse, mais minutieusement taillée, était en revanche totalement grise, et même blanche au menton. Les nombreuses rides qui parcouraient son visage et les cernes profonds témoignaient d'une vie riche en événements, mais ses grands yeux sombres n'exprimaient aucune fatigue. Bien au contraire, il portait sur Katoen un regard vif et éveillé.

Celui-ci songea qu'avec le temps, son interlocuteur, le célèbre cartographe et éditeur Joan Blaeu, ressemblait de plus en plus à son père au même âge, Willem Blaeu, qui avait exercé les mêmes professions. Son portrait, accroché à l'hôtel de ville, aurait tout aussi bien pu représenter son fils. Depuis la mort de Willem Blaeu, plus de trente ans auparavant, le fils dirigeait ses affaires et connaissait autant de succès que son père.

L'*Atlas major* que Joan Blaeu avait publié en plusieurs volumes et où le monde entier était reproduit en planches imprimées à partir de gravures soigneusement exécutées, lui avait valu une grande renommée. Comme son père jadis, Joan Blaeu était le cartographe officiel de la Compagnie maritime des Indes orientales, et sans ses cartes marines, plus d'un navire n'aurait sans doute jamais atteint son lointain objectif, bien des comptoirs n'auraient jamais été fondés et bien des chargements de bois exotiques et d'épices n'auraient jamais trouvé leur chemin vers Amsterdam. Les capitaines des grands et fiers navires de l'Inde orientale étaient célébrés comme des héros lorsqu'ils ramenaient leurs vaisseaux en bon état et lourds d'un précieux chargement après tant de mois en mer, mais sans des hommes comme Joan et Willem Blaeu, qui agissaient discrètement en arrière-plan, ils n'auraient jamais pu obtenir ces succès.

Joan Blaeu était l'un des principaux citoyens d'Amsterdam, le premier cartographe à avoir été nommé au conseil. Ses vastes relations commerciales l'avaient rendu célèbre au-delà des frontières des Pays-Bas : il avait ouvert une filiale à Vienne, et le roi de Suède avait fait de lui son imprimeur. C'était de surcroît lui aussi un membre des « Vénérateurs de la Tulipe ».

— *Mijnheer* Blaeu, je suis très honoré, dit Katoen. Je ne savais pas que vous apparteniez vous aussi à cet illustre cercle de botanistes.

— Celui qui travaille dur toute la journée, répondit Blaeu avec un sourire, a bien mérité de consacrer ses soirées à une occupation qui lui apporte un peu de joie et qui divertit son esprit fatigué. Pour mon père, déjà, c'était la passion de la tulipe, et il semble que j'en aie hérité.

Une fois de plus, Katoen se rappela Willem Blaeu, et découvrit une curieuse coïncidence – si c'en était une :

— Votre père n'est pas mort à l'époque de la grande crise des tulipes ?

— L'année qui a suivi l'effondrement des cours, en octobre 1638. Mais les deux événements n'ont aucun rapport, si c'est à cela que vous voulez en venir. Mon père était assez intelligent pour considérer la tulipe comme une belle manière de passer le temps, mais pas comme un placement financier, comme l'ont fait tant de ses partenaires en affaires, certains pour leur plus grand malheur.

— Aujourd'hui encore, la tulipe semble porter malheur à certains. (Katoen sortit une nouvelle fois sa boîte en bois et l'ouvrit.) Vous savez vraisemblablement que ce pétale a été retrouvé sur vos amis assassinés.

— Oui. J'ai lu le *Populaire* aujourd'hui. Cela dit, je n'estime pas du tout que les autorités ne font rien pour mettre la main sur l'assassin. J'ai même plutôt l'impression que vous travaillez dur pour élucider ce cas, *Mijnheer* Katoen.

Nicolaas Van der Zyl, qui avait écouté une partie de leur conversation, se décida à les rejoindre.

— Vous pouvez vous y fier, cher Joan. Jeremias Katoen est mon meilleur enquêteur. Si quelqu'un peut attraper l'assassin aux tulipes, comme l'a appelé ce gratte-papier de Swildens, c'est bien lui !

— Voilà des mots qui me réjouissent, commenta Blaeu en sortant la tulipe de la boîte de Katoen et en l'observant de près. Vraiment extraordinaire, je n'ai encore jamais vu pareil motif, ni dans la nature, ni sur une illustration. Une espèce d'une grande rareté. Je sacrifierais volontiers quelques florins pour un oignon de cette espèce.

— Plus d'un parmi nous y serait disposé aussi, répondit le juge. Cela étant dit, je ne peux que donner raison à Katoen lorsqu'il affirme que cette singulière tulipe porte malheur.

— C'est sans doute exact, approuva Blaeu avec un soupir en rendant le pétale à Katoen.

— Vous avez mentionné un nom, tout à l'heure, *Mijnheer* Blaeu, intervint Katoen. Torp, ou quelque chose comme ça.

— Van Dorp, Willem Van Dorp. S'il y a quelqu'un à Amsterdam qui connaît cette tulipe exceptionnelle, c'est bien lui ! Ce n'est pas votre avis, Nicolaas, mon ami ?

— Effectivement, lui pourrait nous aider. Je n'y avais pas pensé !

— Il n'est pas ici ? demanda Katoen. Ne fait-il pas partie des « Vénérateurs de la Tulipe » ?

À son grand étonnement, la question déclencha un certain amusement parmi les autres convives.

— Pardonnez-nous, finit par dire le cartographe en s'essuyant, avec un mouchoir blanc, quelques larmes au coin de l'œil. Ce n'est pas de vous que nous nous moquions, *Mijnheer* Katoen, mais imaginer le vieux Van Dorp à une fête comme celle-là, voilà qui est fort cocasse.

— Pour quelle raison ?

— C'est un véritable ermite, expliqua Blaeu. Hormis quelques valets, il ne tolère personne près de lui – seulement ses tulipes. On dit que ce pauvre fou parle même aux fleurs. Il ne reçoit quasi pas de visites, et il ne sait guère ce que signifie le mot « amis » : c'est qu'ils pourraient lui voler ses précieuses fleurs, dont il a effectivement une collection tout à fait prestigieuse. Raison pour laquelle il vit en dehors de la ville, dans une grande propriété sévèrement gardée, au bord de la route d'Utrecht.

— Dans ce cas, il doit être riche.

— Il l'est, confirma Van der Zyl. La spéculation sur les tulipes ne lui a rien fait perdre, il a au contraire gagné une fortune. Raison pour laquelle il n'a pas très bonne presse auprès de beaucoup de ceux qui ont eu moins de chance à l'époque.

— Je lui rendrai visite demain, promit Katoen.

— Faites-le, l'encouragea Van der Zyl. Et maintenant, je vous prie de m'excuser. Je dois aller voir où sont passées nos réserves de vin.

Lorsque le juge d'instance se fut éloigné, Blaeu s'approcha tout près de Katoen et lui dit d'une voix feutrée :

— Nicolaas a pour vous le plus grand respect, *Mijnheer*, cela me donne du courage.

— Pourquoi vous faut-il du courage ? demanda Katoen, un peu embarrassé.

— J'aimerais vous demander votre aide, dans une affaire difficile qu'il faut absolument traiter avec discrétion. En sous-main, je veux dire.

— Tellement en sous-main que même le juge d'instance d'Amsterdam ne doit pas être au courant ?

Blaeu n'avait plus l'air aussi sûr de lui qu'au début de leur entretien. Quelques gouttes de sueur brillaient sur son front et il tournait du bout du doigt autour de sa fraise comme si ce col lui était soudain devenu trop étroit.

— Comme je vous l'ai déjà dit, il s'agit d'une affaire délicate qui, si elle venait à être rendue publique, pourrait me valoir de grands ennuis commerciaux. J'aimerais donc vous demander un silence absolu.

— Tant qu'il ne s'agit pas de quelque chose d'illégal, vous pouvez compter sur ma discrétion, *Mijnheer* Blaeu. Mais de quoi s'agit-il ?

— Pas ici, pas maintenant, objecta le cartographe en regardant autour de lui, au bord de l'affolement. Il y a trop de monde ici, trop d'oreilles sur trop peu d'espace. Venez me voir demain dans mon atelier de la

Gravenstraat, nous pourrons discuter de tout cela. Ah, encore une chose : si vous m'aidez, vous n'aurez pas à le regretter.

C'est en ces termes aussi mystérieux que prometteurs que Blaeu prit congé de Katoen. Peu après, il quitta la fête. Katoen eut un peu l'impression que le cartographe, ce soir-là, n'était venu que pour le rencontrer.

Il réfléchissait encore aux intentions de Blaeu lorsque Catrijn, qui venait tout juste de terminer son morceau à l'épinette, se dirigea vers lui. Il admira de nouveau sa beauté, que sa robe de velours bleu élégante mettait particulièrement en valeur. Ses boucles blondes formaient un charmant contraste avec le tissu sombre, et son décolleté triangulaire offrait une vue peut-être un peu trop profonde sur ses charmes généreux. Des colliers de perles assemblés avec art couronnaient sa coiffure, et une chaîne d'or courait autour de son cou blanc, laissant tomber un pendentif orné d'une perle entre ses deux seins.

— Vous m'avez déçue, *Mijnheer*, dit-elle en prenant un air faussement sévère et en lui adressant un regard réprobateur.

Katoen se frappa la poitrine du plat de la main.

— Moi ? Comment cela ? Qu'ai-je donc fait pour vous irriter ?

— Vous n'avez rien fait du tout, et c'est précisément ce qui me déplaît. Tout le monde, ici, m'a demandé une chanson. Tout le monde, sauf vous !

— J'étais trop occupé, mais cela ne m'empêchera pas d'alimenter tout de même votre sébile, bien entendu.

— Là n'est pas la question. Je suis déçue que ma musique semble avoir si peu d'importance pour vous. À moins qu'elle ne vous plaise pas ?

Katoen ne se sentait pas à son aise ; c'était l'une de ces conversations que seules les femmes étaient capables de mener, en jouant sur l'attentisme des hommes. La sœur du juge d'instance poursuivait un objectif bien défini, il en était certain. Mais elle ne cherchait pas à l'atteindre directement, elle décrivait des arabesques, plongeait Katoen dans la confusion, et en viendrait sans doute à l'essentiel au moment où il s'y attendrait le moins.

— Vous vous trompez, votre jeu m'a fasciné.

Catrijn pointa vers lui un index menaçant.

— Vous me racontez des histoires. Chaque fois que je regardais dans le miroir, je vous ai vu absorbé par vos discussions. Vous n'avez pas eu la moindre occasion d'écouter ma musique.

— Et je l'ai pourtant fait avec une grande joie, rétorqua-t-il avec un brin de défi.

— Ah, vraiment ? Dans ce cas, vous pouvez certainement me dire qui a composé le dernier morceau que j'ai joué !

Lorsque le regard de Catrijn se posa sur lui, à la fois inquisiteur et provocateur, il sentit à la nuque un picotement semblable à celui qu'il éprouvait parfois au début d'une aventure. Dès le premier mot, c'est Catrijn qui avait dirigé leur conversation. L'avait-elle amené là où elle le voulait ? Comme il lui paraissait impossible de deviner ce qu'elle avait derrière la tête, il choisit de réfléchir à la question qu'elle lui posait et se rappela les sons dont les doigts exercés de la jeune femme avaient empli la grande salle quelques minutes plus tôt.

— Sweelinck, finit-il par répondre, en espérant paraître plus convaincant qu'il ne l'était. C'était un morceau de Jan Pieterszoon Sweelinck.

Le regard suspicieux de Catrijn reposait toujours sur lui.

— Vous en êtes sûr ?

— Oui, mentit-il sans hésitation.

Catrijn, ravie, battit des mains.

— Je vous demande mille fois pardon d'avoir douté de vous : vous m'avez vraiment écoutée ! Je peux certainement prier un homme aussi fiable de me servir d'escorte. Le soir tombe et de gros nuages assombrissent encore le ciel. Je n'aime pas rentrer seule, surtout à présent que tout Amsterdam doit redouter l'assassin aux tulipes. Si j'en crois mon frère, c'est en votre compagnie que je serai le plus en sécurité.

Voilà donc ce que Catrijn cherchait depuis le début. Comme il s'y attendait, elle avait choisi un solide harpon et tiré dans le mille. Peut-être, à l'avenir, faudrait-il ne plus faire appel qu'à des femmes pour mener les enquêtes, imagina Katoen. Elles s'entendraient fort bien à espionner un suspect tout en lui donnant une telle impression de sécurité qu'il ne soupçonnerait rien.

Il réprima un sourire amusé et annonça qu'il raccompagnerait bien entendu Catrijn chez elle. Il n'apprendrait plus rien au cours de la fête donnée par le juge, il en était certain. Alors pourquoi ne pas servir de cavalier à la charmante Catrijn ?

À cause du temps, se dit-il tandis qu'ils remontaient le Damrak. Comme s'ils avaient reçu un ordre secret, les lourds nuages qui planaient au-dessus d'Amsterdam, déjà presque totalement plongée dans l'obscurité de la nuit, déversèrent soudain tout leur chargement. La pluie se mit à tambouriner sur les toits, les pavés et l'eau du Damrak. Il eut beau remonter aussitôt sa cape sur sa tête, il eut en quelques secondes l'impression de ruisseler. Catrijn, qui l'avait imité, devait avoir la même sensation, et il lui demanda si elle ne préférait pas rentrer chez son frère.

— Mais non, à quoi bon ? Nous sommes trempés, de toute façon, autant poursuivre notre chemin.

Ils continuèrent donc à marcher. Ils cessèrent bientôt de raser les murs, ce qui aurait pu les protéger un peu si la pluie avait été moins forte. Un vent violent soufflait depuis l'Ij vers l'intérieur des terres, faisait danser les péniches amarrées sur le Damrak et poussait la pluie dans les moindres recoins, dans les plus étroites venelles. Ils ne rencontrèrent pas un chat, pas même une patrouille de la garde de nuit. Tout le monde s'était sans doute réfugié dans les gargotes d'Amsterdam. Un temps idéal pour l'assassin aux tulipes, songea Katoen.

Est-ce de penser à l'assassin qui le rendit nerveux ? Lorsqu'ils franchirent le pont qui enjambait l'Achterburgwal, il eut l'impression d'avoir remarqué une ombre derrière lui. Il s'arrêta d'un seul coup et tourna sur son axe tout en cherchant de la main droite le pommeau de son poignard à sa hanche.

Catrijn s'immobilisa elle aussi, sous le coup de la surprise.

— Que vous arrive-t-il, *Mijnheer* Katoen ? Nous ne sommes donc pas assez mouillés, faut-il s'arrêter, en plus, au milieu du pont ?

— J'ai cru voir quelque chose derrière nous, près des maisons.

— Ah oui, et quoi donc ?

— Une ombre qui nous suit.

— La nuit est pleine d'ombres. Avec ce temps, qui se donnerait la peine de nous suivre ?

La question parut d'autant plus justifiée à Katoen qu'il scrutait l'épais nuage de pluie sans parvenir à discerner si quelque chose bougeait de l'autre côté, près des maisons devant lesquelles ils venaient de passer. Il fit particulièrement attention aux lanternes, dont le mauvais temps réduisait le halo à de petites taches laiteuses. Malgré tout, si quelqu'un les suivait, il passerait obligatoirement dans l'une de ces petites bulles de lumière, et Katoen le verrait.

Tel ne fut pas le cas. Peut-être le poursuivant – s'il y en avait un – avait-il compris qu'on l'avait remarqué, et ne bougeait-il plus à présent. Un porche pouvait suffire, dans une nuit comme celle-là, à faire disparaître quelqu'un. Katoen résista à la tentation de rebrousser chemin et d'inspecter chaque maison, chaque porche l'un après l'autre. Il était assez trempé comme cela, et se racontait sans doute des histoires.

Il se tourna donc de nouveau vers Catrijn.

— Il semble que mon imagination m'ait joué un tour. Continuons !

— Ça arrive, quand on consacre sa vie à traquer l'assassin aux tulipes, répondit la jeune femme avec un sourire taquin.

Ils arrivèrent enfin dans la maison de Catrijn, parcoururent d'un pas rapide les salles de la pharmacie, située au rez-de-chaussée, avec ses odeurs fortes et diverses, et empruntèrent un escalier étroit pour rejoindre le premier étage, où Catrijn le conduisit dans un salon confortablement aménagé. Là aussi, il y avait une épinette ; il l'imagina assise ici, le soir, à remplir la maison de musique.

C'était une idée agréable, et il se demanda si le temps ne venait pas, peu à peu, de mettre un terme à son célibat. Quand on était jeune, mener une vie libre et sans attaches, à aller d'une auberge et d'un musico à l'autre jusqu'à l'aube, bref, vivre sa vie sans avoir de comptes à rendre à personne, présentait certains avantages. Mais à l'approche de son trente-cinquième anniversaire, il aspirait de plus en plus à trouver des pièces éclairées lorsqu'il rentrait chez lui le soir, à entendre une voix lui souhaiter la bienvenue, à être accueilli par une accolade et un tendre baiser. Catrijn pouvait-elle être la femme qui lui donnerait tout cela ? Même à présent, trempée comme elle l'était, debout devant lui, elle l'attirait beaucoup.

Et lui-même ? Pouvait-il offrir ce qu'une femme comme Catrijn attendait d'un homme ? Son poste d'inspecteur de circonscription était une belle place qui lui permettait de vivre aisément. S'il voulait en revanche nourrir une famille avec ses émoluments, il devrait se limiter ou trouver des revenus complémentaires. Mais ce ne serait peut-être pas nécessaire : la pharmacie de Catrijn semblait bien fonctionner. Et puis je ne suis pas laid non plus, songea-t-il en se regardant dans un petit miroir accroché à côté de la porte du salon. Il était de haute stature, mince, avait les cheveux brun foncé et en dépit d'une certaine dureté dans l'expression, on pouvait dire qu'il avait un visage avenant. Il savait qu'il avait un certain succès auprès du beau sexe. Depuis qu'il s'était fait raser, l'an passé, la barbe qu'il avait longtemps portée autour de la bouche et du menton, il avait même l'impression de paraître plus jeune qu'il ne l'était.

Catrijn avait-elle deviné ses pensées ? Un sourire insondable apparut soudain sur le visage de la jeune femme, et Katoen se détourna rapidement du miroir.

— Attendez ici, *Mijnheer* Katoen. (Elle disparut un bref instant et revint avec une petite pile de draps en laine.) Avec ce temps, je ne vais pas vous renvoyer ainsi dans la rue, et vous ne pouvez pas non plus rester trempé comme ça, vous allez attraper la mort, en plus du reste. Déshabillez-vous et séchez-vous. Dès que je serai prête de mon côté, je vous apporterai des vêtements secs. J'ai encore quelques affaires de mon défunt mari, elles devraient vous aller.

L'idée d'échanger contre des habits secs les hardes mouillées qui lui collaient au corps était trop séduisante pour qu'il puisse refuser. Par ailleurs, la perspective de rester plus longtemps à proximité de Catrijn ne lui déplaisait pas. Lorsqu'elle eut quitté la pièce, il retira ses vêtements, les posa sur une chaise et se frotta de la tête aux pieds avec les draps de laine.

À peine avait-il terminé qu'il remarqua une présence dans le salon. Catrijn, qui venait d'entrer, regardait le corps nu de l'inspecteur sans la moindre gêne. Mais plus surprenant encore, elle ne portait strictement rien non plus, hormis la chaîne en or dont le pendentif à perle reposait entre ses seins rebondis. Sa coiffure, soigneusement agencée un instant plus tôt encore, lui tombait sur ses épaules rondes, ce qui la faisait paraître plus jeune de quelques années. Elle sembla noter le contentement dans le regard de Katoen, et un sourire se dessina sur ses lèvres entrouvertes.

Soudain, elle avança et tendit la main vers la chaise sur laquelle reposaient les affaires de Katoen. D'un mouvement rapide, elle sortit le poignard du policier de son fourreau et lui posa la pointe contre la poitrine, exactement à l'emplacement du cœur. Une lueur brûlait dans ses yeux bleu foncé.

— C'est comme cela que l'assassin s'y est pris ? demanda-t-elle. Il a frappé à cet endroit-là ?

— Oui, répondit Katoen, confus, la voix rauque. Qu'est-ce qui vous fait penser cela ?

— Mon frère m'a parlé d'un coup droit au cœur. (Elle posa sa main gauche sur la poitrine de Katoen, à côté de la pointe de l'arme.) Le vôtre bat vite parce que vous êtes excité. Ça se passe comme ça, quand on se trouve face à un ennemi, face à son meurtrier ?

— Oui, ça se passe ainsi.

Catrijn reposa le poignard sur la chaise et sourit largement.

— Ici, vous ne courez aucun risque. Pas besoin d'être excité. Enfin, pas à cause de cela.

Il tendit ses bras, l'attira vers lui et serra le corps chaud de la jeune fille contre le sien.

— Vous n'avez aucun besoin d'une arme pour faire battre plus vite le cœur d'un homme, Catrijn !

Leurs lèvres s'unirent en un long baiser, puis il lui embrassa les joues, les épaules, ses seins lourds, pendant que ses mains caressaient la courbe légère de son ventre. Sa main droite descendit plus bas, entre les jambes, là où la peau était couverte d'un duvet clair et crépu. Il y laissa ses doigts décrire de lents mouvements circulaires. Catrijn se mit à trembler de plaisir, poussa son bas-ventre vers l'avant et le frotta contre la main de Katoen tout en lui chuchotant des mots tendres à l'oreille. Les doigts de l'homme trouvèrent leur chemin dans les méandres chauds et humides, et la caressèrent.

Le corps de Catrijn tout entier tressaillit avec une telle violence qu'elle ne fut plus capable de tenir debout. Ils s'affalèrent ensemble sur le tapis moelleux, et Catrijn le regarda, l'air aussi reconnaissant qu'impérieux. Lorsqu'il se pencha au-dessus d'elle, elle s'étendit sur le dos et écarta les cuisses pour l'inviter à s'y glisser.

La manière dont elle s'offrait ainsi à lui l'emplit de désir et de bonheur. L'idée de s'unir avec cette belle femme aurait réjoui n'importe quel homme. Mais ce n'était pas seulement ça : il éprouvait le désir de vivre à ses côtés, et sentait tout d'un coup que cette possibilité était à portée de main.

Il pénétra doucement en Catrijn. Il pressait, par poussées rythmées, son bas-ventre contre le sien, d'abord lentement, puis de manière plus rapide et plus vive, tandis que leurs bouches se mêlaient de nouveau en baisers passionnés, exigeants, presque douloureux. Katoen avait l'impression d'avoir attendu Catrijn une éternité, et elle semblait répondre à ce sentiment.

Leurs deux corps fusionnèrent. Chacun sentait le plaisir de l'autre comme s'il s'agissait du sien, et ils jouirent tous deux presque au même instant. Un long râle monta du plus profond de la gorge de Catrijn, à mi-chemin entre le gémissement et le cri, le plaisir et l'envie d'en avoir plus.

Lorsqu'ils se détachèrent enfin l'un de l'autre et restèrent allongés côte à côte sur le tapis, ils étaient tous deux trempés de sueur, on aurait dit qu'ils ne s'étaient pas séchés après l'averse. Mais leur épuisement était un délice extraordinaire. Katoen n'avait pas ressenti semblable satisfaction depuis bien longtemps, et il éprouvait plus que jamais le désir d'avoir une femme auprès de lui – une femme comme Catrijn.

Elle se mit tout d'un coup à rire à gorge déployée.

— Qu'est-ce qu'il t'arrive ? demanda-t-il, perplexe. Tu ris de moi, ou à cause de moi ?

— Les deux. Mon regard venait de tomber sur l'épinette.

— Et alors ?

— Le dernier morceau que j'ai joué chez mon frère n'était pas du tout de Sweelinck, mais de Cornelis Schuyt. Tu n'y connais pas grand-chose, en musique, n'est-ce pas ?

— Non, pas vraiment, admit-il en riant avec elle. Moi qui croyais être tombé juste !

Ils s'esclaffaient encore lorsque Katoen vit soudain du coin de l'œil une paire de bottes à revers trempées surgir à côté de lui. Sans mot dire, il toisa l'inconnu et s'arrêta à son sombre visage. Leurs rires, ainsi que les tapis qui recouvraient le sol dans tout l'appartement de Catrijn, avaient certainement étouffé le bruit de ses pas. Il était grand et fort, ses poings serrés tremblaient.

— Luxure ! Fornication ! lança-t-il en pinçant les lèvres.

Un coup de pied atteignit brutalement le flanc droit de Katoen. Celui-ci ignora sa douleur, attrapa le mollet droit de son adversaire avant que celui-ci ne puisse frapper de nouveau, et le retourna de toute sa force. L'homme perdit l'équilibre et tomba sur une chaise qui s'effondra sous son poids.

Toujours nu comme un ver, Katoen se jeta sur l'inconnu. Mais celui-ci se releva plus vite qu'il ne s'y était attendu. Un coup de poing atteignit Katoen en plein visage et bloqua son attaque. Il recula en titubant jusqu'à ce que son dos heurte un mur.

L'intrus attrapa un pied de la chaise brisée pour frapper Katoen. Mais Catrijn, tout aussi dévêtue que le policier, avait attrapé son poignard et en pressa la pointe, à gauche, sur la poitrine de l'agresseur, comme elle l'avait fait plus tôt pour Katoen. Cela réfréna l'ardeur de l'homme, qui s'immobilisa au beau milieu de son mouvement.

— Maintenant, ça suffit, Pieter ! lança-t-elle à l'homme. Tu sais parfaitement que tu n'as rien à faire ici !

— Qui est-ce ? demanda Katoen lorsqu'il eut repris ses esprits.

— Pieter Hartig, avec lequel je dirige la pharmacie depuis la mort de mon époux. En fait, je m'y connais autant que lui en matière de pharmacie, car j'ai toujours assisté mon Bernhard. Mais la plupart des gens ont plus confiance dans les remèdes lorsque c'est un homme qui les leur administre. (Catrijn maugréa, exprimant autant sa mauvaise humeur que son mépris.) Malheureusement, ce monsieur s'est mis en tête qu'il pourrait aussi prendre la place de mon époux dans d'autres domaines.

Hartig grogna comme une bête prise au piège et leva un peu plus la main qui tenait le pied de chaise.

Catrijn accrut la pression du poignard.

— Si tu ne laisses pas tomber immédiatement ce bâton, Pieter, ton cœur va saigner pour de bon !

Elle avait dans la voix et le regard une détermination sans faille, qui incita le pharmacien à se séparer de son arme.

Un frisson parcourut le dos de Katoen lorsqu'il regarda Catrijn et songea à la proximité qu'il y a entre la beauté et la mort.

6.

Le fou de tulipes

Mercredi 10 mai 1671

Quel idiot j'ai été !

Ces quatre mots trottaient dans la tête de Jeremias Katoen avec la même régularité que la jument grise mise à sa disposition par les gardes à cheval pour qu'il puisse se rendre au sud de la ville. La journée commençait à peine, il n'avait pas encore vu le soleil. De gigantesques amas de nuages gris étaient suspendus au-dessus d'Amsterdam et de sa région, et il pleuvait sans interruption, parfois à peine, parfois plus fortement, comme si les nuages ne pouvaient se décider à déverser tout leur chargement. Katoen avait ramené son chapeau sur le bas du front et passé une lourde cape – mais ce n'était pas le mauvais temps qui le faisait pester contre lui-même. Ses pensées tournaient autour de la nuit précédente et de la bêtise qu'il avait commise avec la sœur du juge d'instance.

Une bêtise, vraiment ? Catrijn était une femme belle et attirante, et ce moment passé en sa compagnie lui avait procuré un immense plaisir. L'irruption du pharmacien jaloux avait en revanche été moins agréable.

Katoen était incapable d'oublier le regard de cet homme. Il avait observé Catrijn avec un mélange de désir et de déception – quant à Katoen, il lui avait lancé un regard colérique et haineux.

Hartig semblait convoiter Catrijn du plus profond de son âme et subissait le sort de tant d'amoureux : ses sentiments n'étaient pas payés en retour.

Une fois qu'il avait laissé tomber le pied de chaise, Catrijn l'avait remis à sa place en termes brutaux, voire humiliants, et il avait eu l'attitude d'un enfant réprimandé par sa mère en colère. Si Katoen n'avait pas encore ressenti la douleur causée par le coup de pied au flanc et le coup de poing au visage, il aurait pu prendre ce pauvre homme en pitié. Pour finir, Catrijn avait chassé le pharmacien, qui avait quitté le salon sans un mot, la tête basse. Comme Catrijn l'avait expliqué à Katoen, Hartig vivait dans un petit appartement, à l'arrière de la maison.

— Tu as un admirateur aussi jaloux qu'imprévisible, lui avait dit Katoen tout en s'essuyant avec un mouchoir le sang sur les lèvres. Je ne serais pas étonné que ce soit lui qui nous ait suivis sur le pont, tout à l'heure.

Catrijn lui avait ôté le mouchoir de la main et lui avait doucement tamponné les lèvres.

— Ç'aurait tout de même été un drôle de hasard… Note que je ne sais pas non plus ce qu'il pouvait bien faire dehors à cette heure-là et par ce temps de chien.

— C'est précisément la raison pour laquelle je ne crois pas non plus à un hasard. Cela dit, il était bel et bien à l'extérieur, vu ses vêtements trempés…

Elle s'était arrêtée au milieu de son geste et l'avait regardé avec étonnement.

— Mais cela signifierait que…

— Qu'il est resté pendant tout ce temps à faire le guet devant la maison de ton frère, oui. Apparemment, il voulait savoir quelle compagnie tu choisirais pour rentrer chez toi.

— Pieter aurait passé toutes ces heures devant la maison de Nicolaas ? s'était exclamée Catrijn. Je ne peux pas y croire. Pourquoi aurait-il fait cela ?

— Parce qu'il est fou de toi, Catrijn. L'amour peut transformer un homme en n'importe quoi : le héros le plus courageux ou le bouffon le plus délirant.

— Tu as l'air de parler d'expérience, avait-elle fait remarquer en l'interrogeant des yeux.

— J'en ai déjà vu pas mal, avait-il dit avec un sourire éloquent.

— Eh bien tu n'as pas fini d'en voir !

Elle l'avait ensuite embrassé sur la bouche, d'abord prudemment, puis avec passion, en se serrant contre lui. Sa chaleur et sa nudité avaient manqué emporter de nouveau le policier.

Mais cette fois, il avait résisté à la tentation et doucement repoussé Catrijn. Elle n'avait pas dissimulé sa déception. Mais cela valait mieux. Il n'aurait pu s'empêcher de penser à Hartig, et au fait que Catrijn n'était pas une femme comme les autres : elle était la sœur du puissant juge d'instance de la ville d'Amsterdam, du citoyen respecté et influent qu'était Nicolaas Van der Zyl, cet homme auquel Katoen devait obéir. Ne serait-ce que pour cette raison, et sans même parler de son jaloux de Hartig ou d'autres admirateurs potentiels, il avait commis une folie en se compromettant avec elle. Van der Zyl ne jugerait certainement pas convenable une liaison entre Katoen et sa sœur. Quel que fût le désir qu'éprouvait Katoen pour Catrijn, ce mercredi matin, alors que la pluie froide lui fouettait le visage et qu'il avait retrouvé sa capacité de réflexion, il décida de ne plus venir s'y brûler les doigts.

Il avançait plus lentement qu'il ne l'aurait pensé. La pluie avait ramolli la route d'Utrecht : retournée par les roues des charrettes et les sabots des chevaux, ce n'était plus qu'une longue flaque de boue. À chaque fois qu'il le pouvait, il tenait son cheval un peu en marge de la route, là où le sol était plus ferme. Il n'y avait pas un chat, ce qui tenait peut-être à l'heure matinale, mais plus encore au temps. La première personne qu'il rencontra après avoir franchi les portes d'Amsterdam était un vieux paysan qui s'efforçait de faire avancer une charrette à ânes lourdement chargée. Il voulait vraisemblablement vendre ses produits sur le marché à Amsterdam. Mais à peine la charrette avait-elle progressé de quelques klafter qu'elle s'enlisait de nouveau dans la boue.

— Bonjour, *Mijnheer*, salua Katoen, arrivé à hauteur de la charrette.

Le paysan le regarda, le visage pincé, et essuya la sueur ou la pluie, ou peut-être les deux, qu'il avait dans les yeux.

— Qu'est-ce qui peut être bon un jour comme celui-là ? demanda-t-il.

— La perspective de voir ce temps de chien s'arrêter, répondit Katoen avec un sourire.

— Bah, vous avez peut-être raison, grogna le paysan. Réjouissons-nous donc de ce qu'il y a de bon tant que le mauvais nous embête.

— Vous faites bien de penser ainsi, mon ami. Il ne se passera plus longtemps avant que vous voyiez les murs d'Amsterdam.

— Soyez-en remercié. Et vous, *Mijnheer*, avez-vous encore une longue route devant vous ?

— J'espère que non. Je cherche la propriété de Willem Van Dorp. Vous connaissez le chemin ?

À peine avait-il prononcé le nom du cultivateur de tulipes que les traits du paysan s'assombrirent de nouveau.

— Vous allez chez le fou des tulipes ? C'est un véritable ermite, personne n'est le bienvenu chez lui. Pourquoi voulez-vous le voir ?

— Pour affaires. Alors, vous savez où je peux le trouver ?

— Il faudra tourner à gauche au Moulin Rouge. Mais prenez garde, le chemin est étroit, on le manque facilement, surtout par un temps pareil. Une fois que vous l'avez, c'est à deux pas.

Katoen connaissait le Moulin Rouge, qui se trouvait juste au bord de la route. Jadis peint en rouge vif, le bâtiment avait bien porté son nom. Mais il ne fonctionnait plus depuis des années, ce n'était plus qu'une ruine, et l'on ne distinguait pratiquement plus rien de sa couleur. Il n'avait pas été rebaptisé pour autant.

Katoen trouva l'étroite bifurcation que le paysan avait mentionnée ; moins de dix minutes plus tard, le chemin s'achevait devant un mur élevé, qui entourait une propriété aux dimensions considérables.

Il descendit et trouva la porte d'entrée solidement verrouillée, en lourds rondins de bois. Sur le côté pendait un cordon de sonnette sur lequel il tira à quelques reprises jusqu'à ce que, trois ou quatre minutes plus tard, il finisse par entendre un aboiement de chien. Peu après, on entrouvrit le portail, et les vociférations de l'animal reprirent.

Ce que Katoen découvrit par l'entrebâillement n'avait rien pour inspirer confiance. Le chien qui n'arrêtait pas de japper de l'autre côté du portail se révéla être une grande bête hirsute dont on aurait eu du mal à déterminer la race, même avec la meilleure volonté du monde. Comme si les caractéristiques les plus méchantes et les plus dangereuses de toutes les espèces de chiens s'étaient concentrées dans ce spécimen. Et l'on pouvait sans doute en dire autant de l'homme qui tenait l'animal en laisse. Il était d'une stature massive, une large balafre lui traversait le visage en biais, depuis la tempe droite jusqu'à la commissure des lèvres, à gauche. En fait de nez, il ne lui restait qu'une concrétion cartilagineuse, ses lèvres ouvertes semblaient avoir été tailladées au couteau. La nuit, dans une ruelle déserte, il aurait flanqué la frousse de sa vie à plus d'un passant non prévenu.

— Qu'est-ce que vous voulez ? brailla l'homme avec une étrange diction : de la bave lui coulait au menton.

Il n'avait presque plus de dents dans la bouche, et les quelques chicots qui lui restaient étaient noirs comme la nuit.

— Je voudrais voir Willem Van Dorp.

— Mon maître ne reçoit pas.

Après cette brève réponse, l'homme au visage balafré voulut refermer aussitôt le portail, mais le regard sévère de Katoen l'en dissuada.

— Moi, il sera forcé de me recevoir, dit-il d'un ton aussi brusque que celui de son interlocuteur. C'est le juge d'instance d'Amsterdam qui m'envoie. Et si vous ne me laissez pas entrer immédiatement, vous commettrez un délit d'entrave à la justice !

L'homme se mit à réfléchir, ce qui se traduisit par un vif tressaillement des lèvres et des yeux sur son visage défiguré. Katoen voulut accélérer la procédure en poussant le portail : c'était une erreur. Le chien aboya comme s'il était devenu fou et tira si fort sur sa laisse que même cet homme puissant ne put le retenir. Effrayée par ce bruit, la jument d'ordinaire si tranquille de Katoen chercha à s'enfuir. Il dut déployer toute sa force pour la retenir – il manqua d'un cheveu glisser de sa selle et atterrir dans la boue.

— Mais retenez donc ce cabot ! lança-t-il au valet dès qu'il eut repris le contrôle de son cheval. Et conduisez-moi à votre maître !

L'homme fit à contrecœur un pas de côté, si bien que Katoen put franchir le portail avec sa jument. Le chien, à force d'aboyer, avait fini par se mettre à grogner, un son rauque, plus discret mais pas moins menaçant, et le cheval dansait sur place, nerveusement.

Le serviteur referma la porte avec soin et rabattit le pêne d'un lourd verrou.

— Mieux vaut atteler votre cheval ici avant que je ne vous conduise à mon maître.

Il postillonnait tellement en parlant qu'il dut s'essuyer à deux reprises la bouche avec la manche.

Katoen attacha sa monture au verrou de la porte et suivit l'homme sur un sentier tout droit qui, entre deux plates-bandes, menait à une grande maison. Il regarda autour de lui, étonné, en songeant au mur qui entourait la grande propriété.

Quelque chose ne collait pas : celle-ci paraissait plus grande de l'intérieur que de l'extérieur. Des rangées apparemment sans fin de plates-bandes remplies de tulipes aux teintes et aux dessins les plus divers entouraient la maison. Et ces plates-bandes étaient beaucoup plus nombreuses que le terrain n'aurait pu en contenir.

Il s'arrêta pour suivre des yeux le tracé de l'enceinte. Il arriva à un point où le mur s'achevait tout à coup et donnait directement sur une plate-bande de tulipes jaune et rouge. Comment était-ce possible ? Un instant plus tôt encore, il avait inspecté la façade sans discerner d'ouverture à cet endroit. Et pourquoi Willem Van Dorp aurait-il lui-même brisé le mur qui servait manifestement à protéger ses cultures ?

Il découvrit alors qu'en réalité, le mur avait simplement été reculé d'une bonne soixantaine de klafter après le point de décrochage. Tout cela n'avait pourtant aucun sens : de l'extérieur, ce côté de la paroi lui avait paru parfaitement droit.

Katoen craignait de perdre la raison. Il ferma les yeux quelques secondes et, lorsqu'il les rouvrit, se trouva face à un petit homme encroûté, dont la saleté repoussante jurait avec le précieux velours dont était fait son pourpoint. Il portait un chapeau dont le rebord, sans doute rigide autrefois, lui pendait sur la tête, si bien que l'eau s'écoulait sur ses épaules étroites et légèrement voûtées. Les nombreuses rides sur son visage allongé et sa barbiche grise incitèrent Katoen à conclure que son vis-à-vis avait dépassé la soixantaine, peut-être même les soixante-dix ans. Mais ses petits yeux enfoncés qui l'observaient avec une grande vigilance exprimaient une méfiance évidente.

— Qui êtes-vous ? Que voulez-vous ? Pourquoi Ebbo vous a-t-il laissé entrer ? demanda le vieil homme à la voix grinçante.

— Ebbo ? répéta Katoen avec lenteur. Quel nom étrange. C'est le nom de l'homme, ou celui du chien ?

— Celui de l'homme, évidemment, grogna le vieux, qui perdait son calme.

— Dans ce cas son nom est aussi étrange que son élocution.

— Ebbo vient du Brandebourg, de là son accent.

— Et les postillons quand il parle ?

— Il avait signé comme soldat auprès de la Compagnie des Indes orientales. Je ne sais quel sauvage lui a presque fendu le crâne en deux d'un coup de hache. On dit qu'ensuite, Ebbo a arraché tout vif la tête de son adversaire. On ne plaisante pas, avec lui. (Le vieil homme sourit, comme s'il lui plaisait que son visiteur prît ces mots pour une menace.) Je vous le demande encore une fois : qui êtes-vous et que faites-vous ici ?

Katoen déclina son identité et ajouta :

— Nicolaas Van der Zyl, le juge d'instance d'Amsterdam, m'envoie auprès de vous.

La mine grincheuse du vieil homme s'éclaircit immédiatement.

— Le juge d'instance, vraiment ? Mais pourquoi ne me l'avez-vous pas dit tout de suite, *Mijnheer* Katoen ? Je suis heureux que vous ayez enfin réussi à venir jusqu'à moi. Je suis Willem Van Dorp. Entrez donc, vous allez être trempé.

— Je le suis depuis longtemps.

— Oui, oui, vous vous êtes même arrêté pour regarder mes tulipes. Vous avez l'œil pour les belles choses, même par mauvais temps.

— Pour être franc, c'est plutôt votre mur d'enceinte qui a attiré mon attention. Quelque chose semble clocher. L'endroit où il est d'une telle profondeur. Vous voyez ce que je veux dire ? Si ce ne sont pas mes yeux qui m'ont trompé, c'est ma raison.

— Ni l'un ni l'autre. (Van Dorp émit un son étrange, qui rappelait de loin le gloussement d'une poule et constituait sans doute sa manière de rire.) Et si vous êtes forcé de trancher, fiez-vous à votre raison. Suivez-moi donc, vous comprendrez !

Il fit quelques pas sur le sentier étroit, en veillant bien à ne pas effleurer les tulipes qui poussaient de part et d'autre dans ses parterres. Katoen le suivit, tout aussi prudemment, ce qui n'empêcha pas Van Dorp de lui recommander la plus grande attention. Flanqué à sa droite par des tulipes bleu-rouge et à gauche par des fleurs dont les pétales avaient presque des reflets d'or, Katoen finit par s'arrêter derrière le cultivateur et suivit du regard son bras tendu.

— Maintenant, vous pouvez sûrement distinguer les miroirs auxquels nous devons cette illusion, dit Van Dorp.

En effet, Katoen vit des châssis de bois auxquels on avait fixé de grands miroirs. Ils devaient être disposés ainsi dans toute la propriété, un miroir se reflétant dans le suivant, ce qui donnait au bout du compte l'impression d'une bien plus grande surface. Ce système avait dû coûter une petite fortune.

— À quoi cela sert-il ? demanda Katoen. Vos tulipes poussent mieux comme ça ?

— Non, malheureusement. Mais j'en vois un plus grand nombre.

— Encore plus que vous n'en possédez déjà ?

— Tout à fait.

— Mais vous avez des plates-bandes innombrables. À quoi bon imaginer que vous en possédez encore plus ?

— Il ne s'agit pas de les posséder, mais de les regarder. Les tulipes sont pour moi la chose la plus belle et la plus satisfaisante en ce monde ! Leur beauté surpasse celle de toute femme, et leur fidélité, pour peu qu'on les traite bien, vaut largement celle de n'importe quel humain. En outre, et contrairement aux femmes, aucune n'exige une liaison exclusive, on peut jouir avec elles de bien des espèces de beauté et d'apparat, et en découvrir sans cesse de nouvelles.

— Tant que l'on n'est pas marié, on peut en dire autant pour les femmes.

À la mine que fit Van Dorp, il était manifeste que le cultivateur ne trouvait rien d'amusant dans la remarque de Katoen.

— Vous ne semblez pas entendre grand-chose à la culture des tulipes, *Mijnheer*. La beauté qui se déploie tout autour de vous sur les plates-bandes est le fruit de nombreuses années de dur et attentif labeur. Savez-vous combien de temps il faut pour que la semence de la tulipe se transforme en une plante capable de porter une fleur ? Non ? Eh bien je vais vous le dire : six années pleines, parfois même sept. Et pendant tout ce temps, personne ne peut dire quelle couleur et quel motif aura la tulipe au bout du compte. Pour un cultivateur passionné, voir fleurir après tout ce temps une tulipe seulement médiocre peut être un véritable drame !

Katoen regroupa dans son esprit tout ce qu'il avait entendu dire sur cette culture, et répondit :

— Mais vous n'avez aucun besoin de tirer chaque oignon de tulipe d'une graine. Une fois qu'elle a fleuri, si je ne m'abuse, une tulipe forme sur son oignon des excroissances qu'on appelle des bulbilles, dont on peut bien plus rapidement tirer de nouvelles tulipes, non ?

— Oh là, mais monsieur plastronne ! Vous n'allez pas tarder à m'expliquer qu'avec la bulbille, non seulement on met moins de temps, mais on a de plus grandes chances que la nouvelle tulipe ressemble à sa mère, n'est-ce pas ?

— Ce n'est pas le cas ? demanda Katoen, incertain.

— Si, c'est le cas, et ce n'est cependant pas la panacée pour nous, cultivateurs. Sur une année, vous ne pouvez pas récolter plus de deux ou trois oignons à partir d'un bulbe-mère, et au bout de quelques années déjà, celui-ci arrive au bout de ses forces et meurt. Non, non, vous pouvez tourner les choses comme il vous plaira, mon activité est très fatigante. Pour pouvoir mieux jouir des fruits de mon travail, j'ai inventé ce système de miroirs qui transforme en océan une simple mare de tulipes.

— Vous êtes un homme aussi passionné qu'inventif, *Mijnheer* Van Dorp.

Le cultivateur de tulipes le remercia pour le compliment et invita Katoen à le suivre dans sa maison. En dépit de la pluie, Ebbo et le chien restèrent dehors pour surveiller la propriété – c'est du moins ce que supposa Katoen.

À l'intérieur, une vieille servante répondant au nom de Male prit le chapeau et la cape de Katoen et lui apporta un grand drap de laine afin qu'il puisse au moins se sécher un peu – elle en tendit aussi un au maître des lieux. Ils échangèrent leurs bottes souillées contre de lourdes et chaudes pantoufles. Une seule paire était à portée de main, et il fallut un certain temps à Male pour en apporter une deuxième. Katoen en déduisit que son hôte recevait rarement de la visite.

Van Dorp le conduisit dans un salon aux grandes fenêtres, depuis lesquelles on avait une vue magnifique sur les plates-bandes de tulipes. Le système de miroirs produisait l'effet souhaité, et d'ici, l'on avait effectivement l'impression que la maison était une petite île dans une mer de tulipes.

Aux murs étaient accrochées des peintures à l'huile représentant des tulipes aux motifs peu courants. Comme Katoen n'avait encore vu pareilles fleurs de ses yeux, il supposa qu'il s'agissait d'exemplaires précieux. Une bibliothèque, presque exclusivement consacrée à des livres sur les tulipes, occupait la quasi-totalité d'un mur.

— J'ignorais qu'il y eût tant de livres sur les tulipes, marmonna Katoen tandis que Male servait le chocolat brûlant commandé par son maître.

— Difficile de dire si les espèces de tulipes sont plus ou moins nombreuses que les livres qui leur sont consacrés. Quand la science se mêle à la passion, leur relation est toujours extrêmement féconde. (Van Dorp avala avec un air de jouissance une petite gorgée de son chocolat.) Les tulipes que vous voyez ici, à l'extérieur, constituent bien sûr l'essentiel ; sans elles, ces livres n'existeraient pas. Et pourtant ils sont plus sûrs et plus constants. Les tulipes se fanent, pour autant qu'elles n'ont pas été emportées par de perfides voleurs, ou même tuées par des fous aveuglés ! (Apparemment, la vie d'une tulipe avait au moins, à ses yeux, la même valeur que celle d'un homme.) Malheureusement, cela arrive tout le temps, et je ne peux protéger mes plantes qu'à l'aide de gardiens vigilants et d'un système d'alarme raffiné. Mais vous êtes là à présent, *Mijnheer* Katoen, pour interdire au nom de l'autorité les attaques contre mes biens. J'avais fini par désespérer que mes lettres au conseil municipal d'Amsterdam produiraient le moindre effet.

Katoen buvait lui aussi de ce chocolat brûlant et sucré qui déployait dans sa bouche un bouquet d'arômes exotiques, et dans son ventre une chaleur bienfaisante, tout en se demandant comment il allait annoncer l'amère vérité à son hôte avec le plus de ménagements possibles. Mais il n'y avait pas de voie royale. Quoi qu'il fasse, il s'attirerait la colère de cet original auquel il était venu demander son aide.

Et c'est exactement ce qu'il advint : dès que Katoen eut expliqué son erreur au cultivateur de tulipes – en prenant bien des précautions –, celui-ci fut pris d'une telle rage qu'il manqua de renverser sa tasse de précieuse porcelaine chinoise.

— Vous… Vous n'avez pas l'intention de m'aider ? Voilà que ça recommence ! Ces beaux messieurs du conseil d'Amsterdam sont tous contre moi ! Mais dans ce cas-là pourquoi êtes-vous ici ?

Katoen assura Van Dorp qu'il pouvait à tout moment s'adresser à lui et au conseil.

— Cela dit, reprit-il, aujourd'hui, c'est moi qui vous demande votre aide. Dans tout Amsterdam, on vous célèbre comme le plus grand connaisseur de tulipes à cent lieues à la ronde ; j'espère donc que vous pourrez me dire de quel type de tulipe il s'agit…

Van Dorp, l'air sceptique, commença par baisser les yeux sur le contenu de la petite boîte en bois ; mais l'amateur de tulipes en lui reprit rapidement le dessus. Du bout des doigts, il mit le pétale noir et rouge à la lumière et l'observa en détail.

— C'est inhabituel, très inhabituel, finit-il par dire en dévisageant Katoen. Jusqu'ici, je ne croyais pas à la possibilité d'existence d'une tulipe noire ! Et puis cet étrange motif : là non plus, je ne connais rien de comparable. D'où tenez-vous ce pétale ?

Katoen le lui expliqua et ajouta :

— La raison pour laquelle le meurtrier en a laissé un auprès de chacune de ses victimes est encore une énigme. Si vous pouviez m'indiquer de quelle tulipe elle provient, cela m'aiderait peut-être à progresser.

— Ce pétale, dit Van Dorp en allongeant ses mots, le regard fixe, provient d'une tulipe très, très rare.

— Et laquelle ? demanda Katoen avec impatience.

Van Dorp reposa le pétale dans la boîte en bois et se tourna vers son visiteur.

— Je l'ignore. Je n'ai encore jamais vu de tulipe de ce genre. Mais c'est bien la preuve qu'il s'agit d'une espèce extrêmement rare.

Katoen, déçu, regarda d'abord le pétale puis, reprenant un peu d'espoir, le cultivateur de tulipes.

— Si vous y réfléchissez bien, il vous reviendra peut-être encore quelque chose. Vous possédez tant de livres sur les tulipes, vous y trouverez peut-être une illustration qui corresponde à ce pétale.

Van Dorp pointa l'index droit sur le pétale noir aux gouttes rouge sang.

— Cette tulipe n'est illustrée dans aucun de mes livres. Je n'ai même pas besoin d'aller le vérifier pour vous l'affirmer en toute certitude. Je connais la moindre illustration, la moindre description des volumes de ma bibliothèque, et soyez sûr que personne, ou presque, ne possède une aussi grande collection d'ouvrages sur les tulipes que moi-même.

Katoen n'avait plus rien d'autre à faire que de refermer sa boîte et la ranger dans sa poche. Soudain, il entendit à l'extérieur des cris et des aboiements, accompagnés du tintement strident d'une cloche.

— Alerte ! cria Van Dorp en se cabrant sur son fauteuil. Quelqu'un a déclenché l'alarme ! C'est la cloche de derrière ! Dehors !

Et malgré son âge, il se précipita vers l'arrière de sa maison à une telle vitesse que Katoen eut du mal à le suivre.

7.

La tulipe du sang

Lorsque Katoen sortit à l'air libre derrière Van Dorp, il marqua un nouveau temps d'arrêt, surpris par la quantité de champs de tulipes aux couleurs variées qui semblaient alterner selon un schéma bien précis. Là encore, le système de miroirs mis au point par le collectionneur créait l'illusion d'une véritable mer de tulipes. Katoen se força à diriger son regard sur l'environnement immédiat et découvrit un tableau vivant : plusieurs personnes entourant le grand chien hirsute dont il avait déjà fait la connaissance. Ebbo le tenait certes par sa laisse, mais avait bien du mal à le retenir de sauter sur deux autres personnages : un petit homme chétif qui avait à peu près l'âge de Van Dorp et une femme de haute stature aux cheveux sombres, à laquelle il donnait une petite trentaine d'années. Allongé dans une plate-bande de tulipes bleu-jaune, l'homme tentait de se relever avec l'aide de la femme. Mais à peine était-il sur ses jambes que le chien, aboyant et grognant tour à tour, bondissait vers l'avant et le faisait tomber à nouveau.

Van Dorp s'arrêta juste devant le parterre et s'écria :

— Swalmius ! C'est ce maudit Swalmius ! S'il continue à se rouler dans ma plate-bande, il va détruire tout mon stock de « Reine Cléopâtre » !

« Reine Cléopâtre » était manifestement le nom que Van Dorp avait donné à ses tulipes bleu-jaune, conformément à l'ancien usage consistant, pour les cultivateurs, à baptiser les fleurs d'une manière aussi ronflante que possible. Quelques années plus tôt, Katoen avait entendu dans l'auberge deux cultivateurs discuter : ils ne parlaient que de leurs tulipes, et pourtant leur conversation grouillait de noms d'amiraux, de généraux, de reines et même d'empereurs.

— Si vous voulez protéger vos tulipes, rappelez votre chien ! conseilla-t-il à un Van Dorp toujours furieux – même si Katoen s'inquiétait surtout pour l'intégrité physique, voire la vie des deux inconnus. Avec ces va-et-vient et ce chien fou furieux, la plupart de vos plantes vont y rester.

— Vous avez raison, admit le cultivateur en intimant à Ebbo, d'un signe, l'ordre d'éloigner la bête.

Lorsque le valet s'éloigna avec l'animal récalcitrant, l'homme que Van Dorp appelait Swalmius réussit enfin à se relever. Il était couvert de terre et de morceaux de plantes. Ce nom rappelait quelque chose à Katoen, mais il ne parvenait pas à dire quoi.

— Tu t'es fait mal, Papa ? demanda la femme, qui paraissait elle-même un peu abasourdie. Tu es blessé ?

Le vieil homme secoua énergiquement ses vêtements, qui ne semblaient pas très frais, pour en faire tomber la saleté.

— Ça va aller, Anna, ça va aller. Pourquoi m'as-tu suivi ? Sans toi, je me serais fait beaucoup moins remarquer !

— Tu penses peut-être que le chien ne t'aurait pas flairé si tu avais été seul ? demanda la femme, incrédule.

— Ce n'est pas seulement le chien qui l'a découvert, il a aussi déclenché une sonnette d'alarme, expliqua Van Dorp avec une satisfaction manifeste. Je suis admirablement équipé contre les voleurs et les brigands, même contre un ennemi invétéré des tulipes comme vous l'êtes, Sybrandt Swalmius. Retenez ça une fois pour toutes ! Et ne croyez pas que votre intrusion en ces lieux n'aura pas de conséquences. J'ai à côté de moi un inspecteur de circonscription qui va dresser procès-verbal !

À cet instant seulement, Katoen aperçut le réseau dense de fils de fer qui parcourait les plates-bandes de tulipes et qui déclenchait la cloche située à l'arrière de la maison dès qu'on le touchait par inadvertance. Il existait des installations analogues devant la bâtisse et sur ses côtés.

La femme, dont les habits étaient aussi simples et élimés que ceux de son père, s'adressa au cultivateur :

— Je vous en prie, *Mijnheer* Van Dorp, ne portez pas plainte ! Vous savez bien que mon père n'est pas toujours dans son état normal lorsqu'il est question de tulipes. Il a lu aujourd'hui dans le *Populaire* l'histoire des assassinats ; depuis, il est intenable. Toute la haine qu'il éprouve pour les tulipes est ressortie d'un coup. Je vous en prie, soyez indulgent !

Van Dorp grimaça de dégoût.

— De la haine pour les tulipes ? Comment voulez-vous que je tolère une chose pareille ! Regardez-moi cette plate-bande, il l'a entièrement piétinée. Vous pensez que votre père réparera les dégâts ? Il est pauvre comme Job. Non, non, je tiens à ce que l'inspecteur s'occupe de cette affaire !

En prononçant ces derniers mots, il lança à Katoen un regard impérieux.

— Et je vais m'exécuter, dit Katoen en se tournant vers les deux intrus. Vous venez d'Amsterdam, je suppose ? (Lorsque la femme eut répondu d'un hochement de tête, il reprit en se donnant l'air sévère :) Dans ce cas, je vais vous y raccompagner avant que vous n'ayez pu causer d'autres dommages.

— Mon père est totalement épuisé, répondit Anna Swalmius. Il est incapable de rentrer à Amsterdam maintenant.

— J'ai un cheval, il pourra faire le trajet dessus. Et vous aussi.

C'est ainsi que le père et la fille Swalmius repartirent peu après sur le dos de la jument grise, tandis que Katoen guidait l'animal par sa longe en direction d'Amsterdam et s'enfonçait un peu plus dans la boue à chacun de ses pas.

Ils parcoururent en silence le chemin du retour. C'est seulement lorsque les murs de la ville furent en vue que Katoen entendit, de derrière, la voix agréable de la femme.

— Vous ne pouvez vraiment pas oublier cette plainte, monsieur l'inspecteur ? Mon père est un pauvre homme, alors que Van Dorp ne sait pas quoi faire de son argent. C'est vrai, l'une de ses plates-bandes a été un peu endommagée, mais d'un point de vue économique, ça n'est rien du tout.

Katoen resta sur place et se tourna vers eux.

— Je crois au contraire qu'il porte le deuil de chacune des plantes qui ont été cassées ou piétinées pendant votre aventure. Lui dirait : qui ont été tuées.

— Oui, sans aucun doute. Il a pour les tulipes un amour aussi intense que la haine que leur voue mon père. La passion est un feu brûlant, que ce soit pour le bien ou pour le mal.

— Et où se trouvent le bien et le mal, selon vous ?

Anna, qui se tenait assise sur le dos du cheval, derrière son père qu'elle serrait entre ses bras comme pour le protéger, répondit sans hésiter :

— Mon opinion n'est pas déterminante sur cette question. Chacun des deux est le bon de son point de vue et a quelques raisons valables de considérer l'autre comme le mauvais. Willem Van Dorp a bâti sa fortune sur l'achat et la vente des oignons de tulipe peu avant que ce sinistre marché ne s'effondre. Rien d'étonnant à ce qu'il les aime par-dessus tout, ces fleurs. Mon père, en revanche, a perdu toute sa fortune, et avec elle son prestige, lorsque la spéculation sur les tulipes a pris fin, du jour au lendemain. Sa femme en est morte de chagrin. Ne peut-on pas comprendre qu'il haïsse les tulipes et tous ceux qui ont acquis grâce à elles richesse et honneurs ?

Anna n'avait pas terminé sa phrase lorsque Katoen se rappela tout d'un coup d'où il connaissait le nom de Swalmius : c'est Geert Willems, le patron des Trois Tulipes, qui l'avait mentionné.

— Votre père possédait autrefois une maison Jodenbreestraat, n'est-ce pas ?

— Oui, mais cela remonte à longtemps, plusieurs décennies, si longtemps que ça ne semble même plus vrai.

Lorsque l'épouse de Swalmius était morte, Anna était certainement encore toute petite, un nourrisson. À moins qu'elle n'ait été plus âgée qu'elle n'en avait l'air. En tout cas, elle s'était bien conservée, et les quelques rides qu'on voyait sur son visage étroit ne faisaient que renforcer la détermination de son expression. Pour l'instant, elle avait cependant l'air soucieux, et cette inquiétude jetait une ombre sur ses traits. Il était ému de la voir prendre avec tant d'amour le parti de son père, et il était bien forcé de reconnaître qu'il n'était pas seulement impressionné par son beau visage clair et la minceur de son corps, mais aussi par son caractère.

— Ne vous faites plus de soucis, Anna, je ne ferai pas inculper votre père.

— Mais chez Van Dorp, vous avez bien dit que vous…

— Je ne l'ai dit que pour vous éloigner aussi vite que possible, et sans être inquiétés, de sa propriété. Je voulais éviter que Van Dorp ne continue à s'énerver. J'espère que sa colère se sera dissipée dans les jours qui viennent et qu'il s'abstiendra de vous importuner, vous et votre père, pour être entrés sans autorisation dans son jardin.

— Et sinon ?

— Sinon, répondit-il en souriant, vous pourrez vous estimer d'autant plus heureuse de compter l'inspecteur de circonscription Jeremias Katoen au nombre de vos amis.

Il conduisit ses deux accompagnateurs jusqu'à leur petit logement du quartier Jordaan, un secteur où ne vivaient généralement que ceux qui ne pouvaient pas se payer mieux. Ils ne disposaient en réalité que d'une seule pièce. Le réduit minuscule qui s'y rattachait et où dormait Anna ne méritait pas le nom de deuxième chambre.

Ils ôtèrent leurs manteaux trempés et boueux, et Anna prit une carafe usée pour verser de la liqueur de cerises dans trois verres. La liqueur lui brûla la gorge comme du feu, elle avait un goût exécrable, mais Katoen n'en laissa rien paraître et fit un éloge courtois de ce breuvage, sur quoi Anna ne se priva pas du plaisir de lui en verser un deuxième verre.

Tout en buvant courageusement, Katoen eut le loisir de regarder longuement autour de lui, dans la chambre. Des taches humides formaient au mur une figure grotesque. L'unique fenêtre était à moitié aveugle, et si petite qu'avec ce mauvais temps, on aurait dit que le crépuscule était déjà tombé sur Amsterdam. Bien qu'il y ait eu sur la table une petite coupe dans laquelle une motte de suif pourvue d'une mèche était sans doute censée constituer une sorte de bougie, ni Anna ni son père ne firent mine de vouloir l'allumer. Par souci d'économie, supposa Katoen. Mais en dépit de tout cela, le petit appartement était propre, ce que l'on devait certainement à Anna.

Quand on avait possédé une maison somptueuse dans la Jodenbreestraat, ce trou devait être la pire des geôles. Mais Anna ne se rappelait sans doute qu'à peine sa première demeure ; quant à son père, il paraissait tellement hébété qu'il ne se rendait peut-être même plus compte du lieu où il se trouvait. Le vieil homme plongeait de temps en temps les lèvres dans sa liqueur de kirsch ; pour le reste, il demeurait immobile dans son siège rapiécé.

Lorsque Katoen aborda à voix basse, devant la jeune femme, le sujet de l'état de son père, elle répondit :

— Il est comme ça la plupart du temps, je ne sais où dans le passé, à l'époque où il menait une autre vie. C'est sans doute la meilleure chose qu'il puisse faire.

— Et vous, alors ? Tout cela n'est-il pas démoralisant ?

Un sourire se dessina sur la tendre courbe des lèvres d'Anna.

— Ne vous souciez pas de moi, *Mijnheer* Katoen. Gagner l'argent nécessaire pour payer mon loyer et notre pain quotidien m'accapare totalement. Je n'ai pas le temps d'être triste.

— Vous avez donc des revenus suffisants ? demanda Katoen, non par pure curiosité, mais parce que le sort du père et de la fille Swalmius le touchait.

— Oui, nous nous en sortons. Depuis quelque temps, je travaille plusieurs soirs par semaine comme serveuse dans une auberge. Il y a peu de temps encore, j'étais employée dans un atelier de couture, mais il m'a fallu trouver autre chose. J'ai perdu ce travail parce que j'étais absente de temps en temps. (Anna baissa la voix.) À cause de mon père. Parfois, ça le prend, comme aujourd'hui. J'étais juste sortie un bref instant pour faire une course. Lorsque je suis revenue, il était parti, et j'ai trouvé ce journal par terre. (Elle désigna une étagère étroite sur laquelle se trouvait la dernière édition du *Populaire d'Amsterdam*, celle qui contenait l'article consacré aux assassinats aux tulipes.) En le lisant, j'ai su que ça avait repris Papa. Je suis partie en courant, et j'ai pu apprendre qu'il s'était mis en route vers le sud, très excité. J'ai compris qu'il voulait une fois de plus aller voir Van Dorp. Je l'ai suivi, mais je ne suis pas arrivée à temps pour l'empêcher de grimper sur le mur de la propriété du cultivateur. Quand la haine des tulipes s'empare de lui, il a l'énergie d'un jeune homme.

Katoen songea que beaucoup de ceux qui succombaient à la folie avaient une force surnaturelle – mais il se garda bien de le dire à voix haute. À cet instant seulement, Anna prit son verre et avala une bonne gorgée de cette liqueur au goût violent.

— Qu'est-ce qui vous a conduit chez Willem Van Dorp, *Mijnheer* Katoen ? Des voleurs de tulipes lui ont-ils pillé ses parterres, une fois de plus ?

Il démentit cette hypothèse d'un signe de la tête, se leva de sa chaise, alla à l'étagère où se trouvait le *Popu-*

laire d'Amsterdam et posa le doigt sur l'article consacré aux meurtres.

— J'y étais pour la même raison que votre père.

— Mais qu'est-ce que Van Dorp a à voir avec ces assassinats ?

— Rien, en tout cas rien directement. Je cherchais un renseignement. À ce propos…

Il reprit sa place sur la chaise et montra à Anna la boîte ouverte, qui contenait le pétale.

— Est-ce l'un des pétales qu'on a trouvés auprès des morts ?

— Oui, c'est…

Il se tut en voyant Sybrandt Swalmius se lever subitement de son fauteuil, s'approcher de la table et prendre la boîte dans sa main. Katoen, captivé, suivait le moindre de ses mouvements. La folie allait-elle de nouveau s'emparer du vieil homme ? L'idée qu'il pourrait en être responsable ne plaisait pas du tout au policier.

— Exactement tel qu'on l'a décrit dans le journal, marmonna Swalmius, comme pour lui-même. Noir avec des gouttes rouge sang. (Il rejoignit la petite fenêtre et tint le pétale à contre-jour.) Oui, c'est elle. C'est elle !

Katoen et Anna se postèrent à côté de lui, et la femme demanda d'une voix douce :

— Que t'arrive-t-il, Père ? Pourquoi ce pétale t'énerve-t-il autant ?

Swalmius dévisagea sa fille ; il semblait tout juste remarquer sa présence.

— Mais mon enfant, c'est la tulipe du mal !

Swalmius était fou, bien entendu, Katoen n'avait pas le moindre doute sur ce point, mais le ton du vieil homme était d'une telle gravité que le policier tendit l'oreille.

— La tulipe du mal ? demanda-t-il. Qu'est-ce que cela veut dire ?

Swalmius lui rendit la boîte, presque comme s'il était heureux de s'en débarrasser.

— Ainsi s'appelle l'espèce rare à laquelle appartient ce pétale. Elle a un autre nom, qui se rapporte aux taches rouges : la tulipe du sang.

— Hum, fit Katoen, incrédule. En savez-vous autant sur les tulipes que ce fanatique de Van Dorp, *Mijnheer* Swalmius ? C'est que je lui ai demandé de quel type de tulipe il s'agissait, et il l'ignorait.

— C'est ce qu'il a dit ?

— Oui.

— Dans ce cas, il a menti. Je ne l'aime vraiment pas, mais je dois lui laisser cela : c'est l'un des meilleurs spécialistes des tulipes. Il connaît la tulipe du sang tout aussi bien que moi, naturellement.

— Et pourquoi m'aurait-il menti ? demanda Katoen.

— Ça, je n'en sais rien.

— Et d'où connaissez-vous cette tulipe du sang, ou tulipe du mal ?

— Il y a bien des années, alors que j'étais encore un marchand estimé de tous et que je fréquentais les meilleurs milieux, un autre ami des tulipes m'a montré un vieux manuscrit, les notes prises par un croisé français sur ce qu'il avait vécu lors du siège de Saint-Jean-d'Acre et pendant son retour de Terre sainte. Le croisé y raconte que la tempête a jeté son bateau sur une côte inconnue. On y aurait trouvé de grands parterres de tulipes. Des tulipes semblables à celle-ci.

Swalmius désigna la boîte contenant le pétale dans la main de Katoen.

— Comment savez-vous aussi précisément qu'il s'agissait de cette espèce-là ? objecta Katoen.

— Le croisé a décrit très précisément la fleur et il avait joint une illustration au manuscrit. Pour moi, il ne fait aucun doute que le pétale que vous tenez en main est celui de la légendaire tulipe du mal.

— Ce manuscrit ancien semble vous avoir fait forte impression, *Mijnheer* Swalmius.

— Effectivement.

— Pourquoi ?

— Lorsque j'ai lu le rapport, j'ai deviné pour la première fois la face sombre de cette tulipe dont j'admirais jusqu'alors sans la moindre réserve la beauté exceptionnelle. Peu après, j'ai constaté moi-même à quel point la tulipe, que je considérais encore à l'époque comme la plus admirable et la plus variée de toutes les fleurs, peut plonger un homme dans le malheur.

Swalmius attrapa son verre et avala rapidement le reste de liqueur qui s'y trouvait. Ses yeux devinrent vitreux, comme si son esprit voulait de nouveau se perdre dans un lointain passé. Avant qu'il ne soit trop tard, Katoen demanda :

— Que lisait-on d'autre dans le rapport du croisé ?

— Quelque chose d'épouvantable ! J'aurais dû y voir un avertissement, dès cette époque, et me laisser convaincre que la tulipe est une création du diable !

Swalmius posa la main devant ses yeux, comme s'il ne pouvait supporter de regarder son passé en face. Il titubait un peu, comme sur un bateau par houle moyenne.

Anna le prit par le bras et l'observa avec inquiétude.

— Tu devrais aller te coucher et dormir un peu, Père. Pour aujourd'hui, tu as suffisamment pensé aux temps anciens.

— Non ! fit le père en repoussant sa fille. Notre invité doit avoir la réponse à sa question ! (Il dévisagea

Katoen, et son regard sembla avoir retrouvé toute sa clarté.) Ce chroniqueur raconte que lui et ses compagnons de destin ont découvert, à proximité de leur navire endommagé, une grande forteresse, un bastion ottoman, mais des chrétiens à la solde des incroyants y montaient la garde. Vous devez savoir, *Mijnheer* Katoen, que ce rapport n'était pas complet. Il y manquait quelques pages et une inondation en avait rendu d'autres illisibles. Mais on y déchiffrait tout de même ceci : le trésor que gardaient les mercenaires, dans la forteresse, n'était pas fait d'argent, d'or ou de pierres précieuses. Non, c'étaient ces tulipes-là. Des parterres de plates-bandes identiques à celle d'où provient votre pétale. Une tulipe aux pétales noirs, ça ne peut être que l'œuvre du diable, non ?

— Si vous le dites.

— Oui, c'est forcément l'œuvre du diable, reprit le vieil homme. Des tulipes aux pétales noirs comme la nuit ! Qui d'autre pourrait imaginer une chose pareille ? La meilleure preuve qu'elle a été envoyée par le diable, c'est que sous son influence, les croisés, qui avaient réussi à entrer en possession de quelques tulipes du sang en dépit de la résistance des mercenaires, commencèrent à se suicider. Tel est l'effroyable secret de cette tulipe : quand on s'en approche de trop près, on perd la raison et l'on n'a plus qu'un seul désir, mettre fin à ses jours et livrer son âme au diable. C'est ce qui est arrivé à la plupart des marins échoués, ils se sont tous donné la mort. Seuls le chroniqueur et quelques compagnons ont pu échapper au malheur à bord du navire remis hâtivement à flot. (Il respirait lourdement, comme si ses explications l'avaient exténué.) Vous connaissez à présent le secret de votre pétale, le secret de la tulipe du mal.

— Ça n'a aucun sens, dit Katoen. Ni Jacob Van Rosven, ni Balthasar De Koning n'ont mis fin à leurs jours. Pourquoi, donc, tenaient-ils tous les deux un pétale de cette funeste tulipe du mal serré dans leur poing ?

Le vieux sembla désemparé.

— Je ne peux pas vous le dire. Cela fait si longtemps que j'ai lu ce rapport. Mais vous y découvrirez peut-être un indice.

— Où trouverai-je le manuscrit du croisé ? Dans la grande collection de livres de Willem Van Dorp, peut-être ?

— Non, ce n'est pas lui qui le détient. Cela dit, Van Dorp était présent, à l'époque, quand notre ami commun nous l'a montré.

— Alors qui en est le propriétaire aujourd'hui ? demanda Katoen avec impatience.

— À l'époque, il appartenait au cartographe Willem Blaeu. Aujourd'hui, il est sans doute entre les mains de son fils. Joan Blaeu.

8.

Le secret du cartographe

Joan Blaeu réserva un accueil cordial à Katoen dans la nouvelle imprimerie de la Gravenstraat, qu'il avait ouverte quatre ans seulement auparavant, et le guida à travers les salles où l'on travaillait avec application. Les odeurs de papier, d'encre d'imprimerie, de colle et de bois alourdissaient l'atmosphère. On gravait des plaques de cuivre pour imprimer des cartes, on serrait des cartes et des textes dans de lourdes presses et à l'atelier de reliage on assemblait les feuilles en volumes épais. Visiblement fier de sa réussite, le cartographe et éditeur expliqua chaque étape du travail à son visiteur.

Tandis qu'il regardait un employé de Blaeu creuser d'une main sûre les lignes côtières d'une île inconnue de Katoen sur une plaque de cuivre reluisante, Joan Blaeu commenta :

— La plupart de nos concitoyens pensent que le cœur de notre puissance maritime bat au siège de la Compagnie des Indes orientales, mais ils se trompent, c'est ici que le cœur bat ! (Il frappa de la main droite sur le petit pupitre où l'on avait posé un dessin inversé – le modèle d'après lequel travaillait le graveur.) Sans les cartes que nous réalisons ici avec la plus extrême précision, plus d'un navire se perdrait en haute mer. Mais grâce à elles,

les vaisseaux reviennent, chargés d'informations sur de nouvelles îles, de nouvelles côtes, qui nous permettent de dessiner d'autres cartes, encore plus précises. Tout chargement en provenance ou à destination de l'outremer passe chaque jour par mes ateliers, comme le sang par le cœur de l'homme.

— Ou par l'atelier d'un de vos collègues, osa objecter Katoen, car si Joan Blaeu était le plus connu des cartographes d'Amsterdam, et celui qui avait le mieux réussi, il n'était pas le seul, loin de là.

— Mes collègues ? Vous voulez dire mes concurrents ?

— Je ne sais pas comment vous voyez les choses, *Mijnheer* Blaeu.

Un fin sourire se dessina sous la barbe du cartographe.

— Parlons donc de collègues : lorsqu'on est vraiment bon, on ne craint pas la concurrence. Ce n'est pas un hasard si j'ai dû ouvrir un autre atelier à côté de mon imprimerie de la Bloemgracht. Autrement, il me serait totalement impossible d'honorer mes nombreuses commandes.

— Je suis heureux que vos affaires aillent si bien.

— Moi aussi. (Le sourire de Blaeu disparut d'un seul coup, laissant la place à une expression grave, et même tendue.) Et vous devez faire en sorte que cela continue, *Mijnheer* Katoen. Mais mieux vaut en parler dans mes bureaux privés.

En chemin, Katoen raconta son entretien avec Sybrandt Swalmius et évoqua ce récit du croisé qui, selon Swalmius, avait appartenu au père de Blaeu.

— J'aimerais bien le voir un jour, ce récit.

— Je crains ne vous être d'aucun secours, répondit Blaeu. Je n'ai jamais entendu parler d'un manuscrit de ce type. Le vieux Swalmius n'a plus toute sa tête.

— Sur ce point précis, il m'a semblé au contraire qu'il était très lucide.

— Peut-être vous a-t-il raconté la vérité. Si tel est le cas, mon père s'était certainement déjà séparé du manuscrit de son vivant. Je ne l'ai pas trouvé dans les papiers qu'il a laissés.

Blaeu avait beau prendre un air très détaché, Katoen eut l'impression qu'il lui mentait. Il aurait été incapable de dire ce qui le lui faisait penser. Peut-être une nuance à peine audible dans les mots du cartographe, peut-être quelque chose dans la manière dont il dévisageait Katoen. Celui-ci s'était déjà trouvé face à bon nombre de menteurs, et avait appris à reconnaître quelqu'un qui disait la vérité. Son système d'alarme personnel ne fonctionnait pas toujours, loin de là, mais dans ce cas précis il éprouvait un malaise évident.

Le comptoir privé de Joan Blaeu, au rez-de-chaussée de la maison, était très spacieux et clair ; deux grandes fenêtres offraient une belle vue sur les murs de brique rouge de la Nieuwe Kerk. Un grand homme aux épaules larges, approchant la cinquantaine, y était penché sur un livre où s'alignaient de longues colonnes de chiffres. Il ressemblait plus à un ouvrier qu'à un homme consacrant ses journées à méditer au-dessus des registres. Et pourtant, Joan Blaeu le présenta comme le chef de son secrétariat, répondant au nom de Barent Vestens.

— Je vous présente *Mijnheer* Jeremias Katoen, l'inspecteur de circonscription, qui, je l'espère, nous apportera son aide dans cette affaire délicate, annonça Blaeu à son employé.

Vestens se leva du tabouret spartiate où il était assis.

— Dans ce cas il vaut mieux que je vous laisse seuls.

Blaeu posa la main sur les épaules de Vestens et le repoussa doucement sur son siège.

— Ne dis pas n'importe quoi, Barent, tu vas assister à notre discussion. De toute façon, tu es au courant de tout, et puis tu sais que j'apprécie ta vivacité et ton intelligence. Barent Vestens, ajouta-t-il à l'attention de Katoen, est mon bras droit. Nous ne sommes que deux, lui et moi, au courant de cette histoire. Personne d'autre.

— Même pas vos fils ?

Katoen savait que Blaeu avait confié à deux d'entre eux différents secteurs de son affaire, qui avait désormais de multiples branches d'activité. Le troisième avait étudié le droit puis ouvert un cabinet d'avocat, et devait lui aussi être fort utile à son père.

— Non, eux non plus. Moins nous serons nombreux à être au courant, mieux cela vaudra. Mes fils pourraient laisser échapper devant l'un de leurs nombreux partenaires une remarque qui aurait des conséquences catastrophiques. Amsterdam est une grande ville, mais les rumeurs y circulent aussi vite que dans une petite bourgade. J'ai le plus grand respect pour les capacités de mes fils, mais en l'occurrence je préfère me fier à mon ami Barent.

— Quel est votre problème, au juste ? demanda Katoen lorsqu'ils se furent assis.

Blaeu poussa un long soupir : cette affaire lui était manifestement désagréable.

— Il y a quelques nuits, nous avons eu une visite indésirable ici, dans l'atelier – les Poisseurs de cartes.

C'est le nom que l'on donnait à une bande de cambrioleurs qui s'était spécialisée dans le vol de cartes géographiques précieuses et de leurs plaques dans les imprimeries, pour les revendre contre espèces sonnantes et trébuchantes aux concurrents. Depuis quelque temps, la bande s'était faite plus discrète, Katoen avait même cru que ses membres s'étaient rangés des charrettes.

— Qu'ont-ils volé ?

— Un paquet de cartes anciennes, très précieuses, que des capitaines de la Compagnie des Indes orientales avaient réalisées pendant leurs voyages.

— Quoi d'autre ?

— C'est tout. Ils n'ont peut-être pas eu le temps de continuer à fouiller les lieux.

— Possible, dit Katoen. Mais peut-être les cambrioleurs recherchaient-ils aussi précisément ce butin-là.

— Comment en auraient-ils eu vent, et comment auraient-ils su où nous les conservions ?

— Cela fait déjà longtemps que je pense que les Poisseurs travaillent avec des informateurs. Des employés de leurs victimes.

Vestens passa l'une de ses grandes mains sur sa volumineuse barbe blonde tissée de roux – un geste destiné à exprimer ses doutes.

— J'ai du mal à imaginer qu'il y ait un traître parmi nous. Contrairement à beaucoup d'autres imprimeries, les gens sont bien payés, ici.

— De toute façon, je ne vais pas pouvoir vous aider pour cette affaire, dit Katoen. Je suis désolé, *Mijnheer* Blaeu, mais je vais être forcé de vous décevoir. Nous avons tenté à plusieurs reprises, dans le passé, de mettre fin aux sales affaires des Poisseurs, sans le moindre succès, hélas. Ce qui est notamment dû au fait que beaucoup de vos collègues tiennent une main protectrice au-dessus de la bande. Après tout, beaucoup de cartographes parviennent ainsi à acquérir des documents auxquels ils n'auraient jamais accès autrement. Je crains que vous ne revoyiez jamais les cartes qu'on vous a dérobées.

Les traits de Blaeu devinrent plus durs.

— Oh si, je les reverrai !

— Qu'est-ce qui vous donne une telle certitude ?

— Les voleurs m'ont fait parvenir une lettre pour me proposer de racheter mes cartes, pour une somme exorbitante, d'ailleurs. Ces documents ont certes de la valeur, mais ils ne valent certainement pas douze mille florins.

— Douze mille ? articula Katoen, incrédule. Mais c'est une petite fortune !

— Oui, plus que ce que gagnent beaucoup de mes collègues en une année entière.

— Et si je comprends bien, vous voulez tout de même payer la somme qu'on vous réclame ?

— Dans leur lettre, les Poisseurs excluent toute discussion sur la somme. Je n'ai donc d'autre choix que de payer, si je veux empêcher que les cartes volées ne tombent entre des mains étrangères.

— Compte tenu de ce qu'on vous demande, ce serait peut-être pour vous le moindre mal, *Mijnheer* Blaeu.

— Vous vous trompez. Ce qui m'inquiète, ce n'est pas tellement la possibilité que l'un de mes concur… hum, que l'un de mes collègues puisse utiliser la carte à ses fins. Le problème, c'est plutôt ma réputation, qui en pâtirait s'il se disait que les Poisseurs m'ont volé. D'autres cartographes aimeraient eux aussi travailler pour la Compagnie des Indes orientales et utiliseraient volontiers n'importe quelle occasion de me mettre en mauvaise posture.

Effectivement, ceux-là ressemblaient tout de même plus à des concurrents qu'à des collègues, songea Katoen, mais il garda cette réflexion pour lui.

— Je préfère une perte financière limitée que la bonne marche de mes affaires me permettra de compenser, poursuivit Blaeu. L'échange des cartes volées contre l'argent doit avoir lieu ce soir, à minuit, dans ce quartier du port que l'on appelle aussi le Labyrinthe. L'émissaire des Poisseurs attendra le porteur de l'argent dans la cour d'une ancienne auberge, le Perroquet Vert. Vous connaissez les lieux ?

— Je suis souvent dans le quartier pour raisons professionnelles, acquiesça Katoen. Le Perroquet Vert était effectivement un bouge de la pire espèce. Tous les citoyens honnêtes ne peuvent que se réjouir qu'il ait fermé ses portes. Mais dites-moi, douze mille florins, ça n'est pas une somme énorme pour un seul porteur ?

— Les Poisseurs ne veulent pas de pièces, mais de petits billets de change de cinquante à cent florins émis par la Banque de Change d'Amsterdam, expliqua Blaeu.

Vestens émit un grognement :

— Ça fait tout de même beaucoup d'argent pour un seul homme. Je me suis proposé de l'apporter moi-même aux Poisseurs, mais vous n'avez pas voulu, Joan.

Blaeu lui adressa un regard apaisant.

— J'apprécie autant ton courage que ta force physique, Barent, mais ça ne suffira pas face aux Poisseurs. Cet argent doit être remis par quelqu'un qui connaît ce genre d'hommes et leur manière de penser, et qui sait flairer un piège à bonne distance. (Il se tourna de nouveau vers Katoen.) En un mot, un homme comme vous, *Mijnheer* Katoen !

— Vous voulez que je joue le porteur pour votre compte ?

— Oui, c'est ce que vous devez faire. Et vous ne le regretterez pas. Je sais bien que ce que je vous demande ne fait pas partie de vos fonctions d'inspecteur de circonscription. Si vous réussissez et si vous me rapportez les cartes volées, il vous reviendra, en salaire, un vingtième de la somme qui m'est réclamée.

— Six cents florins ? Je ne gagne pas autant en deux ans !

— Cela vous donne une idée de l'ampleur de l'aide que vous m'apportez. Alors, qu'en dites-vous, je peux compter sur vous ?

— Vous le pouvez ! le rassura Katoen, après un bref instant de réflexion.

La somme que lui offrait Joan Blaeu était bien entendu séduisante. Mais en réalité, c'est autre chose qui l'avait incité à accepter cette offre. Il continuait à soupçonner Blaeu de ne pas lui avoir dit la vérité sur le récit du croisé. Pour quelle raison ? S'il se mettait au service de Blaeu, il parviendrait peut-être à découvrir le secret du cartographe.

9.

Des retrouvailles inattendues

Alors qu'il s'enfonçait dans le quartier médiéval du Labyrinthe, Jeremias Katoen se demandait s'il n'avait pas fait preuve d'une certaine légèreté d'esprit, une dizaine d'heures plus tôt, lorsqu'il avait promis au cartographe Joan Blaeu de jouer pour son compte le convoyeur de fonds. Ou plus exactement de billets de change, se dit-il en jetant un coup d'œil à la lourde sacoche en cuir qu'il tenait de la main gauche. Elle contenait les billets de change réclamés par les voleurs ; les Poisseurs n'auraient ensuite aucun mal à s'en servir comme de l'argent sonnant et trébuchant aux quatre coins du pays et même au-delà des frontières. La Banque de Change d'Amsterdam jouissait de la reconnaissance de tous les pays civilisés, et les sommes figurant sur ces billets étaient si modestes qu'elles n'éveilleraient la méfiance de personne.

Les Poisseurs de cartes n'étaient pas les seuls dont il dût se méfier. Dans le Labyrinthe, à cette heure tardive, on pouvait s'attendre à rencontrer des crapules de toute espèce, prêtes à vous trancher la gorge pour une fraction de ce que Katoen portait sur lui. Blaeu n'apprécierait guère que ses billets soient emportés par une quelconque canaille. Fort heureusement, hormis

Katoen, Blaeu et son secrétaire en chef, Barent Vestens, personne n'avait eu vent de la mission nocturne de Katoen. Les Poisseurs savaient certes que Blaeu leur envoyait un émissaire, mais ils ne connaissaient pas son identité et ignoraient d'où il viendrait. Mais plus Katoen se rapprochait de son objectif, plus il devait s'attendre à attirer leur attention.

Il se sentait moins en sécurité que deux nuits auparavant, et il y avait de bonnes raisons à cela. D'une part, les Poisseurs de cartes étaient incomparablement plus dangereux que le proxénète Jaepke Dircks ; et d'autre part, cette fois, Katoen était seul et sans arme. Le cartographe avait attendu que le policier accepte de lui servir de messager pour lui révéler les conditions énumérées dans la lettre des voleurs, prévoyant notamment qu'il ne devrait pas porter d'arme sur lui. Lorsque le policier avait protesté, Blaeu avait froidement répondu que pour six cents florins, il devait bien s'attendre à devoir prendre quelques risques.

À présent, si près du but, Katoen aurait volontiers donné une partie de sa paie pour avoir sur lui une paire de pistolets à double canon chargés. Il aurait naturellement pu cacher les armes sous sa cape, mais il était forcé de compter sur la possibilité d'être fouillé. Raison pour laquelle il avait finalement emporté sa lourde canne, qu'il tenait dans la main droite et dont il espérait que les Poisseurs ne la considéreraient pas comme une arme.

Le Perroquet Vert n'était plus qu'à deux minutes de marche lorsqu'il s'arrêta et écouta les bruits de la nuit. Il n'entendit que ceux que l'on percevait d'ordinaire, ici, après le coucher du soleil : la mélodie pas très pure d'une cornemuse et le chant disharmonieux de quelques gosiers de marins, des rires de femmes, trop stridents pour donner l'impression d'une vraie joie, des aboiements de chiens et des rires de mouettes. Tous les sons d'origine humaine venaient de loin : le Perroquet Vert et les bâtisses qui l'entouraient étaient vides. Leur bois était tellement vermoulu qu'on pouvait s'attendre à les voir s'écrouler à n'importe quel instant. Le conseil municipal avait donc interdit qu'on continue à y loger, et elles attendaient désormais leur démolition. Les Poisseurs de cartes avaient habilement choisi ce lieu isolé.

Il écoutait, ne voyait rien de suspect et gardait pourtant l'impression d'être suivi. Comme la veille, alors qu'il se dirigeait vers la maison de Catrijn. Avec les années, il avait appris à le sentir, il le devinait comme s'il avait une deuxième paire d'yeux capables de regarder derrière lui et une deuxième paire d'oreilles qui percevaient les moindres bruissements. Il lui paraissait en outre plus qu'invraisemblable que les voleurs de cartes n'envoient qu'un seul homme pour effectuer l'échange. Ils devaient forcément redouter que Joan Blaeu ne s'en tienne pas à leur accord et prévienne les autorités. Non, Katoen était persuadé que la bande des Poisseurs épiait dans l'ombre pour prêter assistance à leur homme si cela s'avérait nécessaire.

Le vent froid de la nuit se remit à souffler et il poursuivit son chemin. Lorsqu'il s'approcha de la sombre ruine qui avait jadis hébergé le Perroquet Vert, il entendit un battement monotone. Il ne tarda pas à en voir l'origine : le grand perroquet de bois qu'on avait jadis accroché au-dessus de l'entrée de cette gargote se balançait à présent tête en bas et patte en l'air, suspendu à un simple fil, et le vent ne cessait de le pousser contre le mur de bois, comme un gigantesque pivert.

Le léger picotement que ressentit Katoen à la nuque – en règle générale un signal infaillible – ne s'était pas dissipé ; mais on ne voyait toujours personne aux alentours. Une galerie étroite située à côté de l'ancienne auberge le mena dans l'arrière-cour, où flottait une écœurante odeur d'immondices et de charogne. Personne ne séjournerait jamais volontairement dans des lieux pareils, c'était donc l'endroit idéal pour effectuer l'échange.

Avec le soir, les nuages s'étaient éloignés et grâce à la pâle lueur des astres, même dans cette partie abandonnée du Labyrinthe, on y voyait quelque chose ; mais à moyenne et longue distance, ce n'étaient encore que de grossiers contours. Katoen se tenait tout près du mur, derrière le Perroquet Vert, ce qui le rendait moins visible, et tentait quant à lui de discerner ce que pouvaient bien dissimuler les ombres, à l'autre bout de la cour intérieure. Celle-ci avait des dimensions exceptionnelles ; autrefois, lorsque le Perroquet Vert était encore un lieu certes mal famé, mais fréquenté de bon cœur par les marins et les dockers, on avait organisé ici des tournois de lutte et d'autres compétitions.

Soudain, il entendit crier :

— Avancez au milieu de la cour, je vous ai repéré depuis longtemps !

Katoen écouta la voix grave et un peu rauque. Il aurait pu jurer l'avoir déjà entendue, mais ne parvenait pas à se rappeler où.

— Vous êtes là depuis plus longtemps que moi, finit-il par répondre. Sortez donc le premier.

Un bref éclat de rire guttural lui fit écho, suivi de ces mots :

— Vous ne devriez pas jouer ce petit jeu avec moi, mon ami ! Après tout, c'est vous qui êtes demandeur !

Katoen comprit que retarder encore leur rencontre ne servirait à rien.

— Eh bien d'accord, avançons en même temps, à trois.

Il compta jusqu'à trois à voix haute et avança sans se hâter dans la cour. À l'autre extrémité, où une grande cabane était adossée au mur d'enceinte, une silhouette sortit de l'ombre et marcha vers lui, tout aussi lentement. L'homme était grand et d'une forte stature, ses mouvements étaient malhabiles, comme si quelque chose le gênait pour marcher. Katoen s'efforça en vain de discerner son visage. Comme lui, l'émissaire des Poisseurs portait un chapeau, et le rebord rabattu vers le bas lui masquait les traits. Katoen ne vit pas d'arme sur lui – mais il n'aperçut pas non plus le paquet contenant les cartes volées. Il s'arrêta.

— Vous ne respectez pas nos accords, *Mijnheer* ! Où est votre marchandise ?

— Derrière, dans la cabane. Je veux d'abord m'assurer que votre sac contient bien ce que nous attendons.

— C'est contre nos accords, rétorqua-t-il.

L'autre n'était plus qu'à trois ou quatre pas de lui.

— Ne faites donc pas tant d'histoires. C'est nous qui fixons les condi…

Il s'interrompit au beau milieu de sa phrase et s'immobilisa. Il pouvait sans doute aussi bien reconnaître les traits de Katoen que celui-ci distinguait ceux du messager. L'homme avait un visage large et grossier d'où les os saillaient fortement. Un visage qui, dans d'autres circonstances et dans un autre lieu, n'aurait rien présagé de bon. Un visage qui, à la vue de Katoen, exprima d'abord un étonnement infini, puis une haine à l'état pur. Katoen devinait à présent pourquoi l'homme se déplaçait si gauchement. Les coups de fouets qui lui avaient récemment strié le dos devaient sans doute encore transformer en torture le moindre de ses pas.

— Un piège ! s'exclama Jaepke Dircks à tue-tête. C'est un piège ! C'est l'inspecteur Jeremias…

Il n'alla pas plus loin. Katoen bondit en avant et lui asséna un bon coup de sa lourde canne. Dircks leva les mains vers le haut pour se protéger et recula en titubant.

Mais il était trop tard. Trois ou quatre silhouettes sombres se ruèrent sur Katoen. Les Poisseurs n'avaient manifestement pas l'intention de déguerpir sans se battre. Ni sans le sac. Même s'ils pensaient être tombés dans un piège, ils estimaient tout de même que Katoen portait bel et bien sur lui les billets de change.

Le premier qui l'attaqua était un grand homme maigre pourvu d'une arme d'outre-mer, une épée courte à la lame courbée vers l'avant. Katoen bloqua le premier coup en arrêtant le bras armé de son agresseur.

Dans le même temps, il appuya sur un bouton à peine visible au pommeau de sa canne et la gaine se détacha de son fourreau : c'était une canne-épée. D'un geste agile, il envoya sur le côté la partie inférieure, celle qui protégeait l'arme. Celle-ci avait une lame à trois tranchants, pointue et très affûtée : entre des mains exercées, elle pouvait être redoutable. Le bandit dégingandé qui s'en était pris à Katoen s'en rendit compte lorsque l'épée lui transperça l'avant-bras droit. L'homme cria et laissa tomber son arme.

Deux autres adversaires s'en prirent alors à Katoen, l'un avec un simple gourdin de bois, l'autre avec un poignard. L'inspecteur para avec sa propre lame l'attaque du deuxième, tout en levant son sac en cuir pour se protéger des coups de matraque. Mais l'un d'eux le toucha au bras gauche, lui causant sur tout le flanc une douleur brûlante qui manqua lui faire lâcher le sac en cuir.

Lorsqu'un autre Poisseur, armé d'une hache à long manche, apparut devant lui, Katoen recula, sans véritable espoir de s'en tirer sain et sauf. Quelle déveine avait-il eue de tomber justement sur Jaepke Dircks ! La haine que celui-ci lui portait lui ôtait tout espoir de se sortir de cette confrontation en quelques mots d'explication. Il se demandait encore, désespéré, ce qu'il pouvait bien faire, lorsque Katoen vit une autre silhouette sortir de l'ombre, un poignard à la main. Son sort semblait définitivement réglé.

Ce n'est pourtant pas lui que l'inconnu attaqua, mais le Poisseur à la hache. Katoen constata aussi avec perplexité que son auxiliaire inattendu, un homme mince et de grande taille, portait sur la tête et le visage un masque noir qui ne dégageait que les yeux, le nez et la bouche. C'était un bretteur expérimenté, qui mit son adversaire sur la défensive en quelques manœuvres rapides et adroites. Son épée déchira le pourpoint du Poisseur et le blessa à droite, sur la poitrine.

L'assaillant de Katoen avait lui aussi été surpris par l'apparition soudaine du masque, ce dont l'inspecteur profita pour lancer une contre-attaque. Avant que l'homme massif ne puisse reprendre son élan pour frapper avec sa matraque, Katoen lui enfonça sa lame dans la poitrine. Le cri du blessé résonna dans la cour comme un glapissement. L'homme laissa tomber son arme, pressa les deux mains contre sa blessure et s'effondra à genoux. Le deuxième adversaire se retira et cria quelque chose que Katoen ne comprenait pas. C'était certainement un signal destiné à leurs complices, car on entendit aussitôt après les pas d'hommes qui accouraient.

— Filons d'ici ! lança-t-il à son sauveur masqué. Ces crapules vont avoir du renfort.

Lui-même reprit rapidement le fourreau de sa canne-épée et quitta l'arrière-cour au pas de course. Lorsqu'il fut dehors, devant le Perroquet Vert, son mystérieux sauveteur avait disparu. Il semblait avoir filé par un autre chemin, de manière aussi inattendue qu'il était apparu, sans doute avalé dans l'entrelacs des ruelles. Katoen aurait bien voulu savoir de qui il s'agissait, mais n'avait pas la moindre intention d'aller chercher l'inconnu dans la pénombre du Labyrinthe. Le risque était trop grand de s'y faire reprendre par les Poisseurs.

À entendre les bribes d'une conversation nerveuse et bruyante, leurs renforts devaient d'ailleurs être arrivés dans l'arrière-cour.

Il s'éloigna à grands pas du lieu où aurait dû se dérouler l'échange qui s'était si subitement transformé en champ de bataille. Il ne pensait pas à son échec, mais à l'homme au masque noir.

10.

Le poursuivant

Jeudi 11 mai 1671

— Qu'est-ce que c'est que ça ? demanda Joan Blaeu lorsque Katoen lui rendit, le lendemain matin, sa gibecière en cuir.

— Vos billets de change.

Confronté aux regards interrogateurs du cartographe et de son secrétaire, Katoen raconta les événements de la nuit précédente et conclut :

— Et me voilà de retour auprès de vous, contrit, mission non accomplie.

Blaeu paraissait pétrifié. C'est Barent Vestens qui prit la parole.

— Vous n'avez pas rempli votre mission, *Mijnheer* Katoen, la solde dont nous étions convenus ne vous revient donc pas.

Katoen soutint son regard réprobateur et répondit tranquillement :

— J'en suis conscient.

— Vous prenez tout cela avec beaucoup de détachement ! grogna Vestens.

— Lorsque les Poisseurs armés m'ont attaqué cette nuit, dans l'arrière-cour du Perroquet Vert, je n'étais vraiment pas détendu. Mais j'ai eu le temps de me calmer. Cela dit, j'ai toujours mal à mon bras gauche, là où j'ai reçu un coup de gourdin.

— Vous en êtes tout de même sorti sain et sauf, bougonna le secrétaire sans se départir de son ton inquisitorial.

— J'ai eu de la chance, répondit seulement Katoen.

Il ne dit rien aux deux hommes sur le mystérieux individu qui était venu lui prêter main-forte. L'intervention de cet inconnu masqué, qui semblait être sorti du néant et avait disparu d'une manière tout aussi énigmatique, lui faisait l'effet d'un rêve. Devoir avouer l'échec qu'il avait subi au cours de la nuit était déjà suffisamment désagréable : il préférait éviter de mentionner, en plus, un secours dont il ne savait rien.

— Que vous ayez eu de la chance la nuit passée, c'est une question de point de vue, reprit Vestens. Votre comportement a empêché la restitution des cartes dérobées. Si les gens entendent parler de ce vol et que notre réputation en souffre, ce sera de votre faute.

— J'ai fait de mon mieux. Que j'aie justement rencontré ce Jaepke Dircks près du Perroquet Vert alors que je l'avais arrêté deux nuits plus tôt est un hasard malheureux. Je ne savais pas qu'il avait partie liée avec les Poisseurs. Autre chose, *Mijnheer* Vestens : si votre réputation devait effectivement en souffrir, vous ne pourriez vous en prendre qu'à vous-mêmes, vous et Joan Blaeu. Vous auriez dû mieux protéger vos précieuses cartes contre les voleurs, tout cela vous aurait été épargné. J'ai tout de même risqué ma vie la nuit passée, tandis que vous étiez bien au chaud dans votre lit.

Il avait peu à peu haussé le ton et ne laissait plus rien paraître de la décontraction qu'avait regrettée Vestens un peu plus tôt. Il n'appréciait pas du tout d'être transformé en bouc émissaire.

Vestens voulut répondre quelque chose, mais un geste apaisant du cartographe l'en dissuada. Et c'est Blaeu qui s'adressa à Katoen :

— Vous avez raison de nous reprocher notre négligence. Mais comme les Poisseurs n'avaient pratiquement plus fait parler d'eux au cours des derniers mois, nous nous sentions en sécurité. À tort, nous le savons à présent. Mais une fois l'enfant tombé dans le puits, nous ne pouvons que nous efforcer de l'en faire ressortir. *Mijnheer* Katoen, j'ai toujours confiance en vos capacités. Pour vous en convaincre, je vous donne sous forme d'acompte dix pour cent de la prime promise en cas de succès. (Il posa sur la table, devant Katoen, une bourse de cuir petite et lourde dans laquelle tintaient des pièces de monnaie.) Quoi qu'il arrive, l'argent vous appartient. Prenez-le en contrepartie de vos peines et des douleurs que vous avez subies. Maintenant, j'aimerais vous poser une question : avez-vous une proposition sur la manière dont nous devrions procéder ?

— Nous pourrions tenter d'approcher les Poisseurs par l'intermédiaire de Jaepke Dircks, dit-il en glissant les soixante florins dans sa poche. J'ai déjà demandé à mes hommes de le chercher. Par son intermédiaire, nous pourrions de nouveau entrer en contact avec les voleurs de cartes et dissiper le malentendu de la nuit dernière.

— Cela semble prometteur, commenta Blaeu.

Vestens se dandinait sur son tabouret.

— Je n'en suis pas si sûr. Pourquoi ce Dircks vous aiderait-il si vous lui êtes antipathique ?

Katoen sourit froidement.

— Je saurai bien l'en persuader.

Le picotement dans sa nuque était revenu !

Katoen avait quitté l'atelier du cartographe et s'apprêtait à contourner la Nieuwe Kerk en passant devant son pignon lorsqu'une sensation analogue à celle de la nuit précédente s'empara de lui. Était-ce alors la présence invisible des Poisseurs qui l'avait alarmé, ou bien celle de l'homme au masque noir, qui n'avait certainement pas surgi par hasard au Perroquet Vert ? Peu importait, il devait à présent se concentrer sur l'homme qui le suivait à cet instant, quel qu'il fût.

Il s'immobilisa devant l'entrée de la Nieuwe Kerk et fit comme s'il lisait, sur un grand panneau de bois, les différentes annonces de messes et d'autres manifestations. En réalité, il observait du coin de l'œil la circulation animée de la rue.

Sous le ciel matinal qui s'étalait comme un drap bleu lumineux et presque sans nuage au-dessus d'Amsterdam régnait une activité fébrile. Des traîneaux tirés par des chevaux ou des bœufs acheminaient des marchandises vers les docks du Damrak et du Singel, ou bien les en rapportaient ; on utilisait volontiers ces grandes luges, à l'intérieur d'Amsterdam, à la place des charrettes dont les roues étaient inutilisables, compte tenu des nombreux ponts arqués qui franchissaient les *grachten*. Les marchands portaient leurs produits au marché dans de grandes hottes. Les maîtresses de maison et les bonnes se déplaçaient une corbeille à la main pour aller faire leurs courses du jour.

L'un de ces passants l'avait-il pris en filature ? Peut-être s'agissait-il même de l'inconnu au masque ? Ou bien quelqu'un se dissimulait-il derrière les tilleuls qui jalonnaient le Singel, de l'autre côté ? Il n'était pas en mesure de le dire, mais il regretta de ne pas avoir pris sa canne-épée et de s'être contenté du poignard qu'il portait à la hanche droite. Après tout, l'homme qui le suivait n'était peut-être pas seul.

Étaient-ce les Poisseurs qui le traquaient ? Il avait du mal à imaginer que l'on s'en prît à un inspecteur de circonscription en pleine journée, dans ce quartier animé, d'autant plus que les Poisseurs s'étaient jusqu'ici plus fait remarquer par leur ruse que par leur violence. Cela dit, ils avaient prouvé, au Perroquet Vert, qu'ils ne reculaient pas devant la plus extrême brutalité.

Il se retourna tout d'un coup et scruta le visage des passants, sans qu'aucun ne laisse tomber son masque anodin. Il ne poursuivit pas le chemin qu'il empruntait jusque-là et qui l'aurait mené au Dam. S'il l'avait fait, il aurait certes trouvé de l'aide à l'hôtel de ville, mais l'homme qui le suivait ne s'y serait sans doute pas fait reconnaître. Il se dirigea donc vers le Singel et se demanda comment il pourrait lui tendre un piège. Il avait entre-temps décidé de considérer qu'un seul homme l'avait pris en chasse. S'ils avaient été toute une bande, il s'en serait forcément rendu compte – du moins l'espérait-il.

Le Singel avait été, jadis, un canal de fortification, une partie des installations de défense avec lesquelles Amsterdam protégeait ses citoyens et sa richesse contre les ennemis extérieurs. Les murailles de la cité avaient couru le long de ce canal, mais la ville, qui n'avait pas cessé de grandir, avait depuis bien longtemps dépassé la ligne du Singel : les fortifications avaient été rasées près de trois quarts de siècle auparavant, et les maisons s'y alignaient désormais sans discontinuer.

Katoen s'arrêta à l'endroit où l'Oude Lelie Straat croisait le Singel et où le large pont de la Torensluis franchissait le canal. De l'autre côté de cette rive s'élevait la majestueuse tour de Roode-Poorts. Elle servait avant tout de prison militaire, mais les gardes y déposaient aussi les ivrognes ramassés alentour pour qu'ils s'y dégrisent. Un bon endroit pour faire face à un poursuivant, se dit Katoen. En cas d'urgence, il pourrait appeler les geôliers à l'aide.

Sur les rebords du pont et sur la place qui lui faisait face, les marchands avaient dressé leurs éventaires. Le long d'un quai, non loin de là, on déchargeait des navires dont on proposait les marchandises fraîches à la vente sur le marché du pont. Dans la foule où se mêlaient les commerçants, dockers et badauds, il n'était pas difficile de rester à couvert. Mais Katoen avait décidé de prendre l'initiative : s'il ne voulait pas le perdre des yeux, l'homme qui le filait serait forcé, dans ces conditions, de rester sur ses talons ; il comptait donc en profiter pour tendre un piège à cet inconnu encore purement virtuel.

Lorsqu'il passa devant un stand où l'on vendait des tulipes, il chercha malgré lui du regard une fleur noire aux taches couleur sang, mais le marchand au corps déformé par la goutte ne proposait que des fleurs claires et lumineuses. Katoen pressa le pas et descendit les marches glissantes jusqu'au quai, où il avança avec agilité entre les piles de caisses et de fûts, jusqu'à ce qu'il trouve devant lui un tas de conteneurs en bois s'élevant presque à hauteur d'homme : c'était exactement ce qu'il cherchait. Il pivota rapidement sur lui-même, s'accroupit derrière les caisses et sortit son poignard. Il attendit là, immobile, aux aguets.

Des pas rapides, étrangement discrets, se rapprochaient de lui. Il ne s'était donc pas trompé : il avait bien quelqu'un à ses trousses !

Les pas étaient à présent tout près de lui. Katoen tendit une jambe et sentit quelque chose buter dessus.

Son poursuivant trébucha, glissa sur le pavé mouillé et s'étala de toute sa longueur. Une seconde plus tard, Katoen lui avait bondi dessus, poignard à la main droite, prêt à frapper.

Mais il ne le fit pas : à la fois étonné et soulagé, il laissa retomber la main qui tenait l'arme. Il tenait en dessous de lui une mince et fine silhouette, un enfant qui portait un simple pourpoint et un pantalon tout aussi rudimentaire, l'un comme l'autre plusieurs fois rapiécés. Il ne les connaissait que trop bien, ces vêtements : lui-même en avait porté d'identiques autrefois. C'étaient les habits des orphelins.

Le garçonnet chétif que Jaepke Dircks avait baptisé l'« enfant-serpent » et que le maquereau avait mis au service de ses sales besognes le regarda anxieusement. Katoen rangea rapidement le poignard dans son fourreau et libéra le garçon.

— Félix ? (Il l'appelait par le prénom qu'il lui avait donné, faute d'en connaître un autre.) Que fais-tu ici ?

— Je vous ai suivi, répondit à voix basse, après un temps d'hésitation, le garçon dont les lèvres arrondies rappelaient celles d'une fillette.

— J'avais remarqué. Depuis combien de temps ?

— Depuis ce matin.

— Et hier ?

L'enfant le dévisagea, l'air embarrassé, et Katoen constata avec étonnement que les yeux de Félix étaient noirs, ou du moins si sombres qu'il n'aurait pu trouver d'autre qualificatif. À l'orphelinat, on avait fait subir une toilette minutieuse à ce garçon, on lui avait coupé les cheveux et les ongles, et on lui avait donné des vêtements certes déjà portés, mais propres. Pourtant, cet enfant à la peau brune et aux cheveux sombres lui faisait l'effet d'une créature provenant d'un pays étranger.

D'un fauve noir sorti de la jungle des îles lointaines, un fauve qui aurait miraculeusement pris forme humaine.

— Tu me suivais aussi hier ? insista Katoen.

— Non, je ne me suis enfui que ce matin de l'orphelinat, juste après le réveil.

— Pourquoi t'es-tu enfui ?

— Je voulais vous trouver.

Ils avaient attiré l'attention de quelques dockers qui les regardaient avec curiosité. Katoen aida l'enfant à se relever et ils quittèrent le quai.

Au début, il tint Félix par le bras, puis il le laissa libre. Pourquoi ce garçon aurait-il eu l'idée de s'échapper alors qu'il le suivait encore quelques instants plus tôt ? Mais à peine eut-il desserré sa prise qu'il perdit l'enfant de vue. Katoen inspecta les environs et le découvrit devant le stand d'un marchand de jouets dont il suivait la présentation en compagnie de quelques autres gamins, les yeux écarquillés. L'homme, bien portant, tenait en hauteur une planche de bois entourée d'un cadre à l'avant de laquelle était tendue une fine grille. Entre le fond en bois et le grillage évoluaient quantité de petites boules de bois peintes de différentes couleurs. L'homme agitait sa planche en permanence, faisant preuve d'une telle dextérité que les boules formaient à chaque fois une nouvelle figure.

— Regardez donc, mes chers enfants, quelles belles images vous pouvez faire avec les boules de bois. Là, une tête de cheval ! Une péniche ! Une maison ! Et là, un magnifique carrosse !

Mais la mine du marchand, encore aimable un instant plus tôt, s'assombrit lorsque son regard tomba sur Félix.

— Eh toi ! l'orphelin, fiche-moi le camp d'ici ! Tu ne peux rien acheter et tu empêches les autres de voir.

Katoen s'approcha du stand et dit d'une voix forte :

— Mais il en a peut-être, de l'argent, ce garçon.

— Allons donc ! s'exclama le marchand d'une voix méprisante. Je n'ai encore jamais vu un orphelin avec de l'argent. Et ce gamin-là n'a pas un pfennig non plus.

— Vous lui vendriez ce jouet-là pour un pfennig ?

— Mais bien entendu, s'il l'a sur lui !

Le marchand de jouets éclata de rire, imité par quelques-uns des hommes qui assistaient à la scène.

Katoen s'accroupit et glissa dans la main de Félix une petite pièce allemande dont la valeur correspondait à un pfennig néerlandais.

— Achète-le ! lui dit-il.

Félix jeta un coup d'œil étonné d'abord sur Katoen, puis sur la pièce, avant de tendre la main vers le marchand.

— Allez, donnez-lui le jouet ! dit Katoen.

— Non, non, répondit le marchand ahuri. Ça n'était pas le pari. C'est vous qui avez donné le pfennig à ce gamin.

— Et maintenant la pièce est à lui. Vous avez dit que vous lui vendriez ce jouet pour un pfennig. Alors tenez parole !

Le marchand de jouets secoua la tête encore plus énergiquement.

— Il n'en est pas question !

D'un pas rapide, Katoen fut près de l'homme, l'attrapa par le col de son pourpoint gris et le tira brutalement vers lui.

— Si vous ne vendez pas immédiatement ce jouet à ce garçon, je jette toute votre camelote dans le Singel !

Des taches rouge vif brûlaient sur la face de lune du marchand.

— Vous n'oserez pas. Je vais appeler les gardes de la tour et vous faire enfermer.

— Je suis curieux de voir ça. Ça serait bien la première fois qu'ils mettraient derrière les barreaux un inspecteur de circonscription, représentant du juge d'instance.

— Vous êtes..., fit le marchand en balbutiant, et Katoen opina. Je... je ne le savais pas. Bien entendu, il faut que ce garçon ait son jouet.

— Sage décision, dit Katoen en relâchant l'homme.

Celui-ci se pencha vers Félix, se força à sourire et lui remit le jeu de bois.

— Tiens, prends, mon garçon !

Félix approcha une main gauche hésitante, tout en gardant tendue la main droite, qui contenait la pièce.

— Non, laisse donc, dit le marchand. Je te l'offre, cette planche à perles.

— Ce garçon a de l'argent, dit froidement Katoen, et il va payer la marchandise !

— Oui, bien entendu, répondit le marchand de jouets en hochant la tête et en prenant la pièce dans la main de l'enfant.

Katoen posa un bras autour de l'épaule de Félix.

— Allez, viens mon fils, nous allons commencer par manger un morceau. Tu dois avoir faim, non ?

Félix hocha la tête. Ils s'éloignèrent du stand de jouets et des badauds qui s'étaient attroupés pour assister à la scène. Non loin du pont se trouvait une buvette où Katoen commanda du pain, du fromage de chèvre et de la viande froide, ainsi qu'une bière pour lui, et du lait de chèvre pour Félix.

Le garçon savoura le repas ; il avait posé la planche à billes sur la table, à portée de main. Katoen avait l'impression qu'il ne quittait pas l'objet des yeux. C'était peut-être le premier jouet qu'il eût jamais possédé.

Lorsque Félix eut englouti une part qui aurait rassasié un homme adulte pour une journée entière, Katoen lui demanda de nouveau pourquoi il avait fugué de l'orphelinat. L'enfant prit beaucoup de temps pour trouver les mots justes.

— Tout est tellement sévère là-bas. Et c'est pas beau.

— Un orphelinat n'est pas fait pour être beau. Tu as un toit pour t'abriter, un lit chaud pour la nuit, de quoi t'habiller et suffisamment à manger. (Katoen eut un sourire en coin.) Même si c'est certainement meilleur ici.

— J'ai pas de temps pour moi. Vous ne savez pas ce que c'est. On nous fait apprendre et travailler tout le temps.

— Tu avais donc du temps pour toi quand tu étais au service du maquereau ?

Félix but de son lait de chèvre, qui dessina une barbe blanche tout autour de sa bouche, et hocha la tête.

— Plus que maintenant. Je n'étais pas toujours enfermé dans une maison.

— Tu devrais être heureux qu'on s'occupe de toi.

Le gamin soupira et répéta :

— Vous ne savez pas ce que c'est.

— Si, répondit Katoen. Je sais ce que c'est. Moi aussi, j'ai passé quelques années dans un orphelinat après la mort de mon père. Il était marin, sache-le, et s'est battu sous les ordres de l'amiral Tromp contre les Espagnols. Quand il est mort, pendant la bataille contre la 2e Armada espagnole, nous nous sommes retrouvés à l'orphelinat, ma sœur et moi.

— Au moins, vous avez une sœur.

— Mais je ne l'ai pratiquement pas vue. À l'époque, le grand orphelinat de l'Amstel où je t'ai conduit n'existait pas encore. Garçons et filles n'étaient pas dans le même bâtiment.

— Vous n'aviez pas de mère ?

Les traits de Katoen s'assombrirent.

— Elle nous avait déjà quittés. Une voisine s'occupait de nous quand notre père était en mer. Il la payait pour ça. Mais après sa mort, ça n'était plus possible. Nous nous sommes donc retrouvés à l'orphelinat. Cela dit, au bout de quelques années, un frère de mon père s'est manifesté. Il vivait à Utrecht et nous a pris auprès de lui.

— Pourquoi si tard ?

— Jusque-là, il ignorait tout de notre sort. Mon père et lui s'étaient brouillés bien des années plus tôt et n'entretenaient plus aucune relation.

— Hum, grogna Félix, mécontent. Comment peut-on se brouiller à ce point avec son frère ? Je serais heureux d'en avoir un, moi !

— N'as-tu encore jamais eu quelqu'un qui te soit proche ?

— Non, fit Félix en baissant les yeux comme s'il devait avoir honte de sa réponse.

— Qu'est-il arrivé à tes parents, à ta famille ?

— Je ne le sais pas, dit Félix, le regard toujours rivé sur la table. Je ne me rappelle plus rien. Je ne sais rien de ma famille, sauf les images que je vois de temps en temps quand je rêve. Alors j'essaie de reconnaître les visages de mon père et de ma mère, mais je n'y arrive pas. Je ne vois que des silhouettes floues, des animaux, des charrettes et des tentes.

— Des tentes ?

— Oui. Des tentes dans une clairière. Entre les tentes, il y a des gens qui se déplacent. Ils s'assoient ensemble, ils dansent, ils chantent. Et tout d'un coup les cavaliers du feu arrivent… (Il s'était mis à trembler en prononçant ces derniers mots.) Ils arrivent de partout, et le camp tout entier est en flammes.

— Et ensuite ?

— Je ne sais pas. Le feu a tout détruit. Je ne me rappelle plus que ce qui s'est passé ensuite. J'étais chez un forain et je devais me faufiler sans arrêt entre des barreaux de bois très serrés. Les gens payaient pour voir l'enfant-serpent.

— D'où tiens-tu ce don ? De tes parents ?

À cet instant seulement, Félix leva de nouveau les yeux vers lui ; mais son regard était étrangement vide.

— Je ne sais pas. Je ne sais plus rien de ce qui a eu lieu à l'époque.

— Arrête de te tourmenter avec tout cela, Félix, répondit Katoen, avant de s'interrompe. Au fait, ça te va, si je t'appelle Félix ?

— Ça me plaît bien. J'ai enfin un nom. (Félix minauda un peu avant de reprendre la parole :) Je peux rester avec vous ?

— Qu'est-ce que tu veux dire ?

— Je ne veux pas rentrer à l'orphelinat.

— C'est impossible, dit Katoen, qui lut aussitôt la déception sur le visage de l'enfant. Je vis seul et je n'ai personne qui puisse s'occuper de toi. Mais je vais te faire une promesse : je viendrai souvent te rendre visite, et si j'ai le temps, nous irons nous promener ensemble. Le marchand de jouets, à la Torensluis, se réjouira certainement de nous revoir.

Il eut un sourire de conjuré, que Félix finit par imiter. J'ai peut-être donné à ce garçon le prénom qu'il fallait, pensa Katoen, empli d'espoir.

11.

Le beau-frère du fabricant de cercueils

Katoen ramena Félix à l'orphelinat des rives de l'Amstel et eut une brève conversation en aparté avec le maître des lieux. Quelques bonnes paroles et, plus encore, une petite obole le persuadèrent de ne pas laisser échapper le moindre mot sur la sortie non autorisée du jeune garçon. Lorsque Katoen prit congé de Félix, celui-ci serra fort la planche à billes contre la poitrine, mais ne prononça pas un mot.

De retour à l'hôtel de ville, Katoen rencontra le juge d'instance qui revenait justement d'une audience et l'invita à passer dans son bureau.

— Vous êtes très occupé, *Mijnheer* Katoen, on ne vous voit presque plus. J'espère que votre enquête progresse.

Katoen comprit parfaitement le sous-entendu. Van der Zyl alluma sa pipe et fit comme s'il s'agissait de sa seule occupation. Mais Katoen était certain que le juge lui consacrait toute son attention.

— L'enquête est difficile, et il est encore trop tôt pour parler ne serait-ce que du début d'un soupçon précis. Nous manquons de faits, et je n'aimerais pas me perdre dans des spéculations.

Il se sentait mal, et son siège lui parut tout d'un coup très inconfortable. Le juge d'instance se contenterait-il de ces vagues indications, ou en demanderait-il plus ? Katoen allait-il devoir expliquer ce qu'il faisait au cours de la nuit passée au Perroquet Vert ? Il aurait préféré éviter de le faire, au moins pour le moment. Il n'était certes pas inhabituel qu'un inspecteur de circonscription remplisse des missions privées pour arrondir un traitement qui n'avait rien de somptueux. Mais en l'occurrence, l'affaire était un peu plus compliquée que cela : il ne se défaisait pas du soupçon que Joan Blaeu lui cachait quelque chose.

Comment Van der Zyl accueillerait-il ce soupçon ? Gênerait-il toute investigation dans cette direction, irait-il jusqu'à la bloquer ? Katoen n'y croyait pas : le juge avait une trop grande conscience de son devoir, et il tenait trop à élucider l'affaire des assassinats aux tulipes. Mais il risquait d'informer Blaeu, qui comptait au nombre de ses amis, du soupçon de Katoen, sinon volontairement, du moins, peut-être, par une remarque maladroite.

Katoen jugea donc préférable de ne pas faire savoir à Van der Zyl, pour le moment, qu'il avait des soupçons sur l'un des citoyens les plus en vue de la cité, membre du conseil municipal. Blaeu lui-même n'était certes pas l'assassin, mais le fait qu'il ait nié avoir entendu parler du manuscrit du croisé le rendait suspect.

— Vous ferez le nécessaire, j'ai une entière confiance en vous, dit Van der Zyl, au grand soulagement de Katoen. Prévenez-moi s'il y a du neuf.

— Je n'y manquerai pas, promit Katoen, fermement résolu à choisir lui-même le moment où il informerait le juge de l'avancement de son enquête.

— Bien, dans ce cas retournez à votre travail ! répliqua Van der Zyl avec un sourire. Mais n'oubliez pas de vivre !

— Comment dois-je l'entendre ?

— Avec tout le zèle que vous déployez, et en dépit de l'urgence qui s'attache à cette affaire, vous ne devriez pas abuser de vos forces. Le mieux serait de vous détendre un peu, de préférence en famille.

— Mon oncle vit à Utrecht, et ma sœur s'est mariée à Schoonhoven. Ici, à Amsterdam, je n'ai pas de famille.

— Vous n'avez encore jamais songé à en fonder une ?

— Y songer est une chose, le faire en est une autre. Le premier est simple ; pour le deuxième, il faut du temps et surtout...

— Oui ? relança Van der Zyl, devant l'hésitation de Katoen.

— ... la femme qui convient.

— Sur ce point vous avez raison, Katoen, il faut d'abord la trouver. Mais n'oubliez pas : vous êtes à l'âge idéal pour vous marier. Vous pouvez devenir quelqu'un dans cette ville, mais un homme qui réussit a besoin d'une femme fidèle auprès de lui. Je sais, vous vous débrouillerez bien. Cela dit, même si vous êtes encore célibataire, vous ne devriez pas négliger les bons côtés de l'existence. Ou justement pour cette raison. (Le juge se mit à rire.) Ma sœur et moi, nous comptons faire une petite sortie en barque, demain, avec pique-nique à la clef. Soyez donc notre invité ! Vous connaissez Catrijn. Elle serait certainement heureuse de vous revoir.

Katoen hésita. Le juge d'instance savait-il ce qui s'était passé entre sa sœur et l'inspecteur de circonscription après la soirée mondaine qu'il avait donnée ? Ou bien en avait-il juste une vague idée ? Catrijn avait peut-être laissé échapper une allusion. En tout cas, à en croire les mots qu'il venait de prononcer, il ne voyait pas la moindre objection à une liaison entre Catrijn et

Katoen, bien au contraire. Ce qui étonna le policier, mais le réjouit aussi. Manifestement, il s'était inquiété en pure perte à ce propos. Et comme, dans ces conditions, il ne pouvait que prendre un grand plaisir à revoir Catrijn, il accepta finalement l'invitation.

— Magnifique, s'écria Van der Zyl, ravi. Dans ce cas je vous attends demain soir, à 5 heures, près de la barque. Elle se trouve juste devant ma maison. Le temps semble s'améliorer, ce sera sûrement une excursion magnifique !

Lorsque Katoen quitta le bureau du juge, il était d'excellente humeur, et son aventure de la nuit passée ne lui semblait plus aussi déplaisante. Que Van der Zyl l'ait invité à cette promenade en barque et lui ait parlé de sa sœur en toute franchise était plus qu'un bon signe. Cela lui ouvrait les portes d'un nouveau monde, du cercle de citoyens les plus en vue d'Amsterdam. Il se voyait déjà parmi eux, Catrijn à son côté.

Jusqu'ici, il n'avait pas vraiment su quel cours allait suivre son existence. Bien sûr, ce fils de simple marin avait réussi sa vie en se hissant au niveau d'inspecteur de circonscription, et il avait d'abord été très fier de ce à quoi il était parvenu. Mais il sentait à présent un étrange vide en lui – et le désir d'y ajouter quelque chose, quelque chose d'important, de décisif.

Une femme et des enfants, une famille, était-ce ce qui lui manquait ? Oui, c'était sans doute cela. En compagnie de Félix, il s'était senti comme un père qui parle à son fils, et cette impression l'avait rasséréné. Les mots du juge lui faisaient clairement apparaître ce qui, jusqu'ici, était resté brumeux, et c'est avec une certaine exaltation que Katoen entra dans son bureau, fredonnant une chanson de marin entraînante qu'il avait apprise au vol dans un musico.

Il cessa de chanter dès qu'il eut ouvert la porte. Jan Dekkert et Joris Kampen l'y attendaient, assis, et leur mine révélait qu'ils jugeaient sa bonne humeur déplacée.

— Il y a de bonnes nouvelles ? demanda Dekkert. Alors tenez-nous au courant !

Katoen ferma la porte, posa son chapeau et s'assit.

— Rien de sensationnel. Je sors juste de chez Van der Zyl, et il m'a répété qu'il nous faisait confiance pour mener ce travail. Qu'avez-vous trouvé ?

Les yeux de Kampen, toujours un peu las, s'illuminèrent tout d'un coup.

— Nous avons quelque chose sur Jaepke Dircks !

— Et quoi d'autre ?

Avant que Kampen n'ait pu répondre, Dekkert, indiscutablement le plus vif et le plus lucide des deux, se pencha vers Katoen.

— Pourquoi continuons-nous à courir après Dircks ? Il ne vaudrait pas mieux nous concentrer sur l'assassin aux tulipes ?

— Justement : on lui mettra peut-être la main dessus au moment où nous aurons serré le maquereau une deuxième fois.

— Vous êtes énigmatique.

Il était temps de mettre ses deux lieutenants dans le secret. Il avait besoin de leur aide, il ouvrit donc la bourse en cuir que lui avait remise Blaeu, et déposa dix florins dans la main de chacun d'entre eux.

— C'est à quel titre ? demanda Dekkert, ahuri.

— Vous feriez mieux de demander de la part de qui.

Dekkert lui lança un regard impatient.

— Alors bon : c'est de la part de qui ?

— De l'honorable Joan Blaeu, dit Katoen avant de leur raconter ses discussions avec le cartographe, les événements survenus la nuit précédente derrière le Perroquet Vert et ses soupçons à l'égard de Blaeu.

— Bon, commenta Dekkert en riant, vous vous faites donc payer par Maître Blaeu pour enquêter secrètement sur son compte !

— Votre manière de l'exprimer est très exagérée.

— C'est pourtant bien le cas, non ?

— Peut-être. Dans un premier temps, Blaeu verse ce salaire pour qu'on lui rapporte ses cartes volées. Nous verrons bien ce que ça donne. Mais pas un mot à quiconque ! Joan Blaeu est un homme puissant, et s'il est innocent, nous ne devons pas l'agacer sans motif. Alors, qu'en dites-vous, vous marchez avec moi ?

— Oui, dit Dekkert après un bref moment de réflexion, et Kampen approuva lui aussi.

— Vous voulez approcher les Poisseurs par l'intermédiaire de Dircks, je suppose, devina Dekkert.

— Exactement. La nuit dernière, Dircks m'a fait rater mon coup. Il est donc parfaitement normal qu'il nous apporte son aide, à présent.

— Il ne le fera pas de son plein gré.

— Je ne lui en demande pas tant.

Dekkert afficha un large sourire.

— Dans ce cas, ce que nous avons appris sur lui va certainement vous aider. Il a joyeusement repris son activité de maquereau.

— Dites-en plus ! l'encouragea Katoen en versant dans trois petits godets en étain l'alcool de myrtilles que son oncle préparait lui-même.

— Vous connaissez le fabricant de cercueils de la Prinsengracht, juste à côté de la Westerkerk ? demanda Dekkert tout en portant son gobelet à sa bouche.

— Une grande boutique, confirma Katoen, avec un atelier attenant, dans un entrepôt réaménagé, à peu près là où la Rozengracht tombe dans la Prinsengracht, pas vrai ?

— Tout juste. Le propriétaire s'appelle Maurits Hoven, et il est marié.

— Ça peut arriver à tout le monde !

Dekkert dévisagea Katoen, l'air joyeux.

— Devinez avec qui !

— Vous devriez gagner votre vie comme conteur, Jan, soupira Katoen. Vous avez vraiment un don pour rendre palpitantes les histoires les plus simples. En comptant tous ceux qui séjournent illégalement à Amsterdam, nous arrivons à deux cent mille habitants. Comment voulez-vous que je devine qui est la femme de ce fabricant de cercueils ?

— Elle s'appelle Gefjon Dircks.

Katoen tendit l'oreille.

— Vous avez dit Dircks ?

— Oui, c'est la sœur de notre maquereau.

Katoen lut dans le sourire à peine voilé de Dekkert que celui-ci avait une nouvelle importante à annoncer, mais tenait à ce qu'on lui arrache chacun de ses mots.

— Fort bien, mais ça nous avance à quoi ?

Avant que Dekkert ne puisse communiquer son information principale, Kampen explosa :

— Ils font ça là, dans la menuiserie, entre les cercueils !

Il rayonnait, et ne remarqua même pas le regard noir que lui lançait Dekkert.

— Qui fait quoi où ? demanda Katoen, dont le ton révélait l'impatience grandissante.

— Il n'y a pas de logements dans la maison, se hâta d'expliquer Dekkert, juste la fabrique de cercueils et un grand entrepôt de bois. Maurits Hoven loge avec sa famille quelques maisons plus loin.

— Je vais bientôt connaître la situation de famille de ce cloueur de planches mieux que moi-même, grogna Katoen. La seule question que je me pose, c'est : à quoi bon ?

Dekkert posa son godet vide sur la table et leva la main droite, index dressé.

— Faites attention, nous y sommes. Jaepke Dircks utilise la menuiserie la nuit pour organiser des passes. Il y fait venir les putains et leurs clients, qui font ça sur place, à l'insu de son beau-frère. On dit qu'une nouvelle nuit-cercueil, comme il appelle ça, doit avoir lieu ce soir. Une fille de joie éméchée nous a donné le tuyau, il a suffi que nous l'aidions un peu à boire.

— Pourrait-elle aussi révéler à Dircks que nous sommes à sa recherche ?

— Pas d'inquiétude, le rassura Kampen, dont les yeux brillaient encore. Après lui avoir versé une bonne dose de genièvre, ce qui lui a délié la langue, nous l'avons enfermée pour état d'ivresse.

Le lieutenant gloussa comme un gamin après une bonne plaisanterie.

— Bon, répondit Katoen en se tournant vers Dekkert. Et qu'est-ce que ça signifie, qu'il y a une nouvelle nuit-cercueil ce soir ?

— Eh bien, il n'y a pas de lits dans la menuiserie, et il faut bien que les putains se couchent quelque part.

Katoen le toisa, incrédule.

— Vous voulez dire qu'elles se mettent dans les cercueils ?

— C'est ce que nous a raconté la putain ivre morte. Elle a ajouté que beaucoup de clients payaient même un supplément pour ça. Ça a l'air de les exciter beaucoup.

Katoen chassa de son esprit les images que lui inspiraient ces explications.

— Quoi qu'il en soit, l'essentiel, pour nous, est de trouver Dircks.

— La putain a dit qu'il y serait, répondit Dekkert. Elle a dit que sans ça, il avait peur de voir sa part de maquereau lui filer sous le nez.

Katoen fit claquer son poing droit dans la main gauche.

— Dans ce cas, nous le tenons, le beau-frère du fabricant de cercueils !

Le haut clocher de la Westerkerk dominait cette partie de la Prinsengracht, et c'était encore plus visible de nuit que de jour. Même les grandes maisons des riches négociants qui s'étaient installés dans la Prinsengracht ressemblaient, face à cette église, à des gamines écrasées par l'ombre de leur mère – une ombre qu'elles semblaient d'ailleurs rechercher, ou bien par respect, ou bien pour s'y protéger. C'est du moins l'impression qu'eut Jeremias Katoen, accroupi avec ses lieutenants derrière un bosquet d'ormes. Ils surveillaient l'atelier de cercueils, en face de l'église.

Jusqu'ici, ils avaient vu trois filles de joie et quatre hommes, qui avaient tout d'honorables citoyens, entrer dans l'ancien entrepôt, confirmant les propos de la prostituée qu'avaient interrogée Dekkert et Kampen. Même s'il ne faisait pas grand cas de la religion, Katoen était choqué que l'on puisse se livrer à ces activités honteuses si près de la Westerkerk. Il lui semblait qu'on se moquait ainsi de tout ce en quoi croyaient les honorables habitants d'Amsterdam, de tous leurs idéaux, de tout ce pour quoi ils accomplissaient jour après jour leur travail respectable.

Mais d'un autre côté, la Westerkerk n'était-elle pas le lieu qui convenait à ce genre d'agissements ? Deux ans plutôt, déjà, des choses effroyables s'étaient déroulées ici. Le jeune peintre Cornelis Suythof avait fouillé le sol de l'église pour retrouver les restes de Titus Van Rijn, le fils mort prématurément du peintre Rembrandt Van Rijn, et n'avait trouvé que les ossements d'un animal. Désormais, Titus était bel et bien enterré dans la Westerkerk, juste à côté de son père – Katoen s'en était personnellement occupé et avait été l'une des rares personnes à accompagner Rembrandt, ruiné, à sa dernière demeure. Toute cette sombre histoire autour du peintre et des tableaux bleus le faisait encore frissonner ; il aurait aimé ne plus jamais se retrouver dans une affaire comme celle-là. Et il craignait désormais que cela recommence.

Même si beaucoup d'éléments étaient encore voilés, comme par un épais brouillard, il devinait que les assassinats aux tulipes se déroulaient dans un contexte tout aussi dangereux et effrayant. C'était comme un cauchemar dont on ignore comment il va se dérouler, mais dont on sait qu'il finira mal.

Un vent puissant qui faisait bruisser les couronnes des ormes donna des frissons à Joris Kampen.

— Je doute que nous ayons encore des clients ce soir. Nous devrions passer à l'attaque.

Jan Dekkert lui adressa un sourire provocateur.

— Qu'est-ce qui t'a mis ça en tête ? Ton bon sens ou le claquement de tes dents ? Tu aurais dû passer un pourpoint plus épais.

Kampen se frotta les bras pour se réchauffer.

— Est-ce que je pouvais deviner, moi, qu'il ferait aussi froid cette nuit ? On est tout de même au mois de mai !

— Cela dit, inspecteur, intervint Dekkert, Joris a raison, nous pourrions y aller. Il ne se passera plus grand-chose d'autre dans la menuiserie.

Katoen observa la grande fenêtre grillagée de l'ancien entrepôt. On ne voyait de l'extérieur qu'une faible lueur, trop insignifiante pour que des passants la remarquent s'ils n'étaient pas au courant. Jaepke Dircks faisait preuve de beaucoup de prudence – pour autant qu'il était en personne dans cette bâtisse.

— J'aimerais bien être sûr que nous trouverons vraiment Dircks dans l'atelier de cercueils, dit Katoen en chuchotant comme l'avaient fait ses deux lieutenants. Jusqu'ici, ce n'est pas lui que nous avons vu, mais l'homme qui a ouvert la porte, ce…

— Il s'appelle Cristoffel, mais tout le monde l'appelle Stoffel, glissa Dekkert. Il travaille dans l'atelier du fabricant de cercueils. C'est sans doute lui qui permet au maquereau et à ses putains d'accéder la nuit au bâtiment. Même si Dircks n'est pas là, nous devrions mettre un terme à ces manigances.

— Mais c'est à cause de Dircks que nous sommes ici, objecta Katoen. Nous n'aurons pas deux fois une occasion pareille.

— Là, là, voilà quelqu'un ! avertit Kampen faisant un signe vers la gauche.

La silhouette d'un homme portant une cape sombre et un chapeau profondément enfoncé sur le front entra dans le champ lumineux de l'un des réverbères. Il était près de minuit, et l'on ne voyait presque plus personne dans les rues. Katoen supposa que cet homme se dirigeait vers un objectif très précis, non loin de là, et cela ne tarda pas à se confirmer : l'homme s'arrêta devant l'atelier de cercueils et actionna le heurtoir en fer, trois fois à bref intervalle, puis deux fois après une petite pause. Les autres avaient utilisé le même signal.

Les trois policiers, aux aguets, virent la porte s'ouvrir, mais ils furent encore une fois déçus : ce n'était toujours pas Jaepke Dircks qui laissait entrer ce visiteur tardif. On ne distinguait qu'un petit homme trapu aux jambes arquées, le commis du fabricant de cercueils, Stoffel. Il échangea quelques mots à voix basse avec le nouveau venu, le fit entrer et referma la porte.

— Toujours aucune trace de ce Dircks, constata inutilement Kampen. Qu'est-ce qu'on fait maintenant, *baas* ?

Katoen aurait presque préféré ne pas l'être, le *baas*, le patron, à cet instant précis, car il avait bien du mal à prendre une décision. S'ils faisaient irruption dans l'atelier et n'y trouvaient pas Dircks, le maquereau serait sur ses gardes et l'on n'aurait plus de sitôt la chance de le prendre en flagrant délit. S'ils n'intervenaient pas maintenant, il ignorait tout autant à quel moment se présenterait la prochaine occasion de lui mettre la main dessus.

Le temps pressait, et pas seulement à cause des cartes volées. Katoen redoutait beaucoup plus que l'assassin aux tulipes ne frappe de nouveau. S'il comptait le faire la semaine suivante, Katoen ne disposait plus que de quatre jours, précisément, en comptant le lundi, pour lui mettre la main dessus.

Il existait bien entendu une possibilité que Stoffel, les clients et les filles de joie témoignent contre le maquereau si on les arrêtait, mais pour l'obtenir, Katoen devait lancer une procédure officielle sur ce qui se passait dans l'atelier de cercueils. Ce n'était pas dans ses intentions, raison pour laquelle il avait renoncé à demander le soutien de la garde de nuit. Contrairement à ce qui s'était passé pour le piège tendu le lundi soir précédent dans le Labyrinthe, ils ne pouvaient, cette fois, compter que sur eux-mêmes.

— Après tout… finit-il par grogner. Allez, on entre ! Vérifiez vos armes !

Chacun portait désormais à la main un pistolet à double canon ; moins d'une minute plus tard, ils se trouvaient, avec leurs armes chargées, devant l'entrée du fabricant de cercueils. Katoen prit le heurtoir de la main gauche et lui fit donner trois coups rapides sur le bois, attendit quelques secondes et frappa encore à deux reprises. De l'intérieur, on n'entendait rien. La faible lueur qu'on discernait encore par la fenêtre un peu plus tôt s'était éteinte.

— Ils auraient flairé quelque chose ? demanda Kampen entre ses dents.

Katoen lui fit signe de se taire : il avait tout de même fini par entendre du bruit. Un léger grincement, comme en produit parfois une porte qu'on ouvre ou qu'on ferme, puis des pas de plus en plus bruyants. On tourna une clef dans la serrure, et la porte de la maison s'entrouvrit.

Ils se retrouvèrent devant Stoffel, dont la tête puissante aux cheveux roux ébouriffés paraissait hors de proportions avec son corps malingre. La vue de trois clients arrivant au même moment donna une expression stupéfaite à son visage moucheté de taches de rousseur. Lorsque le commis du menuisier aperçut les armes et comprit que ce n'étaient pas du tout des clients et qu'ils avaient sans le moindre doute d'autres intentions, ses yeux écarquillés exprimèrent la peur panique qui se mêlait à sa stupeur.

— On reste calme, chuchota Katoen, en pressant son double canon sur le front de Stoffel. Si tu fais du bruit, je répands ta cervelle sur la moitié d'Amsterdam. Compris ?

Stoffel, qui osait à peine respirer, hocha prudemment la tête.

— Jaepke Dircks est là-dedans ?

Nouveau bref hochement de tête du rouquin.

— Alors conduis-nous vers lui, mais sur la pointe des pieds ! N'oublie jamais que six canons remplis de plomb sont dirigés vers toi !

Stoffel tourna très lentement les talons et emprunta un couloir, suivi par les trois visiteurs inattendus. Il s'arrêta face à une porte derrière laquelle on percevait des mots indistincts et un gémissement qui, lui, n'avait rien d'ambigu.

— On ouvre, on entre ! ordonna Katoen. Et on garde son calme !

Stoffel ouvrit la porte, qui grinça sur ses gonds, et pénétra dans une grande pièce éclairée par deux lampes à pétrole accrochées au plafond. La lumière était crépusculaire, mais convenait parfaitement au spectacle qui s'offrait à Katoen et à ses hommes. Il y avait dans la salle un grand nombre de cercueils. Trois d'entre eux étaient tirés vers l'avant et ouverts. Dans chacun d'eux était allongée une prostituée déshabillée.

La première, une créature opulente aux cheveux longs et plus roux encore que ceux de Stoffel, serrait fort un client qui faisait aller et revenir ses fesses blanches au-dessus d'elle, en haletant et en émettant des sons saccadés, besognant cette femme avec autant d'énergie que s'il voulait la transpercer. La putain gémissait bruyamment à chaque coup de bélier, et ce bruitage semblait tout à fait authentique. Mais Katoen se demanda si elle geignait de plaisir ou de douleur.

La deuxième femme était agenouillée dans le cercueil et tournait le dos à son client, ce qui paraissait tout à fait adapté à son âge avancé. Tandis que l'homme un peu plus jeune qui se tenait accroupi derrière elle la pénétrait, le visage maigre et ridé de la femme grimaçait, là encore plus sous le coup de l'effort que sous celui du plaisir. On ne voyait plus dans sa bouche que quelques dents presque noires.

La troisième fille de joie, elle, était encore jeune, et l'on ne distinguait pas la moindre ride sur son visage inexpressif en forme de crêpe. Elle s'occupait de deux clients à la fois. Elle en avait coincé un entre ses cuisses rebondies, comme le faisait sa collègue rousse, et avait posé la main gauche sur les fesses de l'homme pour le soutenir dans ses efforts. Mais son autre main dépassait du rebord du cercueil et serrait le sexe d'un autre client agenouillé, pantalon baissé, à côté du cercueil ; il frissonnait de plaisir tandis que la prostituée lui malaxait le membre.

Le dernier client, celui qui était entré peu de temps auparavant, un homme gras et d'âge avancé, était assis sur l'un des autres cercueils et observait toute la scène, les yeux luisants. Il avait ouvert son pantalon et en avait sorti son sexe, qu'il caressait d'une main. De l'autre, il tenait un godet en grès où il buvait de temps en temps une gorgée. Lorsqu'il vit entrer les trois hommes armés, sa terreur fut telle qu'il laissa tomber le récipient. Il éclata dès qu'il eut touché le sol et un liquide sombre se répandit entre les éclats.

À une extrémité de la pièce, trois cercueils empilés servaient de comptoir, où avaient été déposés plusieurs godets. Jaepke Dircks, une cruche ventrue à la main, était en train de les remplir. Lorsque son regard tomba sur les intrus, il fut tellement surpris qu'il en renversa la moitié avant de déposer la cruche sur le cercueil.

En quelques pas rapides, Katoen fut auprès de lui et pointa le pistolet sur sa poitrine.

— Je vous souhaite une bonne soirée, *Mijnheer* Dircks.

Le rude visage du maquereau tressaillit, et il eut visiblement du mal à rester calme.

— Que… Qu'est-ce que vous me voulez, Katoen ?

— La nuit dernière, au Perroquet Vert, tout est allé si vite que nous n'avons pas eu du tout le temps de bavarder. Je me suis dit que nous pourrions rattraper ça maintenant. À moins que je ne dérange ?

Avant que Dircks ait pu répondre le moindre mot, le client qui regardait les autres, assis sur le cercueil, grogna :

— Vous nous dérangez tous. Qui êtes-vous ? Qu'est-ce que vous faites ici ?

— Je suis inspecteur de circonscription de la ville d'Amsterdam. Quant à ce que nous venons faire ici, il est sans doute inutile que je vous l'explique. Ces débauches répugnantes sont contraires à la loi, sans même parler de la décence.

— J'ai une grande influence auprès du conseil municipal. Je peux mettre un terme précoce à votre carrière dans la police.

Katoen adressa à l'homme un regard dédaigneux.

— Si je raconte publiquement ce que j'ai vu ici, vous serez la risée de toute la ville. Je doute que le conseil municipal vous écoute encore à ce moment-là. Vous devriez être heureux que je n'aie pas, jusqu'ici, demandé votre nom, et vous devriez disparaître au plus vite si vous ne voulez pas que je finisse par m'en occuper. Dans ce cas, vous aurez des problèmes bien plus sérieux qu'un pantalon humide !

Le client agenouillé derrière la vieille prostituée s'exclama :

— Ça veut dire que vous nous laissez partir ?

— Fichez le camp d'ici, vous et vos femmes ! confirma Katoen. Dépêchez-vous et dans votre propre intérêt, ne vous faites pas remarquer !

Filles de joie et clients ne se le firent pas dire deux fois. Ils descendirent rapidement des cercueils, rassemblèrent leurs vêtements éparpillés et s'habillèrent en toute hâte. Même l'homme qui prétendait avoir le bras long avait compris qu'un repli bien ordonné valait mieux pour lui qu'une confrontation avec Katoen. Il releva en vitesse son pantalon et quitta la pièce avant même d'avoir fini de le boutonner.

— Tu peux y aller aussi, lança Katoen à Stoffel. Mais si tu transformes ne serait-ce qu'une fois de plus la boutique de ton maître en bordel, j'en informerai le menuisier Hoven, et tu te retrouveras devant le tribunal.

— Ou… oui… bafouilla le rouquin. Mais il faut encore que je range les lo… les locaux.

— Pas maintenant. Reviens dans une demi-heure.

— Oui, *Mijnheer*, merci encore, dit Stoffel en rejoignant les filles de joie et leurs clients, qui quittaient les lieux.

Tandis que Katoen discutait avec le commis du fabricant de cercueils, Dircks avait gardé les yeux rivés sur une caisse en bois ouverte, posée à même le sol non loin du comptoir. On y trouvait toutes sortes d'outils, dont une bonne partie aurait fait de bonnes armes : un marteau, un ciseau de menuisier, des scies, un vilebrequin, une hache et quelques autres encore.

— N'y pensez même pas, Dircks ! l'avertit Katoen. Avant que votre main ait seulement approché la caisse, vous serez mort.

— Ça m'en a tout l'air, dit le maquereau d'une voix posée, en observant le pistolet à double canon de Katoen, et avant de regarder l'inspecteur dans les yeux. C'est pour moi que vous organisez tout ça, non ?

— Vous êtes un homme intelligent, Dircks, dommage que vous utilisiez si mal votre raison. Transformer en bordel, la nuit, la fabrique de cercueils de votre beau-frère : une idée pareille ne viendrait pas à tout le monde.

Dircks sourit comme s'il prenait cela pour un compliment.

— Ça vaut moins cher que de louer des chambres pour les femmes. Et il y a quantité d'hommes, à Amsterdam, qui paient volontiers pour faire ça dans un cercueil. Ça pourrait être une bonne affaire pour vous et moi, Katoen.

— Vous êtes incorrigible, déplora Katoen dans un soupir. Je ne veux rien avoir à faire avec vos sales besognes. Je vous signale d'ailleurs que d'ici très peu de temps, vous passerez devant un tribunal. Et cette fois-ci, je vous le promets, vous ne pourrez pas acheter votre liberté. Si je raconte ce que j'ai vu ici, vous pouvez vous préparer à quelques années difficiles au Rasphuis !

Les muscles du visage du proxénète tressaillirent de nouveau ; il faisait manifestement des efforts pour ne pas se jeter sur Katoen. Mais son bon sens finit par l'emporter sur sa colère. Il savait que face à six canons de pistolets chargés, il n'avait pas l'ombre d'une chance. À une aussi faible distance, le plomb le réduirait en charpie.

— Je vois qu'aucune négociation n'est possible avec vous, monsieur l'inspecteur de circonscription, reprit-il en faisant ronfler le titre de Katoen. Alors dites-moi enfin ce que vous demandez pour que j'échappe au Rasphuis.

Katoen répondit par une question :

— Dekkert, Kampen, ils sont tous partis ?

— Oui, confirma Dekkert, tout ce beau monde a pris la poudre d'escampette.

— Bien. Kampen, surveillez la porte d'entrée et faites en sorte que nous n'ayons pas de visiteurs indésirables. Dekkert, vous restez ici. (Tandis que Kampen quittait la salle, Katoen s'adressait de nouveau au maquereau :) Ce que je vous demande est très simple : réparez les dégâts que vous avez causés la nuit dernière !

— Je ne comprends pas.

— Je suis venu au Perroquet Vert avec des intentions sincères. Ce n'était pas un piège. Vos cris ont fait capoter l'échange.

— Et l'homme au masque ? Ça n'était pas un des vôtres, peut-être ?

— Vous n'allez pas me croire, mais non. J'ai été tout aussi surpris que vous par son apparition. Dites-le à vos complices. Et dites-leur aussi que le propriétaire n'a pas renoncé à racheter la marchandise. Qu'ils indiquent un lieu et une date pour un nouveau rendez-vous.

— Mais je ne fais pas partie des Poisseurs de cartes ! protesta Dircks.

— Ce n'est pas l'impression que j'ai eue !

— Ils m'ont recruté spécialement pour ce rendez-vous. Je ne savais pas que je me retrouverais en face de vous, sans quoi j'aurais refusé. Quand je vous ai vu devant moi, j'ai été aussi ahuri que vous.

— Qui précisément vous a recruté ? Et quand ?

— Hier après-midi, l'un des Poisseurs est venu me voir. Mais il ne m'a pas donné son nom.

— Et pourquoi aucun membre de la bande n'a-t-il voulu tenir le rôle de messager ?

— Peut-être parce qu'ils redoutaient un piège ?

— Peut-être, grogna Katoen. Vous avez tout de même certainement la possibilité d'établir le contact avec votre employeur…

Le proxénète eut du mal à avaler sa salive.

— Si je vous révèle comment, Katoen, les Poisseurs vont me découper en lambeaux. Je préfère encore que vous m'enfermiez au Rasphuis.

— Ça peut se faire rapidement. Mais gardez pour vous ce que vous savez. La seule chose qui compte c'est que vous entriez en contact avec les Poisseurs et que vous leur répétiez ce que je vous ai dit. Ensuite, vous viendrez me donner le nouveau rendez-vous. Vous savez où me trouver.

— Et s'ils ne veulent pas d'autre rencontre ? Peut-être qu'ils ne vous font plus confiance ?

— Dans votre intérêt, vous devriez les persuader de mon honnêteté, Dircks ! répondit Katoen en chatouillant le cou du maquereau avec le double canon de son arme.

12.

Les armes d'une femme (1)

Vendredi 12 mai 1671

Le vendredi matin, on ne sentait plus grand-chose de la fraîcheur de la nuit passée. Le vent s'était calmé, et on voyait à peine un nuage dans le ciel. Aucun obstacle n'empêchait les rayons prometteurs du soleil de réchauffer les toits d'Amsterdam, et Katoen était de fort bonne humeur lorsqu'il se mit en route pour la Gravenstraat afin d'informer Joan Blaeu qu'il y avait un nouvel espoir. Il n'était certes pas sûr que les Poisseurs de cartes accepteraient une deuxième rencontre, mais il se fiait aux talents de persuasion du maquereau Dircks. Lui savait ce qui l'attendait si Katoen transmettait au juge le dossier des événements de la fabrique de cercueils : il ferait tout pour convaincre les voleurs que Katoen avait de bonnes intentions. Réussir à racheter les cartes volées lui vaudrait la confiance du cartographe – du moins le policier l'espérait-il – et l'aiderait à établir la raison pour laquelle Blaeu ne disait rien du manuscrit du croisé.

C'est ainsi que Katoen se représentait la chose tout en inspirant l'air frais et en commençant à siffloter un air joyeux – il avait en effet l'impression que tout chantait et sifflait ce matin-là autour de lui, et pas seulement les oiseaux assis dans les arbres et sur les toits. Les sons quotidiens de la ville animée lui faisaient eux aussi l'effet d'une gaie mélodie : les ordres des cochers qui guidaient leurs traîneaux attelés ; le souffle des chevaux et des bœufs ; les cris des vendeuses qui vantaient leurs produits sur le marché ; le papotage énergique des femmes venues faire leurs courses ; le grattement des balais-brosses avec lesquels les bonnes nettoyaient les entrées des maisons et le pavé du trottoir ; le tintement des couverts dans les auberges et les gargotes ; l'aboiement des corniauds qui se disputaient quelques ordures. Tout cela composait le chant d'une ville prospère, d'un peuple vaillant, et Katoen se mit à siffler presque malgré lui.

Le concert s'arrêta de manière abrupte lorsqu'il heurta, non loin de l'atelier de Joan Blaeu, une femme dont la hâte était inversement proportionnelle à l'attention qu'elle portait à autrui. Elle était vêtue d'une robe sobre d'un brun discret, et avait un foulard clair autour de la tête. Elle était tellement pressée qu'elle voulut continuer son chemin sans même un mot d'excuses. Elle allait dans la même direction que Katoen, qui l'attrapa par le bras et la retint.

— Anna ?

Elle se retourna vers lui, et son visage mince, qui paraissait encore pincé un instant plus tôt, s'éclaira un peu.

— Oh, c'est vous, inspecteur Katoen ! Pardonnez-moi de ne pas vous avoir reconnu tout de suite, mais je suis très en retard.

Anna Swalmius semblait en proie à une grande agitation. Lorsque Katoen lui lâcha le bras, il sentit combien elle avait hâte de reprendre sa route.

— Cette belle matinée n'est pas faite pour courir, dit-il en souriant. Où allez-vous donc si vite ?

— Chez Joan Blaeu, le cartographe.

— Vraiment ? répondit Katoen sans dissimuler son étonnement. Dans ce cas nous avons la même destination. Mais ça ne m'explique pas votre hâte.

— Mon père s'est de nouveau enfui, expliqua-t-elle d'une voix tourmentée. J'espère le retrouver là-bas.

— Chez Joan Blaeu ? Qu'est-ce qui vous fait croire ça ?

Sans dire un mot, elle sortit quelques feuilles de papier imprimé dans le petit sac qui lui pendait à la hanche, et les tendit à Katoen. C'était la toute dernière édition du *Matin d'Amsterdam*, et Anna pointa du doigt un article de la page 2.

Un nouveau livre pour les amis des tulipes

Le fameux éditeur d'Amsterdam Joan Willemszoon Blaeu compte imprimer un nouveau livre pour tous les amateurs de tulipes et tous ceux qui veulent le devenir.

Le volume que Blaeu compte imprimer dans son nouvel atelier de la Gravenstraat doit célébrer les beautés de la tulipe et les agréments qu'elle apporte à ceux qui s'en occupent.

L'éditeur est lui-même un grand ami des tulipes, et fait partie de ces « Vénérateurs de la Tulipe » qui se sont fait connaître dans tout Amsterdam par leurs bonnes actions. Maître Blaeu dit vouloir accroître le prestige de la tulipe en publiant cet ouvrage dont les textes sont signés de connaisseurs renommés, et rendre à cette fleur la grande popularité qui a été la sienne avant la catastrophe sur laquelle s'acheva tristement, voici plus de trente ans, la fièvre des tulipes.

Dès que Katoen eut lu l'article, il comprit pourquoi Anna était si pressée de se rendre dans l'atelier du cartographe.

— Vous craignez que votre père ne sorte de ses gonds chez Joan Blaeu comme il l'a fait chez Willem Van Dorp, n'est-ce pas ?

— Oui, je crains le pire. Papa fera tout pour empêcher la parution de ce livre.

— Dans l'atelier de Blaeu, ils arriveront bien à le maîtriser.

— C'est bien ce que je redoute. Mon père est vieux et faible, il pourrait facilement lui arriver quelque chose.

Katoen lui rendit le journal.

— Vous ne devriez pas donner la presse à lire à votre père si ça le met dans un état pareil.

— Vous croyez vraiment ? Il a perdu tout son univers en même temps que sa fortune. Et vous voulez lui prendre l'unique plaisir qui lui reste, celui de lire les nouvelles du monde ?

Le policier avait visiblement blessé Anna, ce qui n'était pas du tout dans ses intentions. Il l'aurait volontiers consolée et assurée de sa sympathie, mais il ne trouva pas les mots pour le faire. Il se contenta donc de répondre :

— Allons voir ensemble si nous trouvons votre père dans l'atelier de Blaeu.

La porte de l'atelier était ouverte, laissant passer le fracas d'une rixe. Le regard de Katoen croisa celui d'Anna. Ils savaient qu'ils pensaient la même chose : Sybrandt Swalmius est ici !

Sa fille se précipita à l'intérieur, suivie par Katoen. Ils n'eurent qu'à suivre la direction du bruit. Ils rencontrèrent Joan Blaeu et deux de ses employés dans la salle où se trouvaient les presses. Les deux imprimeurs de Blaeu maîtrisaient difficilement Sybrandt Swalmius, qui se démenait comme une bête sauvage. Malgré son âge, celui-ci semblait avoir une force égale à la leur. Il se tortillait, il trépignait avec une telle énergie que Katoen craignit qu'il ne se blesse lui-même. Mais lorsqu'il aperçut sa fille, il se calma et ne fit plus le moindre effort pour échapper à la poigne des deux hommes.

Le visage agacé de Joan Blaeu s'éclaira lorsque l'inspecteur de circonscription entra dans la pièce.

— *Mijnheer* Katoen, vous tombez à pic ! Aidez-moi à me débarrasser de ce fou !

— Ne parlez pas comme ça de mon père ! lui ordonna Anna. Il était l'ami du vôtre.

— Avant que la folie ne s'empare de lui, répliqua Blaeu, furieux.

Anna lui lança un regard noir.

— Vous savez parfaitement pourquoi il est devenu comme ça.

— Parce qu'il a joué toute sa fortune sur une spéculation. Si vous voulez savoir ce que j'en pense : ce n'est pas un conseil à donner, et ça n'arrange pas la santé mentale.

L'attention des deux employés qui continuaient à tenir fermement Swalmius avait sans doute décliné pendant ce dialogue. Un mouvement rapide et sec du vieil homme, encore tranquille un instant plus tôt, lui suffit pour se libérer et filer dans le couloir avec l'agilité d'une belette.

— Qu'est-ce que vous avez à rester là comme des idiots ? lança Blaeu aux deux hommes. Courez-lui après ! S'il fait des dégâts, ce sera retenu sur votre paie ! De toute façon, ce n'est pas ce crève-misère qui pourra les rembourser, ajouta-t-il d'une voix un peu plus douce.

Les deux hommes prirent une mine consternée et coururent après Swalmius avec plus d'ardeur que d'habileté. Ils se bousculèrent à la sortie de la pièce, ce qui permit à l'ennemi des tulipes de prendre une petite avance.

Katoen et Anna coururent après le vieil homme et ses poursuivants. L'inspecteur sentit une vague inquiétude poindre en lui, mais il n'aurait pas su dire si elle concernait ce vieillard à l'esprit confus ou plutôt sa fille, qui l'attirait en dépit de ses manières sobres, voire cassantes. Il était presque ému par le dévouement dont elle faisait preuve envers son père. Chaque homme ne souhaitait-il pas qu'une femme affiche un jour pareille passion à son égard ?

Le vieux Swalmius se rua vers les bureaux privés du cartographe, sans que ses poursuivants ne puissent l'empêcher. Mais ce fut pour y tomber dans les bras puissants du secrétaire Barent Vestens, qui souleva Swalmius, le fit tournoyer comme une poupée de paille et finit par le coller contre un mur comme une mouche qu'on s'apprêtait à écrabouiller.

— Arrêtez immédiatement, Vestens ! cria Katoen. Vous allez lui briser la colonne vertébrale, en plus !

— C'est tout ce qu'il mérite, aboya le secrétaire. Quand on s'introduit chez quelqu'un et qu'on détruit la propriété d'autrui, on ne peut pas s'attendre à des ménagements !

Anna se fraya un chemin parmi les curieux. À peine arrivée devant Vestens, elle lui posa la lame de son poignard contre le cou. Katoen n'avait pas remarqué cette arme – Anna l'utilisait avec une dextérité et une rapidité exceptionnelles. La pointe de la lame perça la peau et un petit filet rouge se mit à couler dans le col du secrétaire.

— Lâchez mon père ou je vous tue !

Elle ne criait pas, elle ne paraissait même pas énervée. Le ton calme sur lequel elle avait prononcé sa menace la faisait paraître d'autant plus dangereuse.

Katoen n'osa pas intervenir, craignant que cette situation précaire ne dégénère totalement. Les deux employés étaient eux aussi immobiles, comme hébétés.

— Eh bien d'accord, comme vous voudrez, céda Vestens en grinçant des dents, avant de libérer Swalmius.

Celui-ci n'avait pas encore tout à fait retrouvé l'équilibre que déjà Vestens tournoyait et envoyait un coup de poing dans le flanc d'Anna. Celle-ci tituba et serait sans doute tombée si elle ne s'était pas retenue à un dossier de chaise. Le poignard lui glissa de la main et tomba sur le sol dont les dalles formaient un échiquier. Vestens voulut poser un pied sur le poignard, mais Anna fut plus rapide que lui, tellement que Katoen ne parvint pas à sortir de sa stupéfaction. Elle attrapa le poignard, roula sur elle-même, se retrouva debout l'arme à la main et fit une volte pour pointer de nouveau le bout de sa lame sur la gorge de l'employé de Blaeu, qui se figea en plein mouvement.

— Que se passe-t-il ici ? demanda, derrière Katoen, le fabricant de cartes qui venait de les rejoindre. Pourquoi ne rétablissez-vous pas enfin le calme, *Mijnheer* Katoen ? Vous ne voyez pas que cette femme menace le bon Barent ?

— Votre bon Barent n'est pas non plus un enfant de chœur, rétorqua Katoen. Mais vous avez raison, il y a eu assez d'excitation comme cela. Lâchez cet homme,

Anna. Je me porte garant du fait qu'il ne touchera pas un cheveu de votre père, ni l'un des vôtres.

Anna obéit en hésitant, et le poignard disparut quelque part sous sa robe. Elle rejoignit son père, qui vacillait encore un peu, et le soutint.

— Mais Katoen, vous n'allez tout de même pas laisser Swalmius et sa fille repartir impunément ! s'indigna Blaeu. J'exige qu'ils rendent des comptes pour cet incident.

— Vous y tenez vraiment, *Mijnheer* Blaeu ? demanda Katoen. Pensez donc au scandale ! Vous ne croyez pas que les gens vont faire les gorges chaudes à l'idée qu'un vieil homme n'ayant plus toute sa tête et sa fille sont parvenus à semer la panique dans tout votre atelier ?

Blaeu passa la main sur son menton, songeur.

— Hum, vous avez raison sur ce point. Après tout, il n'y a pas eu de dégâts. Oublions donc cette affaire. Mais je ne veux plus jamais revoir ces deux-là !

Katoen hocha la tête et accompagna père et fille à l'extérieur.

— En restant sur votre droite, vous allez trouver tout de suite une petite auberge, le Cygne qui Rit. Attendez-moi là-bas, j'ai encore une question à régler avec Blaeu.

— Oui, d'accord, murmura Anna. Et merci pour votre aide, une fois de plus. Vous avez adouci Blaeu.

— Il aurait bien compris lui-même que pareil tapage ne pourrait que lui nuire, rectifia Katoen.

— Je n'en suis pas si sûre, dit Anna en lui prenant la main droite et en la serrant fort. Vous avez toute notre gratitude, Jeremias Katoen !

L'entretien de Katoen avec Blaeu et Vestens fut bref. Il les informa que selon toute vraisemblance, il allait bientôt rétablir le contact avec les Poisseurs de cartes, et qu'il préviendrait Blaeu lorsque ce serait fait. Et comme on pouvait s'y attendre, le cartographe se montra soulagé à l'idée qu'avec un peu de chance, il pourrait tout de même finir par remettre la main sur ses cartes.

Le père et la fille Swalmius l'attendaient au Cygne qui Rit. Ils n'avaient encore rien commandé, sans doute moins par courtoisie que par manque d'argent. Katoen fit servir du pain et du fromage pour trois personnes, avec une cruche de bière, et s'enquit de l'état de Sybrandt Swalmius.

— Je vais mieux, merci, dit le vieil homme. Je suis désolé d'avoir perdu une fois de plus la maîtrise de mes nerfs, mais la seule idée de ce nouveau livre que Blaeu veut imprimer m'a rendu à moitié fou.

— Pourquoi donc ? demanda Katoen. Il existe d'innombrables livres sur les tulipes, en quoi celui-là peut-il être nocif ?

— Il peut l'être, et beaucoup ! Les volumes anciens se trouvent dans les bibliothèques d'un petit nombre de riches amateurs de tulipes, comme Van Dorp. Mais si on laisse faire Blaeu, le nouveau livre va faire grand bruit et être largement diffusé. Il attirera ainsi l'attention sur les tulipes, et plus d'un se laissera prendre au charme de la fleur du diable !

Swalmius haussait peu à peu la voix. Ce sujet le mettait visiblement toujours autant hors de lui. Anna lui prit la main et en caressa doucement le dos, dont la peau était criblée de taches de vieillesse.

— Nous devrions parler d'autre chose !

— Tout à fait d'accord, acquiesça Katoen. De votre poignard, par exemple. Vous êtes une vraie maîtresse dans le maniement de cette arme.

Anna sourit, mais c'était un sourire artificiel qui ne révélait en rien sa nature profonde.

— J'ai appris de bonne heure à me défendre. Les armes d'une femme sont les plus efficaces lorsqu'elle les emploie sans qu'on s'y attende.

— D'une manière générale, on ne s'attend pas à trouver ce genre d'armes chez une femme.

— J'aimerais vous manifester ma gratitude, *Mijnheer* Katoen, poursuivit Anna.

— Vous l'avez déjà fait.

— Juste en parole. Mon père et moi, nous vivons dans des conditions modestes, comme vous l'avez vu. Mais nous serions très heureux si vous partagiez notre repas ce soir.

— J'en suis très honoré, mais il va falloir choisir une autre soirée. J'ai déjà une invitation pour celle-ci. Et puis j'ai encore une mission importante à accomplir près d'une ancienne gargote du Labyrinthe, même si ce n'est qu'une demi-heure avant midi.

— C'est pour cela que vous étiez chez Blaeu ?

— Oui, répondit Katoen, en se demandant si son mensonge allait porter ses fruits.

13.

Les armes d'une femme (2)

Lorsque Katoen longea le Damrak, on y travaillait encore en dépit du soir qui tombait. Aux grues qui émergeaient des greniers des maisons de commerce étaient suspendus des filets et des caisses que l'on tirait vers le haut ou qu'on descendait sur les navires de fret et les péniches qui clapotaient dans l'eau. Le bassin grouillait de bateaux, de barges et de barques, et Katoen admirait les mariniers, qui parvenaient toujours à éviter les collisions.

À sa hauteur, une péniche chargée de gros tonneaux de vin venait de larguer les amarres et, lui sembla-t-il, se dirigeait droit vers une barque ; mais le pilote parvint, de manière ahurissante, à passer à côté du canot et à mettre le cap vers l'Ij. Dans la grande baie contre laquelle se blottissait Amsterdam étaient ancrés les vaisseaux de fret trop gros pour pouvoir entrer et charger dans le Damrak : ils devaient recevoir ou débarquer leur marchandise par l'intermédiaire des barges.

Mais on ne se contentait pas de transborder ici des vins et des épices, des fourrures et des tissus, du bois et de la porcelaine : pour de nombreux voyageurs aussi, le Damrak était le point d'entrée ou de sortie de la ville.

Une embarcation de passagers était amarrée près de la Nieuwe Brug ; ils passeraient certainement au moins la nuit à Amsterdam, pour le plus grand plaisir des aubergistes. Les autres, accompagnés de guides et de portefaix, emprunteraient l'une des nombreuses petites barges qui, halées par des chevaux, reliaient par la voie des eaux Amsterdam aux autres villes. Si le Dam était le cœur d'Amsterdam, on pouvait à juste titre dire que le Damrak en était l'artère vitale.

Mais on ne travaillait pas si dur partout. On ne voyait pas de marchandises suspendues à la grue de l'une des grandes maisons proches de l'Ij, et ce n'était pas une péniche qui s'était amarrée devant, mais une petite yole. C'était le débarcadère situé devant la maison du juge d'instance, qui se tenait à côté de sa sœur près du canot à voile et hissait à bord une grande corbeille. Lorsqu'il le vit, il fit signe à Katoen, qui lui répondit de la même manière. Il était heureux de participer à cette promenade en bateau et de revoir Catrijn.

Il avait eu une journée chargée. Ses lieutenants s'étaient occupés des petits délits pour lesquels on avait porté plainte au cours des jours précédents ; lui-même s'était, pendant ce temps-là, renseigné sur l'époque de la grande fièvre des tulipes, puis, ragaillardi par le résultat de ses recherches, il avait fait ses préparatifs pour son excursion nocturne. Il n'était absolument pas certain d'arriver à ses fins, et écarta donc rapidement toute pensée sur ce sujet. Désormais, il ne voulait plus qu'une chose : profiter des heures qu'il allait vivre.

Le frère et la sœur le saluèrent chaleureusement, et il monta à bord, d'un petit bond depuis le quai. Il constata avec surprise que c'était Catrijn qui prenait le gouvernail tandis que Nicolaas Van der Zyl éloignait le bateau. Il sembla un instant qu'ils allaient être broyés entre un navire de fret qui quittait le bassin et une barque qui y entrait, mais Catrijn pilota la yole d'une main sûre entre les deux, et ils ne tardèrent pas à voir toute l'étendue de l'Ij. Là aussi, la navigation était dense, mais on était loin de s'y bousculer autant que dans le Damrak.

Catrijn dévisagea son frère, rayonnante.

— Alors, dis-moi, comment je m'en suis sortie ?

— Comme un vieux loup de mer, répondit le juge en riant et en lui déposant un baiser sur la joue.

— Il est vrai que j'ai eu un bon maître, lança-t-elle, et Katoen comprit qu'elle parlait de son frère.

Elle était mignonne avec sa robe bleu clair et son foulard assorti où elle avait piqué quelques fleurs rouge pâle. Katoen ressentit une sorte de jalousie en voyant le juge l'embrasser. C'était certes un baiser fraternel, mais il n'aimait pas voir un autre homme l'approcher de si près.

— Tu veux prendre la barre, maintenant ? demanda-t-elle.

— Mais non, répondit Nicolaas Van der Zyl, tu navigues magnifiquement. Tu vas certainement nous faire passer l'Ij en toute sécurité ; pendant ce temps, je vais m'entretenir un peu avec notre invité.

Le juge s'informa de l'état de l'enquête. Katoen répondit sincèrement : il progressait à petits pas.

— Je crains que nous ne tenions pas encore l'assassin d'ici lundi. Mieux vaudrait faire en sorte que cette fois, les « Vénérateurs de la Tulipe » fassent une croix sur leur réunion. Tout laisse craindre qu'il va de nouveau frapper.

Van der Zyl lui lança un regard grognon.

— C'est peut-être précisément son intention, ou celle de son commanditaire. Ce pamphlet paru dans le *Populaire* a inquiété le public, on parle dans toute la ville des assassinats aux tulipes. Si nous annulons notre rencontre, beaucoup pourraient penser que nous avons peur – que nous sommes des faibles. Or nous ne pouvons pas nous permettre la faiblesse à l'intérieur du pays, alors que le péril monte à nos frontières !

— La situation est si grave ?

— Pire encore. Nos espions nous indiquent que les Français ont intensifié leurs négociations secrètes avec les Anglais, les Suédois, les Bavarois, l'évêché de Münster et l'électorat de Cologne afin de forger une alliance contre nous. Dans toute la France, le roi Louis lève des régiments frais et les Anglais mettent à l'eau un navire après l'autre. Depuis que l'amiral De Ruyter a détruit une grande partie de leur flotte de guerre, voici quatre ans, et leur a infligé l'humiliation de leur prendre le *Royal Charles*, leur navire amiral, ils n'ont plus qu'une hâte : se venger. S'ils ont conclu avec nous le traité de Breda, c'est uniquement parce qu'ils n'avaient pas d'autre choix après la perte de leurs navires de guerre. En fait, ils n'ont jamais considéré cela que comme un cessez-le feu, une occasion de réarmer leur flotte.

— La nôtre est puissante, elle est capable de leur infliger une nouvelle défaite.

— À quoi bon, si l'immense armée de Louis nous attaque simultanément par les terres ? Les ennemis nous seront supérieurs en nombre, et nous n'y résisterons que si nous sommes intérieurement forts comme du fer. Mais si nous nous effritons comme du vieux bouchon, notre destin est scellé !

Katoen se tut, consterné. Son regard glissa sur l'eau de l'Ij, en direction du Damrak et de son animation, qui donnait l'impression que rien ne pouvait la troubler. C'était une quiétude illusoire mais les braves habitants de la cité ne s'en doutaient pas : pour eux, seul comptait le salaire avec lequel ils pouvaient nourrir femme et enfants. Ce que le juge d'instruction avait raconté augmenta la pression qui pesait sur eux, effaçant un peu de sa bonne humeur.

— Si les Anglais sont aussi obstinés, ne pouvons-nous pas au moins nous entendre avec les Français par la voie diplomatique ?

— Sans doute pas, répondit Van der Zyl en soupirant. Louis nous en veut autant que le roi Charles, de l'autre côté, sur les îles anglaises. Il nous reproche de l'avoir forcé, voici trois ans, à conclure la paix d'Aix-la-Chapelle dans des conditions défavorables à la France.

— Cessez donc de parler politique, s'exclama Catrijn, qui pilotait le petit voilier pour lui faire contourner un navire de fret ventru ancré devant Volewijk. Cette soirée de mai est trop chaude et trop belle pour que nous la consacrions à des questions sérieuses.

Volewijk était un bout de terre encore largement en friche, situé en face de la rive nord d'Amsterdam et qui entrait dans l'Ij comme une langue gigantesque. Beaucoup d'oiseaux y nichaient, d'où le nom que l'on avait donné à cet ancien banc de sable, qui signifiait à peu près « le quartier aux oiseaux ». C'était un lieu où les citoyens d'Amsterdam aimaient à se rendre en promenade.

Catrijn mit le cap sur la pointe sud-ouest de cette bande de terre, là où se trouvait le champ aux potences : une caverne ceinte de murs au-dessus de laquelle s'élevait un échafaudage de colonnes en pierre et de barres de fer. Les barres étaient posées et fixées sur les trois piliers ; des cordes y pendaient. La plupart se balançaient, vides, au vent paisible, mais trois d'entre elles étaient tendues par la lourdeur de leur fardeau : les corps des condamnés à mort.

C'est ici, près de l'eau, en un lieu qu'on distinguait bien, par beau temps, depuis Amsterdam, que l'on accrochait tous les hors-la-loi condamnés à mort dont la peine avait été exécutée, jusqu'à ce que leur corps décomposé se désagrège en lambeaux qui tombaient dans les grottes. C'était un spectacle effrayant et dissuasif. Parfois, quand les pères venaient ici avec leurs enfants, de jeunes insolents lançaient des pierres aux morts pour qu'ils se détachent prématurément de l'échafaudage. Ce jour-là, les trois corps étaient ceux de deux hommes et d'une femme.

Catrijn approcha la yole aussi près que possible du champ aux potences et désigna l'échafaudage de sa main libre.

— Ce jeune homme n'a pas l'air d'être pendu depuis longtemps, il est à peine décomposé. Mais pourquoi n'a-t-il plus ses yeux ?

— On les lui a crevés au fer rouge avant de l'étrangler, lui expliqua son frère. Une juste punition : pendant une dispute, il avait arraché un œil à son employeur, le charron Christiaens.

— Pourquoi cette dispute ? demanda Catrijn.

— À cause des mains de ce petit jeune, répondit son frère en gloussant. C'est qu'elles étaient posées sur les seins de l'épouse du charron. Avant de prononcer son verdict, le tribunal a longuement débattu pour savoir s'il fallait couper les mains ou crever les yeux du criminel avant son exécution, ou bien les deux. Nous avons fini par choisir les yeux, puisque le charron en avait perdu un et que son épouse n'avait pas perdu ses seins. Tu vois, Catrijn, il est parfois très compliqué de rendre la justice.

— Et qu'a fait l'autre homme, celui qui est déjà à moitié pourri et ne va pas tarder à tomber du gibet ?

Van der Zyl se protégea les yeux du soleil avec le plat de la main et s'efforça de discerner ce qu'il voyait sur le champ aux potences.

— On le reconnaît à peine, il n'a presque plus de peau sur les os. Vous vous en souvenez, Jeremias ?

— C'était un vieil homme, il s'appelait Buisman, ou Bruisman. Nous l'avions déjà arrêté plusieurs fois pour mendicité, mais il recommençait tout le temps. Lors de sa dernière interpellation, il était ivre mort et a enfoncé une tige de fer rouillée dans le visage d'un garde de nuit. Le garde vivra le reste de ses jours défiguré.

— Oui, je m'en souviens, dit le juge. Nous ne pouvons pas tolérer qu'on s'en prenne ainsi aux gardiens du droit et de l'ordre, en sapant de surcroît leur autorité. La peine de mort était plus que justifiée. Nous pouvons juste espérer que la vue de ce paquet d'os dissuadera les mendiants, cette racaille !

Le regard de sa sœur était de nouveau rivé au cadavre de la femme. Il était encore frais. Bien que les oiseaux aient déjà arraché un bon morceau de chair sur son visage, on devinait qu'elle avait jadis été très jolie.

— Et la femme ?

— Elsje Steegh. Tu as certainement entendu parler d'elle, cette histoire-là a fait le tour de la ville.

— La bonne qui voulait séduire son maître et le pousser à assassiner son épouse ?

— Oui, Catrijn. Mais le marchand Paul De Raaf, un homme honorable, a dénoncé ce projet infâme pour l'amour de son épouse. En punition, on a enfoncé un piquet de bois dans le bas-ventre de la bonne avant de la mettre à mort.

Catrijn observa longtemps la jeune fille morte, avant de pousser un long soupir.

— Je ne t'envie pas ta profession, mon cher frère. Ce n'est certainement pas facile de faire la part entre le bien et le mal, et de trouver toujours la juste punition. Il est pourtant tellement important, pour le bien-être de notre ville, que la justice y soit rendue avec circonspection ! Ça n'est pas ton avis, Jeremias ?

— Tout à fait, approuva Katoen.

Le policier avait cessé de regarder le champ des potences. Il préférait observer la forêt dense de mâts de navires qui sortaient de l'eau de l'Ij comme des plantes poussant dans le sol le plus fécond. Il n'avait jamais pris le moindre plaisir à voir les corps se balancer sur Volewijk.

Catrijn mit la yole en sécurité près de l'un des débarcadères. Katoen sauta sur la rive et amarra l'embarcation avant d'aider Catrijn à en descendre.

Son frère lui tendit la lourde corbeille et s'exclama :

— Laissez donc repartir la yole, Jeremias ! Je ne peux malheureusement pas rester. Des affaires urgentes m'appellent. Mais je viendrai vous chercher ici, Catrijn et vous, d'ici deux ou trois heures.

Étonné, mais pas mécontent, Katoen détacha le cordage et éloigna la yole de l'étroit débarcadère. Van der Zyl dirigea le petit navire droit vers Amsterdam, montrant qu'il était un barreur aussi habile que sa sœur. Celle-ci donna à Katoen une aimable bourrade.

— Eh bien, qu'est-ce que tu as à suivre mon frère du regard ? Il n'est tout de même pas aussi charmant que moi, non ? Nous ferions mieux de nous chercher une agréable place pour notre pique-nique. Porte la corbeille, je marche devant.

— Voilà une juste division du travail, dit-il en prenant le pique-nique et en la suivant.

Le dimanche, des familles entières venaient ici à bord de la péniche pour pique-niquer confortablement autour du champ des potences ; mais ce jour-là, on ne voyait pas grand monde. Katoen et Catrijn n'eurent guère de mal à dénicher une place isolée, une petite clairière entourée de peupliers et d'ipomées dont les fleurs roses donnaient aux lieux un petit air rêveur. Il prit le plaid en laine qui se trouvait au-dessus de la corbeille et l'étala sur l'herbe. Mais il s'arrêta dans son mouvement, et regarda intensément un point situé quelque part entre les peupliers.

— Qu'est-ce que tu as, Jeremias ?

— J'écoute et je guette.

— Quoi donc ?

— La présence éventuelle d'un pharmacien malade. Il ne nous a tout de même pas suivis une fois de plus ?

— Tu te permets de plaisanter avec une pauvre femme innocente ? demanda-t-elle en lui pinçant la joue comme une mère l'aurait fait à son enfant insolent. Mais ne t'inquiète pas : aujourd'hui, Pieter Hartig ne nous dérangera pas. Quand j'ai quitté la maison, il était en plein travail.

— Pourquoi n'en cherches-tu pas un autre pour gérer tes affaires ?

— Aussi importun qu'il puisse être sous cet angle bien précis, il est très fiable pour ce qui est de la pharmacie. Avant de l'embaucher, j'ai fait un essai avec deux autres, qui ont cru tous les deux qu'ils pouvaient rouler dans la farine une veuve sans défense.

— Sans défense ? répéta Katoen en riant. Toi, la sœur du juge d'instance ?

— C'est aussi ce que je leur ai fait comprendre. Depuis que Pieter travaille chez moi, les affaires marchent comme jamais. Je dois même parfois l'aider, tant il y a de besogne à abattre.

— Il est vrai que tu connais le travail d'un pharmacien.

— Aussi bien que Pieter. Mais nous n'allons pas passer cette belle soirée à parler de lui ! Mieux vaut penser à nous et au temps présent. Tu as faim ?

— Maintenant que tu en parles…, répondit-il en se frottant le ventre.

— Pâté de jambon, énuméra-t-elle en déballant la corbeille, gouda, rôti de marcassin froid et tartelettes aux pommes. Avec une bouteille de bordeaux et une pinte de bière de Delft. J'espère que tu y trouveras quelque chose à ton goût.

Il jeta un bref regard sur toutes ces gourmandises, puis regarda de nouveau Catrijn et lui défit son foulard.

— Tout ce que je vois ici me plaît énormément.

— Vraiment ? fit-elle en souriant. Et de quoi as-tu le plus envie ?

— De chair. J'ai envie de chair fraîche.

Se retrouver seul avec Catrijn avait éveillé le désir qu'elle lui inspirait. Il détacha les minces rubans qui fermaient, à l'avant, la partie supérieure de sa robe. Sa main droite passa sous le tissu et serra la peau chaude et tendre de ses seins.

Catrijn poursuivit le travail qu'il avait entamé et continua à dénouer les rubans jusqu'à ce qu'elle puisse laisser tomber tout le haut de sa robe sur ses hanches. Ses seins, entre lesquels pendait le collier de perles, brillaient au soleil du soir, aussi appétissants que des fruits frais n'attendant que d'être cueillis. Il les prit de nouveau, cette fois des deux mains, d'abord doucement, puis avec un peu plus de fermeté, et ce contact fit frissonner Catrijn. Il embrassa la pointe et les vit, fasciné, se transformer en bourgeons dressés et durs. La jeune femme tout entière donnait désormais l'impression d'un fruit mûr à consommer dès que possible, et il se demanda pourquoi elle n'avait pas trouvé depuis longtemps un homme pour mettre un terme à sa vie de veuve. Elle avait forcément beaucoup d'admirateurs, et tous ne devaient pas être aussi empotés que le pharmacien Hartig.

— Que t'arrive-t-il ? demanda-t-elle. Pourquoi t'arrêtes-tu ?

— Depuis combien de temps es-tu veuve, Catrijn ?

La question sembla l'embarrasser.

— À peu près cinq ans.

— C'est trop. Pourquoi ne t'es-tu pas remariée depuis longtemps ?

— J'attendais le bon, dit-elle en souriant et en finissant de se libérer de ses vêtements.

Peu après, leurs deux corps étaient si étroitement mêlés qu'ils semblaient ne plus en faire qu'un seul, agité d'un même mouvement. Leurs langues, leurs jambes, le sexe dur de Jeremias et la gangue humide qui l'accueillait, tout cela n'était plus que créature unique et passionnée. Et l'explosion qui les scinda survint beaucoup trop rapidement : ils se retrouvèrent couchés sur le plaid, l'un à côté de l'autre, le souffle court, en nage, balayés par le vent doux et chaud du printemps.

Ils restèrent là un bon moment tous les deux, à regarder le ciel bleu où, transparaissant dans le feuillage des peupliers, dépassaient la potence et les trois corps en décomposition. Catrijn fut la première à se redresser et versa de la bière de Delft dans deux gobelets en étain. Détendu et satisfait, Katoen suivait le moindre mouvement du corps nu de la jeune femme agenouillée devant la corbeille. Il avait l'impression de contempler son épouse, et c'était un sentiment agréable.

— Pour se refroidir ! s'exclama Catrijn en lui tendant un gobelet.

Il l'embrassa sur la bouche avant de savourer la bière qui lui coulait dans sa gorge. Ils burent, puis mangèrent ce que Catrijn avait apporté. Soudain, un sourire éclaira son visage.

— Qu'est-ce que tu as ? demanda-t-il.

— Ce pique-nique et nous deux – il me semble que ce n'est pas la première fois, que nous venons ici tous les deux depuis des années déjà.

— J'ai exactement la même impression.

Elle arrêta de manger et le scruta du regard.

— Et c'est une idée qui te plaît ?

— Énormément.

Ils s'embrassèrent de nouveau, et leurs corps s'unirent pour aller chercher ensemble une nouvelle vague de plaisir. Ils durent ensuite se rhabiller : le vent qui venait de l'Ij, tout proche, prenait de la force et se faisait plus froid.

— Nicolaas aussi t'apprécie beaucoup, dit Catrijn, de but en blanc.

— Vraiment ? Est-il bien digne, pour un juge d'instance, que l'un de ses inspecteurs épouse sa sœur ?

— Il ne restera pas juge très longtemps.

— Pourquoi pas ? demanda Katoen, surpris.

— La haute politique l'appelle. Notre pays est à deux doigts d'une crise majeure, et l'on a besoin des meilleurs pour en venir à bout. Nicolaas en fait sans aucun doute partie et sera sûrement bientôt l'un de ceux qui gouvernent les sept provinces unies des Pays-Bas. Ensuite, Amsterdam aura besoin d'un nouveau juge d'instance, un homme expérimenté comme toi, Jeremias. J'en ai parlé avec Nicolaas. Nous sommes tombés d'accord pour que tu lui succèdes.

Lorsqu'elle prononça ces mots, ses yeux se mirent à briller et il y vit bien plus que de la tendresse ou de la passion. Catrijn ne se laissait guider que par ses sentiments. Ce qu'il découvrit dans son regard était un projet pour l'avenir. Et il en faisait partie, au même titre que le pique-nique qu'ils venaient de partager ici, sur la Volewijk.

Et pourtant ce projet ne le réjouissait guère, peut-être parce que ce n'était pas le sien. Il se sentait manipulé, bousculé comme les corps suspendus aux potences qui commençaient à se balancer au gré du vent.

Il découvrit ce jour-là toute la panoplie des armes dont disposaient les femmes. En se rappelant la passion qui les avait unis, Catrijn et lui, peu de temps avant, il se demanda ce qui était le plus dangereux : la volonté d'une femme ou son corps. Peut-être les deux.

14.

Les armes d'une femme (3)

Avait-il fait une erreur en choisissant ce lieu ? Katoen fut pris de doutes tandis qu'il parcourait le Labyrinthe à 11 heures du soir, suivant le chemin qu'il avait emprunté deux nuits plus tôt pour se rendre au Perroquet Vert. Peut-être de mauvaises surprises l'attendaient-elles… Les Poisseurs de cartes semblaient estimer que ce quartier faisait partie de leur territoire. Mais dans la hâte, aucun lieu plus approprié ne lui était venu à l'esprit. Le risque y était omniprésent. Comme deux nuits plus tôt, il portait sa canne-épée sur lui, et à chaque pas qu'il faisait, il se préparait un peu plus à devoir en faire usage.

Dans ses réflexions, la pénombre laissa la place au ciel bleu au-dessus de Volewijk, et il revit l'image de la clairière avec Catrijn, leurs deux corps nus et enlacés avec passion. Vraiment ? Était-ce par désir que Catrijn s'était donnée à lui, ou par calcul ? Les plans d'avenir commun qu'elle lui avait ensuite fait miroiter semblaient reléguer tout ce qui s'était passé entre eux jusque-là au rang de simples éléments d'un grand puzzle. N'avait-elle fait que ce qu'elle estimait nécessaire pour l'attacher à elle ?

Et même si tel était le cas, pouvait-il le lui reprocher ? Après tout, lui aussi avait souhaité qu'elle s'attache à lui. Chacun ne faisait-il pas, à sa manière, tout ce qu'il pouvait pour atteindre ses objectifs ? Catrijn utilisait ses armes, voilà tout, les armes d'une femme.

Ce qui le mettait de plus méchante humeur, c'était le soupçon que le frère de Catrijn était impliqué dans toute cette histoire, sinon comme force motrice, du moins comme conjuré dans ce petit complot amoureux. Que Nicolaas Van der Zyl n'ait pas débarqué avec eux, prétextant des affaires urgentes, lui faisait après coup l'effet d'un plan ourdi entre le frère et la sœur afin que Catrijn puisse prendre tranquillement sa proie dans sa toile.

Sa proie ? Cette idée l'amusa. C'était sans doute exagéré. Il avait beaucoup apprécié le moment passé avec Catrijn, même si un arrière-goût amer lui gâchait un peu son plaisir.

Il aurait peut-être dû être flatté qu'une personnalité aussi importante que le juge d'instance ait l'intention de le considérer comme son beau-frère. Face à une telle perspective, plus d'un se serait pavané dans tout Amsterdam. Mais Katoen n'aimait pas que d'autres décident de son sort. N'ayant pu compter que sur lui-même depuis son enfance, il était habitué à faire ses choix tout seul et à suivre son propre chemin.

Depuis que Catrijn lui avait parlé de ses projets et de ceux de son frère, la bonne humeur du policier s'était évanouie. Le doute le taraudait : était-il vraiment bon de s'engager avec une femme certes désirable, mais à ce point calculatrice ? Il avait été heureux de voir Nicolaas Van der Zyl revenir les reprendre à bord de la yole. Lorsqu'ils avaient atteint le Damrak, le juge d'instance, assis à la barre, avait habilement piloté l'embarcation sur l'Ij. Catrijn avait proposé d'aller à la messe ensemble le dimanche suivant. Katoen avait accepté du bout des lèvres.

Il se força à oublier tout cela et à se concentrer sur le présent immédiat : le Labyrinthe, ses ruelles obscures et ses sombres bâtisses bonnes à raser. Les maisons lui faisaient l'effet de gigantesques tombes, comme si elles avaient abrité les âmes en peine dont les corps pourrissaient à Volewijk. Purs fantasmes, se dit-il. Pareil environnement, au milieu de la nuit, éveillait les idées les plus délirantes. Il n'y avait bien entendu aucun spectre, pas même dans cette partie abandonnée du Labyrinthe ; on y trouvait en revanche des habitants bien vivants qui se faufilaient dans ses ruelles : des rats et des chats errants. Mais il vit aussi apparaître des hommes, qui semblaient sortir du néant.

Ils se détachèrent de l'ombre devant et derrière lui, lui barrant toute possibilité d'avancer et de reculer. Il en avait trois en face, trois dans le dos. Ils marchaient lentement vers lui, armés de gourdins et de poignards.

Il sortit la canne-épée de son fourreau, qu'il ne jeta pas sur le côté, cette fois, mais garda dans la main gauche.

— Fichez le camp ! cria-t-il. Je suis inspecteur de circonscription. Vous en prendre à moi peut vous coûter très cher !

Le rire narquois de l'un des hommes qu'il avait devant lui fut la seule réponse.

Katoen décida d'attaquer le premier. Son épée tournoya en l'air, et deux des assaillants reculèrent en même temps. Le troisième frappa avec son gourdin, mais avec une telle lenteur que Katoen n'eut guère de mal à esquiver. Il tourna de nouveau sur lui-même pour faire face aux hommes qui se trouvaient derrière lui. Au même instant, une autre silhouette, armée d'une épée, surgit dans le dos des trois agresseurs. On ne reconnaissait pas son visage, ce qui ne tenait pas à l'obscurité de la nuit, mais au fait qu'elle portait un masque noir.

Les trois agresseurs se retournèrent pour affronter l'inconnu masqué, mais sa lame leur inspira suffisamment de respect pour qu'ils renoncent à l'attaquer.

Katoen sauta à côté de l'homme au masque comme s'il voulait affronter les détrousseurs avec lui. Mais d'un mouvement rapide de son bras gauche, il asséna un coup de fourreau brutal sur la main droite de l'inconnu masqué. Celui-ci émit un gémissement sourd. La main touchée s'ouvrit malgré elle, et l'épée tomba en tintant sur le pavé usé.

Katoen lâcha lui aussi son épée et son fourreau, puis se rua sur l'inconnu et le jeta par terre. Ils passèrent un moment à s'y battre, mais Katoen était le plus fort et ne tarda pas à maîtriser son adversaire : à cheval sur son ventre, il tenait fermement ses bras au sol.

Les autres hommes s'étaient rassemblés autour d'eux, mais n'attaquaient pas. Ils étaient assez proches pour que Katoen puisse reconnaître leur visage à la lueur des étoiles. Quatre d'entre eux étaient membres de la garde de nuit, et parmi les plus fiables. C'est précisément pour cette raison que Katoen les avait choisis pour cette mission en leur versant un joli pourboire. Les deux autres étaient ses lieutenants, Jan Dekkert et Joris Kampen.

— Ça a bien marché, ricana ce dernier en regardant fixement l'homme au masque. Alors, qui est notre héros à l'épée ?

— Pas de questions, lui répondit Katoen d'une voix sourde. Filez maintenant, tous les six. Cherchez-vous un estaminet agréable et buvez autant que vous voudrez ou que vous pourrez, je paierai l'ardoise. Et oubliez que vous étiez ici ce soir ! Compris ?

— Mais *baas*..., protesta Kampen, qui semblait déçu. Vous êtes sûr de ne plus avoir besoin de nous ? C'est un quartier mal famé. Je n'aimerais pas me promener là-dedans tout seul en pleine nuit !

— Je ne suis pas seul. J'ai un escrimeur de premier ordre avec moi. Alors fichez le camp !

Dekkert posa la main sur son chapeau, en guise de salut.

— Nous allons nous soûler en bonne et due forme, *baas*, vous pouvez déjà vous réjouir de la note. Qu'est-ce que vous attendez, messieurs ? lança-t-il aux autres. Tous à l'auberge, c'est un ordre !

Les hommes quittèrent les lieux en riant. Kampen, qui fermait le petit groupe, se retourna encore plusieurs fois vers Katoen, mais la nuit finit par l'engloutir à son tour.

Katoen regarda le visage masqué en dessous de lui et demanda :

— J'espère ne pas vous avoir fait trop mal, *Juffrouw* ?

— Pourquoi me donnez-vous du Mademoiselle ? Vous pouvez m'appeler par mon prénom, comme d'habitude !

— Mais volontiers, Anna, dit-il en lui ôtant son masque de tissu noir.

Elle lui lança un regard perçant qui exprimait sa curiosité, mais pas d'hostilité.

— Comment avez-vous compris ?

— Vous vous êtes trahie vous-même, ce matin, dans la Gravenstraat, lorsque vous êtes allée au secours de votre père contre Barent Vestens. Votre rapidité et votre agilité au combat m'ont beaucoup rappelé l'homme masqué qui, voici deux nuits, m'avait apporté une aide tellement inattendue au Perroquet Vert. Enfin, la femme masquée, pour être précis.

Anna gémit doucement et grimaça, ce qui rappela à Katoen qu'il pesait de tout son poids sur la jeune fille.

— Ne partez pas en courant, la mit-il en garde lorsqu'il la libéra. Je saurais bien vous retrouver.

— Je ne partirai pas, promit-elle en se levant et en frottant de sa main gauche son bras droit, qui la faisait visiblement encore souffrir.

Pendant ce temps-là, Katoen ramassait l'arme d'Anna et l'examinait de près. Il s'aperçut seulement alors qu'il ne s'agissait pas d'une épée, mais d'une arme un peu plus lourde et dont l'usage se perdait peu à peu : une rapière. Elle tenait bien en main et devait sortir de l'un des meilleurs ateliers, à en croire la garde ajourée abondamment ornée de fioritures en argent. Sa lame fine, à deux tranchants, était du meilleur acier, et l'arme tout entière était magistralement travaillée. Il porta une attaque fictive contre un adversaire imaginaire et constata que la rapière avait un équilibre hors du commun.

— Une belle arme, constata-t-il. Sortie d'une forge française ou espagnole, je suppose.

— Française, confirma Anna, le regard fixé sur sa rapière. Je peux la reprendre ?

À son ton, elle y tenait plus qu'à une arme ordinaire.

— Vous devez d'abord me promettre de ne pas utiliser cette arme contre moi, répondit Katoen en souriant. Vous vous en servez trop bien. J'ai beaucoup appris, aujourd'hui, sur les armes dangereuses dont dispose une femme.

— Je ne retournerai pas la lame contre vous, vous avez ma parole, lui assura Anna sans perdre son sérieux.

Mon désir était de vous aider, mais vous m'avez trompée et attirée dans un piège !

— Auriez-vous donc ôté volontairement votre masque ?

Elle se tut et il lui rendit la rapière. D'un mouvement agile, elle la glissa dans le fourreau de cuir qu'elle portait à une bandoulière du même matériau. Puis elle chercha le chapeau qu'elle avait perdu dans la confrontation, un couvre-chef d'homme à larges rebords. Toute sa tenue était masculine : pourpoint en cuir, pantalon d'homme et bottes à revers. Elle glissa sa longue chevelure sous le chapeau, et quand on n'y regardait pas de trop près, on pouvait effectivement à présent la prendre pour un homme, surtout avec la rapière à la hanche.

Katoen avait lui aussi perdu son chapeau dans la bataille. Il le battit contre son bras gauche, s'en coiffa et rassembla les deux parties de sa canne-épée.

— Votre arme non plus n'est pas courante, constata Anna. Réalisée spécialement pour vous ?

— Non, pour un espion des Français.

— Il ne l'a certainement pas laissée de son plein gré.

— Non, dit-il en riant d'une voix rauque. Mais là où il se trouve aujourd'hui, il n'a plus besoin d'arme.

Un rat se faufila entre eux sans manifester la moindre peur, et disparut à nouveau dans l'obscurité.

— J'aurais encore quelques questions à vous poser, Anna, mais le lieu ne s'y prête guère. Il y a trop de rats par ici, tant à quatre pattes que sur leurs deux jambes. Nous pourrions nous rendre dans une auberge, mais je préférerais un lieu plus tranquille. Vous voudrez peut-être m'accompagner jusqu'à mon logement, près du Botermarkt – sans arrière-pensées, bien entendu.

Il la vit sourire, pour la première fois ce soir-là.

— Ayez des arrière-pensées si ça vous chante, je suis armée.

— N'oubliez pas votre promesse, Anna ! répondit-il en feignant la sévérité.

— Bon, d'accord. Je vous accompagne sans oublier ma promesse et vous n'avez pas d'arrière-pensées. Mon père n'a pas à se faire de soucis pour l'honneur de sa fille.

— Qui ?

— Mon père.

Katoen, posté devant elle, la regarda droit dans les yeux.

— Qui est-ce ?

Anna eut un temps d'hésitation.

— Mais enfin vous le connaissez, c'est Sybrandt Swalmius.

— Je ne pense pas que je connaisse votre père. J'ai fait quelques recherches cette après-midi, et s'il y a une chose dont je suis sûr, c'est que vous n'êtes pas la fille de Sybrandt Swalmius !

15.

Le père d'Anna

Le Botermarkt était proche de l'Amstel, le fleuve auquel Amsterdam devait son nom. Ce cours d'eau qui prenait sa source dans les bas-fonds de l'Amstelland traversait la ville du sud vers le nord et débouchait dans l'Ij. Quatre siècles plus tôt, des pêcheurs avaient érigé une digue à son embouchure, et c'est de leur petite colonie, Amstelerdam, qu'était née Amsterdam, l'une des villes les plus grandes et les plus riches du monde.

La maison étroite dans laquelle habitait Jeremias Katoen jouxtait la place rectangulaire où se tenait le marché et où les paysans des environs venaient chaque lundi proposer lait, beurre et fromage. Elle appartenait à Greet Gerritsen, une brave femme qui, depuis la mort de son orfèvre d'époux, le mariage et le départ de ses deux filles, gagnait sa vie en louant les deux étages supérieurs de son foyer. Katoen y était bien. La veuve Gerritsen ne réclamait pas un loyer particulièrement élevé, et c'était une maison propre et tranquille. Si l'on entendait quelque chose, c'était les allées et venues de la logeuse, qui vivait au rez-de-chaussée, lorsqu'elle accomplissait ses travaux domestiques. Au-dessus de Katoen habitait un jeune peintre de Leyde qui avait aménagé son atelier dans la pièce située sous le pignon de l'escalier et montait chaque lundi son chevalet sur le marché afin d'en retenir l'animation sur ses toiles. Pour le reste, Katoen ne savait pas grand-chose sur le travail du jeune homme ; lorsqu'il rentrait chez lui, la lumière du jour indispensable pour son activité avait le plus souvent déjà disparu.

Il ouvrit prudemment la porte de la maison, et ils inhalèrent aussitôt l'odeur pénétrante de savon à récurer que Katoen ne pouvait s'empêcher d'associer à cette bâtisse.

Dans l'escalier grinçant, il pria Anna de ne pas faire de bruit.

— Savoir qu'un de ses locataires reçoit la visite d'une dame à une heure aussi tardive ne plairait guère à la veuve Gerritsen.

Comme pour étayer ses propos, ils entendirent les cloches de la Zuiderkerk sonner les douze coups de minuit au moment même où Katoen glissait la clef dans la serrure de son appartement. Avec deux grandes chambres et une autre pièce pour l'heure totalement vide, le logement était d'une taille presque indécente pour une seule personne. Le souvenir de l'exiguïté dans laquelle vivaient Anna et Sybrandt Swalmius le lui fit ressentir avec d'autant plus de force.

Lorsqu'il eut allumé la lampe à huile dans la salle de séjour, Anna observa les deux tableaux à l'huile qu'il avait achetés pour une bouchée de pain chez un marchand d'art du Damrak. L'un d'eux représentait, devant un paysage de palmiers, un grand navire marchand de la Compagnie des Indes orientales, entouré par un essaim de petits bateaux pleins d'indigènes à peine habillés. L'autre, une scène de rue animée à la Nouvelle-Amsterdam. Le deuxième tableau lui avait été offert en prime par le marchand. Depuis que la colonie nord-américaine de la Nouvelle-Hollande et son siège administratif, la Nouvelle-Amsterdam, avaient été conquis par les Anglais en 1664, les tableaux qui reflétaient la vie des colons sur la côte est de l'Amérique n'étaient plus très courus.

— Vous avez des envies de lointains, *Mijnheer* Katoen ?

— Un peu, sans doute. J'ai dû hériter ça de mon père. Il était marin. (Il posa sa canne-épée dans un coin.) Vous pouvez vous défaire de votre bandoulière sans crainte. Ici, vous êtes en sécurité. Installez-vous dans ce fauteuil, là-bas, c'est le plus confortable.

Après un temps d'hésitation, elle ôta son chapeau, puis fit passer la bandoulière au-dessus de sa tête. Elle posa l'un et l'autre sur la table avant de s'asseoir dans le fauteuil qu'il lui avait offert. Elle avait posé sa bandoulière afin de pouvoir à tout instant sortir la rapière de son fourreau, et ce n'était certainement pas un hasard. Mais le fauteuil était mou et elle s'y enfonça presque entièrement. Avant qu'elle ne parvienne à s'en extraire et ne soit prête pour le combat, Katoen le serait lui aussi. C'est du moins ce qu'il espérait, au cas où leur entretien ne suivrait pas un cours paisible.

Il servit du pain plus très frais, et du fromage qui attendait lui aussi depuis un certain temps d'être consommé, puis une bière légère et éventée. Cela n'avait rien d'un repas appétissant, mais il n'avait pas plus à offrir ; Anna n'y toucha pas, en tout cas, peut-être parce qu'elle n'avait pas faim, peut-être aussi parce que dans la situation où elle se trouvait, elle avait un certain mal à être naturelle. Katoen s'abstint lui aussi : il était encore rassasié par les bonnes choses que Catrijn avait sorties de sa corbeille.

— Nous venons de parler de mon père, reprit-il. Maintenant j'aimerais bien entendre deux ou trois mots sur le vôtre.

Anna écarta les bras dans un geste d'impuissance.

— Que voulez-vous que je vous dise ?

— La vérité, ce serait très agréable. Commencez donc par son nom.

— Sybrandt Swalmius, ça, vous le savez déjà.

— Balivernes ! s'exclama-t-il, d'une voix plus forte qu'il ne l'avait voulu. Il est tout aussi peu votre père que vous vous appelez Anna Swalmius. Marlit de Hooch, l'épouse de Sybrandt Swalmius, est morte en mai 1637 après que son mari eut perdu toute sa fortune en spéculant, et ainsi mis un terme à une carrière de marchand de livres et d'illustrations estimé. On ignore si elle s'est suicidée ou si elle est morte de chagrin et de détresse. À sa mort, elle portait un enfant à naître, qui aurait été le premier de son époux. Swalmius ne s'est jamais remarié.

— Ce qui ne veut pas forcément dire qu'il n'a pas de fille.

— Voulez-vous laisser entendre par là que vous êtes sa fille illégitime ?

— Non, je voulais juste indiquer cette possibilité. Je ne suis pas physiquement la descendante de Sybrandt Swalmius, vous avez raison sur ce point, et je peux pourtant à bon droit me dire sa fille. J'ai même presque l'âge qu'aurait son enfant aujourd'hui si Marlit n'était pas morte. Il me traite comme sa fille, et je le traite comme s'il était mon père. Lui a perdu son enfant légitime avant qu'il ne naisse ; moi, j'ai perdu mes parents quand j'étais encore une enfant. J'ai passé quelques années à l'orphelinat, et j'ai été plus qu'heureuse lorsque je me suis finalement retrouvée chez Swalmius.

J'ai d'abord été sa bonne, rien de plus ; mais il n'a pas tardé à me considérer comme sa fille. Il est possible qu'il ne fasse plus grande impression dans l'état où il se trouve aujourd'hui. Il n'empêche, je suis heureuse qu'il m'appelle sa fille !

— Il pouvait s'offrir les services d'une bonne ?

— Sa situation était meilleure à l'époque ; il possédait un stand de peintures et de livres sur le Singel. Ça n'avait certes rien à voir avec son ancienne boutique, mais cela lui suffisait pour vivre. Seulement voilà, au fil du temps, les esprits du passé sont venus le hanter, toujours plus souvent, et il a bientôt été incapable d'exercer son métier. Lorsque ses modestes économies ont été consommées, nous sommes allés nous installer dans le petit logement du Jordaan.

Cette histoire ne laissa pas Katoen insensible. Il connaissait la vie à l'orphelinat, et la joie qu'éprouvait un enfant perdu lorsqu'il trouvait, après des années, des gens qu'il était autorisé à appeler père, mère ou, comme dans son cas, oncle. On aurait dit qu'une nouvelle vie lui avait été offerte. Ce qu'Anna racontait était dans le domaine du vraisemblable – ce n'était pas avéré pour autant.

— Comment s'appellent vos parents officiels ? demanda-t-il

— Julien de Montfort et Susanna Beest.

— Et votre vrai nom ?

— Anne de Montfort, mais vous pouvez tranquillement continuer à m'appeler Anna, *Mijnheer* Katoen. C'est le nom que je porte à présent.

— Et vous, vous pouvez m'appeler Jeremias, ça fera moins pompeux.

Anna opina brièvement sans laisser voir si cela la dérangeait de l'appeler par son prénom.

— Votre père était français ? reprit-il.

— Oui. Lorsque ma mère s'est mariée, il a acquis le droit de cité à Amsterdam. C'était la fille d'un ramoneur qui vivait tout près d'ici, dans une maison donnant sur l'Amstel.

— Comment êtes-vous entrée à l'orphelinat ?

— J'ai perdu mes parents en 1651 à la suite d'un attentat.

— Un attentat ? répéta Katoen, tout ouïe.

— Un assassinat. Une nuit, des inconnus ont jeté de grosses pierres dans les vitres de notre maison. Ensuite, ils sont arrivés avec des bouteilles emplies d'huile et des bûches enflammées. Quelques instants plus tard, toute la maison brûlait. J'ai pu me sauver, mais mes parents ont eu moins de chance, ils ont connu une mort atroce. Mon grand-père maternel était déjà décédé depuis quelques années, je n'avais pas d'autres parents.

— Vous êtes certaine qu'il s'agissait d'un attentat, et pas d'un simple accident ? L'incendie de la maison a pu être provoqué par une lampe à huile endommagée ou tombée ?

Anna secoua la tête avec une telle force que sa longue chevelure vola de part et d'autre de sa tête.

— Ce n'était pas un accident, je le sais parfaitement. J'ai entendu les vitres tinter quand on a jeté des pierres et des bouteilles d'huile dans la maison. Et quand je suis sortie en titubant, j'ai vu un homme qui observait notre demeure. Dès qu'il m'a remarquée, il est parti en courant. Je n'ai malheureusement pas pu reconnaître son visage. À l'époque, même l'un de vos prédécesseurs, un inspecteur du juge d'instance, a affirmé qu'il s'agissait d'un attentat. Mais peu après, il ne voulait plus en entendre parler.

— Pourquoi ?

— J'imagine qu'on l'a corrompu ou menacé. Peut-être les deux.

— Qui donc ?

— Sans doute ceux qui sont responsables de la mort de mon père.

— On dirait que vous avez un soupçon bien précis.

— J'en ai un, mais pas de preuve.

— À moi, vous pouvez dire qui vous suspectez, Anna !

Elle lui lança un regard dubitatif.

— Pourquoi devrais-je vous croire ?

Il lui prit les mains et les serra légèrement.

— Parce que je n'ai que de bonnes intentions à votre égard. Vous ne l'avez pas encore remarqué ?

— Voilà de bien grands mots, dans la bouche d'un homme qui vient de me tendre un lamentable piège.

Il lui lâcha les mains et sourit, l'air dépité.

— Je ne l'ai pas trouvé si lamentable. Il a même magnifiquement fonctionné.

— Les hommes que je soupçonne comptent parmi les plus influents de la ville. Pourquoi me feriez-vous plus confiance qu'à eux ?

Katoen avala une gorgée de bière.

— Le problème de la confiance, Anna, c'est que si personne ne fait le premier pas, elle ne s'installe jamais.

— Vous avez sans doute raison. Mais de toute façon, je ne connais aucun nom. La seule chose que je puisse vous dire, c'est que les assassins de mes parents sont liés à la Compagnie des Indes orientales. Je suppose que certains d'entre eux – voire tous – sont membres des « Vénérateurs de la Tulipe ». Ou en faisaient partie, car certains devraient être morts, avec le temps.

Cette révélation laissa d'abord Katoen muet. Les « Vénérateurs de la Tulipe » ! Anna était en train de faire passer quelques-uns des principaux citoyens d'Amsterdam pour des assassins ! Il chercha laborieusement les mots qui lui permettraient de répondre.

Il ne les avait pas encore trouvés lorsque du bruit retentit dans la maison : des coups secs et répétés. Il fallut qu'il s'y reprenne à deux fois pour discerner qu'il s'agissait du heurtoir. Mais minuit était passé : qui pouvait frapper à une heure aussi tardive ?

Le battement du heurtoir s'arrêta, remplacé par des voix et des pas, puis par le grincement de l'escalier, et quelqu'un finit par frapper à la porte de son appartement.

D'un doigt posé sur la bouche, il pria Anna de rester silencieuse. Puis il se rendit dans la petite entrée et ferma la porte derrière lui avant de demander :

— Qui est là ?

— C'est moi, *Mijnheer* Katoen.

La réponse était certes vague, mas il reconnut la voix toujours un peu nasillarde de sa logeuse et ouvrit la porte. Emmitouflée dans une robe de chambre, de grosses pantoufles aux pieds, la veuve Gerritsen paraissait encore plus ronde qu'à l'ordinaire. Les boucles grises qui dépassaient de sous son bonnet de nuit blanc lui donnaient plus que jamais l'air débonnaire de la grand-mère idéale.

À côté d'elle se trouvait un garçon de quatorze ou quinze ans, pieds nus, vêtements en loques. Katoen comprit tout de suite que c'était un garçon des rues, un vagabond qui ou bien était négligé par ses parents, ou bien leur avait échappé. Pour autant qu'il en avait encore et n'était pas l'un de ceux qui auraient normalement dû vivre à l'orphelinat mais avaient une raison ou une autre de se débrouiller tout seuls.

— C'est lui, déclara Greet Gerritsen au garçon.

— Vous êtes l'inspecteur Katoen ? demanda celui-ci timidement.

— L'inspecteur de circonscription Katoen, très étonné d'être dérangé à une heure pareille, oui. Et toi, qui es-tu ?

— C'est le gardien de la tour de Rooden-Poorts qui m'envoie. Il dit que si je me dépêche de vous prévenir, vous me récompenserez.

— Vraiment ? C'est ce qu'il dit ? (Katoen prit en souriant deux stüber dans une poche de son pourpoint et les glissa dans la main du garçon.) Et de quoi dois-tu me prévenir aussi vite ?

— Ils le tiennent prisonnier dans la tour Rooden-Poorts, répondit le garçon à toute vitesse.

— Qui ça ?

— Eh ben, l'assassin aux tulipes.

C'était effectivement une surprise de taille, et Katoen crut d'abord avoir mal entendu.

— Ils ont arrêté l'assassin aux tulipes ? demanda-t-il, incrédule. Tu es sûr ?

— C'est ce qu'a dit le gardien. Il faut que vous y alliez aussi vite que possible.

— Il a foutrement raison, grogna Katoen. (Voyant la veuve sursauter, Katoen ajouta :) Pardonnez-moi mon vocabulaire, mais une nouvelle pareille à cette heure-ci, il y a de quoi vous retourner !

Moins de dix minutes plus tard, il se dirigeait vers le nord-ouest avec Anna Swalmius, qui avait insisté pour qu'il continue à l'appeler sous ce nom. La veuve Gerritsen ne la remarqua pas lorsqu'elle sortit de la maison. Coiffée de son chapeau de bretteur, sa rapière au flanc, Anna avait de nouveau tout d'un homme. Katoen était loin d'avoir les réponses à toutes les questions qu'il voulait lui poser, mais ce serait pour plus tard. L'idée qu'il se retrouverait sous peu face à l'assassin aux tulipes faisait passer tout le reste au second plan, même l'accusation inouïe qu'avait portée Anna contre les « Vénérateurs de la Tulipe ».

Ils suivirent le cours de l'Amstel intérieur et son prolongement en canal, le Rokin. Ils passèrent devant l'une des maisons coiffées d'un pignon à cou qui avaient fait la renommée de l'architecte Philips Vingboons. Il l'avait édifiée à la demande du marchand Pieter Janszoon Sweelinck, fils du compositeur Jan Pieterszoon Sweelinck. Katoen ne put s'empêcher de penser au mardi soir, à cette soirée mondaine chez Nicolaas Van der Zyl et chez Catrijn, qui avait d'abord enivré ses invités avec son épinette, et lui, plus tard, avec son corps séduisant.

Il était étrange qu'il la compare sans cesse avec Anna, alors que ces deux femmes étaient si différentes. La sœur du juge fréquentait les meilleurs milieux et était habituée à ce que des messieurs ayant accumulé les titres et les honneurs n'attendent qu'un geste de sa part pour lui rendre service. La fille adoptive – il le savait à présent – du vieil ennemi des tulipes paraissait quant à elle silencieuse et renfermée. Quant à son existence, c'était un combat quotidien contre la pauvreté.

Mais à bien y regarder, elles n'étaient pas si éloignées que cela l'une de l'autre. Toutes deux avaient une volonté de fer, et chacune tentait à sa manière d'atteindre ses objectifs. Il était bien forcé de se l'avouer, elles l'attiraient autant l'une que l'autre.

Par le Dam, ils arrivèrent au Singel, où ils prirent congé l'un de l'autre à l'ombre de la tour de Rooden-Poorts.

— Je vous retrouve bien demain chez vous, auprès de votre père adoptif ? s'assura-t-il.

— Vous croyez que je le laisserais tomber après toutes ces années ?

— Non, Anna, je ne le crois pas.

— Alors pourquoi cette question ?

— Eh bien, vous pourriez avoir l'idée de vous éclipser en emmenant votre père.

— Et pourquoi le ferais-je ?

— Je ne sais pas, répondit-il en soupirant. Mais comme je ne connais pas encore toute votre histoire, je dois considérer que tout est possible.

Anna sourit d'un seul coup, et cela lui allait bien.

— Prenez garde, Jeremias, que votre profession ne vous corrompe pas le caractère. Quand elle ne cesse jamais, la méfiance peut dévorer un homme de l'intérieur.

Elle semblait parler d'expérience, et son sourire n'était pas gai, mais mélancolique. Il aurait peut-être dû lui demander comment elle le savait, mais ce qui le préoccupait beaucoup plus, à cet instant, c'était le fait qu'elle l'avait appelé pour la première fois par son prénom.

— Vous me rejoindrez demain chez mon père, mais vers le soir uniquement, à 6 heures. J'ai trouvé un nouveau petit emploi de couturière et demain, je dois gagner mon pain.

Anna s'en alla par le pont Torensluis. Il la suivit des yeux jusqu'à ce que sa mince silhouette se fonde dans les contours sombres des maisons de l'Oude Lelie Straat, et espéra qu'elle avait la conscience pure, quel que soit le secret qu'elle protégeait.

À la porte d'entrée de la tour qui servait de prison, il se présenta à un garde qui paraissait épuisé. L'homme appela le chef de poste, un officier encore très jeune, au regard laiteux, qui déclina son grade – c'était le lieutenant Soeteman – et maîtrisait fort mal l'émotion que lui inspirait l'idée d'avoir capturé l'assassin aux tulipes.

— Je suis à peine en service depuis le début du mois, et voilà ce qui me tombe dessus, bredouilla-t-il. J'espère avoir bien fait de vous prévenir tout de suite, *Mijnheer* Katoen.

— Mais bien entendu ! Je vous aurais même reproché toute autre attitude, confirma Katoen au grand soulagement de l'officier. Vous n'avez pas alerté le chef-maton ?

— Non, il dort déjà et a ordonné qu'on ne le réveille que si c'est indispensable. (Le lieutenant Soeteman approcha la bouche de l'oreille droite de Katoen et chuchota :) Je crois qu'il veut me mettre à l'épreuve et voir si je m'en sors tout seul. C'est que je suis encore tellement jeune, vous comprenez ?

— Bien possible, acquiesça Katoen d'un air compréhensif. Je pourrais voir l'assassin aux tulipes, maintenant ?

— Mais oui, suivez-moi, je vous prie !

La plupart des cellules occupées n'étaient pas dans la tour proprement dite, mais dans la muraille du pont. L'officier de garde guida cependant Katoen dans la tour, où se trouvaient, au-dessus du logement du surveillant-chef, deux grandes cellules de dégrisement, une destinée aux hommes, une autre pour les femmes. Les gardes qu'ils rencontrèrent sur leur chemin leur lançaient des regards teintés d'excitation, et Katoen commença à deviner que quelque chose ne tournait pas rond.

La cellule de dégrisement se trouvait juste au bord de l'eau. L'air était froid et humide, Katoen entendait un clapotement et un gargouillement permanents que le ronflement d'un ivrogne ou une voix criarde dans la cellule des femmes ne recouvraient que rarement. Deux gardes assis à une petite table maniaient sans plaisir un jeu de cartes usé. Lorsqu'ils remarquèrent Katoen et le chef de poste, ils retrouvèrent immédiatement leur entrain, et le policier crut lire sur leur visage une étrange fébrilité.

Le jeune lieutenant souleva la lanterne posée sur la table et éclaira l'intérieur de la cellule des hommes.

— C'est celui-là, à gauche, près de la grille. Il a avoué les meurtres.

Katoen y vit un homme négligé qui devait avoir la cinquantaine et ronflait tranquillement sur un matelas rempli de paille. Son visage boursouflé, son nez rouge et protubérant révélaient le buveur habituel.

— Bon bon, c'est donc lui, commenta Katoen. Comment avez-vous obtenu ses aveux, lieutenant ?

— Il les a faits volontairement. Il m'a fait appeler et m'a dit qu'en échange d'un gobelet de rouge, il me révélerait un secret.

— Et vous lui avez donné son vin ?

— Il en avait déjà tant avalé qu'une pinte de plus ou de moins ne pouvait plus faire de mal, confirma l'officier. Et ensuite, effectivement, il a avoué les assassinats aux tulipes, exactement comme on a pu le lire dans le *Populaire*. Vous voulez l'interroger ? Je dois le réveiller ?

— Non, laissez-le. Le dormeur ne pèche pas.

Les deux gardes assis à la table réprimèrent difficilement un sourire en coin, mais le chef de poste ne s'en rendit pas compte ; il regardait fixement Katoen et semblait ahuri par ce qu'il venait d'entendre.

— Vous voulez donc attendre demain matin pour interroger cet homme ?

— Ce ne sera pas nécessaire. Laissez-le filer en paix quand il aura fini de cuver.

— Mais… mais enfin, c'est l'assassin aux tulipes ! Il a reconnu les faits !

— Il vous a redéballé ce qu'il avait lu dans le journal. (Katoen, à son tour, se mit à chuchoter :) Écoutez-moi ! Cet homme s'appelle Paul Klok, mais on l'appelle généralement Paul la Dégoise. Contre un verre de vin ou de gnôle, il vous raconte tout ce que vous avez envie d'entendre : qu'il est l'assassin aux tulipes, le roi de France ou un indigène des Moluques.

— Mais dans ce cas-là, pourquoi a-t-il prétendu être l'assass…

— Quelqu'un lui aura mis cette idée en tête, l'interrompit Katoen. Et si je peux vous donner un conseil, oubliez toute cette histoire. Avant tout, n'en parlez pas à vos hommes, même s'ils vous rient au visage cette nuit. Vous n'êtes pas le premier officier qu'ils auront pris au piège, et vous ne serez pas le dernier. Mieux vaut leur offrir une bière après le service, ils ne vous feront plus de plaisanteries idiotes.

Le visage du lieutenant vira au pourpre lorsqu'il comprit que ses soldats l'avaient berné.

Et il n'était pas le seul à en avoir fait les frais, songea Katoen lorsqu'il se retrouva debout devant la tour du Singel et regarda en bâillant Amsterdam plongée dans la nuit. Que l'affaire de l'assassin aux tulipes se résolve pour ainsi dire d'elle-même eût été trop beau. La grande ville sur l'Ij s'étendait devant lui, sombre et mystérieuse, et quelque part dans le dédale formé par les rues et les places, les sentes et les canaux, se cachait le véritable meurtrier.

16.

Le chat et la souris

Samedi 13 mai 1671

— Une femme splendide ! soupira Joris Kampen en regardant, les yeux brillants, la créature aux formes généreuses dont les vêtements étaient presque trop étroits pour les fesses débordantes et l'ample poitrine. Dommage qu'elle soit en bois !

Jan Dekkert posa en souriant une main sur l'épaule de son collègue.

— Tu devrais t'en réjouir, ça t'évitera au moins la tentation. Tu as bien une épouse et deux enfants en bas âge, non ?

— Oui, c'est exact, grogna Kampen, pas franchement heureux.

Jeremias Katoen et ses adjoints étaient postés devant le Bonnet d'Or, une auberge du port dont la réputation était pour le moins douteuse. La statue de bois aux formes rondes, grandeur nature, la tête coiffée d'un bonnet doré, n'était pas seulement là pour faire envie aux clients masculins ; elle indiquait aussi à toutes les femmes aux mœurs relâchées qu'elles seraient les bienvenues. Au Bonnet d'Or, elles payaient moitié prix la bière et l'alcool ; elles y étaient donc nombreuses, et attiraient les maquereaux et propriétaires de musicos qui espéraient pouvoir recruter. Une rumeur insistante et sans doute véridique affirmait que le patron du Bonnet d'Or recevait des pots-de-vin pour que ces femmes puissent continuer à boire pour si peu ; mais on n'avait encore rien pu prouver contre lui.

Katoen leva les yeux vers le ciel bleu où glissaient paresseusement quelques petits nuages. C'était un samedi après-midi, il faisait chaud et la douce brise qui soufflait à travers les rues bordant les canaux avait un effet vivifiant. Il n'avait pas la moindre envie d'entrer dans ce bouge obscur où l'on étouffait dans les relents d'alcool et de tabac.

— Vous êtes sûrs que Dircks est là-dedans ? demanda-t-il, dubitatif, à Dekkert.

— À peu près. En tout cas, il y a une demi-heure, il était encore assis à une table, derrière, à droite, ça, je le sais. Mais ne vous inquiétez pas, il ne m'a pas vu, il était trop absorbé par sa discussion avec Sis la Noire.

— Sis Maliers ? demanda Katoen. Nous ne l'avons pas envoyée au Spinhuis, celle-là ?

— Si, mais elle est ressortie. Et manifestement, les responsables de l'établissement n'ont pas réussi à lui donner envie de changer de vie. Sans ça Dircks ne lui courrait pas après.

— Le chat ne laisse pas filer la souris, commenta Kampen.

— Dans ce cas, je vais entrer et chercher notre matou, dit Katoen. Jan, restez dehors et veillez à ce que notre ami ne me file pas entre les pattes. Vous, Joris, occupez-vous de la sortie de derrière, côté Waalseilandsgracht.

— Compris, *baas*, affirma Kampen en se dirigeant d'un pas énergique vers la ruelle qui y menait, à quelques maisons de là.

Katoen attendit deux ou trois minutes avant d'entrer au Bonnet d'Or. La salle accueillait une quinzaine de tables, et la moitié d'entre elles environ était occupée. Il ne lui fallut pas longtemps pour découvrir Jaepke Dircks : il était assis là où Dekkert l'avait vu et vidait le contenu d'une cruche en grès dans deux godets d'étain, un pour lui, l'autre pour une femme aux cheveux noirs comme du charbon qui tournait le dos à Katoen. Il aurait parié un mois de son salaire que le proxénète tentait de recruter Sis la Noire.

Lorsque Katoen approcha, Dircks l'aperçut et sa mine s'assombrit aussitôt. Il voulut se lever de son banc en bois, mais Katoen fut auprès de lui en quelques grands pas, lui posa une main sur l'épaule droite et le força à rester à sa place.

— Restez donc tranquillement assis, Dircks ! On est bien mieux comme ça pour papoter, et quelque chose me dit que nous avons à discuter.

Sis la Noire avait reconnu Katoen, et un germe d'angoisse se dessina sur son visage jeune, mais déjà usé. Elle n'avait certainement aucune envie de retourner au Spinhuis.

— Je… j'allais justement partir, bredouilla-t-elle avec l'air d'un enfant qui demande à son père trop sévère de le laisser quitter la table.

— Eh bien va donc, lui lança froidement Katoen. Je n'ai rien à te dire. Du moins pas pour le moment. Si tu veux que ça dure, mieux vaudrait ne pas frayer par ici. Et ne pas trop approcher ton ami Dircks !

— Mais oui, c'est ce que je ferai ! s'empressa-t-elle d'opiner, avant de se lever tout aussi vite et de quitter l'auberge.

Katoen n'en crut pas un mot. Il était certain qu'elle se retrouverait tôt ou tard au Spinhuis. Elle était de ces femmes qui préféraient gagner leur vie en prêtant leur corps qu'en travaillant six jours par semaine dans un atelier ou comme bonne dans un foyer bourgeois. C'était peut-être effectivement plus agréable et plus simple, du moins pour un certain temps. Les femmes comme elle ne semblaient pas se demander ce qu'elles deviendraient dans leur vieillesse. Sis la Noire aurait un jour, elle aussi, à se poser cette question, songea-t-il en s'installant à la place qu'elle venait d'abandonner sur le banc. Il croisa les bras sur la poitrine et scruta Dircks, comme s'il attendait quelque chose. Celui-ci tendit à Katoen le godet d'étain qu'il destinait à Sis et sourit, l'air tourmenté.

— Je peux vous offrir un alcool de sureau ?

— Non, je ne suis pas venu ici pour boire.

Katoen repoussa le gobelet avec une telle brutalité qu'il bascula et déversa son contenu sombre sur la table, puis sur le pourpoint en cuir de Dircks.

— Eh, qu'est-ce que ça veut dire ? demanda le maquereau, indigné. Qu'est-ce que je vous ai fait ?

— Mieux vaudrait demander ce que vous n'avez pas fait.

— Je ne vois pas de quoi vous parlez, Katoen.

— Non ? Moi qui croyais que nous avions passé un accord. Vous ne deviez pas venir me donner des nouvelles ? Au lieu de ça, c'est moi qui dois retourner la moitié d'Amsterdam pour vous mettre la main dessus. Décidément, on dirait que l'idée d'aller endurcir vos muscles en sciant du bois au Rasphuis vous démange !

Dircks s'arracha un nouveau sourire, mais sa vieille haine ressortait sous le masque.

— C'est un malentendu. Je comptais venir vous voir, aujourd'hui même.

Katoen, resté très discret jusqu'ici, baissa encore un peu la voix.

— Vous êtes donc convenu de quelque chose avec les Poisseurs ?

— Oui, répondit le proxénète d'une voix tout aussi basse. J'ai pu les inciter à accepter une deuxième rencontre avec vous, mais ça n'a pas été facile.

Il regarda Katoen comme s'il attendait une récompense. Mais le policier se contenta de demander :

— Quand ?

— Lundi, en fin de soirée.

— Impossible, fit Katoen, il faut décaler ça d'un jour.

Dircks fronça les sourcils, qu'il avait épais, au-dessus de ses yeux profondément enfoncés dans leurs orbites.

— Impossible ? Vous pouvez vous estimer heureux que les Poisseurs acceptent de vous rencontrer une deuxième fois. Comment vous voyez ça, vous ?

— Tout simplement. Vous y allez et vous leur dites que lundi ne me convient pas. J'ai déjà quelque chose de prévu ce soir-là.

— Mais je croyais que cette rencontre était très importante pour vous !

— On ne hausse pas le ton ! lui ordonna Katoen. Nous tenons tous les deux à ce que notre petit entretien reste entre nous. C'est à moi de décider ce qui est important pour moi. Mieux vaudrait faire en sorte que cette rencontre ait lieu. Si tel n'était pas le cas, je vous en tiendrais pour responsable, Dircks !

Katoen ne jugea pas nécessaire de fournir d'autres explications. Il ne voulait surtout pas révéler à Dircks qu'il avait prévu de tendre un piège, le lundi soir, à l'assassin aux tulipes. Moins ils seraient nombreux à être au courant, mieux cela vaudrait. Dans le cas contraire, il existait un risque que l'assassin, quel qu'il soit, en ait vent.

Lorsque Katoen quitta cette gargote, Dircks lui lança un regard furieux, mais il ne s'en soucia pas. La balle était dans le camp de Dircks – car à ce jeu-là, Katoen était le chat, et le maquereau, la souris.

17.

La Côte aux Tulipes

Deux heures plus tard, Katoen frappa à la porte du petit logement de Swalmius dans le Jordaan. Il parut sans doute très étonné lorsque Anna lui ouvrit.

— Avouez que vous ne comptiez pas me trouver ! s'exclama-t-elle, avec un sourire.

— Disons que j'avais de légers doutes, répondit-il en souriant à son tour. Mais je me réjouis d'autant plus de vous voir.

— Parce que vos doutes ne se sont pas confirmés ?

— Pas seulement pour cela. Je me réjouis aussi de pouvoir me promener avec vous. Comment s'est passée votre première journée dans votre nouvel emploi ?

— Fatigante, mais j'y suis habituée. Entrez donc.

Lorsqu'il se retrouva dans ce logement misérable, il ne put s'empêcher de penser à sa visite au Bonnet-d'Or et à Sis la Noire. Elle et Anna n'avaient certes eu ni l'une ni l'autre une vie facile, mais elles avaient choisi des chemins différents pour sortir de la misère. Tandis que Sis vendait son corps, Anna travaillait dur et se dévouait pour l'homme qu'elle appelait son père. Même s'il ne l'avait pas encore tout à fait percée à jour, Katoen éprouvait tout de même le plus grand respect pour cette jeune femme.

Sybrandt Swalmius était assis sous la petite fenêtre par laquelle la lumière assez chiche tombait sur un livre taché et usé par les lectures : le fameux récit de Willem Bontekoe sur son voyage en Inde orientale. Le vieil homme avait l'ouvrage posé sur ses genoux. Sa tête avait basculé vers l'arrière, il avait les yeux fermés et ronflait doucement. C'était un tableau extrêmement paisible. Si Katoen ne l'avait pas déjà vu dans un tout autre état, il n'aurait jamais cru ce que la haine des tulipes était capable de lui faire faire.

Anna se noua un foulard blanc autour de la tête.

— Voilà, je suis prête.

— Et votre père adoptif ?

— Nous le laissons dormir.

— Il ne s'étonnera pas, à son réveil, de ne pas vous voir ici ?

— Je lui ai annoncé que vous veniez me rendre visite. Il se doutera bien que nous sommes allés prendre l'air.

Katoen lança vers le vieil homme endormi un regard dubitatif.

— Vous n'avez pas peur qu'il…

Il s'interrompit au milieu de sa phrase : il ne voulait pas blesser Anna inutilement. Mais celle-ci avait compris.

— Je ne peux pas être avec lui tout le temps. Ses crises sont assez rares, et je ne crois pas qu'il arrivera quelque chose aujourd'hui. Il n'a pas de journaux ici, juste le récit de voyage de Bontekoe et quelques autres vieux livres. Rien qui soit susceptible de l'énerver.

Ils sortirent de la maison et se retrouvèrent dans une minuscule ruelle où quelques enfants s'amusaient à courir après un jeune chien.

— Où allons-nous ? demanda Anna.

— Que diriez-vous de la Plantation ?

— Parfait, répondit-elle.

Ils se dirigèrent donc vers l'est et traversèrent le quartier du Jordaan en direction de la ceinture des *grachten*, les canaux de la ville. Dimanche approchait, et cela se sentait : on fermait déjà quelques petites boutiques. Leurs propriétaires voulaient sans doute encore profiter un peu de la douceur du printemps après une rude semaine de labeur. Mais la grande majorité des échoppes étaient encore ouvertes et le resteraient sans doute jusqu'au coucher du soleil. Quand on vivait dans le Jordaan, c'est en règle générale que l'on n'était pas riche, et chaque heure de travail, chaque coup de marteau, chaque corbeille et chaque ceinture vendue annonçaient pour la semaine suivante une part de viande supplémentaire dans l'assiette.

Lorsque la Prinsengracht apparut devant eux, Katoen demanda :

— Vous prévenez aussi votre beau-père lorsque vous allez vous promener dans les rues en pleine nuit avec votre rapière ?

— Vu l'étroitesse de notre logement, je peux difficilement le lui cacher.

— Et il n'y voit rien à redire ?

— Bien sûr que si. Il s'inquiète pour moi. Mais il sait aussi à quel point il est important, pour moi, d'accomplir la mission qui m'a été confiée. Raison pour laquelle il ne tenterait jamais de me retenir.

— Je suppose qu'il s'agit de la mission que vous a transmise votre père véritable. (Anna le confirma d'un geste de la tête et il reprit :) Est-ce lui qui vous a appris à manier l'épée ?

— Oui. Comme il n'avait pas de fils, c'est à moi, sa fille unique, qu'il a appris tout ce qu'il savait. Enfin, autant que je pouvais assimiler à cet âge-là. Plus tard, j'ai affiné mes capacités auprès d'un autre maître d'armes.

— Ce Julien de Montfort était certainement un homme impressionnant, à en croire la détermination que vous mettez, tant d'années après sa mort, à exaucer ses dernières volontés.

— C'était certainement un homme impressionnant, mais je pense que vous auriez fait la même chose pour votre père.

— Possible, reconnut Katoen à voix basse en tentant vainement de se remémorer l'image de son père.

À un moment ou à un autre, il avait tout simplement oublié à quoi ce dernier avait ressemblé. Le portrait qu'il voyait au fond de lui-même était un mélange des marins que l'on rencontrait à chaque coin de rue à Amsterdam et de ces personnages héroïques et téméraires peuplant les tableaux qu'on trouvait dans presque tous les bâtiments publics et grandes maisons bourgeoises de la ville. Dans l'esprit de Katoen, son père était un homme très grand et très fort, comme le sont tous les pères pour leurs enfants, la peau brunie par le soleil et tannée par le vent marin, la vue aiguisée à force de chercher à l'horizon les navires ennemis et les contrées étrangères, un long couteau dans une main, un pistolet chargé dans l'autre, toujours prêt à aborder un vaisseau anglais ou espagnol.

Lorsqu'ils traversèrent les larges canaux qui entouraient comme un fer à cheval la vieille Amsterdam, le cœur de cette ville en croissance permanente, une odeur de pourriture les prit à la gorge. C'était le revers de ce temps chaud : les déchets et les immondices que les habitants déversaient avec insouciance dans les canaux allaient bientôt puer jusqu'au ciel, et ce n'était pas une métaphore. Ils parcoururent des rues animées, slalomant entre les traîneaux et leur cargaison. Avant que le soir ne tombe et que la semaine ne s'achève, la ville semblait vouloir montrer encore une fois quelle énergie fantastique battait en elle.

À côté de toute cette agitation, les plates-bandes de la Plantation étaient une oasis de tranquillité. Tout juste rencontrèrent-ils, de temps en temps, d'autres promeneurs, et ils n'entendirent que de très loin un martèlement métallique et régulier lorsqu'ils parcoururent une allée toute droite bordée de plates-bandes lumineuses, pleines de giroflées et de tulipes à longue tige. Le vent qui soufflait vers la terre portait ce bruit depuis le sud, où l'on avait fait des remblais quelques années plus tôt pour arracher à la mer les îles de Kanneburg, Wittenburg et Oostenburg. Cette dernière servait de points d'appui aux docks et aux chantiers navals de la Compagnie des Indes orientales. Ce discret martèlement, qui formait un singulier contraste avec le gazouillis des nombreux oiseaux, venait vraisemblablement de la forge à ancres.

Katoen regarda son accompagnatrice en biais et se rappela la nuit précédente, lorsqu'elle portait un pourpoint et une culotte à la place de sa robe, des bottes au lieu de ses souliers, un chapeau plutôt que son foulard. Et la rapière, qu'elle maniait mieux que plus d'un homme. C'était bien la même personne, et pourtant la femme qui flânait à côté de lui dans la Plantation n'avait rien à voir avec l'Anna combative de la nuit passée, comme si deux personnes différentes habitaient le même corps.

Katoen acheta à un kiosque deux godets de jus de mûre et ils s'installèrent sur l'un des bancs de pierre qui jalonnaient le chemin à intervalles réguliers. Il se rendit alors compte qu'ils se trouvaient juste en face d'un grand parterre de tulipes. Leurs pétales effrangés sur les bords brillaient d'un jaune puissant et étaient striés de bandes rouges. Mais aussi splendide qu'ait été ce mélange de couleurs, il en émanait quelque chose d'inquiétant, de menaçant. Cela tenait peut-être aussi aux bandes rouges qui rappelaient des flammes lorsque les pétales se balançaient au vent.

— Mieux vaut chercher une autre place, proposa-t-il.

Anna parut amusée.

— C'est gentil de votre part, mais vous n'avez vraiment pas à avoir d'égards pour moi sous prétexte que mon père a la réputation de haïr les tulipes. Je ne partage pas cette sombre passion qui sommeille dans son âme. Ce qu'il a vécu lui trouble la raison ; sans cela, il saurait que les tulipes sont innocentes et l'ont toujours été. Ce sont les hommes qui se plongent dans le malheur, eux-mêmes ou leurs prochains, à cause de leur avidité, de leur haine, ou simplement de leur bêtise. À l'époque, tout le monde voulait profiter de la grande fièvre des tulipes. Plus on pouvait gagner d'argent, mieux cela valait, et personne ne pensait au fait que ce que l'un gagnait, d'autres devaient le payer.

— C'est ainsi que la tulipe a fait sombrer votre beau-père, et beaucoup d'autres avec lui.

— Erreur. La tulipe n'était que l'objet de leur avidité. Cela aurait tout aussi bien pu être une autre fleur, une épice rare venue d'outre-mer, l'or ou l'argent. Quand on cède sa maison ou sa boutique pour quelques oignons de tulipe, on est le seul responsable de son malheur.

— Vous voulez porter plainte contre votre père adoptif ?

— Certainement pas. Pourquoi donc ? Je ne suis pas la victime de ses spéculations, il en avait lui-même été victime depuis très longtemps lorsque j'ai fait sa connaissance. Il m'a accueillie et s'est occupé de moi. Je n'éprouve pour lui que gratitude, inquiétude et amour.

— Vous en parlez comme si c'était votre vrai père.

— Pourquoi ne le chérirais-je pas autant que l'autre ? Leurs caractères sont sans doute différents, mais leurs destins ont des points communs. Tous deux ont voué leur vie à la tulipe, qui a causé leur perte à tous les deux. La différence, c'est que Sybrandt Swalmius meurt à petit feu et en souffrant, alors que Julien de Montfort a connu une fin rapide.

— Vous attisez ma curiosité. Le mieux serait peut-être que vous me racontiez l'histoire depuis le début.

Anna avala une gorgée de jus de mûre en tenant son godet des deux mains ; elle semblait se demander par où commencer.

— Que savez-vous de l'histoire de la tulipe ? finit-elle par demander.

— Oh, pas grand-chose. C'est une fleur qu'on connaît depuis moins d'un siècle dans notre pays. Si je me rappelle bien, c'est un Français au nom latin qui l'a apportée ici.

— Votre mémoire est bonne, Jeremias, enfin à peu près. En réalité, il s'appelait Charles de L'Escluse, mais tout le monde le connaît ici sous le nom de Carolus Clusius. Cela dit, il n'était pas Français, mais Flamand, né à Arras, à la frontière française. En 1593, il a été nommé professeur de botanique à l'université de Leyde, et il a apporté une provision d'oignons de tulipe. De là, cette fleur s'est rapidement propagée partout aux Pays-Bas. On raconte cependant que Clusius a demandé tellement d'argent pour ses oignons qu'il n'a pratiquement pas trouvé d'acheteurs. En revanche, on lui en a volé une bonne quantité.

— Il n'avait sans doute pas un système d'alarme aussi raffiné que celui imaginé par notre Van Dorp, ce fou des tulipes, commenta Katoen en se rappelant sa première rencontre avec Anna dans le jardin du collectionneur. Mais au fait, comment ce Clusius est-il entré en possession de ses oignons ?

— Pour ce que je sais, il se les est procurés alors qu'il était botaniste de la cour chez l'empereur Maximilien II, à Vienne, dans les années soixante-dix du siècle précédent. Un envoyé de l'empereur Ferdinand, le père de Maximilien, avait acheminé à Vienne des oignons de tulipe en provenance de l'Empire ottoman, et pour Clusius, la culture des tulipes est bientôt devenue une passion.

— Le nom de « tulipe » ne vient-il pas lui-même de la langue des Turcs ?

— C'est ce que l'on dit, oui. Il serait dérivé du terme turc désignant un couvre-chef qui ressemble au calice de cette fleur. D'autres pensent au contraire que cette traduction est une erreur. Je ne peux pas vous le dire, mes connaissances ne sont pas assez vastes pour cela.

— Mais au contraire, Anna, vous semblez connaître l'histoire des tulipes mieux que personne.

— Je vous ennuie ?

— Non, poursuivez, la pria-t-il, sachant que la partie la plus intéressante de son récit était encore à venir.

— Comme les Néerlandais par la suite, les Turcs se sont entichés de la tulipe. Le plus grand amateur de ces fleurs au siècle dernier a été, et de loin, le sultan Suleyman, dit le Magnifique. Il a orné son palais avec tant de tulipes que la rumeur populaire n'a pas tardé à l'appeler le « palais des tulipes et des larmes ».

— Pourquoi les larmes ? demanda Katoen.

— Cela non plus, je ne le sais pas vraiment. Je suppose que le peuple a dû se saigner aux quatre veines pour que son souverain dispose d'autant de tulipes. C'est ce qui se passe le plus souvent pour les hommes et leurs seigneurs, non ?

— Vous avez sans doute raison.

— En tout cas, Suleyman le Magnifique n'avait jamais assez de ses chères tulipes, et lorsqu'il ne pouvait pas obtenir de vraies fleurs, il en faisait réaliser des tableaux : dans des vases, au palais, sur des faïences contre le mur, sur ses vêtements ; mieux, la tulipe devint même une partie de son blason. On dit qu'il a donné pour la pleine lune du printemps une fête dont les décorations étaient composées d'un demi-million de tulipes en fleur. Vous voyez : on peut à juste titre considérer le sultan Suleyman comme le plus grand vénérateur de la tulipe dans tout l'Empire ottoman.

La manière dont Anna prononça ces derniers mots fit dresser l'oreille à Katoen.

— Il ne l'était pas, à votre avis ?

Anna ne le regarda pas, mais observa le parterre lumineux des tulipes lorsqu'elle poursuivit :

— La plupart des gens ignorent qu'avant même Suleyman, il y a eu un souverain tout aussi possédé que lui par la tulipe. Des siècles plus tôt, alors que l'Empire ottoman était encore en genèse. Le nom de ce sultan est aujourd'hui oublié, mais son héritage est toujours vivant.

Elle parlait désormais très lentement, d'une voix presque traînante, et Katoen sentit qu'il lui coûtait de poursuivre son récit. Il ne la pressa pas et attendit en buvant son jus de mûre. Il avait l'impression qu'elle lui faisait de plus en plus confiance, et il ne voulait pas tout détruire. Soudain, elle se tourna vers lui.

— Avez-vous ici le pétale que vous avez trouvé sur l'une des victimes ?

— Je le porte sur moi depuis des jours, répondit Katoen en sortant la tabatière et en l'ouvrant. Et je me demande tout le temps si ce pétale va me porter bonheur ou malheur. La deuxième solution est sans doute la bonne, car l'assassin court toujours.

— La tulipe du mal n'a encore jamais porté chance à personne. Mais ça, le souverain ottoman qui croyait avoir trouvé un trésor en la dénichant ne pouvait pas le savoir.

Katoen regarda le pétale noir aux taches rouge sang.

— La tulipe du mal ? C'est aussi le nom que lui a donné votre père adoptif. Qu'est-ce qu'elle a donc de si mauvais ?

— Le pouvoir qu'elle exerce sur les gens.

Pendant un moment, Katoen crut que la folie de Swalmius avait contaminé sa fille ; son regard ne paraissait pourtant être ni celui d'une illuminée, ni celui d'une femme possédée par une passion dévorante, et sa voix était ferme et décidée. Il objecta tout de même :

— Une plante ne peut pas exercer un pouvoir sur les gens ! Qu'est-ce que vous me chantez là, Anna ?

Elle désigna ce pétale d'apparence inoffensive dans la boîte en bois.

— Cette tulipe-là en est capable quand quelqu'un lui est exposé pendant trop longtemps. Elle le soumet à sa volonté et le pousse vers la mort.

La manière dont Anna prononça ces mots les faisait paraître tout naturels. Ils étaient en réalité monstrueux. Katoen reprit, incertain :

— On dirait presque que vous voulez dire que ce n'est pas un homme qui a commis ces assassinats, mais… une tulipe !

— Non, c'était un homme, cela ne fait aucun doute. La tulipe du mal n'utilise pas de couteau. Avec elle, c'est la victime qui se transforme en arme.

— Vous êtes bien énigmatique, Anna ! fit Katoen avec mauvaise humeur.

— Dans ce cas je vais vous raconter les choses dans l'ordre. Ce souverain des temps anciens dont je viens de vous parler est entré en possession d'une espèce rare de tulipe, dont les pétales étaient plus sombres que ceux d'aucun autre type, et mouchetés de taches rouges lumineuses. Il ne détenait qu'un petit nombre d'exemplaires de cette plante inconnue, et en fit cadeau à son épouse préférée. Il en avait installé une dans chacune des pièces qu'elle occupait, afin que sa femme jouisse de sa vue jour et nuit. Le sultan ne devinait pas que cette plante est habitée par une force malveillante qui engourdit l'esprit des gens, les rend fous et les pousse finalement à mettre fin à leurs jours. L'épouse préférée du sultan se précipita par la fenêtre de sa chambre, et l'on retrouva son corps écrasé dans la cour du palais. Elle attendait un enfant du sultan.

— Comment a-t-on su que la tulipe en avait été la cause ? opposa Katoen, dubitatif. Elle a très bien pu avoir l'esprit troublé par autre chose.

— Peu après, deux de ses servantes se sont suicidées à leur tour ; à cette date-là encore, la tulipe n'était pas encore suspecte. Mais lorsque l'intendant des fleurs du sultan, qui avait pris la tulipe tachée sous sa garde, mit lui aussi fin à ses jours, on commença à se méfier. À titre d'expérience, on enchaîna plusieurs prisonniers, des infidèles, dans une salle où l'on avait disposé quelques-unes de ces fleurs dans un vase.

— Et que s'est-il passé ? demanda Katoen qui s'était laissé emporter malgré lui par l'histoire d'Anna, même si elle ressemblait plus à un conte oriental qu'à la vérité.

— Ils sont devenus fous l'un après l'autre et auraient mis fin à leurs jours s'ils n'avaient pas été enchaînés. On dit que deux d'entre eux seraient parvenus à s'étrangler avec leurs chaînes. Le sultan comprit alors que ce n'était pas un trésor qu'il avait ramené dans son palais avec les tulipes tachées, mais une incarnation du mal. Depuis, on ne donne plus à cette plante d'autre nom que « tulipe du mal » ou, à cause de son motif inhabituel, « tulipe du sang ».

— Je suppose que le sultan a fait immédiatement détruire tout le stock.

— Non, il n'en a pas trouvé la force, car la beauté de cette fleur continuait à l'enivrer, en dépit de tout le malheur qu'elle avait provoqué. L'idée d'être responsable de l'extinction de cette plante unique en son genre lui était insupportable. Raison pour laquelle il fit déposer tous les exemplaires encore existants dans une forteresse, sur une bande côtière isolée, où la tulipe du mal devrait désormais être conservée sous bonne garde. On ordonna aux sentinelles de ne jamais rester trop longtemps à proximité immédiate des plantes. Mais pour être tout à fait certain qu'aucun croyant ne serait plus jamais victime de la tulipe du mal, le sultan décida que la garnison de la forteresse serait désormais exclusivement composée de mercenaires infidèles.

— C'est-à-dire de chrétiens ?

— Oui, de chrétiens. On en a toujours trouvé pour combattre dans les rangs de l'Orient, pour les motifs les plus divers ; beaucoup l'ont fait pour l'argent, d'autres par conviction. Mon père, Julien de Montfort, l'a fait par reconnaissance, parce que des guerriers ottomans lui avaient laissé la vie sauve alors qu'un naufrage l'avait jeté sur la côte et qu'il était tombé entre leurs mains. Par ailleurs, il était peu vraisemblable qu'il se batte contre ses coreligionnaires sur la Côte aux Tulipes, puisque c'est ainsi qu'on appelait désormais cette bande de terre. (Anna soupira.) Mais le destin en a décidé autrement. Un jour, un grand vaisseau de la Compagnie des Indes orientales, l'*Admiraal Van der Haghen*, apparut devant la côte et prit la forteresse sous le feu de ses canons. Auparavant, les Néerlandais avaient secrètement déposé un groupe de soldats à terre : pendant la canonnade, ils pénétrèrent dans la place forte et purent, dans la mêlée générale, s'emparer de quelques oignons de tulipe. Dès que les Néerlandais eurent rapporté les oignons à bord, le navire repartit aussi vite qu'il était venu. Les assaillants avaient ce qu'ils étaient venus chercher.

— Les oignons de tulipe, murmura Katoen, encore abasourdi par ce qu'il venait d'entendre. On dirait une attaque soigneusement préparée, une expédition dont l'objectif aurait été de s'emparer de ces oignons. Mais déployer tant de moyens pour quelques bulbes ?

— C'était l'époque de la grande spéculation sur les tulipes. En ce temps-là, beaucoup auraient sacrifié toute leur fortune pour un seul oignon. Même si l'on ne déroba ce jour-là que quelques spécimens, c'était une espèce jusqu'alors inconnue aux Pays-Bas, unique en son genre et donc d'une immense valeur.

— Les hommes de l'*Admiraal Van der Haghen* savaient forcément ce qu'ils cherchaient, mais d'où… (Il se frappa le front du plat de la main.) Bien entendu : le manuscrit du croisé, celui dont votre père vous a parlé !

— Effectivement, le manuscrit était en possession du père de Joan Blaeu, Willem Blaeu, le cartographe de la

Compagnie des Indes orientales. Nous en sommes certains, parce qu'il l'a montré à ses amis Swalmius et Van Dorp. Vraisemblablement dans un moment d'exaltation, lorsque la joie que lui inspirait l'existence de cette tulipe hors du commun fut telle qu'il se sentit tout simplement obligé d'en parler à quelqu'un. Peut-être Willem Blaeu et les dirigeants de la Compagnie n'ont-ils compris qu'ultérieurement qu'il aurait mieux valu ne rien dire. Quoi qu'il en soit, les indications qu'il a trouvées dans le manuscrit ont certainement aidé Willem Blaeu à dessiner une carte très précise, avec l'emplacement de la Côte aux Tulipes. Ensuite, la Compagnie a envoyé un navire armé en mission secrète – avec succès.

— Les hommes, sur le bateau, ne couraient-ils pas le risque d'être pris sous l'influence des tulipes dont ils s'étaient emparés ?

— À ma connaissance, les oignons, en soi, ne présentent pas de danger.

— Cela expliquerait comment la tulipe du mal est arrivée aux Pays-Bas. A-t-on fait par la suite commerce de ces oignons ? On devrait tout de même en avoir entendu parler.

— Je ne crois pas qu'ils soient devenus un objet de spéculation. Ni mon père, ni moi-même n'avons rien entendu de tel.

— Pardonnez-moi, Anna, mais je ne m'y retrouve plus, avec vos pères. Vous parlez de Swalmius ou de Montfort ?

— Aucun des deux n'a jamais entendu parler d'un commerce des tulipes du sang. Les oignons sont sans doute arrivés un peu trop tard pour cela aux Pays-Bas. Lorsque l'*Admiraal Van der Haghen* est revenu de son périple sur la Côte aux Tulipes, en prétendant n'avoir à bord que des épices et du bois tropical, la spéculation sur les tulipes avait déjà viré à la catastrophe. Le marché s'était effondré ; de nombreux spéculateurs étaient ruinés, et les autres ignoraient s'ils pourraient un jour récupérer leurs créances. Bref, c'était le pire moment possible pour faire commerce de tulipes rares. Je pense que les bulbes n'ont jamais été vendus, pas même lorsque le marché des tulipes s'est un peu redressé.

Katoen prit un bon moment de réflexion et finit par dire :

— J'ai une question qui me taraude. Si la tulipe du mal présente un tel danger et si les grands commerçants qui ont envoyé l'*Admiraal Van der Haghen* en voyage le savaient aussi pour l'avoir lu dans le manuscrit du croisé, comment ont-ils pu penser qu'ils feraient des affaires avec elle ? À moins qu'ils n'aient voulu, poussés par le seul appât du gain, vendre cette plante du diable à des personnes qui n'étaient pas au courant ?

— Je me suis déjà souvent cassé la tête pour répondre à cette question, répondit Anna en soupirant. Nous ne pouvons faire que des suppositions. Peut-être des cultivateurs de tulipes expérimentés ont-ils voulu tenter de débarrasser cette fleur de son effet mortifère. S'ils n'y étaient pas arrivés, cependant, une fleur aussi précieuse n'aurait certainement été vendue qu'à un petit cercle d'amateurs fortunés. À eux, on aurait pu expliquer comment la manier sans prendre de risques. C'est possible, comme me l'a dit mon père. Je parle de mon père authentique, cette fois, ajouta-t-elle en souriant. Lui et ses soldats qui montaient la garde sur la Côte aux Tulipes avaient pour instruction de respecter une distance d'au moins trente klafter.

— Je n'y vois guère d'intérêt, acheter pour beaucoup d'argent les oignons d'une tulipe rare, puis me contenter d'admirer la plante à distance…

— Je comprends cela, Jeremias, mais les véritables amateurs de tulipes considèrent sans doute la chose autrement. L'important, pour eux, c'est de posséder une rareté, et le simple fait de les acheter est une source de grande passion. Ne connaissez-vous donc aucun plaisir, aucune joie en dehors de votre travail ?

— Je suis déjà satisfait lorsque je peux discuter avec quelques collègues, le soir, devant une pinte de bière, ce qui ne m'arrive pas souvent ces derniers temps. Je n'ai pas vu depuis longtemps non plus mon ami Robbert Cors.

— Le fameux professeur de lutte ?

— Oui, c'est lui qui me l'a enseignée. Aujourd'hui, c'est moi qui lui apprends les échecs. Là, au moins, je suis meilleur que lui.

Cela faisait un an et demi qu'il s'était lié d'amitié avec Cors, et il l'avait revu une fois avant son voyage à Utrecht. Mais ces temps-ci, il ne trouvait pas un instant de répit pour une soirée d'échecs. La partie qu'il jouait à présent sur ce grand échiquier nommé Amsterdam l'absorbait totalement. Mais il ne se laissa pas distraire par le souvenir de Cors et demanda :

— Que sont devenus les oignons de tulipe ?

— C'est précisément ce que je tente de découvrir, tout comme Julien de Montfort. Il est parti pour les Pays-Bas avec deux compagnons pour effacer l'infamie et rapporter les oignons volés. Ses accompagnateurs sont passés par-dessus bord pendant une tempête ; il est arrivé seul à Amsterdam, a épousé ma mère et a mené, au moins en apparence, une vie bien rangée d'antiquaire. Mais il continuait secrètement à enquêter. Et il a certainement dû découvrir quelque chose ; sans cela, lui et ma mère n'auraient pas été assassinés d'une manière aussi atroce.

Il n'y avait rien d'étonnant à ce qu'Anna éprouve un tel déchirement intérieur. Elle portait en elle l'héritage de son père défunt et s'efforçait de prolonger la mission qu'il s'était fixée, tout en vengeant la mort de ses parents. Mais d'un autre côté, la fille de Sybrandt Swalmius était, en apparence, une jeune femme comme n'importe quelle autre.

— Est-ce un hasard si vous êtes justement venue voir Swalmius ? demanda-t-il. Après tout, il en sait beaucoup sur l'époque de la grande spéculation sur les tulipes. Pour vous, c'est une source inestimable, non ?

— Vous êtes vraiment un malin, déclara-t-elle en souriant.

— Oh, simple déformation professionnelle.

— Je dois avouer que j'ai déployé de grands efforts pour arriver jusqu'à Swalmius. J'avais entendu dire qu'il était l'un des plus grands amateurs de tulipes.

— Il le sait ?

— Oui, je le lui ai raconté plus tard, lorsqu'il m'a demandé si je voulais être sa fille.

— Votre père véritable, de Montfort, vous avait-il demandé de continuer à chercher ces oignons de tulipes ?

— Non, mais il m'avait raconté toute l'histoire alors que j'étais encore petite. Il a toujours dit que si ma mère devait, un jour, lui offrir un fils, il faudrait qu'il poursuive sur la même voie que lui s'il n'avait pas réussi à retrouver la trace des tulipes volées. Mais je suis restée son unique enfant. Cela vaut peut-être mieux ainsi : sans cela, d'autres vies encore auraient été sacrifiées. Je ne fais que tenir une promesse que je me suis faite à moi-même.

— Et qui vous a finalement conduite à me mener en bateau, constata Katoen.

— Pendant des années, j'avais perdu toute trace de la tulipe du mal, jusqu'à ce que je lise l'article du *Populaire* sur ces assassinats. J'ai découvert qu'on vous avait confié l'enquête, et je vous ai suivi en secret pendant vos missions nocturnes.

— Ce qui a dû vous contraindre à m'espionner dans les règles de l'art !

— Pas hier. Vous m'avez facilité la tâche en me parlant de votre prétendu rendez-vous. J'aurais dû me douter que c'était un piège, idiote que je suis !

— Mais il était très bien monté. Deux jours plus tôt, vous le savez, j'ai vraiment eu un rendez-vous à côté du Perroquet Vert. Malheureusement tout est allé de travers.

— Et qu'est-ce qui vous pousse, en pleine nuit, dans ce coin perdu du port ?

— Je ne peux pas vous le dire. J'ai donné ma parole.

— Le cartographe Blaeu, par exemple ?

Katoen tenta de ne pas broncher.

— D'où vous vient cette idée ?

— C'est que manifestement, vous avez vos entrées chez lui.

— Vous soupçonnez Blaeu parce qu'il est à présent le cartographe de la Compagnie des Indes orientales ?

— Entre autres. Étant l'héritier de son père, il pourrait aussi être en possession de l'ancien manuscrit.

— Je lui ai posé la question après que votre père adoptif m'en a parlé, et il le conteste. Il dit qu'il n'a encore jamais entendu parler de ce manuscrit.

— Et qu'est-ce que vous en pensez, Jeremias ?

— Il est possible que Blaeu mente, mais tant qu'on ne peut pas le démontrer, cela ne nous avance à rien.

Anna pencha la tête sur le côté et lui lança un regard instigateur.

— Vous n'aimez pas qu'on voie clair dans votre jeu, n'est-ce pas ?

— Je préfère être celui qui regarde les cartes des autres.

Katoen contempla la plate-bande de tulipes ; des abeilles et des bourdons voletaient avec application d'une fleur à l'autre. Au bord du parterre, quelques lapins faisaient des cabrioles entre des buissons de lilas. C'était une image tellement paisible que le récit d'Anna sur la tulipe du mal lui faisait presque déjà l'effet d'une calomnie.

— Je suis désolé, soupira-t-il, mais je ne peux tout simplement pas concevoir qu'une tulipe ait été en mesure de pousser les gens à la mort. C'est une histoire de fou, un conte horrible, c'est tout simplement incroyable !

— Vraiment ? Alors imaginez que nous ne sommes non pas en 1671, mais en 1631, avant la grande spéculation. Auriez-vous cru, à l'époque, qu'une fleur, la tulipe, allait précipiter dans la ruine des milliers et des milliers de bons bourgeois ?

— Votre comparaison ne tient pas. La spéculation était une œuvre humaine, vous l'avez vous-même affirmé. En revanche, votre prétendue tulipe du mal est censée troubler l'esprit de l'homme et le pousser au suicide.

— Et si je m'étais trompée à propos de la spéculation ? Si la tulipe avait effectivement le pouvoir d'influencer les hommes ? Si c'était pour cette raison que tant de personnes ont été contaminées pendant la grande fièvre des tulipes ?

Katoen scruta son visage pour déceler si elle croyait à ses propos. Mais son expression ne révélait pas si elle laissait simplement libre cours à son imagination, ou si elle considérait vraiment que les choses inconcevables auxquelles elle faisait allusion étaient possibles.

— Voyons, Anna, vous êtes en plein délire !

— Vous trouvez ? demanda-t-elle avec un haussement d'épaule. Peut-être, mais pour ce qui concerne la tulipe du mal, délire et vérité sont si proches qu'il est impossible de tracer une frontière. Les doutes que je viens de vous exposer me passent souvent par la tête, mais qui peut dire ce qui est vrai et ce qui est faux ? Je vous ai répété ce que m'a raconté mon père, Julien de Montfort. Mais lui-même n'en connaissait une bonne partie que par le récit de tiers. Ces récits peuvent ne pas concorder sur tous les points avec la vérité, mais il ne m'a certainement pas menti intentionnellement. Pas plus que je ne vous ai menti à vous, si vous voulez tout savoir.

Katoen rapporta les gobelets vides au marchand de jus de fruit, qui les nettoya avec un chiffon humide ; puis ils reprirent leur promenade en silence. Il continuait de penser à ce qu'elle lui avait raconté. La plupart des hommes auraient écarté tout cela d'un revers de main, comme autant de mensonges ou d'absurdités. Mais il avait déjà vécu des choses tout aussi incroyables. Il éclata subitement de rire, si fort qu'un couple d'amoureux s'arrêta de marcher et se retourna vers lui.

— Qu'est-ce qui vous met de si bonne humeur ? demanda Anna.

— L'idée que la plupart des gens me feraient enfermer à l'asile de fous s'ils savaient à quoi je réfléchis.

— Et à quoi réfléchissez-vous ?

— À votre tulipe mortelle.

— Et alors ?

— J'ai décidé de croire à votre histoire.

— Tiens donc, tout d'un coup ? Et pourquoi ?

— C'est ma seule piste. Ce que vous m'avez raconté sur la tulipe du mal peut paraître farfelu, mais je n'ai rien de mieux à proposer. Par ailleurs, j'ai déjà eu affaire une fois à une puissance maléfique dont je n'aurais jamais cru à l'existence avant cette date.

— Une puissance maléfique? De quoi parlez-vous?

Katoen pensait aux tableaux bleus de Rembrandt[1], mais écarta aussitôt ce souvenir.

— Laissons cela, ça n'a rien à voir. Mieux vaut parler de nouveau de vous. Après tout ce que vous m'avez raconté, la question qui se pose est de savoir si je dois vous arrêter, Anna.

— Moi? Pourquoi donc?

— Vous dites vous-même que vous considérez les « Vénérateurs de la Tulipe », ou du moins certains d'entre eux, comme les hommes qui ont manipulé les meurtriers de vos parents, ceux qui ont été à l'origine de l'attaque contre la Côte aux Tulipes – ou du moins comme leurs héritiers. Lorsque nous les avons trouvées, chacune de ces victimes avait dans la main le pétale en question, et nous avons un témoin qui prétend avoir vu le banquier De Koning en compagnie d'une femme peu avant sa mort. Vous êtes donc mon suspect numéro un.

— Vous oubliez les pétales! Si c'était moi qui les avais glissés dans la main des morts, cela signifierait que j'ai déjà retrouvé la tulipe du mal.

— Peut-être pas tous les exemplaires. Et puis vous voulez peut-être parachever votre vengeance contre les « Vénérateurs de la Tulipe ».

— Vous aurais-je dans ce cas raconté mon histoire avec tant de franchise?

1. Voir, du même auteur, *La Couleur bleue*, JC Lattès, 2006.

— C’est le point qui plaide en votre faveur.

— Vous ne m’arrêtez donc pas ?

— Non. Je préfère aller me promener dehors avec vous plutôt que d’en discuter dans la cave de flagellation de l’hôtel de ville.

— Mais vous me soupçonnez tout de même, n’est-ce pas ?

— Un peu, oui. Que vous vouliez venger la mort de vos parents constitue un excellent mobile. C’est dur, pour un enfant, de perdre ses parents.

— On dirait que vous savez de quoi vous parlez.

— Exactement, répondit-il, avant de lui raconter la mort de son père et ses années passées à l’orphelinat.

Il ne savait plus tout à fait lui-même pourquoi il se dévoilait ainsi devant Anna. Après tout, elle avait peut-être bel et bien assassiné De Koning et Van Rosven. Elle pouvait aussi être simplement impliquée dans ces meurtres. Mais d’un autre côté, il avait plus confiance en elle qu’en quiconque auparavant, et espérait ardemment qu’elle soit innocente.

— Vous non plus n’avez pas eu une enfance facile, dit Anna. J’imagine que perdre son père quand sa mère est déjà morte de si bonne heure est quelque chose de terrible. Ça l’est peut-être plus encore lorsqu’on perd d’un seul coup ses deux parents.

— Ma mère n’est pas morte, en tout cas elle ne l’était pas à l’époque, rectifia-t-il en sentant sa gorge devenir rauque, comme si elle se défendait contre ce qu’il souhaitait raconter à Anna. Elle nous a quittés.

— Quittés ? Pourquoi donc ?

— Je ne l’ai jamais vraiment compris, pas plus que mon père d’ailleurs. Bien sûr, il était souvent en mer, et cela a sans doute contribué à la solitude et la tristesse de ma mère. Oncle Adalbert dit toujours qu’elle avait du mauvais sang, et il y a peut-être quelque chose de vrai là-dedans.

— Du mauvais sang ? Je ne comprends pas.

— Elle était prostituée lorsque mon père a fait sa connaissance, et elle l'est redevenue, ou bien n'avait jamais cessé de l'être, je ne le sais pas exactement, lorsqu'elle l'a quitté. Peut-être a-t-elle sérieusement essayé, entre-temps, d'être une bonne épouse et une bonne mère. Mais peut-être mon oncle avait-il compris tout de suite sa vraie nature. Il avait vivement mis en garde mon père, son frère cadet, contre ce mariage. Et comme celui-ci ne l'écoutait pas, mon oncle a coupé les ponts avec lui.

— Raison pour laquelle il a mis du temps pour venir vous chercher à l'orphelinat, vous et votre sœur.

— Oui. Bien entendu, les autorités ont essayé de le trouver. Mais il a vécu quelques années à la Nouvelle-Amsterdam. Et ils l'ont cherché en vain pendant cette période. Lorsqu'il est revenu aux Pays-Bas, sa colère contre son frère s'était dissipée, et il le cherchait. C'est ainsi qu'il nous a trouvés, ma sœur Annetje et moi, et nous a élevés comme ses propres enfants.

Il pensa à sa mère et tenta de se rappeler la berceuse qu'elle leur avait souvent chantée, à lui et à Annetje. Il n'y parvint pas. La chanson avait été effacée de sa mémoire, comme la voix de sa mère et son visage. Elle s'était entièrement dissoute, comme un morceau de bois lancé dans le feu se volatilise en fumée. Et pourtant il voyait sa mère, il la voyait même très souvent, chaque fois qu'il se retrouvait face à une prostituée.

Il s'arracha à sa rêverie et, revint au temps présent.

— Il se fait tard, Anna. Mieux vaut que je vous ramène chez vous, votre père adoptif va s'inquiéter. Promettez-moi une chose : à l'avenir, n'intervenez pas dans mes enquêtes, et gardez vos distances avec les « Vénérateurs de la Tulipe » !

— Vous me demandez l'impossible.

— Je sais que vous vous êtes fixé un objectif. Mais attendez au moins, pour continuer vos recherches, que j'aie débusqué l'assassin aux tulipes. Qui sait, je trouverai peut-être aussi la trace du mystère de la tulipe du sang, et je vous aurai aidée à progresser.

— Vous me préviendrez vraiment si vous trouvez quelque chose, Jeremias ?

— C'est promis, Anna.

Ils refirent leur chemin à rebours. Le soleil était déjà très bas et la plupart des rues plongées dans l'ombre du soir. Lorsqu'ils marchèrent le long du grand rectangle de la Bourse du Commerce, Katoen crut avoir vu à l'ombre d'une rue perpendiculaire un visage dont les traits âpres et le menton saillant lui paraissaient bien connus : celui du pharmacien Pieter Hartig.

Mais il s'était certainement trompé : lorsqu'il regarda une deuxième fois, le visage avait disparu.

18.

Un dimanche à Amsterdam

Dimanche 14 mai 1671

La pluie avait été violente au cours de la nuit et de la brume flottait encore sur le pavé ce dimanche matin où Katoen emprunta la Kalverstraat en direction du Dam. Mais les nuages se dissipaient les uns après les autres, tandis que les cloches appelaient les citoyens au culte – et cette journée du Seigneur serait certainement digne de Lui.

Il rencontrait partout des fidèles bien mis, arborant leurs coiffes les plus blanches, leurs chapeaux les plus récents, leurs habits les plus brillants. Arrivée sur le Dam, la foule se scinda. Vers la gauche, en passant devant l'hôtel de ville, c'étaient ceux qui fréquentaient la Nieuwe Kerk. Les autres dirigeaient leurs pas vers la droite et se promenaient un moment le long du Damrak, où les affaires n'étaient pas aussi actives que les autres jours. Le dimanche, on n'ouvrait pas de boutiques, on ne faisait pas le change, on ne pêchait pas le hareng. Le matin, à l'heure de l'office, même les portes de la ville restaient fermées pour que la méditation des croyants ne soit pas troublée par le bruit des arrivants ou de ceux qui quittaient la cité. Les navires et les péniches étaient amarrés aux quais et se balançaient paisiblement dans l'eau, comme s'ils savaient qu'une journée tranquille les attendait. Les gens qui suivaient le Damrak se dirigeaient vers l'Oude Kerk. Il n'existait pas de paroisses bien définies à Amsterdam. Chacun fréquentait le lieu de culte qui lui convenait le mieux.

Katoen avait donné rendez-vous à Van der Zyl et Catrijn devant la Nieuwe Kerk, qui rivalisait depuis toujours avec l'Oude Kerk pour le titre de principale église d'Amsterdam. Lorsqu'il vit les nombreux notables, dont beaucoup de membres du conseil municipal, qui s'étaient rassemblés devant le portail principal de la Nieuwe Kerk, il conclut que celle-ci avait remporté cette compétition secrète. Elle se trouvait sur le Dam, juste à côté de l'hôtel de ville, et le cœur de la cité battait en elle.

Joan Blaeu se trouvait lui aussi en famille devant l'église ; il était en grande conversation avec le juge d'instance. Debout à côté de son frère, Catrijn semblait les écouter attentivement. Elle portait une robe couleur sable et une coiffe assortie à laquelle le soleil de plus en plus brillant donnait presque des reflets d'or.

Il se rappela malgré lui leur soirée à Volewijk et la manière dont ils s'étaient donnés l'un à l'autre. Il n'était peut-être pas correct d'avoir des pensées pareilles devant la maison de Dieu, mais il n'y pouvait rien. Catrijn rayonnait d'une aura qui éveillait en tout homme l'envie de la posséder, de s'unir à elle. Sa beauté, sa fierté, son assurance étaient sans égales. Il se demanda pourtant si elle se laisserait effectivement posséder par un homme, ou si ce ne serait pas plutôt le contraire.

C'est le soupçon qui avait germé en lui lorsqu'elle lui avait parlé des projets que son frère et elle avaient pour lui. Depuis ce moment-là, il sentait envers elle une distance intérieure que la beauté de la jeune femme et le désir indéniable qu'il avait de ses caresses n'étaient pas capables de surmonter. Il ne se réjouit même pas de la revoir ; s'il était venu jusqu'ici, c'est simplement qu'ils en étaient convenus ainsi.

En règle générale, lui-même fréquentait la Zuiderkerk, pour la simple raison qu'il mettait un peu moins de temps pour s'y rendre depuis son appartement du Botermarkt. La foi n'avait pas grande importance pour lui, il préférait prendre son destin en main qu'attendre le moment où Dieu aurait pitié de lui. Depuis l'époque où, enfant, Jeremias avait passé des jours et des nuits à prier pour que sa mère revienne, il ne croyait plus beaucoup en la prière. Si cela n'avait tenu qu'à lui, il n'aurait pas été souvent à l'église ; mais il y accompagnait souvent sa logeuse, à laquelle il faisait ainsi grand plaisir, surtout lorsque les voisins les voyaient s'y rendre ensemble.

Catrijn remarqua sa présence et leurs regards se croisèrent. Elle était d'une étrange froideur, comme si cette rencontre ne lui causait pas de vraie joie, à elle non plus. Il ne voulait pas perturber l'entretien que Nicolaas Van der Zyl avait avec Joan Blaeu, et se contenta donc de saluer la jeune fille à distance, d'un geste de la tête. Elle y répondit de la même manière, très brièvement. Son frère s'en rendit compte tout de même et vint saluer Katoen. Catrijn sembla le suivre à contrecœur.

— Ravi de vous voir ici, mon cher Jeremias, le salua le juge. Entrons, l'office va commencer tout de suite. Nous aurons du temps pour bavarder après.

Lorsque Katoen et Catrijn eurent à leur tour échangé des salutations très formelles, ils entrèrent dans l'église. Depuis le grand incendie de 1645, au cours duquel tout l'intérieur avait été calciné, une forte odeur de brûlé flottait toujours dans la Nieuwe Kerk. Même maintenant, plus de vingt-cinq ans après le désastre, elle provoquait toujours un picotement dans les narines.

Le prédicateur installé sur la chaire sculptée par Albert Vinckenbrinck – elle lui avait demandé quinze années de travail et paraissait extrêmement luxueuse par rapport au reste du mobilier – passa une demi-heure à annoncer les dernières nouvelles officielles et religieuses, puis parla de ces deux vertus chrétiennes qu'étaient l'ardeur et la frugalité, deux qualités qui étaient aussi, selon lui, celles de tout bon citoyen d'Amsterdam. Des prêches comme celui-là, Katoen en avait déjà souvent entendu, et il cessa à un moment d'écouter en détail. En revanche, il fixait Catrijn, qui ne lui accordait pas le moindre regard. Peut-être écoutait-elle avec recueillement ; mais peut-être l'ignorait-elle aussi en toute connaissance de cause. L'attitude qu'elle avait eue devant l'église l'incitait plutôt à choisir la deuxième hypothèse.

Après l'office, qui avait duré près de trois heures, les gens sortirent au rythme solennel de l'orgue ; dehors, un soleil magnifique brillait. Devant l'église se formèrent de nombreux petits groupes ; les bourgeois d'Amsterdam discutaient du prêche et des derniers événements. Nicolaas Van der Zyl prit Katoen à part.

— Vous avez tout préparé pour demain soir ? demanda-t-il.

— J'ai fait tout ce dont nous sommes convenus, mais je ne sais pas si nous avons raison.

— Qu'est-ce qui pourrait aller de travers, du moment où vos hommes sont postés tout autour des Trois Tulipes ?

— Le filet ne doit pas être trop serré, sans quoi nous mettrons l'assassin en alerte. Il reste un certain risque, et s'il trouvait bel et bien une victime, ce serait une catastrophe.

Le visage du juge, encore tellement confiant un instant plus tôt, s'assombrit d'un seul coup.

— Sur ce point, vous avez raison, Jeremias. Mais je vous fais confiance, à vous et à vos hommes. Je compte sur vous pour éviter qu'un nouveau « Vénérateur de la Tulipe » ne se fasse massacrer par ce fou.

— Oui, bien entendu, soupira Katoen.

Ce fut à son tour de faire grise mine : que Van der Zyl lui fasse porter aussi habilement toute la responsabilité ne le mettait nullement à son aise.

— Si au moins nous avions affaire à un fou, ajouta-t-il.

— Comment cela ?

— Un fou commettrait peut-être une erreur qui nous permettrait de lui mettre la main dessus. Malheureusement, j'ai l'impression que cet assassin agit de manière très planifiée et ne laisse rien au hasard.

— Alors faites comme lui, et demain, vous pourrez peut-être l'interroger dans la cave aux fouets ! (Van der Zyl fit signe à sa sœur, qui discutait avec quelques femmes des meilleurs milieux.) Catrijn, mon cœur, et si nous invitions notre ami Jeremias à un petit repas et à une après-midi agréable au bord du Damrak ?

Katoen répondit en vitesse, avant qu'elle ne puisse le faire :

— Je suis désolé, mais j'ai déjà quelque chose de prévu.

Catrijn le toisa, l'air sceptique, avant de demander à son frère :

— L'aurais-tu donc surchargé de travail, Nicolaas ?

— Pas pour aujourd'hui.

— J'ai un rendez-vous, se justifia Katoen avec un sourire d'excuse.

— Avec une femme, je suppose, le taquina Catrijn.

— Non, avec un enfant.

— Avec un enfant ? répéta-t-elle en fronçant les sourcils, incrédule. C'est comme ça que tu appelles la fille de Swalmius, le contempteur des tulipes ?

— Pourquoi parles-tu d'elle ?

— Parce que c'est sans doute avec elle que tu as rendez-vous.

— Ce n'est pas avec elle. Pourquoi affirmes-tu une chose pareille ?

— Hier encore, tu étais en sa compagnie. On vous a vus tous les deux, pas loin d'ici.

Il comprit d'un seul coup comment Catrijn avait conçu ce soupçon. C'était donc bien Pieter Hartig qu'il avait aperçu la veille, à proximité de la Bourse du Commerce ! Et le pharmacien n'avait rien trouvé de plus urgent que de raconter ce qu'il avait vu à son adorée.

— Ton pharmacien espionne pour ton compte, ces derniers temps, Catrijn ?

— Pieter était là par hasard, il devait faire une livraison au Singel. Tu ne crois tout de même pas que j'aie besoin de t'espionner ?

Van der Zyl leva les mains pour l'apaiser.

— S'il vous plaît, s'il vous plaît, pas de dispute le jour du Seigneur ! Si Jeremias a un rendez-vous, nous nous verrons tranquillement un autre jour. Nous pourrons peut-être déjà fêter l'arrestation de l'assassin aux tulipes !

Katoen prit congé du juge et de sa sœur, et se sentit très soulagé lorsqu'il s'éloigna de la Nieuwe Kerk. Il n'avait aucune envie de passer cette belle journée avec eux, raison pour laquelle il avait un peu menti. Il n'avait pas de rendez-vous, mais il avait tout de même fait une promesse qu'il voulait exaucer. Il traversa le Dam à grands pas et suivit le cours du Rokin, un prolongement du Damrak situé de l'autre côté du Dam, jusqu'à l'Amstel et l'orphelinat. Il eut une brève discussion avec le directeur tandis qu'on allait chercher Félix. Le jeune garçon fut passablement étonné lorsqu'il l'aperçut. Il n'avait sans doute pas vraiment cru que Katoen se soucierait de lui et viendrait lui rendre visite.

— Monsieur l'inspecteur de circonscription t'emmène en promenade, Félix, annonça le directeur sur son ton habituel, toujours un peu trop digne et solennel. Tu as été un bon garçon, tu as donc gagné ta sortie. Je te souhaite une bonne journée !

Katoen dut se mordre la lèvre inférieure pour ne pas rire en l'entendant qualifier Félix de bon garçon. Celui-ci avait tout de même fait une fugue trois jours plus tôt. Apparemment, le don qu'avait laissé Katoen à la caisse des orphelins semblait avoir effacé l'épisode.

— Comment était le repas, aujourd'hui ? demanda Katoen à l'enfant, une fois à l'extérieur.

— Il y en avait assez.

— Bien, bien. Et c'était bon ?

— Hum, se contenta de répondre Félix, en faisant la grimace.

— Dans ce cas, je suppose que tu as encore de l'appétit.

La lueur qui s'alluma dans les yeux du garçon était assez expressive. Ils se rendirent dans l'auberge la plus proche, et Félix fut autorisé à choisir. Il se décida pour de petits gâteaux aux amandes roulés dans le miel, avec un grand bol de lait. Katoen, qui préférait quelque chose de plus consistant, commanda des coquillages cuits, des asperges et une bière fraîche. Félix, effectivement, avait encore faim : il ne laissa pas la moindre miette dans son assiette.

Après le repas, Katoen loua une barque. Ils se rendirent jusqu'au Prinsengracht et firent lentement le tour de la vieille ville d'Amsterdam. Katoen servit de guide à son protégé, qui ne connaissait rien de tout cela. Jusqu'ici, il n'avait fréquenté que les ruelles étroites et sales du quartier du port. Katoen voulait lui montrer que la ville avait aussi de beaux côtés.

Lorsque la Westerkerk se dressa devant eux, il se rappela son aventure nocturne dans la fabrique de cercueils. Il chassa rapidement le souvenir de Dircks, le maquereau, des Poisseurs de cartes et de l'assassin aux tulipes : ils ne devaient pas gâcher les quelques heures qu'il passait avec Félix. Il entra à la rame dans la Rozengracht et amarra devant la Nieuwe Doolhof, le jardin d'agrément qu'avait installé le mécanicien David Lingelbach, de Francfort, et qu'on appelait aussi le Labyrinthe de Lingelbach. Le labyrinthe proprement dit n'était qu'une partie des attractions, qu'on ne cessait d'améliorer et d'étendre. De nombreux tableaux mécaniques qui présentaient des scènes de la Bible et de l'histoire des Pays-Bas s'animaient dès que l'on glissait une pièce dans l'appareil. Moyennant une petite somme, d'autres automates vous distrayaient avec de la musique.

Katoen ne s'était pas trompé en pensant que Félix se plairait en ces lieux. Plus le temps passait, plus le petit garçon était vivant, dansait sur les différentes mélodies des automates musiciens et applaudissait aux tableaux les plus animés. Lorsque Katoen lui expliquait le sens des scènes, il écoutait attentivement et posait de temps en temps des questions toujours pertinentes. Félix était sans doute un garçon très éveillé, même s'il n'avait pas été à l'école et n'avait encore suivi que quelques journées de cours à l'orphelinat. Katoen se promit de l'aider autant qu'il le pourrait et de tout faire pour qu'il reçoive l'éducation qui lui avait été refusée jusque-là.

Ils passèrent tout l'après-midi dans le labyrinthe, engloutirent des gâteaux aux œufs et au sucre et se désaltérèrent avec des jus de fruit glacés. Lorsque le soir approcha et qu'ils revinrent au débarcadère, Félix glissa sa petite main dans celle de Katoen.

19.

La nuit de l'assassin

Lundi 15 mai 1671

C'était un lundi soir tout à fait ordinaire. Les boutiques avaient fermé leurs portes, et Amsterdam se préparait pour la nuit. Les lampes à huile du nouvel éclairage public étaient allumées depuis longtemps, mais on n'y voyait pas grand-chose tout de même. L'air s'était rafraîchi et des averses étaient tombées tout au long de la journée. À présent, la brume de l'Ij se faisait plus dense dans la ville et étendait ses doigts gris et sales sur les canaux, dans les rues et ruelles, comme si elle voulait éteindre chacune des lanternes, une par une.

Les lampes continuaient bien entendu à brûler, mais le brouillard qui progressait dans les rues les transformait en lumignons. Cela n'empêchait pas les citoyens qui avaient travaillé dur pendant la journée d'entrer dans les auberges et les musicos pour se détendre devant un godet de vin, une pinte de bière ou une flasque de gnôle en jouant aux cartes et en chantant des chansons à boire. Eux connaissaient bien cette ville et le chemin qui menait aux gargotes. En dépit du brouillard, c'était donc un lundi soir tout à fait ordinaire – en apparence.

Jeremias Katoen, qui se faisait tout petit dans la venelle située entre deux maisons, à l'extrémité orientale de la Jodenbreestraat, de biais face à l'auberge *Aux Trois Tulipes*, ne savait pas vraiment s'il devait saluer ou maudire le brouillard. Avec cette mauvaise visibilité, il était plus probable que l'assassin, s'il devait vraiment être ce soir-là en quête d'une nouvelle victime, ne remarque pas le filet étroit que ses hommes avaient tissé tout autour du lieu de rassemblement des « Vénérateurs de la Tulipe ». Mais lui aussi pouvait utiliser cette brume grise pour se cacher. On voyait un peu plus mal à chaque minute qui s'écoulait, et lorsqu'on ne souhaitait pas être aperçu, il suffisait d'un peu d'habileté pour se déplacer entre les maigres faisceaux des lanternes.

C'est avec cet argument que Katoen, au cours de l'après-midi, alors que le brouillard commençait à se condenser sur le port, avait tenté de faire revenir le juge sur sa décision et de faire déplacer la réunion hebdomadaire des amateurs de tulipe en un autre lieu s'il ne pouvait pas la décommander purement et simplement. Katoen avait proposé l'hôtel de ville, un lieu central et à peu près sûr. Depuis le Dam, le chemin du retour aurait été bien plus court, pour la plupart des « Vénérateurs », que depuis cette partie de la Jodenbreestraat qui se situait déjà tout près de la Plantation et des arrondissements extérieurs d'Amsterdam.

Nicolaas Van der Zyl avait refusé sa proposition sans prendre de gants – Katoen eut l'impression d'avoir suggéré que l'on ouvre les portes pour laisser passer les Français.

— Comment imaginez-vous que l'on puisse changer le lieu de la réunion en si peu de temps, Katoen?

Quel signal adresserait-on aux membres de mon union, et à toute la ville ? Les citoyens les plus influents d'Amsterdam doivent-ils avouer publiquement qu'ils ont peur d'un… d'un prétendu assassin aux tulipes ? Dans ce cas, il nous sera difficile d'espérer que les braves habitants d'Amsterdam feront encore appel à nous lorsque la guerre éclatera, et que nous pourrons réellement compter sur leur confiance, leur loyauté et leur courage. Et organiser ça à l'hôtel de ville, en plus ! Vraiment, Katoen, je me serais attendu à plus de sens politique de votre part. Bien entendu, il nous arrive de prendre pendant nos soirées consacrées aux tulipes telle ou telle décision que le conseil municipal n'aura plus qu'à approuver par la suite. Mais déplacer notre rencontre à l'hôtel de ville reviendrait à brusquer considérablement le conseil. Cela donnerait l'impression que nous nous moquons de lui et prenons sa place. Non, non, non, c'est hors de question !

Le refus de Van der Zyl avait été si brutal qu'il avait même recommencé à appeler Katoen par son nom de famille – ce qui ne lui était d'ailleurs pas désagréable. L'idée qu'il serait prochainement le beau-frère du juge d'instance était désormais aussi éloignée de lui que le comptoir commercial de Batavia, dans les Indes néerlandaises. Mais pour l'instant, il n'avait pas de temps à perdre avec cela. Il fallait attraper l'assassin aux tulipes, ou du moins faire en sorte que Van der Zyl et les autres amateurs de fleurs rares survivent à cette soirée.

Tous les inspecteurs et leurs lieutenants avaient été réquisitionnés et bénéficiaient du soutien de la garde de nuit. On surveillait la longue Jodenbreestraat ainsi que toutes les rues et ruelles qui en partaient. Les hommes de Katoen attendaient, au nord, sur les îles artificielles d'Uilenburg et de Marken, où l'on avait installé des chantiers navals, des ateliers, des entrepôts et quelques bâtiments commerciaux de la Compagnie des Indes orientales, et surveillaient, au sud, les ponts donnant sur l'île de Vlooienburg, avec leurs nombreuses boutiques juives qui proposaient des livres, des peintures, de la vaisselle, des vases et des chandeliers. Ils patrouillaient à la lisière est de la Plantation et dans le secteur de la Zuiderkerk. Même dans les canaux, quelques gardes assis dans des barques étaient prêts à intervenir à tout moment.

Katoen avait fait tout ce qui était humainement possible pour empêcher un autre assassinat aux tulipes ; et pourtant il se sentait mal. Avec la brume, le froid arriva et sa cape de laine ne l'empêcha pas d'être transi jusqu'aux os. Il ne pouvait pas plus agir sur le temps que sur l'assassin, tant qu'il ne savait rien de lui. Le brouillard et le meurtrier, tous deux lui paraissaient diffus et hors d'atteinte.

La porte de l'auberge s'ouvrit enfin et les premiers amis des tulipes prirent le chemin du retour. Par petits groupes qui se défairaient cependant peu à peu lorsque chacun se dirigerait vers sa propre maison, son lit moelleux et la chaleur de son épouse. Les hommes paraissaient joyeux et plaisantaient comme si aucun danger ne les menaçait. Mais Katoen les trouva un peu trop bruyants. On aurait dit qu'ils cherchaient à se donner du courage.

Il suivit du regard trois hommes qui se dirigeaient vers l'est et reconnut l'un d'eux. Il n'avait vu qu'un bref instant ce visage à la barbe soigneusement taillée, mais se rappelait la rencontre qu'il avait eue le mardi précédent. Manifestement, Paulus Van Rosven avait repris à la mort de son père la place qu'occupait celui-ci au sein des « Vénérateurs de la Tulipe ».

Katoen n'avait sans doute pas à se faire de soucis pour lui. La probabilité que le fils tombe après le père lui paraissait tout de même très faible. Mais d'un autre côté, il sentait que cette soirée avait quelque chose d'imprévisible et, en dépit de toutes les mesures de précaution, il pouvait seulement espérer que ce ne serait pas une nouvelle nuit de l'assassin.

Assis sur l'une des caisses en bois empilées à côté d'un entrepôt de l'île de Marken, Joris Kampen comptait ses doigts. Il savait bien entendu qu'il les possédait tous les dix, mais il lui fallait faire quelque chose pour combattre l'ennui et la fatigue qui menaçait de le terrasser. Il bâilla de bon cœur et rêva qu'il était dans son lit, auprès de sa Noortje, la femme replète et toute chaude qui lui avait annoncé, la veille, qu'elle attendait un enfant. Son troisième. Enfin, c'était leur quatrième en réalité, mais une petite fille était morte de la fièvre peu après sa naissance. Frans et Elka, en revanche, se portaient comme un charme.

Il se demanda un moment quel prénom il devrait donner à l'enfant qui grandissait dans le ventre de Noortje. Mais tant qu'ils ne savaient pas si c'était un garçon ou une fille, c'était un exercice inutile et donc beaucoup trop fatigant. Kampen haïssait les efforts, en tout cas lorsqu'ils ne menaient à rien. C'était le cas de ces heures passées à attendre un assassin qui ne viendrait sans doute pas. Et même s'il se montrait, il ne choisirait sans doute pas ce coin perdu, près du port, mais irait guetter là où se trouvaient les somptueuses maisons des bourgeois en vue.

Cela dit, à l'avenir, Kampen devrait se démener un peu plus pour nourrir une bouche supplémentaire. Ce qu'il gagnait comme auxiliaire de police de la ville d'Amsterdam n'y suffirait guère. Mais il était confiant : il trouverait quelque chose. Il était possible que quelques-uns de ces richards se montrent reconnaissants s'il leur promettait de veiller tout spécialement sur la sécurité de leurs maisons.

Kampen savait que bon nombre de ses collègues organisaient ce genre d'arrangements pour améliorer leur maigre salaire. Y compris son *baas*, qui s'entendait manifestement fort bien avec le cartographe Blaeu. Bien sûr, le poisson qu'avait ferré Katoen était du gros calibre. Kampen n'était pas aussi ambitieux. Mais quelques florins en plus à la fin de chaque mois ne seraient pas de trop. Il décida de poser la question à l'inspecteur. Lui aurait certainement des idées. Il le recommanderait peut-être même au cartographe.

Un bruit le fit sursauter ; il attrapa le pistolet à double canon qu'il avait chargé et posé sur une autre caisse, à côté de lui. Le contact avec le métal froid et lourd lui donna une sensation de sécurité. Qui que soit l'assassin aux tulipes, c'était un être humain, et si Katoen appuyait sur les deux détentes de son arme, ce serait très vite un être humain mort.

Il scruta la rue devant lui, mais ne put distinguer l'origine du bruit. Il n'avait entendu qu'un bref claquement, comme si quelqu'un avait fermé une porte.

Les premières lanternes étaient certes déjà installées sur l'île de Marken, mais en nombre encore ridicule. Elles étaient disposées à une telle distance les unes des autres que même par temps dégagé, elles n'auraient pu éclairer la totalité de la rue. Les murs des bâtiments situés en face de lui étaient déjà dans la pénombre. Une soupe grise et trouble se répandait autour de lui, et il se faisait l'effet d'un morceau de légume nageant tout seul dans ce bouillon.

Rien, strictement rien n'indiquait l'origine de ce bruit. Sans doute un animal, vraisemblablement l'un des rats, si nombreux à traîner sur le port. En tout cas, ce n'était sûrement pas l'assassin aux tulipes. Il ne se passerait rien cette nuit-là, rien du tout.

Il se surprit presque à souhaiter que l'assassin frappe sous ses yeux. Alors il le capturerait ou l'abattrait et deviendrait le héros de toute la ville. On lui attribuerait peut-être même une récompense, et il n'aurait plus aucune difficulté à arrondir sa solde.

Il reposa le pistolet sur la caisse, en bâillant, et observa ses mains et ses doigts tendus.

— Un, compta-t-il lentement, deux, trois, quatre…

Lorsque le marchand de bétail Johann De Mos, qui habitait à l'extrémité est de la Jodenbreestraat, eut pris congé, ils n'étaient plus que deux. Paulus Van Rosven franchit au côté du maître cordier Philipp Schuiten le pont donnant sur l'île de Marken, et fut heureux, lorsqu'il se retrouva sur l'autre rive, de ne pas avoir fait le chemin tout seul. Pas ce soir-là, un lundi soir, deux semaines jour pour jour après l'assassinat de son père. Ici, sur le pont, le brouillard était d'une telle densité qu'il ne semblait plus rien rester du monde autour d'eux. On aurait dit que Amsterdam, la grande ville, avec ses maisons, ses églises et ses clochers, n'était plus qu'un souvenir. Van Rosven hâta le pas malgré lui.

— Vous êtes pressé, Paulus ? demanda son accompagnateur.

Philipp Schuiten aurait pu être son père. Ses cheveux et sa barbe drue qui encadraient un visage rond et débonnaire commençaient à grisonner. De taille plutôt petite, il avait une ossature puissante et paraissait robuste, comme les hommes qui ont travaillé dur pendant toute une vie. Dans le cas de Philipp Schuiten, ce rude travail avait payé : sa corderie comptait au nombre des trois plus grandes de la ville, et il occupait un siège au conseil municipal.

C'est dans son atelier qu'on fabriquait les cordages des navires construits dans le chantier naval de Van Rosven, et de longues années de collaboration avaient scellé une véritable amitié entre le cordier et Jacob Van Rosven. Pendant toute la soirée, Paulus avait senti que Schuiten voulait aussi se comporter comme un ami – fût-ce paternel – à son égard, et il lui en était très reconnaissant.

— Il est déjà tard, et les miens se demandent certainement où je suis passé. Notamment compte tenu du fait que…

Il n'eut pas besoin de terminer sa phrase : Schuiten le comprit.

— Vous faites bien de penser à votre famille, mon garçon. La famille et les affaires, voilà ce dont doit se soucier un brave homme : c'est eux qui font de lui ce qu'il est et justifient son existence devant l'homme et devant Dieu. (Le cordier sourit.) Et puis vous avez une très jolie épouse, si je me rappelle bien. Cela aussi doit vous donner envie d'arriver enfin chez vous.

— Effectivement, répondit Van Rosven.

Le jeune propriétaire du chantier naval sourit à son tour. Ce sourire n'était cependant pas destiné à Schuiten, mais à Hiskia, sa femme. Elle lui avait été d'un grand secours ces dernières semaines, lui avait apporté soutien et consolation ; ce soir-là aussi, sans doute, il ne pourrait pas s'endormir avant d'avoir niché sa tête entre les bras de son épouse et de sentir ses boucles blond-roux lui chatouiller le visage. Hiskia était toute sa fierté, avec le petit Jacob, qui n'avait que deux ans et auquel on avait donné le nom de son grand-père. Lorsqu'ils eurent passé le pont, Schuiten s'arrêta et posa une main sur l'épaule du jeune homme.

— Vous allez très bien vous en sortir, Paulus. Vous êtes de la même trempe que votre père, je le sens. Avec vous à sa tête, son chantier naval a encore de belles années devant lui. Vous ferez ce qu'il faut, comme Jacob. Lui et moi, nous avons construit nos maisons ici, sur l'île, près de nos ateliers. Pas comme ces gandins qui veulent rester entre eux dans leurs quartiers élégants au bord des canaux, perdant ainsi le lien avec leurs ouvriers et avec le travail qui a fait leur richesse. Si vous êtes pris de doutes, demandez-vous toujours ce qu'aurait fait votre père. Ensuite, si vous avez encore besoin d'un conseil, adressez-vous à moi ! Je serai toujours là pour vous aider.

Van Rosven voulut le remercier pour ces encouragements, mais Schuiten, gêné, l'arrêta d'un geste de la main.

— Assez parlé. Rentrez chez vous en vitesse, Paulus. Moi, je dois tourner à gauche, ici, comme vous le savez. Vous êtes presque arrivé, mais faites tout de même attention à vous !

Van Rosven sortit sa crécelle. Plus tôt, devant l'auberge *Aux Trois Tulipes*, le juge Van der Zyl avait distribué aux « Vénérateurs » ces instruments d'ordinaire utilisés par les gardes de nuit.

— J'ai cela sur moi si je devais appeler à l'aide. Mais je ne crois pas que quelque chose de sérieux se produira ce soir. Avec ce temps, l'assassin reconnaîtrait à peine sa victime.

— Espérons-le, conclut Schuiten avant de lui souhaiter bonne nuit.

Même dans le plus épais brouillard, Paulus Van Rosven connaissait le chemin du retour ; il n'avait donc aucun besoin de penser à la rue dans laquelle il passait, devant des ateliers et des entrepôts. Il réfléchissait à cette soirée passée dans l'auberge, la première réunion des « Vénérateurs de la Tulipe » à laquelle il eût participé. Bien qu'il n'eût pas partagé la passion botanique de son père, il avait fini par se décider à venir. Après tout, il y avait belle lurette que ces réunions hebdomadaires ne portaient plus seulement sur cette fleur à laquelle les Néerlandais se sentaient liés d'une manière singulière et inexplicable, mais concernaient aussi l'histoire et l'avenir d'Amsterdam. Sa mère et sa sœur avaient surtout pensé à l'avenir des chantiers navals Van Rosven lorsqu'elles lui avaient demandé de prendre la place de son père parmi les « Vénérateurs de la Tulipe ». Et désormais, après cette réunion, il savait que ce groupe jouerait aussi un grand rôle dans sa vie à lui.

Cette idée le mit de joyeuse humeur; mais ce qu'il avait appris sur la menace que la France et ses alliés faisaient peser sur les Provinces-Unies l'inquiétait. La vérité était beaucoup plus sombre que ce qu'on pouvait lire dans les journaux. Il était accablé à l'idée que sous peu, les canons recommenceraient peut-être à tonner, que l'on verrait de nouveau des vaisseaux de commerce pris à l'abordage, des navires de pêche au hareng coulés par flottilles entières, d'autant plus que personne ne voyait la moindre possibilité de régler ce conflit par une voie pacifique. Les Pays-Bas n'avaient plus d'autre choix que d'armer leur flotte, de mobiliser leurs troupes, de commander de nouvelles armes, de nouveaux stocks de poudre et de munitions. Tout le pays semblait pris dans un brouillard encore plus épais que celui qui pesait ce soir-là sur Amsterdam, et la plupart des habitants se croyaient encore dans une trompeuse sécurité.

Mais lorsque la grande brume se lèverait, on ne distinguerait que trop bien les navires ennemis sur les mers et les soldats hostiles aux frontières. Les « Vénérateurs de la Tulipe » étaient convenus que le mieux serait de préparer doucement la population à la nouvelle situation, afin qu'elle puisse, au fur et à mesure que lui parviendraient les informations, renforcer sa confiance en ses forces et en sa combativité.

La brume sur Amsterdam était désormais à couper au couteau. Paulus Van Rosven ne voyait plus que les bâtiments situés immédiatement à sa droite et à sa gauche. Une faible lueur qu'il apercevait plus loin devant lui provenait sans doute de l'une des lanternes de rue que Jan Van der Heyden, cet ingénieux peintre des villes, avait imaginées. Il savait malgré tout que la grande bâtisse dont on distinguait tout juste la silhouette, devant lui, était son objectif, le foyer de la famille Van Rosven. Une belle maison à pignon à cou, mais qui ne respirait pas trop la richesse. Depuis ses étages supérieurs, on avait une vue superbe sur le port et les chantiers navals.

Le soir, son travail accompli, son père se tenait souvent en haut, à la fenêtre, regardant tranquillement dehors, comme si non seulement son chantier prospère, mais la ville d'Amsterdam tout entière lui appartenaient.

Paulus Van Rosven tressaillit lorsqu'une silhouette humaine se détacha de la brume. Elle se tenait au milieu de la chaussée, immobile, comme si elle l'attendait. Comme un spectre.

Il s'arrêta aussitôt et tenta d'en voir plus, de distinguer au moins les traits grossiers du visage – pour autant que ce personnage en avait un. Absurde, songea-t-il, furieux d'avoir pu, ne fût-ce qu'un instant, croire qu'il avait affaire au spectre de son père. De telles choses n'existaient pas, le simple fait d'y penser était déjà un péché. Et surtout une idiotie.

— Bonne soirée, déclara-t-il, en sentant lui-même que sa voix n'était pas aussi ferme qu'à l'ordinaire. Puis-je vous aider ? Vous ne trouvez pas votre chemin ?

— Je voulais au contraire vous proposer mon aide, *Mijnheer*, répondit le personnage en se mettant tout doucement en mouvement vers Van Rosven.

Il ne connaissait pas cette voix. Elle paraissait étrangement sourde, mais cela pouvait tenir au brouillard, qui n'avalait pas seulement les contours des hommes et des maisons, mais aussi les sons et les bruits.

À l'instant où la personne fut juste devant lui, Van Rosven constata à son grand soulagement qu'il avait affaire à un garde de nuit. Cet homme de haute stature, vêtu d'une cape sombre, tenait en main une lanterne – mais elle était éteinte. Van Rosven n'était pas tout à fait rassuré. Quelque chose ne lui semblait pas normal. Mais il était peut-être un peu plus impressionnable, ce soir-là, qu'il ne voulait se l'avouer.

— Tout va bien, *Mijnheer* ? demanda le garde.

— Oui, merci. Mais vous, vous semblez avoir des problèmes avec votre lanterne.

— Ce soir, elle refuse de s'allumer. Mais de toute façon, avec ce brouillard, elle ne servirait pas à grand-chose.

Le garde de nuit souleva la lanterne comme s'il voulait la montrer à Van Rosven. Puis l'homme fit un mouvement rapide et la lui lança à la figure. L'objet en fer-blanc n'était pas particulièrement lourd, mais l'énergie avec laquelle l'inconnu avait porté son coup en avait fait une arme dangereuse. Lorsqu'elle atteignit Van Rosven à la tempe, une douleur fulgurante lui parcourut le crâne.

Il porta la main à sa tête et sentit de l'humidité – c'était son sang. Il sut tout d'un coup ce qui n'allait pas avec ce garde : l'homme était seul, or les membres de la garde de nuit marchaient toujours par deux. Cet individu n'en faisait pas plus partie que lui. Van Rosven avait devant lui l'homme qui avait la mort de son père sur la conscience : l'assassin aux tulipes !

Étrangement, cette découverte ne lui inspira aucune angoisse. Mais son cerveau travaillait encore et lui intima l'ordre de prendre la fuite au plus vite s'il voulait en réchapper. Et il le voulait, pour Hiskia et pour le petit Jacob.

L'assassin lui barrait l'accès à sa maison, où il aurait trouvé de l'aide. Elle était à peine à quelques pas de lui, mais à cet instant précis elle aurait tout aussi bien pu se trouver dans une autre ville ou un autre pays. S'il existait une voie de salut, elle se trouvait derrière lui.

Il voulut faire demi-tour et partir en courant, tandis que le meurtrier lâchait sa lanterne et attrapait l'épée qu'il portait à la hanche. Mais Van Rosven trébucha sur un pavé mal calé, perdit l'équilibre et tomba. Il parvint tout de même à amortir sa chute des deux mains.

Il maudit d'abord son manque de chance, mais ne tarda pas à comprendre que sa mésaventure lui avait peut-être sauvé la vie : le coup d'épée fulgurant que l'autre venait d'envoyer tomba dans le vide, sans doute parce que l'assassin n'avait pas compté avec la chute de Van Rosven. Emporté par son élan, l'inconnu eut lui-même beaucoup de mal à rester debout.

Van Rosven en profita pour se remettre sur ses jambes et refaire dans l'autre sens le chemin qu'il venait de parcourir. Il voulut attraper la crécelle, mais elle n'était plus là ; il l'avait certainement perdue au cours de sa chute. Van Rosven inspira profondément et appela au secours.

— … Cinq, six, sept, marmonnait tristement Joris Kampen.

Il s'arrêta d'un seul coup. Sans quitter des yeux ses doigts tendus, il écouta les bruits dans le brouillard. N'avait-il pas entendu quelque chose ? Il pouvait s'agir d'une voix humaine, mais tout aussi bien du couinement d'un rat. Il écouta de nouveau. Et cette fois, il eut la certitude qu'il s'agissait d'un homme. N'était-ce pas même un appel au secours ?

La main gauche de Kampen attrapa la crécelle de bois qui pendait à son flanc et avec laquelle il devait prévenir les gardes qui se trouvaient à proximité s'il remarquait quelque chose de suspect. Mais il n'était pas sûr de son affaire. S'il utilisait la crécelle à présent, sans motif, il risquait d'effrayer l'assassin. Ce serait alors sa faute si toute l'entreprise capotait. Or il avait justement besoin d'un succès ! Il attrapa son pistolet à deux canons et décida d'aller voir lui-même ce qui se passait avant de sonner l'alarme.

Il courut dans la direction d'où venaient les cris – et manqua bousculer un autre homme qui venait vers lui en courant. C'était bien lui qui criait, et il s'agissait effectivement d'appels au secours !

Kampen n'aurait jamais pensé qu'il était si proche du lieu où cela s'était produit. Ce maudit brouillard trompait tout le monde !

— Qui êtes-vous ? demanda-t-il. Et pourquoi hurlez-vous ainsi ?

Mais au lieu de répondre, l'autre resta les yeux rivés au pistolet que Kampen tenait à la main.

— Je suis auxiliaire de police de la ville d'Amsterdam, expliqua Kampen. Maintenant, dites-moi enfin ce qui se passe.

L'autre, un homme mince, jeune et bien habillé, fit un signe de la main derrière lui.

— Il me court après. L'assassin !

— L'assassin aux tulipes ? Vous êtes sûr ?

L'autre désigna sa blessure ensanglantée à la tempe gauche.

— Il a voulu me tuer, vous ne le voyez pas ? Il me guettait ici, il a voulu me tuer comme il a tué mon père il y a deux semaines, fit-il, haletant, le souffle presque coupé.

— Comme votre père ? répéta Kampen. Mais ça veut dire… Dans ce cas, vous êtes…

— Paulus Van Rosven.

Lorsqu'il entendit ce nom, Kampen sut que l'homme qu'il avait devant lui était en danger. Il avait peine à croire que son vœu était en train de se réaliser. Lui, Joris Kampen, serait bientôt le héros de tout Amsterdam !

— Restez derrière moi, *Mijnheer* Van Rosven. Je vais vous protéger et appeler des renforts.

Il voulut sortir sa crécelle, mais elle s'était accrochée à sa cape. Il était tellement affairé à la détacher du tissu qu'il ne remarqua pas la silhouette qui se détachait de la brume, devant lui. Seul un cri de Van Rosven attira son attention, mais il était déjà trop tard : avant que Kampen ait pu seulement penser à lever la main qui tenait le pistolet, la lame d'une épée lui traversa la poitrine comme une motte de beurre tendre. Au moment où il s'effondra, il comprit qu'il ne deviendrait pas un héros.

Les yeux écarquillés, Paulus Van Rosven vit le policier s'affaisser sans un cri, sans un gémissement, comme une pierre qui tombe.

Avant même que l'homme ne fût au sol, l'agresseur avait retiré sa lame de sa poitrine. Van Rosven savait que l'assassin allait à présent diriger son arme contre lui. Mais cette fois, il ne prit pas la fuite. Il avait décidé de défendre sa vie et, si Dieu était avec lui, de venger son père. Le fait que Jésus n'ait pas prêché la vengeance, mais l'amour de son prochain, ne jouait pas un grand rôle pour lui à cet instant. Il sentait en lui une colère démesurée, qui lui faisait oublier tout le reste.

Avant que le meurtrier n'ait pu diriger son arme contre lui, Van Rosven s'était jeté sur l'inconnu et l'avait mis par terre. Ils roulèrent ensemble sur le pavé froid et humide, chacun s'efforçant de prendre le dessus. Van Rosven veilla à ce que l'assassin ne puisse libérer sa main droite, celle qui portait l'épée et dont il tenait fermement le poignet.

Mais l'agresseur souleva le genou et l'enfonça dans le flanc gauche de Van Rosven. Une douleur intense l'hébéta un bref instant. Cela suffit à l'assassin pour se débarrasser de son emprise.

L'assaillant se releva en titubant. En l'entendant haleter, le souffle rauque, Van Rosven comprit que ce combat l'avait sévèrement mis à mal. Mais cela valait aussi pour lui. Il avait toujours mal aux côtes et depuis qu'il avait reçu le coup de lanterne, il ressentait au crâne un battement lancinant qui lui donnait presque la nausée.

Il résista à la tentation de vomir. Il n'en avait pas le temps s'il voulait survivre à la minute suivante : l'assassin avançait déjà vers lui en vacillant, l'épée mortelle dans la main droite.

Van Rosven tenta de se lever pour se défendre, et constata que le coup de genou lui avait fait plus de mal qu'il ne l'avait supposé. Ses mouvements lui paraissaient d'une lenteur infinie, et le simple fait de s'agenouiller lui demanda beaucoup d'efforts. Il ne pourrait jamais se mettre debout avant d'être rejoint par le meurtrier, dont le visage impassible semblait prêt à tout.

Il changea donc de plan. Prenant son adversaire par surprise, il se laissa de nouveau tomber et roula sur le pavé jusqu'à ce qu'il ait atteint le policier inanimé qui tenait toujours dans la main son pistolet à double canon.

D'un geste rapide, Van Rosven attrapa l'arme et la pointa sur l'assassin, qui était déjà penché vers lui. Van Rosven vit la lame s'abattre vers lui comme un éclair et appuya sur les deux détentes.

Ce n'était pas seulement une nuit de brouillard. C'était bel et bien aussi la nuit de l'assassin !

C'est la réflexion qui traversa l'esprit de Jeremias Katoen lorsqu'il entendit la détonation. Il eut l'impression qu'il s'agissait d'un coup de feu. Ou plutôt de deux coups successifs. Il avait suffisamment d'expérience avec ces armes pour penser aussitôt à l'un de ces pistolets à double canon dont lui-même portait un spécimen ; on en avait remis un à chacun des inspecteurs et à chacun des auxiliaires déployés pour cette nuit. C'est l'une de ces armes que l'on venait d'actionner.

Lorsque Katoen bondit hors de sa cachette, Nicolaas Van der Zyl sortit des Trois Tulipes et lui lança un regard interrogateur.

— C'était un coup de feu ?

— Je crains bien que oui.

— Pourquoi craindre ? Peut-être qu'un de nos hommes vient d'abattre l'assassin aux tulipes !

La remarque était sensée, mais Katoen ne put y apporter de réponse satisfaisante.

— J'ai un mauvais pressentiment, voilà tout.

— D'où est venu le coup de feu ? demanda le juge d'instance, l'air étonné.

Katoen désigna le point où l'île de Marken était dissimulée derrière un mur de brouillard.

— De là-bas, je crois.

Ils coururent côte à côte jusqu'au pont qui menait sur l'île, et rencontrèrent plusieurs gardiens de nuit et deux auxiliaires, dont Jan Dekkert, qui paraissait à bout de souffle.

— Je me suis mis à courir quand j'ai entendu le coup de feu, haleta-t-il. Nous avons posté Joris de l'autre côté, à Marken.

— Je sais, répondit Katoen en franchissant le pont à grands pas, suivi par Van der Zyl et les autres.

Ils coururent dans la rue qui menait à la maison des Van Rosven jusqu'à ce qu'ils tombent sur un attroupement.

Plusieurs gardes de nuit entouraient deux silhouettes allongées. C'étaient deux hommes, tous deux inanimés.

Le premier était Joris Kampen. Il était couché sur le flanc gauche, dans une posture étrangement tordue, le regard fixe et perdu dans le vide. Il avait une plaie béante à la poitrine, juste en dessous du cœur, et une flaque de sang se formait à côté de son cadavre.

— C'est un de vos lieutenants, constata le juge en dévisageant Katoen.

— Oui. Joris Kampen.

— Hum, fit le juge en se tournant vers le deuxième homme, qui était couché sur le dos.

Il offrait un tableau proche de celui de Kampen. Sa poitrine à lui aussi était percée dans la région du cœur, et son regard était inerte. À côté de sa main droite serrée se trouvait un pistolet à double canon avec lequel on avait tiré, sans doute l'arme de service de Kampen.

— Ils ne se sont tout de même pas battus l'un contre l'autre, grommela Van der Zyl.

— Je ne pense pas, répondit Dekkert. Je ne vois ni arme blanche ni blessure par balle. Une troisième personne devait se trouver sur les lieux.

— Oui, l'assassin aux tulipes, dit Katoen d'une voix métallique que lui-même eut du mal à reconnaître. Il a tué Kampen et Van Rosven.

— Van Rosven ? répéta Dekkert, ahuri.

Katoen avala sa salive avant de répondre :

— Ce mort-là est Paulus Van Rosven. Le fils de la première victime a été la troisième cible de l'assassin.

— C'est terrible, murmura Van der Zyl. Épouvantable. Paulus était aujourd'hui des nôtres pour la première fois, et voilà ! Deux semaines seulement après son père ! Comment vais-je annoncer cela à sa famille ? Et il laisse femme et enfant !

— Joris Kampen aussi, souligna Katoen.

— Oui, oui, bien entendu.

Dekkert regarda fixement, la mine sombre, le cadavre de son collègue, et demanda :

— Au fait, qu'est-ce qui nous dit que c'était l'assassin aux tulipes ? Cette fois, il n'a pas laissé de poignard.

Katoen se pencha à côté du corps de Paulus Van Rosven et lui desserra le poing. Il y tenait un pétale noir aux gouttes de sang.

20.

Des ombres sur Amsterdam

Mardi 16 mai 1671

Le mardi matin, le brouillard flottait toujours sur Amsterdam. La pluie s'y ajoutait désormais, pas une grosse averse, une bruine constante et pénétrante. Tout cela se présente vraiment mal, pensa Katoen en regardant par les grandes fenêtres de l'hôtel de ville, en direction du Dam, où l'activité n'était pas aussi intense que d'habitude à cette heure de la journée. Il y avait moins de stands et moins de clients : le mauvais temps dissuadait autant les uns que les autres. Katoen aurait pourtant été heureux de pouvoir être dehors en ce moment. Le juge l'avait convoqué, et il se doutait que ce ne serait pas un entretien agréable.

Nicolaas Van der Zyl venait apparemment tout juste de rentrer. Ses cheveux étaient luisants d'humidité, et une petite mare se formait sous sa cape, suspendue à côté de la porte à une patère de bois. Elle rappela à Katoen la flaque de sang qu'il avait vue à côté du cadavre de Kampen. Le juge d'instance était assis derrière son bureau, il fumait, son visage était gris. Ses épaules étaient penchées en avant et il n'avait à cet instant précis rien, mais vraiment rien de commun avec le vaillant amiral Maarten Harpertszoon Tromp, qui semblait observer la pièce d'en haut, depuis le cadre de son tableau.

— Asseyez-vous, Katoen, fit Van der Zyl en indiquant, d'un geste négligent, le siège réservé aux visiteurs. Vous avez l'air de vous sentir aussi mal que moi.

Katoen ne put s'empêcher de sourire.

— Je vous renvoie le compliment, *Mijnheer* Van der Zyl.

— Appelez-moi donc Nicolaas, Jeremias.

Katoen constata avec étonnement que son interlocuteur était capable, en l'espace d'une minute, de passer du nom de famille au prénom. Combien de temps cela durerait-il cette fois-ci ?

— Nous ne nous sommes sans doute couverts de gloire ni l'un ni l'autre la nuit dernière, déclara le juge en soupirant.

C'était donc cela. Van der Zyl cherchait à qui il pourrait faire porter le chapeau – c'était pourtant bien lui qui avait tenu à ce que la rencontre se tienne le lundi soir à l'auberge des Trois Tulipes.

Katoen n'avait rien à se reprocher. Il avait établi consciencieusement et dans les règles de l'art le plan de surveillance des environs de l'auberge. Il n'avait aucun pouvoir sur le brouillard. Il décida tout de même d'attendre tranquillement la suite. Se faire un ennemi de son supérieur n'était pas une attitude intelligente.

— Je reviens tout juste de la maison des Van Rosven, reprit Van der Zyl. Ce n'était pas une visite agréable, soit dit entre nous. La mère et la sœur de Paulus étaient en larmes, et son frère, Mathijs, n'a pas pu s'empêcher de s'en prendre à moi non seulement verbalement, mais aussi à coups de poing. Il nous tient, moi-même, vous, tous les inspecteurs de circonscriptions et leurs auxiliaires, ainsi que les gardes de nuit d'Amsterdam, pour une bande de parfaits incapables. Malheureusement, compte tenu des événements de la nuit dernière, je n'ai pas trouvé d'arguments convaincants à lui opposer.

— Comment la veuve l'a-t-elle pris ?

— C'était le pire. Elle n'a rien dit, pas un mot. Ni bonjour, ni au revoir, pas une question, pas même un reproche – en tout cas pas par la parole. Mais son regard, Jeremias, son regard m'a transpercé. Vous n'auriez pas eu envie de vivre ça.

— Non, certainement pas, grommela Katoen en pensant, le cœur lourd, qu'il allait vivre un moment analogue : il devait encore faire sa visite de condoléances auprès de la famille de Kampen.

— Le petit garçon est le seul à ne pas encore savoir ce qui s'est passé, poursuivit Van der Zyl. Il était là, plein d'entrain, à jouer avec un cheval de bois sur roulettes. Je me suis fait l'effet d'Ulysse dans le ventre du cheval de Troie, comme si j'étais venu pour faire tomber du ciel le malheur et la terreur. (Il se dressa, sa silhouette se raidit et il désigna Katoen avec le tuyau de sa pipe.) Jeremias, il faut que vous vous décidiez à entreprendre quelque chose pour mettre l'assassin hors d'état de nuire ! Agissez ! Peu m'importe comment, mais agissez vite ! Ramenez-moi cet homme attaché ou découpé en quartiers, ou servez-moi sa tête sur un plateau d'argent, peu importe. Il nous le faut, et vite !

— Si je ne le coince pas cette semaine, j'abandonne l'affaire, déclara Katoen en répondant au regard impatient de Van der Zyl. (Et voyant que cette réponse ne suffisait pas au juge d'instance, il ajouta :) Dans ce cas, bien entendu, je prendrais sur moi toute la responsabilité de cet échec.

Van der Zyl soupira de manière à peine perceptible et prit une bouffée de sa pipe.

— Bien, mon cher. Vous êtes un homme d'honneur, je l'ai toujours deviné. Il me semble que vous suivez une piste bien précise.

— Certainement, mais elle ne l'est pas assez pour que je puisse en parler. Pas encore.

Katoen pensa à Joan Blaeu et aux Poisseurs de cartes. Il se demanda si cela le ferait vraiment avancer. Plus cette histoire traînait en longueur, plus il redoutait de s'être engagé sur une mauvaise voie avec Blaeu. Mais il était trop tard : il avait donné sa parole au cartographe et accepté son argent. Quand un marchand ouvre sa bourse, il lui faut une contrepartie : il ne connaissait pas d'exception à cette règle.

— Personne n'a donc vu l'assassin, sur l'île de Marken ? demanda le juge d'instance.

— Personne. Et avec le temps qu'il faisait, ça n'a rien d'étonnant. Nos auxiliaires sont allés de maison en maison, ont frappé à toutes les portes, en pure perte. Qui irait se poster à sa fenêtre pour regarder le brouillard ? Le seul indice, si l'on peut appeler ça ainsi, c'est une lanterne à main qui a été trouvée dans la rue à proximité de la maison de Van Rosven. Elle est endommagée, elle pourrait avoir reçu un choc pendant une bagarre. Il y a sur son cadre des taches rouges qui ressemblent à du sang.

— Une lanterne à main ? À quoi cela peut-il nous avancer ?

— C'est un modèle identique à celles qu'utilisent nos gardes de nuit. Mais aucun n'a déclaré que la sienne avait été perdue ou endommagée.

Le visage de Van der Zyl s'assombrit lorsqu'il comprit ce que signifiaient les mots de Katoen.

— Voulez-vous dire que l'assassin est un de nos hommes, un garde de nuit ? Ça ne serait pas bon, pas bon du tout. Cela ébranlerait la confiance des citoyens en l'autorité, et nous n'avons vraiment pas besoin de ça en ce moment.

— Ça n'est pas forcément l'explication. Mais l'assassin pourrait s'être déguisé en garde de nuit pour que sa victime se croie en sécurité et pour ne pas se faire remarquer s'il croisait l'un de nos hommes. Le sang sur la lanterne pourrait être celui de Paulus Van Rosven : il avait une blessure à la tête.

— Mais l'assassin ne savait pas que nous surveillions le secteur de la Jodenbreestraat.

— Comme il n'est certainement pas bête, il a pu l'imaginer. Et si c'était effectivement un garde de nuit, il le savait aussi. Plus j'y réfléchis, plus je penche pour cette hypothèse. Qui connaît mieux Amsterdam que ces gardes ? Ils peuvent se déplacer partout sans éveiller de soupçons.

Le juge d'instance posa sa pipe dans une coupe plate, joignit les mains et se frotta nerveusement les pouces.

— Je ne sais que trop bien que nos gardes de nuit ne sont pas des anges. Certains d'entre eux n'hésitent pas à se mettre dans la poche ce qui ne leur appartient pas, et quand ils dépassent les bornes c'est à moi qu'ils ont affaire. Mais ces meurtres, c'est une autre histoire ! Vous croyez sérieusement qu'un de ces hommes en serait capable ?

— Que me reste-t-il d'autre ? Tant qu'on n'a pas mis la main sur l'assassin, ça peut être n'importe lequel des passants de cette rue.

Katoen désigna les deux fenêtres situées dans le dos de Van der Zyl, par lesquelles on ne voyait que les ombres des maisons voisines. Van der Zyl lui fit un signe encourageant de la tête.

— Vous allez l'avoir, Jeremias, vous l'aurez dans les jours qui viennent, j'en suis sûr. Vous êtes l'homme qu'il faut pour disperser les ombres au-dessus d'Amsterdam, vous l'avez prouvé plus d'une fois. Et quand tout cela sera terminé, je veillerai personnellement à ce que Catrijn se réconcilie avec vous. N'en veuillez pas à ma sœur pour son comportement de dimanche. Les femmes sont souvent hypersensibles quand il s'agit d'affaires de cœur. Mais je ne vous apprends rien.

Katoen était surpris. Sur le fond, les propos du juge d'instance se résumaient en une phrase : « Attrapez l'assassin aux tulipes, et vous pourrez épouser ma sœur. » Katoen n'était plus tout à fait certain d'être séduit par l'idée de vivre aux côtés de Catrijn. Mais Van der Zyl interpréta son silence autrement.

— Vous ne semblez pas spécialement réjoui, Jeremias. Croyez-moi, sur les choses importantes, ma sœur m'a toujours écouté !

Katoen répondit, juste pour répondre quelque chose :

— Dimanche, j'ai eu l'impression qu'elle écoutait aussi beaucoup ce pharmacien !

— Ah oui, Hartig ! (Le juge battit de la main avec dédain.) Ce fou transi d'amour n'est pas un rival pour vous. Catrijn aurait dû prendre un autre pharmacien dans sa boutique que ce comédien raté. (Voyant l'air étonné de Katoen, il expliqua :) Mais oui, Pieter Hartig travaillait autrefois dans un théâtre, à Haarlem. Après un scandale, une stupide histoire de jalousie, je crois, il a dû quitter non seulement le théâtre, mais la ville. Il est arrivé à Amsterdam et a oublié son ancien métier. Mais il semble avoir encore suffisamment de sang de comédien dans les veines pour pouvoir faire illusion à Catrijn. S'il ne se retient pas, à l'avenir, je devrai avoir une sérieuse conversation avec lui. Ne vous souciez pas de lui, Jeremias. Consacrez-vous entièrement à l'assassin aux tulipes !

Dans le couloir où se trouvait le bureau de Katoen, Jan Dekkert attendait son *baas*, le regard à la fois sceptique et impatient. Son visage juvénile avait pris un coup de vieux, ses yeux bleus toujours lumineux étaient mornes et entourés de cernes profonds. On voyait qu'il avait passé une nuit pénible, sans doute presque blanche.

— Alors ? demanda-t-il seulement avant que Katoen ne soit arrivé à sa hauteur. On est encore dans la partie ?

— Au moins pour une semaine, confirma Katoen. Si nous ne tenons pas l'assassin aux tulipes à ce moment-là, je laisse tomber.

— L'affaire ?

— L'affaire et mon poste.

Dekkert jura à voix basse.

— Nous allons le coincer, le fumier qui a la mort de Joris sur la conscience. Une semaine, ça nous suffira !

— Puissent vos paroles être entendues, déclara Katoen avec un sourire reconnaissant, mais fatigué. Que diriez-vous d'aller vous réchauffer devant un verre au Danseur du Dam ?

— Volontiers.

Ils prirent leurs chapeaux et leurs cannes et quittèrent l'hôtel de ville. Le Danseur du Dam était une grande auberge, située sur le Dam, comme son nom l'indiquait ; au-dessus de son entrée tournait à chaque heure pleine un danseur, un automate qui aurait eu sa place dans le Labyrinthe de Lingelbach. La faible affluence au marché avait aussi des conséquences sur la fréquentation : l'auberge n'avait pas encore rempli la moitié de ses tables. Katoen se rappelait des jours où l'on pouvait s'estimer heureux d'y trouver un siège libre à une table déjà occupée. Ils cherchèrent une place isolée entre le comptoir et la porte et commandèrent une petite carafe de « feu du danseur ». C'était le nom de la spécialité maison, un vin cuit aromatisé par diverses épices et dont la recette était un secret absolu.

La serveuse replète prit la commande.

— Ces messieurs veulent-ils aussi manger quelque chose ?

— Ce n'est pas une mauvaise idée, répondit Katoen en complétant sa commande par une assiette de pain au lard. Je n'ai rien mangé depuis hier soir, expliqua-t-il lorsque la femme se fut éloignée. Ma faim s'est réveillée d'un seul coup.

— Pareil pour moi, dit Dekkert. J'ai bien essayé de déjeuner ce matin, mais je n'ai pas réussi à avaler une bouchée. Je ne pouvais pas m'empêcher de revoir Joris au sol, couché sur le pavé de Marken, avec la vie qui s'échappait de lui, goutte à goutte. Comme les taches de cette maudite tulipe. Quand nous aurons l'assassin, je lui fourrerai ces fleurs dans la gueule jusqu'à ce qu'il en étouffe !

— Je partage votre colère, Jan. Mais nous devons tout de même garder la tête froide si nous ne voulons pas échouer.

La serveuse apporta le vin cuit et les tartines. Ils levèrent leurs verres remplis.

— À Joris Kampen ! s'exclama Katoen. Que nous ne l'oubliions jamais !

Dekkert répéta le ban, et ils vidèrent leur gobelet d'un trait. Katoen crut d'abord qu'il brûlait de l'intérieur ; mais cette sensation se transforma rapidement en une chaleur bienfaisante qui rayonna dans tout son corps. Le singulier mélange des épices laissait dans la bouche un goût agréable, et donnait envie d'en boire plus. Il remplit de nouveau les godets et prit une autre tartine au saindoux.

— Quelles sont les prochaines étapes, *baas* ? demanda Dekkert.

— Vous êtes en très bons termes avec les gardes de nuit, non ?

— Eh ! c'est que j'ai été l'un d'entre eux.

— Dans ce cas, laissez traîner l'oreille chez eux, dit Katoen en lui faisant part de son soupçon.

— Je n'ai pas vraiment envie d'aller jouer les mouchards chez mes anciens camarades, protesta Dekkert.

— Je le comprends bien. Et malgré tout, c'est ce qu'il va falloir faire. Nous ne pouvons négliger aucune piste. Imaginez que l'assassin de Joris soit effectivement membre des gardes de nuit. Doit-il s'en sortir impunément ?

— Non, reconnut Dekkert à voix basse. Bien sûr que non. Que pouvons-nous faire d'autre ?

— J'espère que je vais finir par avancer dans l'histoire de Joan Blaeu. En réalité, j'espérais avoir des nouvelles de Dircks dès hier. Le maquereau ne tient manifestement pas beaucoup à me rencontrer.

— Ce dont je ne peux même pas lui tenir rigueur, répondit Dekkert avec un sourire. Il doit toujours avoir certaines difficultés à dormir sur le dos. Mais quel rapport entre tout cela, *baas ?* Qu'est-ce que Dircks, ce proxénète, a à voir avec le cartographe Blaeu ?

— C'est une histoire embrouillée, Jan, et avant que je vous la raconte, vous devez me promettre un silence absolu, quoi que vous puissiez en penser par la suite.

— Je vous fais confiance, *baas*, et vous pouvez me faire confiance aussi. Motus et bouche cousue.

Katoen dévisagea son lieutenant : il était sincère. L'inspecteur connaissait Dekkert depuis suffisamment de temps pour ne plus se tromper sur son compte. Il lui raconta donc l'histoire de la Côte aux Tulipes et du manuscrit du croisé, celle du mercenaire Julien de Montfort et le voyage secret du navire de la Compagnie des Indes orientales, l'*Admiraal Van der Haghen*, du cambriolage dans l'atelier de Blaeu et des Poisseurs de cartes. Dekkert l'écouta avec un étonnement croissant et ne l'interrompit que de temps en temps, pour poser une question incidente.

Lorsque Katoen eut terminé, Dekkert demanda :

— Et qu'est-ce qui vous fait penser que l'histoire des Poisseurs de cartes a quelque chose à voir avec les meurtres aux tulipes ?

— Blaeu a farouchement nié savoir quoi que ce soit sur le manuscrit du croisé. Cela suffit à le rendre suspect. Le père de Blaeu est mort en octobre 1638, un an et demi après l'effondrement du marché des tulipes. L'*Admiraal Van der Haghen* est revenu en novembre 1638, après deux ans et demi en mer, je l'ai vérifié hier dans les dossiers du port. Bien entendu, on ne mentionne pas dans les documents la mystérieuse Côte aux Tulipes ; la destination officielle de cette traversée était Batavia. Mais dans ce cas, le voyage aurait dû prendre un an, un an et demi à la rigueur. Le vaisseau a donc certainement mis le cap sur un deuxième objectif, qui ne figure pas dans les papiers officiels. Les fils de Willem Blaeu, Joan et Cornelis, qui est mort quatre ans plus tard, ont pris la succession de leur père. On peut donc supposer que la Compagnie des Indes orientales les a chargés de noter sur les cartes les connaissances acquises pendant l'expédition de l'*Admiraal Van der Haghen*. Joan Blaeu est tout de même encore aujourd'hui le cartographe de la compagnie. Il est certainement au courant de cette histoire, et s'il nie, c'est forcément qu'il a quelque chose à cacher. Je me disais déjà…

— Quoi donc ? demanda Dekkert en voyant Katoen hésiter.

— Si les Poisseurs de cartes n'auraient pas volé quelque chose en rapport avec cette histoire. Peut-être la carte de la Côte aux Tulipes, ou bien le manuscrit du croisé. Ou les deux… Il est bien possible que Blaeu les ait conservés dans le même endroit.

— Possible, oui. Mais des possibilités, il y en a beaucoup d'autres. (Dekkert se prit le front entre les mains.) Votre histoire me donne des bourdonnements dans le crâne, *baas*. Si je ne vous connaissais pas, je vous prendrais pour un mythomane.

Katoen reprit une gorgée de son admirable vin cuit, et soupira :

— Je donnerais beaucoup pour que tout cela soit le fruit de mon imagination. Il n'y a rien d'agréable à soupçonner un homme du rang de Joan Blaeu, membre du conseil municipal d'Amsterdam.

Il regarda un bref instant vers la porte, où venait d'apparaître un homme de petite taille dont l'attitude et les vêtements coûteux lui donnaient toutefois une allure imposante. Leurs regards se croisèrent, et le nouveau venu se dirigea vers leur table.

— Quand on parle du loup, on en voit la queue.

Dekkert, qui avait compris la situation mais ne voulait pas se retourner de manière trop visible, demanda à voix basse :

— C'est Blaeu ?

— Non, mais un de ces messieurs du conseil.

Philippe Schuiten les avait déjà rejoints.

— Vous êtes bien l'inspecteur de circonscription Jeremias Katoen, n'est-ce pas ? demanda-t-il.

— Tout à fait, répondit tranquillement Katoen.

— On m'a dit à l'hôtel de ville que j'avais de bonnes chances de vous trouver ici. Le juge d'instance vous a chargé d'arrêter l'assassin aux tulipes, n'est-ce pas ?

— C'est exact.

— Dans ce cas, que faites-vous ici ?

— Je ne sache pas que cela vous regarde, *Mijnheer*, répondit Katoen sans perdre son calme.

— C'est inouï ! Vous savez qui je suis ? s'exclama Schuiten, bouche bée.

— Vous êtes le maître cordier Philipp Schuiten.

— Et je suis membre du conseil de la ville d'Amsterdam.

— Cela aussi, je le sais.

— Comment pouvez-vous oser, alors, me traiter avec si peu de respect ?

— Si quelqu'un manque de respect à l'autre, ici, c'est vous, *Mijnheer* Schuiten. Vous débarquez ici et vous faites un esclandre sans même dire bonjour ou simplement vous présenter. Et vous comptez me donner des leçons de bienséance ?

Schuiten s'arrêta net, fronça les sourcils et se passa la main sur la bouche.

— Hum, vous n'avez pas complètement tort. Moi, à votre place, je serais fâché aussi. Mais comprenez-moi, *Mijnheer* Katoen, Jacob Van Rosven était un bon ami à moi. Et voilà que son fils connaît le même sort. J'ai marché en compagnie de Paulus depuis la réunion des « Vénérateurs » jusqu'à ce que nos chemins se séparent, à Marken. Maintenant, bien sûr, je me reproche de ne pas l'avoir accompagné jusqu'à la porte de sa maison. Mais qui aurait pu s'y attendre ? (Il se mit à battre des bras comme s'il cherchait à s'accrocher quelque part.) Je suis allé à l'hôtel de ville pour vous demander des nouvelles, et je vous retrouve ici, devant un vin cuit !

— C'est le premier repas que je prends depuis dix-huit heures, et je n'ai pratiquement pas dormi, dit sobrement Katoen. Mais si vous pensez devoir vous plaindre de moi, faites donc, vous savez où trouver le juge.

— Non, non, pardonnez-moi, grommela Schuiten d'un air contrit. Je vois bien que mon jugement a été un peu rapide. Il y a du nouveau sur le meurtre d'hier ?

— Les meurtres, corrigea Katoen. L'un de mes lieutenants a aussi perdu la vie, vraisemblablement en essayant de porter secours à Paulus Van Rosven. Pour répondre à votre question : non, il n'y a rien de neuf, juste des pistes que nous explorons. Mais puisque vous êtes là, permettez-moi une question, à moi aussi. Avez-vous remarqué un garde de nuit, hier, à Marken ?

— Non. Quand nous avons eu traversé le pont, Paulus et moi, nous n'avons plus rencontré personne, en tout cas tant que nous marchions ensemble. Sur la fin du parcours qui me ramenait chez moi, je n'ai pas vu de garde non plus. Pourquoi cette question ?

— Comme ça. Il y a juste une petite anomalie à élucider chez les sentinelles en faction. (Katoen sourit au cordier, même s'il n'était pas du tout d'humeur à cela.) Puis-je faire autre chose pour vous, *Mijnheer* Schuiten ?

— Je ne pense pas. Je suppose que vous informerez le conseil dès que vous apprendrez quelque chose d'important…

— Mais bien entendu. J'informerai le juge, qui informera le conseil.

— Bien, bien, je vous remercie.

Et Schuiten prit congé, le visage beaucoup plus amène qu'à son entrée.

— Holà, fit Dekkert. Il y a des jours où j'ai l'impression que vous voulez vous mettre tout le conseil à dos.

— J'ai déjà dû avaler quelques couleuvres ces dernières heures. Il y a un moment où la coupe est pleine. Mais je comprends Schuiten. L'assassin aux tulipes nous pousse tous au bord de la folie.

— Si seulement nous savions où nous devons aller le chercher. (Dekkert regarda dans son godet comme s'il devait y trouver une réponse, puis releva les yeux.) Et où en est-on avec la fille du vieux qui déteste les tulipes ? Apparemment, elle aime bien se promener la nuit dans Amsterdam. Et vous l'avez dit, elle manie admirablement la rapière. C'est peut-être avec une arme comme celle-là qu'ont été assassinés Joris et le jeune Van Rosven.

— Mais pas par elle.

— Qu'est-ce qui vous rend si sûr de vous, *baas* ?

— Je sais qu'elle a passé toute la nuit dernière chez son père adoptif.

— Comment ça ?

— Tout simplement : je l'ai mise sous surveillance.

— Mais tous nos hommes étaient en poste autour de la Jodenbreestraat !

— Ça n'était pas un de nos hommes. Bogaert s'en est chargé.

— Henk Bogaert ? demanda Dekkert, qui n'était pas agréablement surpris.

— Lui-même.

L'auxiliaire secoua la tête.

— Comment pouvez-vous faire confiance à cet homme-là ? On l'a même congédié de la garde de nuit parce qu'il avait fait subir des brimades à de braves citoyens !

— D'autres que lui l'auraient mieux mérité. Bogaert n'a pas eu de chance, voilà tout ; le conseil avait besoin d'un lampiste, parce que les plaintes sur les abus des gardes de nuit se multipliaient.

— Pour moi, ce type est un rat. Mieux, une bande de rats à lui tout seul.

— Je vous laisse libre de vos opinions, Jan, accordez-moi la même liberté. Bogaert peut sans aucun doute devenir désagréable, mais il connaît Amsterdam comme sa poche, y compris les milieux avec lesquels les braves bourgeois préfèrent ne pas avoir de relation. Au cours des trois années qui ont suivi son renvoi de la garde, il a tiré d'affaire plus d'un citoyen haut placé. Et moi aussi, je l'ai embauché deux ou trois fois, lorsque je ne voulais pas que des officiels interviennent dans une enquête.

— J'espère au moins qu'il vous a rendu de bons services, grogna Dekkert, toujours mécontent. C'est qu'il les fait bien payer, tout de même.

— Vous devriez réfréner un peu l'aversion que vous inspire Henk Bogaert, Jan. J'envisage de le nommer au poste de Joris.

— Mais… mais, objecta Dekkert, qui n'en revenait pas. Joris n'est pas mort depuis vingt-quatre heures, et vous pensez déjà à un successeur ?

C'était plus qu'une question : Katoen entendit clairement le reproche qu'elle dissimulait.

— Je n'ai pas le choix, notre temps est compté. Il nous faut un remplaçant aussi vite que possible.

— Mais il faut vraiment que ce soit Bogaert ?

— Je vous ai déjà dit que je ne partage pas votre jugement à son sujet. Si je devais vraiment me décider à nommer Bogaert auxiliaire, j'attendrais de vous que vous travailliez avec lui sans préjugé. Vous m'avez compris ?

— … Oui, laissa échapper Dekkert après un temps d'hésitation.

— Ne m'en veuillez pas, Jan. J'ai plus besoin de votre soutien que jamais. Et si je devais quitter la partie avant l'heure, ça serait à vous de boucler cette affaire.

— Vous voulez dire, si nous ne mettons pas la main sur l'assassin d'ici à la fin de la semaine ? Si vous démissionnez, le juge ne me laissera certainement pas sur le coup. Il nommera un autre inspecteur, et lui aura ses propres seconds.

— Sans doute. Je pensais plutôt au cas où je ne survivrais pas à cette semaine. Le destin de Joris nous montre que nous ne sommes pas invulnérables. Par ailleurs, je dois encore une fois rencontrer les Poisseurs de cartes, si ce maudit Dircks ne me mène pas en bateau.

— N'y allez surtout pas seul !

— Les Poisseurs l'exigeront, comme la dernière fois.

— Je pourrais vous suivre discrètement, suggéra Dekkert avec un sourire oblique. Même avec Bogaert, si ça ne tient qu'à moi.

— Voilà qui vous honore, Jan, mais si les Poisseurs vous surprennent, vous risquez de tout faire capoter. La première rencontre s'est déjà terminée en mêlée générale. Si les choses se passent mal une fois de plus, je suppose que je pourrai faire une croix sur cette histoire.

— Mais même si tout se passe bien et si vous parvenez à racheter les documents volés de Blaeu, rien ne nous assure que cela nous fera vraiment avancer sur l'affaire de l'assassin aux tulipes. Et s'il n'y avait pas le moindre lien entre les deux affaires ?

— Mon petit doigt me dit le contraire. Et même si ça devait être le cas, Blaeu me verserait au moins le reste de la récompense promise. Soit, tout de même, cinq cent quarante florins. Une jolie somme dont nous pourrions faire bon usage.

— Oui ? Et lequel ?

— Joris laisse une femme et des enfants. Et apparemment, ils ne sont pas nés avec une cuillère en argent dans la bouche.

— Ça n'est pas faux. Utiliser l'argent pour la famille de Joris, c'est un bon plan, *baas*. Vous y êtes déjà allé ?

— C'est ma prochaine destination, et je vais y aller le cœur lourd.

— Vous voudriez que je vous accompagne ?

— Non, il vaut mieux pas. Rendez visite à la famille de Joris une autre fois. Si quelqu'un fait un saut chez eux de temps en temps, ils ne se sentiront pas aussi abandonnés. (Il vida le dernier godet de vin cuit et s'essuya la bouche du revers de la main.) Allons-y !

Midi approchait lorsque Katoen prit le chemin du quartier Jordaan. Le brouillard ne s'était toujours pas levé, le monde entier ne semblait plus être que vapeur et humidité. Il devait se forcer à mettre un pied devant l'autre, non pas à cause du temps, mais de la mission qui l'attendait.

Un messager du juge avait certes prévenu au cours de la nuit l'épouse de Joris Kampen que son mari avait perdu la vie ; mais cela ne faciliterait guère la tâche de l'inspecteur. Le désespoir, les larmes, peut-être même les reproches, exprimés ouvertement ou seulement par des regards, ce qui ne les rendrait pas moins lourds, tout cela, il le connaissait bien, et pourtant il n'avait jamais pu s'y habituer. Mais c'était son devoir ; il le devait au défunt autant qu'à ceux qu'il avait laissés.

Joris Kampen n'était peut-être ni le plus lumineux, ni le plus rapide des adjoints, mais il avait toujours été fiable. Katoen avait toujours préféré confier à Dekkert les missions qui demandaient de l'esprit et de l'agilité, et Kampen l'avait peut-être su, ou du moins ressenti. Mais Katoen n'avait jamais eu le moindre motif de se plaindre de lui. Chaque fois qu'il avait donné un ordre clairement défini à Kampen, celui-ci l'avait exécuté. Il avait toujours eu du cran, comme la nuit précédente, lorsqu'il s'était, semblait-il, confronté à l'assassin aux tulipes afin de protéger Paulus Van Rosven. Il n'y était certes pas arrivé, mais Katoen ne pouvait pas dire s'il s'en serait mieux sorti à la place de Kampen. Que celui-ci soit mort et lui encore en vie était peut-être un pur et simple hasard.

Lorsqu'il eut franchi la ceinture des canaux et atteint la lisière du Jordaan, il entendit des pas. Non pas les siens, mais ceux d'un inconnu, et ils semblaient l'accompagner dans le brouillard. Il supposa qu'ils étaient derrière lui. Était-ce un hasard, ou bien le suivait-on ?

La prudence commandait de choisir la deuxième solution. Mais que devait-il faire ? Ici, près des canaux, la brume était si épaisse qu'il n'aurait pas vu quelqu'un allant à sa rencontre avant qu'il ne soit à portée de main. Le poursuivant supposé semblait régler son pas sur celui de Katoen. Si l'inspecteur s'arrêtait pour attendre qu'il arrive, l'autre l'entendrait forcément et s'immobiliserait lui aussi.

Il continuait à marcher en réfléchissant à la manière dont il devait se comporter lorsque les bruits sourds changèrent de nature. Il crut bientôt entendre un combat, et même un cri étouffé.

Sa seule arme était son poignard. Il le sortit du fourreau qu'il portait à la hanche et parcourut prudemment, à rebours, le chemin qu'il venait de faire. Ce n'était peut-être qu'un leurre, un piège qu'on lui tendait. Dans ce cas, se dit-il amèrement, il avait choisi le bon moment pour mettre Jan Dekkert au courant de tout.

Soudain, deux silhouettes se détachèrent de la brume, devant lui : elles roulaient au sol et se battaient. Il les connaissait toutes les deux et aurait été bien incapable de prédire la victoire de l'un des deux, bien que l'un des antagonistes dépassât son adversaire d'une tête et parût plus puissant que l'autre. Mais le plus petit était malin et agile, il parvenait toujours à échapper aux clés de son adversaire. Comme une belette. Ou comme un rat, pour reprendre les mots de Dekkert.

— Cessez ! ordonna Katoen en rangeant son couteau. Le spectacle a assez duré. Vous offrez de toute façon une triste représentation.

Jaepke Dircks et Henk Bogaert se séparèrent et levèrent les yeux dans sa direction. Bogaert, petit et agile, fut le premier à se redresser, attrapa son chapeau sur le sol et le cala sur sa chevelure sombre et hirsute. Un sourire se glissa sur son visage éternellement plissé, qui rappelait toujours à Katoen un lit en attente d'être fait.

— Ce type vous suivait depuis un bon moment, inspecteur Katoen. Je le connais. C'est Dircks, un maquereau tristement célèbre. Lorsque j'ai voulu le faire parler, il m'a attaqué.

Entre-temps, Dircks s'était levé et menaçait du poing Bogaert, qu'il dépassait d'une bonne tête.

— Et toi, qu'est-ce que tu as à me traîner aux basques ?

— Calmez-vous tous les deux, somma Katoen avant d'expliquer à Bogaert : je connais Dircks et je suppose que s'il m'a suivi, c'est pour me donner une information. (Il toisa le proxénète.) C'est bien cela ?

— Exact, confirma Dircks.

— Il aurait eu vingt fois l'occasion de vous la donner, répliqua Bogaert. Vous n'étiez même pas arrivé au Singel qu'il vous suivait déjà.

— Dans ce cas il était sans doute déjà très curieux, comme vous-même, Bogaert.

— Si je vous suis, c'est que j'ai quelque chose à vous demander, expliqua Bogaert. J'ai rencontré Dekkert, votre adjoint, sur le Dam, et il m'a dit que vous veniez de partir pour Jordaan. J'ai donc marché sur vos pas en espérant vous rattraper. Et puis je suis tombé sur ce type. Je suis resté un peu en arrière pour vérifier s'il vous filait vraiment. Comme il continuait à vous coller, après que vous avez traversé la Prinsengracht, je suis intervenu.

Il donnait l'impression d'attendre des félicitations. Mais Katoen se contenta de demander :

— Qu'est-ce que vous me voulez, Bogaert ?

— Eh bien, la nuit dernière, votre autre lieutenant s'est fait planter, ce Kampen. Vous avez dit un jour, il n'y a pas longtemps, que si une place se libérait chez vous, je pourrais peut-être…

Il se tut en voyant la mine de Katoen s'assombrir.

— Vous ne perdez pas de temps, hein ?

— Et alors ? Vous voulez que j'attende que le poste soit pris ?

Il n'avait pas tout à fait tort. Au fond, Katoen aurait dû se réjouir que Bogaert ait fait son apparition, et pas seulement à cause de Dircks. Il lui fallait d'urgence un homme pour remplacer Kampen, et après tout, lui-même avait déjà pensé à l'ancien garde de nuit pour occuper ces fonctions. Bogaert présentait sa candidature sous une forme pas très respectueuse, mais Katoen décida de ne pas se formaliser.

— Rentrez au Dam et attendez-moi à l'hôtel de ville.

— Pourquoi ?

— Pour que je puisse signer votre lettre d'embauche dès mon retour. Puisque vous avez déjà quasiment commencé votre travail, ajouta-t-il, avec un regard en biais au proxénète, je suppose que vous voudrez être payé à compter de ce jour.

— Mais certainement, *baas* !

Henk Bogaert sourit de nouveau, puis tourna les talons et partit.

— Et maintenant, à vous, Dircks, reprit Katoen. Vous voulez vraiment me parler ? Ou bien attendiez-vous seulement que le brouillard soit le plus dense possible pour m'attaquer par derrière et me faire disparaître dans les eaux du Prinsengracht ?

— Je vous ai seulement suivi pour attendre que nous soyons dans un lieu désert. Tout le monde n'a pas à entendre ce que j'ai à vous dire. (Le maquereau dévoila ses dents esquintées.) Rien à voir avec ce que j'aimerais vous faire. En tout cas, pour moi, vous êtes plus précieux vivant que mort. Les Poisseurs de cartes me payent, eux au moins, pour servir de messager.

— Mais moi aussi, je vous paye.

— Ah oui ? Et comment ?

— Avec ma bonne volonté. Je pourrais vous faire inculper à n'importe quel moment pour ce que vous avez organisé il y a cinq nuits dans la menuiserie de votre beau-frère.

— Vous ne pourrez pas me menacer avec ça jusqu'à la fin des temps ! répliqua Dircks. L'un de vos témoins est déjà mort.

En entendant ces mots, Katoen éprouva l'envie irrésistible de creuser quelques trous supplémentaires dans la dentition du proxénète. Mais il se maîtrisa : il avait besoin de ses services. Il laissa son poing là où il était et se contenta de demander :

— Écoutons donc ce que vous avez à me dire !

— Ce soir, minuit précis, devant le Perroquet Vert.

— Les Poisseurs ne sont pas particulièrement inventifs pour trouver leurs points de rendez-vous.

— Ça n'était pas mon idée. Je ne fais que vous transmettre ce qu'on m'a demandé de transmettre. Vous devez venir seul, vraiment seul, et sans armes. Pas de pistolet, pas de poignard, pas d'épée. Même une canne-épée !

— J'ai compris.

— Bien, Katoen. Si vous ratez encore le coche, l'affaire est dans le lac, et définitivement !

21.

Les Poisseurs de cartes

Nuit, brouillard et pluie. Jeremias Katoen avait l'impression que le monde entier s'était ligué contre lui. La tête penchée, le chapeau bien enfoncé sur le front, il se rendit dans la partie abandonnée du port, là où le Perroquet Vert attendait les démolisseurs. Ceux qui voulaient le surveiller discrètement avaient tout loisir de le faire. Katoen ne s'en apercevrait vraisemblablement qu'au moment où il serait déjà beaucoup trop tard. Il supposait que Jaepke Dircks n'avait pas exagéré, en prononçant ses derniers mots.

Il avait une fois encore formellement interdit à Jan Dekkert de le suivre, et Henk Bogaert ne savait rien de cette équipée nocturne. Katoen ne lui avait pas révélé ce qu'il avait raconté à Dekkert au Danseur du Dam. Il n'avait pas encore une telle confiance en son nouveau lieutenant. Seul et sans armes, il courait certes un grand danger, mais il n'avait pas le choix. Peut-être finirait-il par découvrir le secret de Joan Blaeu. Et si tel n'était pas le cas, il comptait au moins sur la récompense. La famille de Joris Kampen en aurait certainement besoin.

Il était sorti effondré de sa visite chez la veuve de Kampen et ses deux enfants – ils seraient d'ailleurs bientôt trois, à en croire la jeune femme. Katoen se crispait à l'idée que mûrissait désormais dans le ventre de sa mère, dans une arrière-cour miteuse du Jordaan, un enfant qui ne connaîtrait jamais son père.

Noortje n'avait pas de famille, ni directe, ni par le biais de son défunt époux. Elle se retrouvait toute seule avec Frans et Elka et pouvait s'estimer heureuse que quelques voisins s'occupent au moins d'elle. Mais eux non plus n'avaient pas beaucoup d'argent – dans le cas contraire, ils auraient depuis très longtemps été chercher un logement ailleurs.

Katoen s'était promis de tout faire pour soutenir la veuve et ses enfants, même s'il ne parvenait pas à gagner la récompense promise par Blaeu. Il avait remis à Noortje les quarante florins qu'il lui restait sur la première part de la récompense. Elle devrait s'en contenter pour le moment. Mais on trouverait bien quelque chose pour la suite. Il pourrait peut-être lui procurer une place dans la maison des Van Rosven. Son mari avait tout de même risqué – et perdu – sa vie pour défendre Paulus Van Rosven. Mais pour rendre visite à la famille de celui-ci, il comptait attendre que les vagues se soient un peu calmées. Aux mots du juge d'instance, il avait cru comprendre qu'il valait mieux ne pas leur parler des gardiens de l'ordre à Amsterdam ces derniers temps. Katoen ne comprenait que trop bien leur colère, même si elle était injuste.

Après sa visite chez la veuve de Kampen, il était revenu à l'hôtel de ville pour régler les formalités et faire de Henk Bogaert un auxiliaire de police titulaire de la ville d'Amsterdam. Connaissant la mauvaise réputation de Bogaert, le juge s'était d'abord montré étonné, mais il avait ensuite accepté, lorsque Katoen lui avait exposé ses motifs. Puis Katoen avait expédié son courrier urgent et interrogé personnellement tous les auxiliaires et gardes de nuit présents la veille à Marken. Mais aucun n'avait pu lui donner le moindre indice sur l'assassin.

Le soir, il s'était rendu chez Joan Blaeu et Barent Vestens pour réceptionner le sac en cuir contenant pour douze mille florins en billets de change. Il le tenait à présent fermement en main. Cela n'avait vraiment rien d'agréable, de savoir que quelqu'un pouvait sortir du brouillard à n'importe quel moment et lui arracher sa sacoche, que ce soit l'un des Poisseurs ou un quelconque petit voleur de rue. Si cela arrivait, Blaeu ne reverrait sans doute jamais ses cartes volées.

Lorsqu'il avait dit au revoir à Blaeu, Vestens l'avait pris à part pour un entretien en tête à tête.

— Je voudrais encore une fois vous exhorter à ne pas commettre d'erreur cette nuit, avait dit le secrétaire. Beaucoup de choses dépendent du bon fonctionnement de l'échange. Faites ce que vous demandent les Poisseurs, et ne cherchez pas à les prendre par la ruse !

— Je n'en ai pas l'intention, l'avait assuré Katoen, tout en faisant comprendre à Vestens qu'il trouvait sa leçon superflue et presque vexante. Ce n'est pas ma faute si les choses sont allées de travers la dernière fois. Et ce n'est pas moi qui ai demandé à Blaeu de me confier ce travail. C'est lui qui m'a fait venir.

— Ce n'est pas ce que je voulais dire.

— Quoi donc, alors ?

— Je me fais beaucoup de soucis pour Joan. En apparence, il semble robuste, et l'on oublie facilement qu'il a passé les soixante-dix ans. Mais cette affaire le préoccupe beaucoup, en tout cas plus qu'il ne le montre. J'aimerais lui éviter toute nouvelle émotion.

— Je ferai ce qui est en mon pouvoir. Vous promettre plus, *Mijnheer* Vestens, serait de la vantardise.

— Je sais que vous ferez de votre mieux, avait répondu Vestens avec un profond soupir. Pardonnez-moi si je vous parais impertinent. Mon inquiétude pour Joan m'a fait oublier la retenue qui s'impose.

— Vous semblez beaucoup tenir à lui.

— Mon père est mort de bonne heure. Joan est pour moi comme un deuxième père ou un frère aîné. Son frère, Cornelis, a suivi le vieux Willem Blaeu dans la tombe, quelques années plus tard. Peu après, j'ai commencé dans l'atelier de Blaeu, dans la Bloemgracht ; à l'époque, j'étais encore graveur de cartes. (Vestens avait levé les deux mains.) Mais ces pattes d'ours, comme les a appelées Joan un jour, n'étaient pas faites pour le travail au stylet fin. Joan m'a mis au secrétariat, et j'aime beaucoup ce travail.

— Et avec le temps, vous êtes devenu le bras droit de Blaeu.

— On peut dire ça comme ça. La collaboration a laissé place à l'amitié, et c'est la seule raison pour laquelle je vous ai demandé cet entretien, *Mijnheer* Katoen. Pour Joan, et pour vous : faites bien attention quand vous vous promenez la nuit !

Katoen riait sous cape en se rappelant sa conversation avec Vestens. Le secrétaire pouvait parler sans risque. Mais ici, dehors, sur le port, aux environs de minuit, pris dans la pénombre et dans le brouillard, les bons conseils ne servaient pas à grand-chose. Ici, il ne pouvait se fier qu'à lui-même, à sa raison, à ses sens, et au fait que les heures de cours qu'il avait prises auprès de Robbert Cors pourraient lui être fort utiles en cas de besoin.

Il sentit la tension monter en lui au moment où apparurent devant lui les contours flous du Perroquet

Vert. Au même moment lui parvinrent les douze coups assourdis d'un clocher. Minuit. Il était à l'heure, à la minute près. Et les Poisseurs ?

Lorsqu'il se dirigea vers le bâtiment désaffecté, il entendit une voix rauque qu'il connaissait bien.

— Bonsoir, Katoen. Vous êtes la ponctualité faite homme ! (La silhouette de Dircks se détacha de la brume, et le proxénète avança lentement vers lui.) Et c'est tant mieux. Avec ce temps, je ne tiens pas à traîner inutilement dehors.

— Encore vous ? demanda Katoen, qui n'était pas peu surpris. Si vous m'aviez dit ça tout à l'heure, nous aurions fait le chemin ensemble, ou bien nous nous le serions épargné.

— Désolé de vous décevoir, répondit Dircks avec un sourire en biais qui contredisait ses mots. Je ne fais que suivre mes instructions. Mais si ça peut vous consoler, votre compagnie ne m'emplit pas de bonheur, moi non plus. (Il désigna le grand sac de cuir.) Les billets de change sont sans doute là-dedans ?

— J'attends la marchandise en retour.

— Je ne l'ai pas, hélas.

Dircks fit une grimace qui devait sans doute exprimer quelque chose comme un regret, mais ses yeux révélaient une cupidité sans voile.

— Pourquoi êtes-vous là, dans ce cas ?

Katoen sentait que sa patience allait bientôt toucher à ses limites. Les trente dernières heures avaient été très fatigantes, et cela se faisait sentir.

— Je dois vous donner le lieu du rendez-vous.

— Je pensais que c'était ici, le rendez-vous.

— Juste pour nous deux. Vous devez continuer à marcher vers les installations portuaires, à l'extérieur, devant la ville. Marchez simplement vers la cloche du port, le reste suivra.

Et Jaepke Dircks disparut dans le brouillard aussi vite qu'il en avait surgi. Katoen regarda fixement l'endroit où le maquereau se trouvait encore un instant plus tôt, et réfléchit au sens de son message.

La cloche du port était à l'extérieur de l'enceinte de la ville, au cœur de la mêlée des débarcadères et des entrepôts où passaient toute la journée ouvriers du port et des chantiers navals, loups de mer et dockers. Le soir, le son de la cloche annonçait à tous que les portes de la ville seraient bientôt fermées et qu'il était temps de quitter le port extérieur. C'était un spectacle singulier : l'activité de milliers de personnes cessait d'un seul coup, et toutes se dirigeaient ensemble vers les portes nord de la ville. En quelques minutes, le port était vide et appartenait de nouveau, jusqu'au lendemain matin, à la mer à laquelle on l'avait arraché. Une seule auberge restait ouverte en dehors de l'enceinte, pour les équipages des navires arrivés tardivement, contraints de rester là jusqu'à ce qu'Amsterdam rouvre ses portes, le lendemain.

Elles étaient déjà fermées depuis des heures, mais en sa qualité d'inspecteur de circonscription, Katoen n'aurait aucun mal à les franchir. C'était l'un des privilèges de sa fonction. Les Poisseurs n'en jouissaient pas, mais peut-être avaient-ils quitté la ville avant que ne sonne la cloche du port.

Restait à savoir pourquoi ils l'avaient d'abord fait venir au Perroquet Vert, puis à la cloche. C'était certainement une mesure de précaution. Peut-être Dircks avait-il été chargé de ne l'aborder qu'après avoir vérifié qu'il avait bien respecté les consignes et qu'il était effectivement seul. Si tel n'avait pas été le cas, il n'aurait jamais entendu parler du véritable point de rendez-vous. Peut-être Dircks ou un autre continuaient-ils à l'observer pour veiller à ce qu'il n'informe personne du lieu de leur rencontre. C'est en tout cas ce que lui aurait fait à la place des Poisseurs. Qu'il interprète tout cela correctement ou non, il ne lui restait d'autre choix que de se rendre à la porte de la ville la plus proche.

L'étonnement des gardes ne fut pas mince lorsque Katoen, sans indiquer de motif, les invita à lui ouvrir la porte : ce n'était quand même pas une demande courante. Mais pour qu'ils puissent lui refuser le passage, il aurait fallu qu'Amsterdam soit assiégée par des troupes étrangères, et il n'était fort heureusement pas question de cela. Les gardes le laissèrent donc sortir, ce qui alimenta sans doute leurs conversations pour le reste de la nuit.

Quelques pas suffirent pour qu'Amsterdam disparaisse dans son dos derrière le mur de brume et qu'il ait le sentiment d'être seul au monde. S'il avait été peureux, cette ambiance lui aurait fait dresser les cheveux sur la tête. Les bruits du port – le glouglou de l'eau qui léchait les murs et les pieux, le gémissement des passerelles en bois sous son poids, le rire lointain d'une mouette dérangée – s'unifiaient en un concert d'épouvante.

Il avançait prudemment, pour ne pas glisser sur le bois mouillé. S'il n'avait pas connu aussi bien les lieux, trouver la cloche du port avec une aussi mauvaise visibilité aurait été une entreprise téméraire, pour ne pas dire désespérée. Même Katoen devait s'arrêter de temps en temps pour retrouver des points de repère.

Lorsqu'il fut à côté de l'étroit bâtiment de bois dans lequel l'armateur Berlage avait installé ses bureaux, il sut qu'il ne lui restait plus qu'environ cinquante klafter à parcourir, tout droit, pour rejoindre la cloche. Impatient de voir ce qui l'y attendait, il continua sa route, jusqu'à ce qu'il soit tout d'un coup entouré par cinq ou six hommes qui semblaient armés jusqu'aux dents. Épées, poignards et haches étaient pointés vers lui – mais il ne vit pas d'armes à feu. Les Poisseurs de cartes voulaient sans doute éviter qu'un coup de pistolet ne mette en alerte les gardes sur les murs de la ville.

Katoen ne perdit pas son sang-froid : il s'était attendu à quelque chose de ce genre. Il était livré, poings et pieds liés, à ceux qui lui avaient donné rendez-vous ici. S'ils ne l'avaient pas fait venir avec de bonnes intentions, le port obscurci par la nuit serait sans doute le dernier lieu qu'il verrait au cours de sa vie.

Un grand homme osseux qui avait perdu l'extrémité de son nez fit tourner un poignard devant Katoen.

— Par ici, vers la gauche, *Mijnheer*, si cela vous convient.

Katoen lança un regard investigateur dans cette direction, où un débarcadère se perdait dans la brume.

— Peut-être l'un de vos hommes pourrait-il passer devant ? Je ne connais pas le lieu où nous allons, je pourrais facilement faire un mauvais pas et tomber à l'eau.

L'homme au nez mutilé réfléchit un bref instant avant de faire un signe à un autre. Ce dernier hocha la tête et monta sur le débarcadère.

— Suivez-moi !

— Puisqu'il le faut, soupira Katoen avant d'obéir.

Les autres Poisseurs le suivaient de près, il n'avait aucune possibilité de s'enfuir. Où serait-il allé, de toute façon ? Il voyait bien quelques baraques servant d'entrepôts à sa droite et à sa gauche. Mais derrière, c'était la mer.

Devant l'un de ces abris, le plus grand aux alentours, l'homme qui marchait devant lui s'arrêta. Katoen fit de même. Les autres Poisseurs formaient un cercle étroit autour de lui. Le premier homme frappa à la porte et chuchota un mot que Katoen ne comprit pas. Il entendit un bruit sec et métallique, sans doute une clef que l'on tournait dans la serrure, et la porte s'ouvrit. Une odeur acide saisit Katoen à la gorge, mélange des différentes épices que l'on avait stockées ici au fil du temps.

— Qu'est-ce que vous attendez ? demanda l'homme, chauve, trapu et très musclé qui avait ouvert la porte.

Ils guidèrent Katoen à l'intérieur de l'entrepôt, où il crut un instant que l'odeur allait lui couper le souffle. Une lampe à huile solitaire posée à même le sol découpait un faisceau de lumière dans l'obscurité de cette grande salle. Il descendit par une échelle branlante au niveau inférieur, où l'air était tout aussi pénétrant mais un peu plus humide. Ils se trouvaient vraisemblablement un peu en dessous du niveau de la mer.

Trois lanternes éclairaient la pièce inférieure. Le regard de Katoen s'arrêta sur une table de fortune, composée de deux tonneaux soutenant une large planche de bois. Une caisse placée derrière cet assemblage servait de siège à une silhouette engoncée dans une vaste cape, coiffée d'un chapeau à grands rebords, le visage dissimulé derrière un masque de tissu semblable à celui qu'Anna Swalmius portait lors de ses escapades nocturnes. Ses mains étaient couvertes de gants de cuir noirs sans ornements. Des gardes se tenaient derrière l'inconnu ; tous deux portaient des armes à feu : le premier un pistolet à double canon, l'autre un pistolet à rouet à canon unique.

— Je suis heureux de rencontrer enfin le chef des Poisseurs de cartes, dit Katoen. Je suppose que vous demander votre nom n'aurait pas beaucoup de sens.

L'homme au nez coupé, apparemment un sous-chef, s'approcha de lui et leva son poignard, menaçant :

— Il vaudrait mieux parler seulement quand on vous le demande, *Mijnheer* ! Maintenant, donnez-moi votre sac. Voilà assez longtemps que vous vous promenez avec !

Katoen garda la sacoche serrée contre lui et répondit :

— Avant de le donner, j'aimerais voir la contrepartie.

Le sbire lança un regard incertain à l'homme masqué. Celui-ci passa la main derrière sa caisse et posa énergiquement un sac en cuir noir sur la table.

— Je peux regarder ?

L'homme masqué acquiesça et désigna le sac de Katoen.

— Nous voulons d'abord savoir ce qu'il y a là-dedans.

— Que du papier, voyez vous-même.

Katoen lui tendit alors la sacoche. Retarder encore ce moment ne pouvait plus lui servir à rien. Manifestement, le mystérieux chef des Poisseurs n'avait pas l'intention de faire le premier pas, et ses hommes auraient de toute façon pu prendre le sac de Katoen par la force. Il ne voulait pas en arriver à un combat qu'il ne pouvait que perdre.

Le sous-chef apporta la sacoche sur la table et l'ouvrit, sur un ordre muet de l'homme masqué. Puis le meneur de la bande commença à sortir une liasse de billets de change après l'autre sur la table et à les empiler avec soin devant eux. Il resta d'un calme parfait en faisant son compte et rangea les billets dans le sac lorsqu'il eut terminé.

— Vous êtes satisfait ? demanda Katoen.

L'homme masqué confirma d'un hochement de tête et fit signe à son second. Celui-ci prit la sacoche en cuir sur la table et la posa devant Katoen, à même le sol.

— Je peux regarder, maintenant ?

Le chef confirma d'un nouveau geste et Katoen s'accroupit pour ouvrir la sacoche. Elle contenait quantité de cartes roulées et un petit livre qu'il ouvrit avec curiosité. Mais c'était un simple index où l'on énumérait et décrivait en détail des cartes terrestres et marines.

— Je suis tout de même un peu déçu, dit-il en soupirant après avoir refermé le sac. J'avais espéré un vieux manuscrit de l'époque des croisés. Il n'y avait rien de tel parmi les objets volés ? Ou alors peut-être une carte de la Côte aux Tulipes ?

Le second lui lança un mauvais regard et se rapprocha de l'homme masqué. Après un bref dialogue à voix basse, le sbire s'adressa à Katoen.

— Nous n'avons rien de plus. Ou bien vous prenez le sac et vous disparaissez tout de suite, ou bien…

— Ou bien ?

Le second sourit, mais son nez estropié donna à ce sourire l'expression d'une grimace.

— Ou bien nous remplissons le sac. Avec vos morceaux !

Katoen souleva la sacoche.

— Je crois qu'il est temps que je prenne congé.

Son regard resta un instant fixé vers le chef, mais celui-ci ne dit rien et ne bougea pas. Au lieu d'un homme, on aurait aussi bien pu asseoir un mannequin de paille sur la caisse.

Le second et ses hommes accompagnèrent Katoen à l'étage supérieur et sortirent avec lui sur le pont, où il commença par prendre une bonne rasade d'air frais. Mais les Poisseurs étaient impatients et le poussèrent, à rebours, sur le chemin qu'il avait pris pour venir. Ils marchèrent encore un certain temps au-delà du débarcadère, jusqu'à ce que Katoen reçoive un coup inattendu, juste entre les omoplates. Il glissa et tomba de tout son long. Comme il ne voulait pas lâcher la sacoche aux cartes, il ne put retenir sa chute, qui fut très douloureuse.

Le temps qu'il se remette sur ses jambes, les Poisseurs avaient depuis très longtemps disparu dans la brume. De là où il était, on ne voyait pas non plus l'entrepôt. Katoen envisagea un bref instant de crier de toutes ses forces pour appeler les sentinelles postées sur les murailles, mais il y renonça. Avant que les gardes n'arrivent et qu'il puisse leur expliquer ce qu'il se passait, les Poisseurs auraient quitté l'entrepôt depuis longtemps. Il supposait qu'ils avaient un bateau amarré sur le débarcadère, et qu'ils s'en serviraient pour rejoindre un point quelconque à l'extérieur d'Amsterdam, un abri dans lequel ils pourraient se terrer jusqu'à ce qu'on rouvre les portes de la ville, le lendemain matin.

Il reprit les chemins des fortifications et se demanda s'il avait accompli sa mission. Le jour suivant lui apporterait la réponse.

22.

L'enfant-serpent

Mercredi 17 mai 1671

Katoen se réveilla avec de violents maux de tête. Il fixa malgré lui, en clignant des yeux, la lumière du soleil qui tombait dans sa chambre. Il lui fallut un certain temps avant de retrouver à peu près ses esprits et de se rappeler l'aventure qu'il avait vécue au cours de la nuit. Il était rentré dans la ville et avait marché tout droit jusqu'au Botermarkt, où il était allé se coucher, mort de fatigue. Il avait pris rendez-vous avec Joan Blaeu dans la matinée, à Gravenstraat. Le cartographe n'avait pas voulu que Katoen lui rende visite chez lui pendant la nuit ; cela aurait trop attiré l'attention.

Il avait dormi longtemps, plus que d'habitude, ce qui était compréhensible. Les deux nuits précédentes avaient été courtes et éreintantes. Il s'assit sur son lit, et son regard tomba sur la sacoche de cuir qu'il avait posée à côté. Elle ne donnait hélas aucune indication sur la Côte aux Tulipes – en tout cas, il n'avait rien trouvé de tel en inspectant rapidement le contenu du sac, dans l'entrepôt. Il se promit de le fouiller encore une fois, avec minutie, avant de l'apporter à Blaeu.

Il entendit parler. Il pensa d'abord que c'était le marché, devant sa maison, mais ce ne pouvait pas être le cas. Le grand marché se tenait le lundi. Les autres jours aussi, quelques paysans infatigables venaient certes proposer leurs marchandises, mais leur nombre n'avait rien à voir avec la foule du lundi.

Non, ce qu'il entendait ressemblait à une dispute. Est-ce cela qui l'avait réveillé ? Les deux voix étaient aiguës, c'étaient des femmes. La première lui était inconnue, l'autre, au ton nasillard, devait être Greet Gerritsen, sa logeuse. Elle se chamaillait apparemment avec une autre femme, à la porte de la maison. Lorsque Katoen entendit qu'on prononçait son nom, il sortit brusquement de son lit et s'habilla en vitesse. Plutôt que ses bottes, il passa les pantoufles que lui avait offertes la veuve Gerritsen pour son entrée dans les lieux. C'était plus rapide et plus confortable.

Arrivé à la porte, il trouva effectivement sa logeuse ; elle glapissait et gesticulait, ce qui n'était pas dans les habitudes de cette femme si bonne et agréable.

— Je te le dirai cent fois, et même mille si tu ne veux pas comprendre : tu ne peux pas rendre visite à l'inspecteur Katoen ! Il dort encore, et je crois qu'il en a un besoin urgent. Et puis qu'est-ce qu'un gamin comme toi veut à monsieur l'inspecteur ?

— J'ai quelque chose pour lui. C'est important, vraiment !

Ce n'était pas une femme, c'était un enfant. Et Katoen reconnut sa voix.

— Félix !

Le garçon était devant la porte, dans ses habits de l'orphelinat, mais tellement sales et déchirés que cela lui vaudrait certainement de sévères remontrances lorsqu'il y rentrerait. Katoen en avait fait la douloureuse expérience bien des années auparavant. Les vêtements n'étaient cependant pas les seuls à avoir souffert : Félix, lui aussi, semblait épuisé, sans doute par manque de sommeil. Il serrait fermement quelque chose dans ses petites mains. Cela ressemblait à une sacoche en cuir, semblable à celle dans laquelle Katoen avait transporté les billets de change.

La veuve Gerritsen, qui venait tout juste de remarquer Katoen, se retourna d'un coup et le regarda avec étonnement.

— Vous connaissez ce… ce vagabond, *Mijnheer* Katoen ?

— Oui, je le connais, et vous pouvez sans crainte me laisser en sa compagnie.

— Je ne le savais pas, et je ne voulais pas troubler votre sommeil. Je pensais… je me disais…

Katoen lui décocha un sourire désarmant, celui auquel elle ne pouvait pas résister.

— Ça ira, *Mevrouw* Gerritsen, vous avez fait le nécessaire. Si vous voulez me faire plaisir, préparez-nous un bon petit déjeuner à tous les deux. Je crois que Félix peut en avoir autant besoin que moi.

— Mais volontiers, dit la logeuse en lui souriant à son tour.

Elle semblait réconciliée avec le monde entier. Ce qui ne l'empêcha pas de froncer les sourcils lorsque Félix passa devant elle pour entrer dans la maison et laissa des traces de boue derrière lui.

Après avoir jeté un bref regard sur le Botermarkt, qui paraissait sinistre sous la bruine et dans le brouillard qui n'était plus aussi dense à présent, Katoen monta dans son appartement avec le garçon. Il attendit d'être dans son salon pour demander à Félix ce qu'il lui voulait.

— Tu ne devrais pas être à l'orphelinat ? Et puis de quoi as-tu l'air ? C'est ça, un bon enfant obéissant ?

Si ses reproches touchèrent le petit, celui-ci n'en laissa rien paraître. L'air buté, il tendit à Katoen la sacoche, qui paraissait très lourde.

— Pour moi ? demanda Katoen, étonné.

Félix hocha deux fois la tête.

Katoen posa le sac sur la table et l'ouvrit. Il portait une carte enroulée, semblable à celles qu'il avait obtenues pendant la nuit en échange de ses billets, ainsi qu'un gros livre, manifestement très ancien, et relié en cuir épais. Il l'ouvrit et constata qu'il était écrit à la main et en latin. Son oncle Adalbert l'avait envoyé quelques années dans une école où l'on enseignait cette langue, mais cela remontait à loin. Lire le livre lui coûterait quelques efforts. Il parvint tout de même à traduire sans grande difficulté le titre inscrit en grandes lettres sur la première page : *Récit du croisé Guillaume de Vailly sur ses expériences pendant le siège d'Acre et lors du pénible voyage de retour, après la chute de la ville, en l'an de Grâce 1291.*

Katoen inspira profondément et essuya, du dos de la main, quelques perles de sueur qui lui coulaient sur le front. Il avait du mal à croire à ce que Félix venait de lui apporter. Il eut tout d'un coup l'impression d'avoir la fièvre. Ses yeux lui avaient-ils joué un tour ? Non, c'était effectivement le vieux manuscrit dont lui avait parlé Sybrandt Swalmius, le récit de ce croisé que des circonstances hostiles avaient jeté sur la Côte aux Tulipes. Le texte dont les indications avaient sans doute permis au père de Joan Blaeu de réaliser une carte de cette côte mystérieuse.

Katoen rassembla tout ce qu'il pensait savoir sur le siège d'Acre – c'est-à-dire pas grand-chose. Dans son souvenir, la ville avait été le dernier bastion des chrétiens en Terre sainte, et avait finalement été conquise par les mamelouks. L'auteur du manuscrit semblait avoir vécu cette dernière bataille. Mais ce que Katoen voulait lire, avant tout, c'était la description de ce qu'il avait connu *lors du pénible voyage du retour.*

Sur la page suivante, le dessin en couleurs d'une tulipe confirma sa supposition : des pétales noirs tachetés de rouge sang ! Il se rappela que Swalmius avait mentionné ce dessin. Son regard s'attarda longuement sur l'illustration : c'était la première fois qu'il voyait cette étrange tulipe en entier. Peut-être était-il encore trop fortement sous le coup des assassinats, mais à la vue de cette image, il ressentit physiquement ce que Swalmius avait décrit : cette fleur respirait le mal.

Il aurait aimé passer plus de temps sur ce livre et dut se forcer à le mettre de côté : il y avait aussi la carte, sur laquelle il devait se pencher de plus près. Il la déroula sur la table. En dessous à gauche figurait, orné de multiples fioritures, le nom « Guilielmus Blaeu ». C'était celui qu'utilisait Willem Blaeu pour terminer ses travaux, Katoen l'avait déjà rencontré sur quelques autres documents du même ordre.

De plus en plus nerveux, il se pencha encore plus près de la carte et suivit le dessin de la côte avec l'index, jusqu'à ce qu'il tombe, tout d'un coup, sur les mots *Ora Tuliparum* inscrits en grosses lettres noires. Même les modestes souvenirs qu'il avait gardés de ses cours de latin à Utrecht lui suffirent pour les traduire : « Côte aux Tulipes. »

Bien qu'il s'y fût attendu, il ferma les paupières avant de relire. Après tout, il avait peut-être fait une erreur, son imagination s'était peut-être jouée de lui – mais non, les mots *Ora Tuliparum* y figuraient bien.

La bande côtière qu'ils désignaient se situait au nord de l'île de Rhodes et décrivait une longue avancée dans la mer. Katoen dut l'examiner plus attentivement encore pour y déceler deux minuscules symboles noirs. Le premier représentait une forteresse, l'autre une tulipe.

— C'est ce que vous cherchiez ?

La question était de Félix, que Katoen, dans son excitation, avait totalement oublié. Assis dans le fauteuil moelleux de Katoen, le jeune garçon l'observait avec de grands yeux.

— Ah oui, c'est bien elle ! Mais comment le sais-tu ? Et d'où tiens-tu la carte et le livre ?

Avant que Félix n'ait pu répondre, quelqu'un frappa à la porte de l'appartement. Ils entendirent la veuve Gerritsen crier :

— *Mijnheer* Katoen, j'apporte le petit déjeuner.

— Ouvre-lui, demanda le policier au garçon.

Félix sauta de son fauteuil et quitta le salon, tandis que Katoen enroulait hâtivement la carte et la rangeait dans la sacoche de cuir, en même temps que le livre. Lorsque Félix ouvrit la porte, Katoen posa le sac sur la commode située en dessous de la fenêtre.

La logeuse déposa sur la table un grand tableau de bois où elle avait disposé du pain, du beurre, du fromage, du jambon et du lait ; puis elle resta là à attendre. Son regard fixé sur Félix exprimait une franche curiosité. Katoen lui sourit et la congédia d'un geste de la tête.

— Merci, c'est très aimable à vous.

— Tout le plaisir est pour moi, dit la veuve Gerritsen en se retirant à contrecœur.

— Tu as l'air très affamé, Félix, et c'est aussi mon cas, commenta Katoen en désignant le plateau. Nous allons commencer par déjeuner.

Le garçon ne se le fit pas dire deux fois. Il attaqua la nourriture avec une telle ardeur que Katoen, soucieux de sa santé, finit par lui demander de manger plus lentement. Lorsqu'ils eurent terminé, il ne restait plus une miette sur le plateau. Félix s'étira avec bonheur dans son fauteuil et rota bruyamment. Pris de peur, il adressa à Katoen un regard anxieux :

— Ne frappez pas ! demanda-t-il. Je vous en prie, ne frappez pas encore !

— Je ne t'ai jamais battu et je n'en ai pas l'intention, répondit Katoen, interloqué, avant de finir par comprendre. Ils t'ont battu, à l'orphelinat ?

Félix hocha la tête et sanglota.

— Souvent ?

L'enfant opina de nouveau.

Katoen se rappela son expérience à l'orphelinat. Les premiers temps, en particulier, avaient été terribles. Quand on était nouveau, on avait tôt fait de transgresser l'une des nombreuses règles. Mais la plupart des enseignants et des surveillants ne tenaient aucun compte de l'ignorance des enfants, soit par indifférence, soit parce qu'ils avaient trop à faire. Lui aussi avait pris des coups à l'époque, de vraies volées. La douleur et le sentiment misérable d'être seul et sans défense lui étaient soudain revenus.

C'est avec les meilleures intentions du monde qu'il avait ramené Félix à l'orphelinat : il ne voulait que le bien de ce garçon, et aux yeux de Katoen, tout valait mieux pour Félix que l'existence qu'il avait menée jusqu'ici, celle d'attraction foraine ou d'instrument humain au profit d'une crapule comme Jaepke Dircks. Mais il avait oublié la singulière dureté des premiers temps à l'orphelinat. Peut-être parce que lui-même, s'il n'y avait jamais été heureux, avait pourtant fini par s'y habituer. Mais la rigueur du règlement et les punitions avaient brisé d'autres enfants. Ils s'étaient enfuis, certains à de multiples reprises, jusqu'à ce qu'on finisse par les enfermer au Rasphuis afin, disait-on, d'élever leur âme. D'autres s'étaient renfermés sur eux-mêmes et s'étaient coupés de tout, si bien que ni la douleur ni le chagrin ne parvenaient plus jusqu'à eux. Katoen regarda Félix avec inquiétude et lui demanda :

— Tu as mal ?

— Oui, répondit le garçon à voix basse.

— Où ?

Félix désigna son dos. Katoen s'agenouilla à côté de lui et souleva d'abord le pourpoint, puis la chemise de corps de l'enfant. Quelques épaisses stries rouges lui zébraient le dos, et leur profondeur aurait valu bien des douleurs à un homme adulte.

— Je n'ai pas voulu ça, se justifia Félix. Si j'ai fait quelque chose de mal, c'est que je n'y ai pas pensé.

— Ça ira, le rassura Katoen en lui caressant doucement la tête. Attends ici. Je vais descendre chez la veuve Gerritsen. Elle a un onguent contre la douleur.

Lorsque Katoen lui rapporta le plateau avec les couverts et lui demanda son baume, la logeuse insista pour l'accompagner. Et elle exigea de soigner Félix elle-même, ce qu'elle fit avec une douceur que les mains râpeuses et calleuses de Katoen ne lui auraient jamais permis de faire.

— Ce garçon vient de l'orphelinat, n'est-ce pas ? demanda-t-elle lorsqu'elle eut terminé.

— Il s'appelle Félix. Et oui, il vient de l'orphelinat. Je dirais même qu'il s'en est évadé.

— Moi aussi, à sa place, je me serais enfuie, enchérit la veuve en observant le dos martyrisé de Félix et en lui remettant doucement sa chemise.

— Les choses ne sont pas toujours faciles à l'orphelinat, mais il va s'y faire.

— Il ne s'y fera pas ! répondit-elle avec une dureté qui tranchait singulièrement avec ses manières habituelles.

— Que voulez-vous dire, *Mevrouw* ?

Elle posa une main sur la tête du petit garçon et lui caressa les cheveux.

— Il ne s'y fera pas parce qu'il n'y reviendra pas.

— Vraiment ? demanda Katoen. Et que va-t-il devenir ?

— Eh bien, nous allons nous occuper de lui, vous et moi. J'ai en bas une chambre calme qui donne sur la cour et qui est pleine de vieilleries. Nous la débarrasserons, Félix pourra y dormir. Pour l'instant, je vais chauffer de l'eau pour pouvoir leur faire une bonne lessive, à lui et à ses vêtements.

— Je vous l'amène, promit Katoen. Mais avant, je dois encore avoir une discussion avec lui. Un entretien de service.

L'hôtesse dévisagea Katoen.

— Vous êtes donc d'accord ?

— Je ne vais tout de même pas me brouiller avec vous, *Mevrouw* Gerritsen, ironisa-t-il.

Lorsque la veuve fut partie, Félix demanda :

— C'est vrai ? Je peux rester ici ?

La crainte et l'espoir se lisaient en même temps dans ses yeux.

— Oui, c'est vrai, acquiesça Katoen avec un sourire.

Il se trompait peut-être, mais le visage du garçon lui parut tout d'un coup transformé, comme libéré d'une profonde tristesse, et cela lui parut être un salaire suffisant. Lui seul n'aurait jamais pu s'occuper suffisamment de Félix, son métier ne le lui permettait pas. Mais si c'était la veuve Gerritsen qui maternait ce garçon, il serait en de bonnes mains. Cela, et sa réputation d'inspecteur de circonscription, devrait suffire pour inciter les directeurs d'orphelinat, qui avaient la tutelle de tous les orphelins d'Amsterdam, à donner leur accord.

— Comment as-tu mis la main sur le livre et sur la carte, Félix ?

— Lorsque le maître d'école s'est remis à me battre, hier après-midi, à l'orphelinat, parce que j'avais regardé par la fenêtre, je suis parti en courant. Je voulais venir vous voir, mais je n'ai pas osé. Vous m'aviez interdit de m'évader.

— Exact, dit Katoen en souriant. Mais apparemment, j'ai plus d'autorité sur les hors-la-loi d'Amsterdam que sur les orphelins de cette ville. Raconte-moi ce que tu as fait ensuite.

— J'ai observé la maison.

— Quelle maison ?

— Celle-là.

— Pourquoi ?

Félix balança la tête de droite et de gauche, indécis.

— Je ne sais pas. Je voulais attendre une bonne occasion.

— De me parler sans que je me fâche ?

— Oui.

— Mais tu ne l'as pas fait. Pourquoi ?

— Il n'y a pas eu de bonne occasion.

— C'est une raison valable, admit Katoen, tout en prenant l'une de ses pipes sur leur tablette et en la bourrant avec les restes de ses réserves en tabac de Virginie. Combien de temps as-tu attendu ici ?

— Jusqu'à ce que vous alliez dans la Gravenstraat. Après, je vous ai suivi. Je pensais qu'en chemin, l'occasion se présenterait peut-être.

— Mais ça n'a pas été le cas non plus, hein ? demanda Katoen en allumant sa pipe avec des fers, une pierre à feu et une amorce.

— Non, vous êtes revenu ici. Et le soir vous êtes reparti.

— Et pendant tout ce temps-là, tu as traîné dehors, sur le Botermarkt ?

— Oui.

— Par ce temps-là ! Chapeau ! Tu es solide !

Katoen se cala dans son fauteuil, étendit les jambes et tira quelques bouffées en savourant le parfum du tabac épicé.

— Je suppose que tu m'as de nouveau suivi lorsque j'ai quitté la maison, avant minuit.

— Oui, c'est ce que j'ai fait.

— Tu dois vraiment être adroit. Je n'ai rien remarqué de tout cela.

— Le brouillard m'a aidé à me cacher. Et puis je ne fais pas de bruit.

— Jusqu'où m'as-tu suivi ?

— Jusqu'à l'entrepôt, dans le port.

Cette fois, Katoen en resta ébahi :

— Mais comment es-tu sorti de la ville ?

— Par la porte, tout comme vous. Quand les gardes l'ont refermée, je m'étais déjà faufilé depuis longtemps.

— Si ça ne prouve pas l'incompétence des gardes, ça démontre tes capacités. Et dans l'entrepôt, comment cela s'est-il passé ? Là aussi, tu t'es faufilé en vitesse par la porte ?

— Non, ça n'a pas été possible, les hommes l'ont fermée trop vite. Mais j'ai découvert une planche mal clouée. Il m'a suffi d'élargir un peu le trou et je suis entré.

Pour un auditeur non averti, l'histoire que racontait Félix pouvait paraître incroyable. Mais Katoen ne doutait pas un seul instant de ses mots. Dès la nuit où il avait rencontré le garçon pour la première fois, il avait pu se persuader de ses facultés extraordinaires. Ce n'était pas pour rien que Dircks l'avait baptisé « l'enfant-serpent ». Rien d'étonnant à ce que durant cette courte période, il soit déjà parvenu deux fois à échapper à l'orphelinat.

— Et ensuite, combien de temps m'as-tu encore talonné ? demanda Katoen.

— Je ne vous ai plus suivi. Je suis resté dans l'entrepôt.

— Même quand je suis reparti ?

— Oui.

— Mais pourquoi ?

— Je voulais vous aider. Je pensais que ces hommes diraient quelque chose quand vous ne seriez plus là. Quelque chose qui vous ferait avancer. Je voulais…

Félix déglutit et baissa le regard.

— Oui, quoi ?

— Je voulais vous montrer, reprit Félix à voix basse, que je vous sers à quelque chose, pour pouvoir rester avec vous.

Katoen jeta un coup d'œil sur le sac en cuir qu'avait apporté Félix.

— Tu es même plus qu'utile, permets-moi de te le dire. Mais comment as-tu mis la main sur ce sac ?

— Quand vous êtes parti, les hommes se sont mis à discuter. Ils parlaient du livre et de la carte, ceux que vous leur aviez demandés. Ils ont ri, ils disaient que vous les aviez eus tous les deux devant vous. Et l'homme sans bout du nez a montré ce sac.

— Où était-il ?

— Derrière l'homme au masque. Tant que celui-là était à sa place, on ne pouvait pas voir le sac.

L'idée que les Poisseurs détenaient bien ces documents mit Katoen en colère. Les auraient-ils sortis s'il avait insisté ? Ou bien attendaient-ils une offre dépassant les douze mille florins ? Il l'ignorait, et finit par ravaler son dépit. Grâce à Félix, il possédait désormais carte et livre sans avoir rien dépensé.

— Et comment as-tu emporté la sacoche, Félix ? Tu l'as prise dans l'entrepôt ?

— Non. Les hommes ont quitté la maison juste après vous, dans une grande barque, raconta le garçon, confirmant les supputations de Katoen. J'y suis monté aussi et je me suis caché sous le prélart. Les hommes ont débarqué à l'extérieur de la ville et ont passé la nuit dans une ancienne ferme. Ils comptaient y attendre l'ouverture des portes de la ville, au matin. Quand ils dormaient, j'ai pris le sac et je suis revenu dans la ville.

— Les Poisseurs n'avaient pas mis de sentinelles ?

— Si, mais leurs yeux se sont fermés si souvent qu'ils ne m'ont pas remarqué.

Félix eut un sourire oblique. Manifestement, ses aventures de la nuit, aussi inconfortables et dangereuses qu'elles aient été, l'avaient amusé.

— Tu as été très courageux, mais aussi très imprudent, souligna Katoen. Si les Poisseurs t'avaient mis la main dessus, tu ne serais sans doute plus en vie. Pourquoi as-tu fait tout cela ? ajouta-t-il, tout en devinant la réponse.

— Pour vous.

La réponse était concise, mais elle émut d'autant plus Katoen. Il passa quelques minutes à fumer sa pipe en silence et à penser à Félix. La confiance que ce garçon avait placée en lui le réjouissait, mais c'était aussi un poids. Pour la première fois dans sa vie d'homme adulte, il se sentait responsable d'un autre que lui et se demandait si c'était ce qu'il voulait, et si Félix n'attendait pas trop de lui.

Et puis il y avait autre chose : ce que Félix avait réussi l'emplissait de fierté. Il ne connaissait guère d'adulte qui en eût été capable. Bien entendu, son extraordinaire faculté de se faufiler comme un serpent par les trous les plus étroits lui avait été utile, mais cela seul n'aurait pas suffi. Félix avait fait preuve de courage, pas de témérité irréfléchie, non, il avait procédé avec beaucoup de méthode. Katoen était fier de lui comme si son propre sang avait coulé dans les veines de l'enfant.

— Tu m'as été d'un grand secours, déclara-t-il au garçon, ton aide est très précieuse. Sans toi, je ne saurais même pas si le livre et la carte existaient vraiment, et encore moins si c'était bien les Poisseurs qui les détenaient. Je te remercie !

Voyant les yeux de Félix s'illuminer de bonheur, Katoen ajouta, plaisantant à moitié :

— Maintenant, j'aimerais aussi savoir le nom de l'homme qui se cachait sous le masque. Tu ne l'aurais pas entendu, par hasard ?

— Non, malheureusement pas, *Mijnheer* Katoen.

— Appelle-moi « Jeremias » et dis-moi « tu », ça ira plus vite.

— Oui, Jeremias. Aucun n'a donné le nom du chef, même pas dans la ferme, alors qu'il avait enlevé son masque.

Cela tenait peut-être à la fatigue – en tout cas, Katoen eut besoin de quelques secondes pour comprendre ce que venait de dire le jeune garçon. Il baissa la main qui tenait sa pipe et regarda fixement Félix.

— Tu as vu le visage de leur chef?

— Je l'ai vu, répondit Félix avec un calme parfait, comme s'il n'avait pas la moindre idée de ce que cela signifiait pour Katoen.

Celui-ci bondit de sa chaise et s'agenouilla devant le fauteuil où Félix était assis et paraissait un peu perdu.

— Décris-moi cet homme, Félix, dans les moindres détails !

23.

Révélations

Midi approchait lorsque Katoen arriva à Gravenstraat et fut conduit chez Joan Blaeu, qui l'attendait avec une grande impatience. Lorsqu'il fut seul avec Blaeu et Barent, le cartographe laissa libre cours à sa colère.

— Je vous ai attendu toute la matinée, Katoen ! Qu'est-ce qui vous prend, d'arriver à une heure pareille ? Vous n'accordez sans doute pas particulièrement d'importance à toute cette affaire ?

— Il y a d'autres affaires primordiales dont j'ai à me soucier, répondit froidement Katoen. Mais cela ne signifie pas que j'aie négligé la vôtre. Sans cela je n'aurais pas risqué ma vie, comme je l'ai fait en rencontrant les Poisseurs sur un débarcadère, dans le brouillard et au beau milieu de la nuit.

— Vous avez été chez eux, vraiment ? demanda Blaeu, et sa colère sembla se dissiper en un instant. Vous leur avez parlé ?

— Oui, se contenta de répondre Katoen, qui n'avait pas l'intention de lui faciliter la tâche.

— Et les cartes volées, vous les avez ?

Katoen déposa le sac de cuir avec les cartes sur la grande table qui occupait une bonne partie des bureaux privés du cartographe.

— Les voici. Vérifiez si tout est au complet.

Blaeu et Vestens sortirent les cartes du sac et les regardèrent les unes après les autres. Ils ne voulaient rien en laisser paraître, mais Katoen remarqua l'insatisfaction et la nervosité du cartographe et de son secrétaire. Jouant l'ingénu, il contempla un grand tableau à l'huile qui représentait le père de Joan, Willem, dans la force de l'âge et dans le cercle familial. De sa main droite, il caressait la tête de l'un des garçons, et Katoen se demanda s'il s'agissait de Joan ou de Cornelis. Les aléas d'une longue vie avaient marqué le visage de Joan Blaeu ; désormais, avec l'âge, il ressemblait plus à son père qu'à l'un des deux garçons du tableau.

Il fallut que Blaeu se racle discrètement la gorge pour que Katoen se retourne vers les deux hommes. Les cartes qu'il leur avait rapportées étaient soigneusement enroulées et alignées sur la table.

— Je vous remercie pour vos efforts, *Mijnheer* Katoen, dit le cartographe d'un ton solennel. Je vais donner instruction à ma banque de vous verser votre récompense.

— Vous êtes donc satisfait ? Toutes les cartes volées sont de nouveau là ?

— Oui, dit Blaeu, et il baissa la tête lorsque Katoen le regarda droit dans les yeux.

— Il ne vous manque rien ?

— Pas que je sache.

— Peut-être un livre, un manuscrit ancien ?

Blaeu avait le souffle lourd, tout cela lui déplaisait visiblement.

— Pourquoi remettez-vous cette histoire sur le tapis ?

Vestens voulut prêter main-forte à son employeur et ami, et lança à Katoen un regard réprobateur.

— Joan vous a pourtant déjà affirmé qu'il n'a jamais entendu parler de ce manuscrit du croisé.

— Je n'ai pas parlé d'un croisé, constata Katoen. Qu'est-ce qui vous fait penser à cela ?

— Mais cela me paraît aller de soi, puisque vous avez déjà questionné Joan une fois sur cet obscur manuscrit.

— Obscur, il ne l'est pas tant que ça. J'irais même jusqu'à avancer qu'il est très concret.

Sans cesser de parler, Katoen sortit le sac qu'il dissimulait sous sa cape et le posa sur la table. Sous les regards étonnés des deux hommes, il l'ouvrit et en sortit d'abord la carte marine de la Côte aux Tulipes, puis le manuscrit relié en cuir. Il déroula la carte et expliqua :

— Cette carte, qui montre une section de la côte de l'Empire ottoman, porte la signature de votre père, *Mijnheer* Blaeu, comme vous pouvez le voir ici. Et ici… (Katoen désigna une région située en face de l'île de Rhodes) … on a dessiné une péninsule qui porte le nom de « Côte aux Tulipes ». Je suppose que votre père a réalisé cette carte d'après les notes prises par le croisé Guillaume de Vailly.

— De qui s'agit-il ? demanda Vestens d'une voix rogue.

Katoen enroula de nouveau la carte et posa une main sur le livre.

— L'auteur de ce manuscrit dont personne ici n'est censé avoir jamais entendu parler. La carte ne vient-elle pas de cet atelier, elle aussi, puisque c'est Willem Blaeu qui l'a signée ?

— D'où tenez-vous le livre et la carte ? demanda Blaeu, qui s'efforçait en vain de garder une voix ferme.

— Mais des Poisseurs, comme pour les autres, répondit Katoen. Seulement ils ne m'ont pas remis ces deux objets d'aussi bonne grâce que les autres documents. (Il avança vers le vieux cartographe et lui lança un regard de défi.) *Mijnheer* Blaeu, vous êtes l'un des citoyens les plus méritoires d'Amsterdam, membre du conseil municipal, et votre honorabilité est réputée bien au-delà des frontières des Pays-Bas. Voulez-vous enfin me révéler la vérité sur ce manuscrit et cette carte maritime ?

Blaeu, soudain livide, recula lentement de deux pas et se laissa tomber sur une chaise.

— Vous savez déjà tout, murmura-t-il.

— C'est donc bien cela : les Poisseurs vous avaient volé les notes du croisé et la carte de la Côte aux Tulipes.

— Oui. Je les conservais toutes les deux, ainsi que les autres cartes qui se trouvent sur cette table, dans une cachette secrète. Ce sont les cartes les plus précieuses que je possède. Quant au manuscrit, c'est toute une histoire.

— Votre père a réalisé la carte d'après ces notes ; et c'est elle qui a permis à la Compagnie des Indes orientales d'envoyer l'*Admiraal Van der Haghen* mener sa mystérieuse expédition.

Blaeu dévisagea Katoen avec étonnement.

— Vous savez aussi cela ? Comment ?

— Je préférerais le garder pour moi. Ce qui m'intéresse plutôt, c'est de savoir ce qui s'est passé avec le chargement spécial que l'*Admiraal Van der Haghen* a rapporté à Amsterdam.

— Je ne le sais pas.

— Vous allez recommencer à me mentir, *Mijnheer* Blaeu ?

— Je l'ignore, sincèrement. Mon père le savait peut-être, mais si tel était le cas, il l'a emporté dans sa tombe. Moi-même, je ne connais que les grands traits de toute cette histoire. Lorsque l'*Admiraal Van der Haghen* est revenu à Amsterdam, rien n'était plus comme avant. L'effondrement du marché des tulipes avait plongé dans le malheur beaucoup de marchands qui vivaient autrefois dans la richesse, et plus personne ne voulait entendre parler des tulipes. Peut-être la partie du chargement à laquelle vous faites allusion a-t-elle été détruite à l'époque. Je n'en ai aucune idée.

Katoen avait du mal à s'imaginer que les oignons de tulipes pris en Turquie avaient été détruits, alors que l'on avait déployé de tels efforts pour s'en emparer. La chose restait tout de même dans le domaine du possible. Plaidait toutefois contre cette éventualité l'idée que l'assassin aux tulipes détenait visiblement au moins un exemplaire de cette tulipe à laquelle Anna et son beau-père donnaient le nom si ronflant de tulipe du mal.

Le cartographe était recroquevillé sur sa chaise. Il avait tout d'un coup perdu toute la fierté et toute l'énergie dont il avait fait preuve jusqu'ici. Katoen n'avait pas l'impression que dans l'état où il se trouvait à cet instant précis, Joan Blaeu ait eu la capacité d'inventer des mensonges de haute volée. Mais il préféra ne pas le sous-estimer. Cet homme avait accumulé les succès, et cela l'avait certainement obligé à maîtriser beaucoup de situations difficiles. Peut-être avait-il aussi si bien appris à se dissimuler qu'il était capable de faire passer un commerçant aguerri en vieil homme n'attirant que la compassion. Et c'est là, songea Katoen, que se pose la question suivante.

— Si toute cette histoire remonte si loin et si, comme vous l'affirmez, vous n'en connaissez pas les détails, pourquoi êtes-vous donc si consterné, *Mijnheer* Blaeu ? J'ai l'impression que le manuscrit et la carte de la Côte aux Tulipes sont bien plus importants à vos yeux que les autres documents, ceux que vous prétendez si précieux.

— Nous ne le prétendons pas, intervint Vestens. Ils le sont réellement.

Katoen ne lui accorda pas plus d'attention et regarda de nouveau le cartographe. Celui-ci parut se faire violence avant de parvenir à raconter, d'une voix traînante :

— J'avais vraiment presque oublié la Côte aux Tulipes et l'expédition de l'*Admiraal Van der Haghen* – je vous l'ai dit, je n'étais pas impliqué dans cette affaire. C'était le problème de mon père, et il n'en a jamais parlé. Pour moi, c'était une histoire réglée et ça l'est resté pendant de nombreuses décennies, jusqu'au moment où, il y a peu de temps…

Il soupira profondément et secoua sa maigre chevelure comme s'il ne parvenait pas à croire à ce qui s'était passé.

— Qu'est-il arrivé, il y a peu de temps ? relança Katoen.

— L'un de mes fils, une belle-fille et l'une de mes nièces ont…

Blaeu frissonna à l'idée de ce qu'il allait raconter.

— Oui ?

— On les a attaqués, ici, à Amsterdam, en plein jour. Attaqués et enlevés.

Katoen le regarda, incrédule.

— Je n'en ai jamais entendu parler.

— Nous n'avons pas porté plainte.

— Pourquoi ?

— On les a relâchés, expliqua Blaeu. C'était un simple avertissement. C'est en tout cas ce qui figurait dans la lettre que j'ai reçue alors que mes proches se trouvaient entre les mains des ravisseurs. L'expéditeur anonyme me menaçait de s'en prendre à ma famille, où que ce soit et n'importe quand. Il soutenait que ni les autorités ni quiconque ne pourraient s'y opposer. J'ai d'abord pensé qu'il s'agissait d'une mauvaise farce, mais j'ai changé d'avis quand mon fils, d'abord, et les deux autres ensuite, sont revenus et m'ont raconté leur enlèvement.

— Et vous avez décidé de ne pas vous adresser aux autorités, constata Katoen d'un ton réprobateur.

— Elles ne peuvent pas protéger ma famille. Personne ne le peut. Les ravisseurs ont prouvé de quoi ils étaient capables. Quand on fait une chose pareille, on peut faire n'importe quoi. N'importe quoi !

— Nous aurions pu faire protéger votre maison et votre famille par des gardes.

— Vingt-quatre heures sur vingt-quatre, pas à pas, jusqu'à la fin de nos jours ? J'en doute. Et puis l'avant-dernière nuit m'a prouvé qu'on ne peut pas se fier à la protection assurée par vos hommes. Vous aviez prévu que l'assassin aux tulipes frapperait de nouveau, et vous avez tout de même été incapable d'empêcher que Paulus Van Rosven soit tué comme l'avait été son père.

Le coup était bien ajusté, et Katoen ne put le parer. Bien sûr, si cela n'avait tenu qu'à lui, la réunion des « Vénérateurs de la Tulipe » n'aurait pas eu lieu le lundi soir. Cela ne l'exonérait pas du reproche d'avoir failli à sa tâche. Sa mission avait été de veiller à la sécurité des amis de la tulipe, et il ne l'avait pas accomplie. Blaeu a raison sur ce point, se dit amèrement Katoen. Il ne pouvait pas en vouloir au cartographe de ne pas se fier à la protection des autorités.

— Que vous ont réclamé les ravisseurs ? reprit l'inspecteur. Les documents sur la Côte aux Tulipes, le livre et la carte ?

— Vos suppositions sont exactes, *Mijnheer* Katoen.

— Je suppose aussi que les Poisseurs se sont interposés.

— C'était déjà le cas. La nuit précédente, le cambriolage avait eu lieu dans ma maison. Cette bande de crapules ! Que les Poisseurs aient pu trouver ma cachette secrète et la vider… Quel hasard terrible !

— Là, vous vous trompez, ça n'était pas un hasard. Les Poisseurs connaissaient bien les lieux, et ils ont trouvé exactement ce qu'ils cherchaient : vos cartes les plus précieuses. Mais ils ignoraient, avant le jour du cambriolage, que celle de la Côte aux Tulipes et le manuscrit de Guillaume de Vailly avaient une valeur aussi inestimable.

— Comment cela ?

— Vous avez un espion chez vous, *Mijnheer*. C'est pour cela qu'ils connaissaient si bien les lieux. Et qu'ils ont su que les ravisseurs de vos parents s'intéressaient beaucoup à la Côte aux Tulipes. C'est sans doute la raison pour laquelle ils ne m'ont pas volontairement remis la carte maritime et le livre.

Blaeu agita vivement la tête.

— Non, non, ça n'est pas possible ! Le seul à avoir été au courant de ces enlèvements, en dehors de ma famille, c'était mon ami Barent, ici présent.

— Et alors ? demanda Katoen. C'est bien suffisant.

Le regard de Blaeu fit des allers-retours incertains de Katoen à Barent Vestens.

— Voyons, Katoen, vous n'allez tout de même pas laisser entendre que Barent…

— Et qui d'autre ? Il a toute votre confiance et connaissait la cachette. Il était au courant des enlèvements et savait donc que quelqu'un accordait une très grande valeur aux documents concernant la Côte aux Tulipes. Alors il a décidé de les vendre lui-même. Manifestement, cela ne l'a pas dérangé de mettre ainsi votre famille en danger, et même en danger de mort.

Le secrétaire écouta ces accusations avec un calme étonnant. Bras croisé, aussi immobile qu'une statue, il laissa Katoen terminer. De temps en temps, un muscle tressaillait sur son visage barbu, mais rien ne permettait de déterminer s'il s'agissait d'un signe de colère ou d'amusement.

— Vous avez une imagination débordante, *Mijnheer* Katoen, dit-il froidement. Vous pourriez sûrement gagner beaucoup d'argent en aidant les capitaines à coucher sur le papier le récit de leurs traversées. Les voyages ne sont certes pas toujours aussi excitants qu'on le raconte, mais il vous viendra toujours une idée captivante.

— Vous me surestimez, Vestens. Je n'ai eu besoin d'aucune imagination : c'est la pure vérité.

Une expression moqueuse se glissa sur le visage de Vestens.

— Vous êtes un vantard, vous promettez plus que vous ne pouvez tenir, Katoen. Votre première rencontre avec les Poisseurs a échoué, et vous êtes incapable d'attraper l'assassin aux tulipes. Votre médiocrité a coûté la vie à Paulus Van Rosven, sans parler de l'auxiliaire qui a perdu la sienne à cette occasion. Il vous faut un succès de toute urgence pour dissimuler votre incompétence. Et comme vous n'avez rien trouvé de mieux, c'est moi que vous accusez.

Blaeu regarda Katoen, dubitatif.

— Barent dit la vérité ?

— Non, il ment. Il vous ment déjà depuis un bon bout de temps. Pourquoi, il vous le dira mieux que moi.

Quant à moi, je suis certain qu'il n'est pas seulement la taupe des Poisseurs de cartes, mais leur chef.

— Vous perdez la raison, Katoen, éclata Vestens. Voulez-vous affirmer que vous m'avez vu hier chez les Poisseurs ?

— Votre visage était masqué, mais vous y étiez.

— Vous le savez donc, bien que vous ne m'ayez pas reconnu ! Alors comment savez-vous que c'était moi ? À ma stature, peut-être ?

— Non, une cape la dissimulait. Et pourtant j'ai eu l'impression que le chef était un homme grand et fort, ce que l'on peut sans aucun doute dire à votre propos.

— Comme à celui de plusieurs milliers d'autres hommes à Amsterdam, répliqua Vestens avec un rire rauque. Vous n'avez rien de plus ? Vous reconnaissez peut-être ma voix ?

— Non, en ma présence, le chef masqué ne communiquait que par signes.

— De mieux en mieux ! Un muet masqué ! Et vous prétendez m'avoir reconnu. Vous êtes un extralucide, Katoen ?

Blaeu paraissait ne plus savoir où il en était ; son regard interrogateur allait et venait entre son secrétaire et Katoen.

— Je dois dire moi aussi que je ne vous comprends pas, Katoen. Comment peut-on porter de si graves accusations sans rien avoir entre les mains ? Aucun tribunal au monde ne prononcerait la culpabilité de Barent. Vous êtes votre seul témoin, et un témoin déplorable.

— Erreur, objecta Katoen. J'ai un autre témoin, et lui a vu le chef des Poisseurs ôter son masque. Et le visage qu'il dissimulait était le vôtre, Vestens !

Toute trace d'arrogance disparut du visage de Vestens, et les premiers doutes s'y insinuèrent.

— Vraiment ? Et qui est votre prétendu témoin ?

— Celui-là même qui, dans la ferme où vous vous étiez cachés pour passer la nuit, a emporté la carte de la Côte aux Tulipes et le récit du croisé. Il certifiera devant le tribunal qu'il vous a reconnu.

Katoen oublia sagement de mentionner que son témoin était un orphelin, et qu'il n'avait de surcroît jamais vu Barent Vestens auparavant. Mais il n'avait aucun doute : Vestens était bien l'homme puissant à la barbe blond-roux que Félix lui avait décrit au matin. Le garçon le reconnaîtrait en toute certitude lors d'une confrontation. Mais il voulait garder Félix en dehors de cette affaire tant que ce serait possible, et espérait donc pouvoir faire sortir Vestens de sa réserve.

Blaeu adressa à Vestens un regard incrédule ; il semblait toujours se hérisser à l'idée que Katoen puisse avoir raison.

— Voyons, Barent, tout cela n'est pas vrai, n'est-ce pas ? Dites donc quelque chose !

Vestens baissa les bras, qu'il tenait encore à la hauteur de la poitrine et s'appuya au dossier d'une chaise massive.

— Que voulez-vous que je dise, à part…

D'un seul coup, il souleva le siège et le lança sur Katoen. Celui-ci parvint à se pencher au dernier moment. La chaise ne fit qu'effleurer sa joue et alla se fracasser contre le mur.

Vestens voulut sortir du secrétariat privé, mais avant même qu'il n'ait atteint la porte, Katoen l'avait rejoint d'un grand bond et jeté au sol. Vestens se montra un adversaire digne du policier. Les longues années où il avait exercé ses fonctions administratives n'avaient manifestement pas atrophié sa musculation. Agrippés l'un à l'autre, les deux hommes roulèrent sur le sol carrelé, prenant tour à tour le dessus.

Alors qu'ils se trouvaient dans un coin, Vestens parvint à s'asseoir sur Katoen. Ses grandes mains encerclèrent le cou du policier pour l'étrangler. L'inspecteur sentit une douleur à la gorge et eut du mal à respirer. Il se rappela alors un truc qu'il avait appris chez Robbert Cors et cessa toute résistance, laissant la tension s'échapper de son corps comme s'il était déjà mort.

Vestens réagit comme le policier l'avait espéré et relâcha la pression sur son adversaire, l'espace de l'instant qu'il lui fallut pour comprendre la nouvelle situation. Cet instant suffit à Katoen pour bander de nouveau ses muscles et projeter Vestens loin de lui. Le secrétaire roula sur la moitié de la pièce jusqu'à ce qu'un pied de table joliment ciselé l'arrête.

Katoen eut besoin de quelques secondes pour retrouver son souffle. Respirer lui faisait toujours mal, mais cela ne durerait pas. Des taches noires dansaient encore devant ses yeux lorsqu'il vit Vestens se hisser à la table. Le policier attendait de cerner les intentions de l'employé. S'il voulait quitter les lieux, il devrait tenter de passer devant Katoen. Celui-ci n'avait aucune intention de s'engager dans une nouvelle manche de lutte et chercha son poignard du bout des doigts.

Mais Vestens se retourna et courut vers les deux grandes fenêtres. Il leva les bras pour se protéger le visage et sauta par l'une des fenêtres. Le bruit du verre heurta les oreilles de Katoen avec autant de puissance que celui du bois de la chaise un instant plus tôt.

Passant devant Joan Blaeu, qui avait assisté au combat assis à la table, l'air hagard, il se rendit sans hâte aux fenêtres derrière lesquelles se dressaient les murs de la Nieuwe Kerk. À l'extérieur, il vit Barent Vestens couvert de sang, flanqué et retenu par les deux hommes que Katoen y avait postés : Jan Dekkert et Henk Bogaert.

— Il est sérieusement blessé ? demanda Katoen.

— C'est sans doute plus impressionnant que sérieux, répondit Dekkert. Quelques entailles qui pissent le sang, rien de plus.

— Alors ramenez-le à l'intérieur. Nous n'avons pas terminé notre discussion.

Lorsque les auxiliaires reconduisirent Vestens dans le bureau, peu après, le secrétaire avait les mains enchaînées par des fers. Son visage était indemne, mais il avait aux bras et à la poitrine quelques plaies qui saignaient beaucoup et lui faisaient très mal. Katoen le vit serrer les dents.

— Il vaudrait peut-être mieux l'emmener chez le médecin, suggéra Dekkert.

— Rien ne presse, répondit Katoen. Prenez donc place, *Mijnheer* Vestens. Tout cela était un peu fatigant, n'est-ce pas ?

Ses deux lieutenants comprirent le message et posèrent leur prisonnier sur la première chaise libre. Puis Dekkert s'installa devant la porte tandis que Bogaert barrait l'accès à la fenêtre.

Blaeu sortit enfin de sa torpeur et toisa Vestens en secouant la tête.

— Mon cœur ne veut pas croire ce que ma raison me dit. C'est pourtant sans doute la vérité. Pourquoi, Barent, pourquoi ? Ne t'ai-je pas toujours traité comme mon propre fils ?

— C'est ce que vous vous figurez ! lâcha Vestens. C'était peut-être le cas au début. Vous avez même dit un jour que j'étais comme votre fils ; mais lorsque vos vrais fils ont grandi, il n'a plus été question de cela. Je me suis mis en quatre pour vous, j'ai ma part dans la croissance de vos affaires, et grâce à moi vous avez pu installer vos nouveaux ateliers ici, dans la Gravenstraat.

Mais vous ne m'avez pas accepté dans votre famille, vous ne m'avez jamais considéré comme votre fils, vous ne m'avez jamais remercié pour mon travail !

— Ça n'est pas vrai, Barent. Je me suis toujours soucié de toi, je t'ai fait venir au secrétariat lorsqu'il s'est avéré que ce travail de graveur de cartes ne te valait rien. J'ai fait plus pour toi que pour n'importe lequel de mes employés. Et je t'ai aussi beaucoup mieux payé.

— Et je suis quand même resté un employé. Si l'on m'avait enlevé, vous n'auriez certainement pas remué ciel et terre pour me protéger !

Tandis que Vestens laissait s'épancher toutes les rancœurs qui s'étaient accumulées en lui depuis ces longues années, son sang coulait peu à peu sur les dalles claires. Cela ne dérangeait personne, et surtout pas Joan Blaeu. Il regardait fixement son secrétaire, l'air toujours plus ahuri. On aurait dit qu'il le voyait vraiment pour la première fois.

— Vous avez donc décidé de prendre votre dû vous-même, finit par intervenir Katoen. Et de le faire avec l'aide des Poisseurs.

— Oui, répondit Vestens en souriant. C'était plus simple que je ne l'aurais cru. Il a suffi que je traîne deux ou trois soirs dans le Labyrinthe pour entrer en contact avec eux. J'ai rapidement constaté qu'il ne restait plus grand-chose de ces Poisseurs tellement redoutés autrefois. Leur dernier chef était parti après avoir ramassé un butin suffisant, et le reste de sa bande se désagrégeait peu à peu. Alors j'ai pris les choses en main et je les ai reconstitués. Ici, au comptoir, j'ai fini par apprendre comment on mène les affaires.

Katoen comprenait à présent pourquoi l'on n'avait plus eu aucune nouvelle des Poisseurs pendant si longtemps, jusqu'au cambriolage chez Blaeu.

— Et les gens qui ont enlevé les parents de Blaeu ? demanda-t-il.

— Oui, eh bien quoi, les gens ? répliqua Vestens.

— Que savez-vous d'eux ?

— Ils sont dangereux. Rien d'autre.

— Vous n'avez pas encore pris contact avec eux pour leur proposer la carte de la Côte aux Tulipes et le manuscrit du croisé ?

— Ça devait se faire. Demain.

— Pourquoi demain ?

Vestens sourit encore, et cette fois son sourire lui barra tout le visage.

— Parce que notre très confiant ami Joan comptait m'envoyer chez eux demain pour servir d'intermédiaire.

24.

La promesse

Lorsqu'un médecin appelé par Henk Bogaert eut soigné les blessures de Barent Vestens, ils conduisirent le prisonnier à l'hôtel de ville et l'enfermèrent dans la cave. La bagarre qui avait eu lieu dans les bureaux privés de Joan Blaeu avait provoqué un certain émoi dans la Gravenstraat ; Katoen demanda au cartographe de ne rien dire à ses employés ni à ses voisins. Blaeu le promit, mais il semblait penser à autre chose. Les émotions des journées précédentes avaient sans doute été trop fortes pour lui ; il fit à Katoen l'impression d'un homme brisé. Il ne protesta pas non plus lorsque Katoen annonça qu'il conservait la carte de la Côte aux Tulipes et l'ancien manuscrit. Il demanda seulement avec insistance à l'inspecteur de s'occuper des inconnus qui menaçaient la famille de Blaeu. Il continuait sans doute à ne pas accorder une grande confiance aux autorités pour assurer la protection de sa famille ; mais après la déception qu'il avait subie, il n'avait tout simplement plus la force d'entreprendre quelque chose par lui-même.

Après un rapide déjeuner dans une baraque à saucisses du Dam, Katoen alla rendre visite, dans sa cellule, au nouveau détenu. Enchaîné à l'un des murs,

Vestens était assis sur l'étroite banquette qui servait à la fois de couchette et de siège. Par terre, près de lui, on avait déposé un morceau de pain noir et une auge en bois. Le brouet peu ragoûtant qu'elle contenait était intact ; la cuiller de bois y était plantée toute droite, comme un soldat montant la garde.

— Vous n'avez pas faim, *Mijnheer* ? demanda Katoen, moqueur. Remarquez, il en serait de même pour moi dans ces circonstances.

Vestens lui lança un regard furieux.

— Vous êtes venu pour vous moquer de moi ?

— Pas seulement. J'aimerais surtout que vous répondiez à quelques questions.

— Lesquelles ?

— Toutes celles que l'on peut poser à propos des Poisseurs. Quelle est la taille de la bande ? Qui en fait partie ? Où trouve-t-on ces hommes ?

— Et pourquoi devrais-je vous dire tout ça ?

— Vous pouvez beaucoup améliorer votre situation. Si vous me répondez en toute franchise, je témoignerai en votre faveur au tribunal. Et puis vous vous épargnerez quelques ennuis.

— De quoi parlez-vous, Katoen ?

— Presque tous ceux qui sont passés par ces lieux ont fini par craquer. On n'appelle pas ça la cave au fouet pour rien. Si vous répondez tout de suite à mes questions, vous vous éviterez beaucoup de désagréments.

Vestens laissa échapper un rire rauque.

— Qu'est-ce qui vous amuse autant ?

— Votre humeur radieuse, Katoen. Vous me menacez de désagréments, mais ça ne sera pas grand-chose à côté du traitement que me réserveront les Poisseurs si je me mets à table. Ils ont beau ne plus s'être beaucoup montrés ces derniers temps, leur code d'honneur n'a pas changé et il est très rigoureux. La trahison vaut la mort !

— Parler d'honneur pour de tels escrocs et coupe-jarrets me paraît assez risqué.

— Vraiment ? Et qu'entendez-vous par honneur ? Ce que m'a fait Joan Blaeu est honorable, peut-être ?

— Il vous a fait quelque chose ? répéta Katoen, décontenancé. Quoi donc ? Vous avoir nourri et toujours avoir veillé sur vous ? Vous êtes totalement aveuglé, Vestens, vous confondez coupables et victimes !

Sur ces mots, il quitta l'étroite cellule : dans l'état d'esprit où il se trouvait, cet homme-là resterait intraitable. Vestens s'était fait sa propre morale : il était le bon, Joan Blaeu le méchant. Peut-être quelques jours dans la cave au fouet lui feraient-ils changer d'avis. En tout cas, avec ce qu'il savait sur les Poisseurs de cartes, c'était un prisonnier important. Avant de quitter la cave, Katoen exhorta les gardes à le surveiller de près.

En haut de l'escalier, il aperçut le juge, qui lui fit signe de le rejoindre.

— Jeremias, on me dit que vous avez arrêté le bras droit de Joan Blaeu ? Il y a un rapport avec les assassinats aux tulipes ?

— Indirectement.

— Il faut que vous m'expliquez ça plus précisément, mais peut-être pas ici, dans le couloir. Suivez-moi dans mon bureau. Il me reste quelques minutes avant la prochaine audience.

Quelques minutes ne suffiraient guère pour tout raconter à Van der Zyl. Katoen accepta cependant son invitation et lui fit un rapport concis sur les événements et leur contexte. Il était temps de mettre son supérieur au courant de tout. Même si Katoen s'efforçait de faire le moins de bruit possible autour de l'arrestation de

Vestens, il était inévitable que des rumeurs commencent à courir. Certains des employés de Blaeu avaient appris qu'on avait emmené Vestens pour l'enfermer à l'hôtel de ville. Ils le raconteraient à leurs familles et à leurs amis, qui propageraient la nouvelle à leur tour. Le fait que l'arrestation se soit produite dans l'atelier de Joan Blaeu, l'un des conseillers d'Amsterdam, alimenterait encore les bruits. Si l'on posait la question publiquement, peut-être même au conseil municipal, Katoen serait heureux que le juge le couvre.

Au fur et à mesure que Katoen parlait, le visage de Van der Zyl ne cessa de s'allonger. Il finit par se lever de son siège et passer la main sur ses vêtements pour les défroisser :

— J'écouterais volontiers toute cette histoire ahurissante, Jeremias, mais même avec la meilleure volonté du monde, cela m'est impossible. J'ai devant moi une après-midi d'audiences éprouvantes. Venez donc dîner chez moi ce soir, que nous puissions parler tranquillement de tout cela. Mais ne vous mettez pas en frais, ce sera sans façon, juste vous et moi. Ce que vous avez à me raconter ne doit pas être entendu par n'importe qui. D'ici là, pas un mot à personne. Pas même sur notre rendez-vous !

Katoen ne resta pas à se tourner les pouces cet après-midi-là. Après avoir réglé toutes les formalités liées à l'arrestation de Barent Vestens, il se rendit à la Chambre des Orphelins, qui se trouvait dans l'hôtel de ville, pour s'entretenir de Félix avec les maîtres de cette institution. Ils écoutèrent attentivement ce qu'il avait à dire, et semblèrent comprendre ce que ce cas avait de singulier. On lui remit un document qui lui confiait la garde provisoire de Félix.

— Il faudra quelques jours pour obtenir la confirmation de la tutelle définitive, expliqua l'un des responsables, mais en fin de compte rien ne devrait s'y opposer. Vous voulez bien obtenir la tutelle de ce garçon, n'est-ce pas ?

La question était simple, et pourtant Katoen hésita à répondre. Il pensait aux obligations qu'il contracterait ainsi : elles limiteraient sa liberté de mouvement et l'attacheraient à une autre vie que la sienne. À un jeune garçon à l'origine incertaine, peut-être même douteuse – comme lui-même, d'ailleurs, par sa mère. Un garçon qui n'avait personne au monde, comme lui-même, quelques années durant, lorsqu'on l'avait placé à l'orphelinat après la mort de son père. Il se rappela sa première rencontre avec l'enfant sale et angoissé, l'enfant-serpent. Il se remémora la manière dont Félix l'avait suivi au Singel, le jeudi précédent. Et il pensa au dimanche après-midi au Labyrinthe de Lingelbach : l'un de ses plus beaux dimanches depuis longtemps. Il eut l'impression de sentir de nouveau la main de Félix qui serrait la sienne, comme si le petit garçon lui confiait son sort.

— Vous n'avez pas compris ma question, *Mijnheer* Katoen ? demanda le maître.

— Je l'ai comprise, et ma réponse est positive, je demande la tutelle de Félix.

— Bien, voilà qui est noté. (Le maître des orphelins plongea la pointe de sa plume dans l'encrier, puis s'arrêta subitement.) Mais ce garçon n'a pas de nom de famille !

— Si, il en a un. Écrivez « Katoen » !

Après cet entretien, il quitta l'hôtel de ville et se rendit à la banque De Koning, laquelle se trouvait elle aussi sur le Dam. Lorsqu'il arriva devant le bâtiment et son campanile foisonnant de décorations, il se rappela feu Balthasar De Koning. C'est avec cet assassinat que tout avait commencé pour Katoen. Et c'était peut-être le début de la fin de ses fonctions d'inspecteur de circonscription.

Les journées s'étaient écoulées sans qu'il ait trouvé ne fût-ce qu'un seul indice concret sur l'assassin aux tulipes. Son dernier espoir était la rencontre dont les mystérieux maîtres chanteurs étaient convenus avec Joan Blaeu. Peut-être étaient-ils liés aux assassinats, puisque ces gens s'intéressaient à la localisation de la Côte aux Tulipes.

Si cela ne donnait aucun résultat, il devrait, de gré ou de force, se faire à l'idée que l'assassin chercherait une nouvelle victime le lundi suivant. Cela dit, ce ne serait plus son affaire. Devait-il maudire Nicolaas Van der Zyl de lui avoir confié à lui, Katoen, la recherche du meurtrier ? Sans doute pas : c'était certes une mission ingrate, mais aussi une preuve de confiance. Et n'était-ce pas lui qui l'avait trahie, cette confiance, en échouant ?

Il écarta ces sombres pensées pour aller toucher le billet à ordre de cinq cent quarante florins que Blaeu lui avait remis pour sa médiation auprès des Poisseurs de cartes. Le guichetier, un petit homme au visage étroit et à la chevelure clairsemée, étudia minutieusement le papier.

— Quelque chose ne va pas ? demanda Katoen.

— Si, si, la signature est authentique. Je connais la griffe de Joan Blaeu comme la mienne. Cela fait des années que je m'occupe de ses affaires.

— Bien bien, dit seulement Katoen. Dans ce cas, vous acceptez le billet ?

— Oui, bien sûr, seulement c'est une somme considérable, n'est-ce pas ? Vous allez vraiment porter autant d'argent sur vous ?

— Non.

Le visage du comptable, encore sceptique un instant plus tôt, s'éclaira subitement.

— Ah, vous ne voulez pas cet argent en liquide? C'est une bonne chose, *Mijnheer*. Dans ce cas vous désirez déposer l'argent chez nous, à votre compte?

— Non.

La courte joie qu'il avait laissée transparaître céda la place à un nouveau scepticisme.

— Je ne comprends pas. Qu'est-ce que je dois faire de cet argent?

— Je voudrais le déposer sous un autre nom, si possible.

— Ah c'est cela! Mais bien entendu. À quel nom, je vous prie?

Katoen donna celui de la veuve de Joris Kampen.

Lorsqu'il arriva dans le logement d'arrière-cour du Jordaan, les deux enfants étaient à l'école. Noortje n'était pas seule pour autant : quelques voisins s'occupaient d'elle et veillaient le mort. La petite chambre où était exposée la dépouille de Joris Kampen était celle où les enfants dormaient d'habitude.

Le cercueil ouvert était d'une extrême simplicité – une vulgaire caisse grossièrement assemblée. Il devait être très bon marché, peut-être même n'avait-il rien coûté du tout, pour peu que l'un des voisins se soit personnellement chargé de ce travail. Dans les quartiers les plus pauvres d'Amsterdam, il était courant de constituer des associations de voisins lorsque quelqu'un perdait un proche. Autrement, il était souvent impossible de payer une inhumation et toutes ses conséquences.

Le mort reposait les pieds en direction de la porte, comme il convenait, puisqu'il avait perdu la vie dans l'exercice de sa mission. Seuls les criminels et les suicidés étaient exposés tête vers la sortie, et conduits à la tombe la tête en avant. Joris portait ses plus beaux habits, il semblait paisible, comme endormi.

Beaucoup trop paisible, quand on songe à la manière dont il est mort, songea Katoen. C'était une mauvaise mort, une mort inutile, et Katoen se demanda une fois de plus s'il avait quelque chose à se reprocher. Même s'il ne portait aucune faute directe, il ne pouvait pas s'exonérer de ses responsabilités. Joris Kampen était *son* lieutenant.

Il sentit le regard fixe de Noortje qui reposait sur lui. Il n'y lut aucune accusation et lui en fut reconnaissant. C'était un regard interrogateur : elle voulait savoir pourquoi. Mais pas uniquement cela.

Noortje le fit passer dans le salon si étroit qu'il paraissait trop meublé et lui offrit de la bière et du gâteau, comme il convenait pour une visite funèbre. Il prit de l'un et de l'autre, bien qu'il n'ait eu ni faim ni soif. Mais il ne voulait surtout pas vexer cette femme.

Avant de s'asseoir à table, il lui tendit le document établi par le comptable de la banque, qui faisait d'elle la détentrice de cinq cent quarante florins. La femme mit beaucoup de temps avant de comprendre. Cinq cent quarante florins ! Elle n'avait jamais possédé une telle somme, et n'aurait jamais imaginé en disposer un jour.

— Cela semble beaucoup d'argent, souligna Katoen. Soyez tout de même économe, Noortje. Elle doit assurer votre avenir, à vous et aux enfants. Envoyez-les dans de bonnes écoles, c'est important !

— Oui, Joris l'aurait voulu aussi. Mais d'où vient l'argent ?

— C'est la récompense que nous avons touchée pour la capture d'une bande de voleurs, récita-t-il, comme il l'avait préparé. Votre Joris a joué un rôle majeur dans l'enquête. C'est pour cette raison que l'argent vous revient.

— Joris était un bon adjoint, pas vrai ?

— Je n'aurais pu en souhaiter un meilleur.

— Merci, dit Noortje.

Ses yeux s'embuèrent. Elle se détourna. Katoen s'assit et goûta poliment le gâteau déjà un peu sec, arrosé de la bière qui avait très bon goût. C'est seulement lorsqu'il eut achevé sa collation qu'il dévisagea de nouveau Noortje. Elle avait séché ses larmes, et semblait l'observer depuis longtemps. C'était ce même regard qu'il avait déjà senti dans la chambre du mort, un regard qui ne lui plaisait pas.

Noortje se décida enfin à poser la question qui se lisait jusque-là dans ses yeux :

— Vous allez trouver l'assassin de Joris, *Mijnheer* Katoen ?

— Je le trouverai.

— Vous me le promettez ?

Il inspira profondément avant de répondre :

— Je vous le promets, Noortje.

Ce n'était même pas une promesse extorquée. Au plus profond de lui-même, il savait que s'il ne voulait pas perdre la paix de l'âme, il n'avait aucune autre solution que de le démasquer. Il se reprocherait éternellement d'avoir envoyé Joris Kampen à la mort sans rien avoir fait pour expier cette erreur.

Oui, il chercherait l'assassin aux tulipes et l'empêcherait de nuire, que ce soit en tant qu'inspecteur de circonscription ou bien, s'il n'y arrivait pas avant la fin de cette semaine, simplement en tant que Jeremias Katoen. Cette promesse, il ne la devait pas seulement à Noortje, mais aussi à son époux défunt – et à lui-même.

25.

Une brève visite

C'est avec des sentiments mitigés que Katoen, le soir, se rendit au Damrak. Il se serait bien passé des questions du juge sur l'état de son enquête, mais peu importait. Il avait besoin de Van der Zyl pour son plan. Pour le piège qu'il comptait tendre le lendemain. Quelle qu'en soit la victime.

Lorsqu'il tourna pour entrer dans le Damrak, une voix rauque, sortie du brouillard, l'interpella tout à coup :

— Monsieur aurait peut-être quelques stüber de trop, ou même quelques pfennigs ?

Un vieil homme à la barbe feutrée et aux vêtements en loques marchait dans sa direction. Son pied gauche était chaussé d'une botte éventrée, le droit enveloppé dans des chiffons sales. La bouche du vieil homme et tout son visage étaient de guingois, comme déformés par une maladie. L'homme tendait la main droite ouverte et répétait :

— Un peu d'argent pour un pauvre homme affamé, je vous prie !

Katoen s'arrêta.

— Faites-moi plaisir, lui dit-il, et laissez-moi tranquille, mon vieux. Aujourd'hui, croyez-moi, j'ai largement dépassé ma dose de bonnes actions.

— Je vous crois volontiers, *Mijnheer*, mais à quoi ça me sert ? Ça ne me remplit pas l'estomac.

Katoen ne put s'empêcher de sourire.

— Sur ce point, vous n'avez pas tort. Et avec quoi comptez-vous le remplir ? Du pain et de la saucisse, ou bien de la bière et de l'alcool ?

— Qu'est-ce que vous choisiriez ?

— D'abord le pain et la saucisse, ensuite la bière et la gnôle.

— Ça sonne bien, fit le vieil homme en roulant des yeux. Je ferai le même choix que vous si vous avez le pourboire qui va avec.

Cet homme était habile. Son pourboire, comme il disait, il l'avait déjà gagné en faisant sourire Katoen, qui lui donna donc cinq stüber.

— Oh, très généreux, merci. Mais avec ça, il va falloir que je renonce à la saucisse.

— Mais non, très cher, répondit Katoen en doublant le nombre des pièces. Voilà votre saucisse. Et je vous donne un bon conseil, en plus : faites attention à qui vous vous adressez. Vous pourriez bien tomber sur quelqu'un qui ne comprend pas la plaisanterie. Un adjoint de police de l'hôtel de ville, par exemple, ou même un inspecteur de circonscription. Vous savez que la mendicité est interdite à Amsterdam.

Tout en faisant disparaître les pièces plus vite que le regard de Katoen ne put les suivre, le vieil homme hocha la tête.

— Je le sais, et j'en suis bien navré. Mais vous allez me permettre de ravaler mon chagrin avec une bonne rasade de gnôle aux herbes. Je vous souhaite une agréable soirée, *Mijnheer*.

Sur ces mots, le miséreux se dirigea vers le Dam et disparut dans la brume qui s'était encore un peu épaissie avec la tombée du soir. Avec ce climat qui les protégeait de l'œil de la loi, les estropiés, mendiants et autres Tziganes n'avaient pas de mal à se livrer à leur activité interdite ; mais même par beau temps, et en dépit de tous les règlements, les rues d'Amsterdam en étaient pleines. La misère et la faim, et souvent, bien sûr, l'envie d'alcool, poussaient les plus pauvres des pauvres dans les rues. Personnellement, Katoen n'y voyait rien à redire. Il fallait bien que ceux qui étaient trop malades ou trop vieux pour travailler vivent de quelque chose.

Le problème était que des canailles et de petits escrocs se mêlaient au peuple des mendiants et constituaient parfois de véritables bandes. Quand on était abordé par un pauvre dans une rue déserte, on devait toujours s'attendre à se retrouver l'instant d'après un couteau affûté sur la gorge. C'est la raison pour laquelle on avait interdit la mendicité ; les hauts dignitaires du conseil et de l'Église tentaient de contenir ce fléau en créant des hospices pour indigents et en organisant des loteries de bienfaisance. Certaines taxes, comme celles perçues sur les importations de céréales, les enterrements en grande pompe, les banquets ou les ventes aux enchères, n'étaient levées que dans le but de combattre la pauvreté. Mais il n'y aurait jamais assez d'hospices, de distributions de pain ni de dons d'argent. La misère était un animal vorace, un monstre avide et insatiable.

Le mendiant au visage tordu semblait s'être fait à son sort et avoir gardé sa gaieté. Katoen en connaissait beaucoup qui vivaient dans de meilleures conditions que ce vieil homme, qui n'étaient pas défigurés, mais qui n'avaient pas le dixième de son esprit et de sa repartie. Il reprit son chemin, sourire aux lèvres.

Devant la maison du juge d'instance, il s'arrêta et songea au mardi précédent, lorsque Nicolaas Van der Zyl avait organisé ici une fête destinée aux « Vénérateurs de la Tulipe ». Il pensa aussi à la belle Catrijn et se réjouit qu'elle ne soit pas présente ce soir-là. Il n'aurait pas à se demander ce qu'elle lui voulait – ou ce qu'il attendait d'elle.

Contrairement à cette soirée, où la maison était vivement éclairée et où l'allègre bavardage des invités se répandait jusque sur le Damrak, les lieux paraissaient presque abandonnés. Seules quelques fenêtres, au rez-de-chaussée, laissaient passer la lueur des lampes, et personne n'aurait deviné que le juge attendait de la visite.

Van der Zyl ouvrit en personne la porte de la maison, et annonça après de brèves salutations :

— J'ai donné leur soirée à mes domestiques pour que personne ne nous dérange. Nous n'aurons donc qu'un repas simple, quelques plats froids que ma cuisinière a préparés cette après-midi. J'espère que cela vous conviendra.

Le juge était très modeste. Il conduisit son hôte dans la petite pièce où ils avaient discuté de la visite qu'avait rendue Katoen à Antonius Swildens, le directeur du *Populaire d'Amsterdam*. La table était mise, on y avait disposé des plats en porcelaine et des coupes en cristal, tous remplis de mets tels qu'une famille pauvre n'en voyait pas de toute l'année : pâté de viande et de poisson, coquillages et crabes, une tourte au fromage, de petits rouleaux de jambon fourrés, des gâteaux aux œufs et des gaufres, des amandes et des raisins secs, des fruits confits et des confitures de noisette. Le tout était accompagné de vin rouge, « un bon bourgogne », précisa Van der Zyl.

La journée avait été longue, et cette table somptueuse éveilla l'appétit de Katoen. Il savoura autant les plats que le bourgogne.

Van der Zyl lui demanda des nouvelles de Barent Vestens.

— En avez-vous déjà tiré quelque chose ?

— Pas plus que ce qu'il a raconté à Gravenstraat. Pour l'instant, il semble plutôt buté. Nous allons peut-être devoir essayer avec le fouet, mais il faut d'abord qu'il se soit un peu remis de ses blessures.

Van der Zyl avala la dernière bouchée d'un pâté en croûte et hocha la tête, l'air satisfait.

— Mieux vaut éviter d'agir dans la précipitation, Jeremias. Je préfère que vous fassiez preuve d'un peu de prudence avec Vestens. Par la situation qui était la sienne chez Joan Blaeu, il pourrait s'être fait quelques amis dans des milieux influents. Même si nous utilisons quotidiennement le fouet pour arracher des aveux aux malfaiteurs, cela reste interdit. Quand une canaille comme ce maquereau – Dircks, c'est bien cela ? – se plaint, personne ne l'écoute. Mais dans le cas de Vestens, cela pourrait être une autre affaire.

— De toute façon, il a déjà déballé la plus grande partie de ce qu'il avait à dire, compléta Katoen en découpant une part de tourte au fromage. Cela dit, ce serait une bonne chose si nous pouvions lever toute la bande des Poisseurs avec son aide ; nous serions débarrassés du problème une fois pour toutes. Même si ce n'était pas le cas, ces lascars nous laisseraient en paix pour un certain temps. Vestens a avoué qu'il était leur chef.

— Incroyable, fit Van der Zyl, tout simplement incroyable. J'en ai beaucoup vu, depuis que je suis juge, mais cette histoire est de loin la plus folle de toutes. Mon cher ami Joan Blaeu détroussé par une bande dont le chef est son secrétaire personnel, l'homme auquel il faisait confiance comme à un fils !

— La confiance ne suffisait pas à Vestens, répliqua Katoen avant d'expliquer ce qui avait poussé le secrétaire à commettre ses méfaits.

— Joan Blaeu, ses vieilles cartes, les Poisseurs, et par-dessus le marché ce vieux manuscrit et la carte maritime qu'on en a tirée, tout cela me tourne dans la tête comme un essaim d'abeilles. Comme nous avons le temps, puis-je vous demander de me raconter toute l'histoire ?

— Ce sera sans doute le mieux…

Katoen fit alors à son hôte le récit détaillé qu'il avait exposé la veille au Danseur du Dam. Après tout, le juge était son supérieur et avait le droit d'être aussi bien informé que le lieutenant de Katoen.

Tout en parlant, Katoen vit l'étonnement croître sur le visage de son vis-à-vis. Mais Van der Zyl se contenta de poser les questions strictement indispensables pour préciser les propos du policier. Lorsque celui-ci eut enfin terminé, le juge s'adossa à son siège et avala une grande gorgée de bourgogne. Il ferma les yeux, moins pour savourer le vin que pour réfléchir et évaluer ce qu'il venait d'entendre. Katoen l'avait déjà vu aussi fermer les yeux ainsi devant le tribunal, ce qui avait fait dire à plus d'un spectateur amusé que le juge s'était endormi. Mais ce n'était pas exact : Van der Zyl était toujours éveillé et concentré.

Manifestement, son intelligence avait buté sur quelque chose qui le dérangeait. Il ouvrit les yeux, et se pencha d'un seul coup vers l'avant.

— Il y a quelque chose qui cloche dans cette histoire. Ou pour mieux dire, quelqu'un.

— L'assassin aux tulipes, je sais, soupira Katoen. Je me suis cassé la tête pour deviner pourquoi il commet ces meurtres et ce que signifie le signe étrange qu'il laisse derrière lui. Je dois avouer que je l'ignore, Nicolaas. Mais j'espère en savoir un peu plus demain après-midi au Moulin Rouge.

— Vous voulez parler du vieux moulin, sur la route d'Utrecht ? C'est là que Joan Blaeu doit remettre aux mystérieux maîtres chanteurs le livre et la carte maritime ? (Voyant Katoen confirmer d'un geste de la tête, Van der Zyl poursuivit :) Et vous voulez vraiment vous y rendre en son nom ?

— J'ai déjà joué ce rôle une fois auprès des Poisseurs, et cela a fonctionné. Quelle que soit la personne qui m'y attend, je parviendrai peut-être à en tirer quelque chose si je lui remets ce qu'il souhaite.

— Puisque vous en parlez, Jeremias, où conservez-vous la carte et le manuscrit ?

— Chez moi.

Van der Zyl fronça les sourcils.

— Vous y avez une armoire qui ferme bien ?

— Non, pas d'armoire, répondit Katoen en souriant. Mais une bonne cachette. Deux lattes détachées dans le plancher de ma chambre à coucher. Mais ne dites pas cela à ma logeuse, sans ça elle les fera réparer immédiatement.

— Ce n'est pas moi qui irai le lui dire, lui assura le juge en riant. Comment voyez-vous la procédure, demain, au Moulin Rouge ?

— Tout dépend de qui et quoi m'y attend. Nous ne devons en aucun cas laisser les maîtres chanteurs partir avec la carte et le manuscrit.

— Je partage votre avis. (Van der Zyl vida équitablement le reste de bourgogne dans leurs deux verres, mais cela ne suffit même pas à les remplir à moitié.) Même si je ne peux pas croire totalement ce que vous avez entendu dire par Swalmius et sa fille sur les propriétés incroyables de cette tulipe du mal, la simple possibilité qu'elle fasse courir un danger est suffisamment inquiétante.

— En tout cas, nos hommes doivent boucler toute la zone située autour du Moulin Rouge, discrètement, bien entendu, pour qu'ils puissent intervenir au bon moment. Nous conviendrons d'une série de signaux que je donnerai en fonction de l'évolution des événements.

— Je ferai en sorte que nous ayons suffisamment d'hommes à notre disposition, promit Van der Zyl en levant son verre. Buvons au succès que nous allons remporter demain !

Ils vidèrent leurs verres, puis le juge alla chercher une nouvelle carafe. Le vin y était un peu plus sombre que le bourgogne, et Katoen demanda d'où il venait.

— Commencez par goûter, vous devinerez ensuite, déclara Van der Zyl en servant son invité. J'ai hâte d'avoir votre avis.

Katoen leva son verre et avala prudemment une gorgée qu'il garda un certain temps en bouche.

— Alors ? demanda son hôte.

— Je crois que je préfère le bourgogne. Celui-là me paraît un peu trop âpre.

— C'est tout à fait normal après le bourgogne. Prenez encore une gorgée !

Katoen le goûta une deuxième fois, mais l'âpreté était toujours là.

— Alors, Jeremias, qu'en dites-vous, d'où vient ce nectar ?

La voix de Van der Zyl paraissait étrange ; on aurait dit qu'elle venait de loin, que le brouillard était entré dans la maison pour y assourdir tous les bruits. Katoen se demanda convulsivement quel vin pouvait bien se trouver dans son verre, mais même avec la meilleure volonté du monde, aucun nom de vignoble ne lui venait à l'esprit. C'était curieux : il en connaissait un si grand nombre ! Mais d'un seul coup, ces noms lui semblaient très distants, autant que le juge d'instance et tout ce qui se trouvait dans cette pièce. Même la table à laquelle il était assis semblait s'éloigner de lui et s'étirer en longueur. Les assiettes et les plats posés devant lui ne cessaient de changer de forme, s'élargissaient, se dissociaient et se regroupaient successivement.

Katoen voulut attraper la table et la maintenir, mais il perdit l'équilibre et tomba de sa chaise. La dernière chose qu'il perçut fut le visage taillé à la hache du juge d'instance qui se penchait au-dessus de lui, l'air plus curieux que soucieux.

Les bruits n'étaient pas dans sa tête, ce n'était pas un rêve. Elle finit par le comprendre, et Greet Gerritsen fut tout d'un coup parfaitement éveillée. Elle dormait jusque-là d'un sommeil de plomb, comme à son habitude. Elle ne se reposait jamais sans motif, elle était bien trop pieuse pour cela. Les prédicateurs le proclamaient chaque dimanche depuis leur chaire : Dieu aime les travailleurs. Et elle l'était, travailleuse, elle passait toute sa sainte journée à faire le ménage et la lessive, les courses et les repas ; lorsqu'elle allait se coucher, c'était avec le bon sentiment de ne pas avoir gaspillé la journée que lui avait offerte le Seigneur. Lequel lui donnait, en remerciement, un sommeil réparateur.

Or celui-ci venait d'être perturbé par des bruits de pas et le grincement des marches de l'escalier, toujours particulièrement bruyant lorsque quelqu'un essayait d'être discret. Sa première pensée fut pour le locataire du premier étage, Jeremias Katoen.

Il n'était pas encore rentré lorsqu'elle était allée se coucher. Elle avait frappé chez lui pour lui demander si elle devait lui apporter un souper, mais il ne s'était pas montré. Il doit être pris par une enquête importante, s'était-elle dit. Elle était habituée à ce qu'il rentre à des heures impossibles, mais elle ne le lui reprochait pas, certainement pas, il ne faisait que son devoir. Et puis savoir qu'un homme aussi important vivait dans sa maison l'emplissait de fierté. Sa voisine de droite, Tryntje Wijers, avait toujours l'air d'étouffer de jalousie lorsque la veuve Gerritsen lui parlait de monsieur l'inspecteur de circonscription.

Mais était-ce vraiment Jeremias Katoen qui faisait ce bruit ? Il connaissait bien les perfidies de l'escalier et se débrouillait généralement pour qu'elle ne l'entende pas. À cet instant seulement lui vint l'idée qu'il pouvait s'agir de cambrioleurs. Devait-elle faire comme si elle n'avait rien entendu ? Non, Greet Gerritsen n'était pas du genre à avoir peur !

Elle souleva son épais édredon de plumes, sortit difficilement de son lit et se glissa dans des pantoufles de feutre pour lesquelles ses pieds devenaient progressivement trop épais. Puis elle passa sa lourde robe de chambre, cacha à la hâte ses cheveux en bataille sous une coiffe blanche et courut dans la cuisine, où elle s'empara de son couteau le plus affûté. Ainsi armée, elle ouvrit la porte de son appartement et sortit dans l'escalier.

Deux hommes, des inconnus en train d'essayer vainement de monter l'escalier sans faire de bruit, se retournèrent dans sa direction. La lueur d'une lanterne à main l'aveugla et elle songea qu'elle avait peut-être confondu courage et témérité. Même avec son couteau, elle n'avait aucune chance face aux deux intrus. Devait-elle appeler à l'aide ? Elle savait que son autre locataire, le peintre David Timmers, était chez lui. Il l'entendrait certainement et viendrait aussitôt à son secours.

Mais une autre pensée la dissuada de chercher main-forte. Le garçon dormait derrière, dans la petite chambre. Lui aussi l'entendrait et sortirait sans doute. Elle ne voulait pas courir le risque qu'il arrive quelque chose à l'enfant que Katoen avait laissé sous sa garde.

Les deux inconnus semblaient ne pas vraiment savoir non plus ce qu'ils devaient faire. Ils ne pouvaient pas s'enfuir, elle leur barrait le chemin. Le mieux serait peut-être qu'elle rentre vite chez elle et ferme sa porte à clef.

Toutes ces pensées se bousculaient dans sa tête ; elle constata avec étonnement que les deux individus étaient fort bien habillés. L'un d'eux avait la quarantaine et portait une moustache et une barbe. L'autre devait avoir vingt-cinq ans, avait le visage imberbe et ne s'adonnait pas, pour la plus grande joie de la veuve Gerritsen, à cette mode désastreuse à laquelle succombaient ces derniers temps de nombreux jeunes hommes qui portaient les cheveux jusqu'aux épaules. Elle ne se serait pas attendue à voir des cambrioleurs aussi bien mis.

Le plus vieux des deux se mit à sourire.

— Excusez-nous pour ce dérangement tardif et inconvenant, *Mevrouw* Gerritsen. Nous ne voulions pas vous réveiller, et encore moins vous faire peur. Mais l'escalier… c'est ce que vous avez dû entendre. Pardonnez-nous si nous vous avons fait peur.

Elle ne s'était pas attendue non plus à pareille courtoisie de la part de cambrioleurs. Le barbu abaissa le bras du jeune afin que la vieille dame ne soit plus éblouie par la lanterne. Décidément, ces deux hommes n'avaient rien de malfaiteurs.

— Qui êtes-vous, que faites-vous ici ? demanda-t-elle en hésitant.

— Nous venons de l'hôtel de ville, répondit le plus âgé. L'inspecteur Katoen, qui vous adresse ses salutations, nous envoie chercher chez lui quelque chose dont il a un besoin urgent.

— Et pourquoi ne vient-il pas lui-même ?

— Il est occupé. Une enquête importante.

La veuve Gerritsen restait indécise.

— Retournez tranquillement dans votre lit chaud, lui conseilla le barbu. Nous nous débrouillerons. L'inspecteur nous a donné sa clef, et quand nous aurons fini, nous refermerons.

— Oui, vraiment ?

— Mais bien sûr. L'inspecteur serait furieux s'il savait que nous vous avons privée de votre sommeil. Il nous a bien précisé de ne surtout pas vous déranger.

— Bah, si c'est comme ça, je vous souhaite une bonne nuit, messieurs.

— Bonne nuit, *Mevrouw*, répondirent les deux hommes d'une seule voix.

Greet Gerritsen rentra dans son appartement et le ferma à clef en entendant les deux visiteurs pénétrer chez Katoen. Elle reposa le couteau dans la cuisine et s'assit sur une chaise. Elle n'avait aucune envie de dormir, pas tant que les deux hommes étaient dans la maison. Si l'inspecteur les avait envoyés, c'est que tout était en ordre.

À moins que ? Quelque chose la dérangeait dans ce que l'homme avait dit dans l'escalier, mais elle n'arrivait pas à savoir quoi. Elle était trop fatiguée, et peut-être aussi trop nerveuse, pour avoir des idées claires. Elle se versa un bol de lait : ça la tranquilliserait. Elle le buvait à petites gorgées lorsqu'elle entendit les hommes redescendre l'escalier et quitter la maison. Un bruit métallique lui indiqua qu'ils avaient bien refermé à clef la porte de l'immeuble.

Greet Gerritsen quitta pourtant son appartement une fois de plus. Elle voulait se convaincre elle-même que la porte de sa maison était bien fermée. Elle l'était. Puis elle monta l'escalier et vérifia que celle de Katoen l'était aussi. C'était bien le cas.

Alors, tout va bien, pensa-t-elle, soulagée, en rentrant dans son appartement. Ah ça, elle aurait quelque chose à raconter à Tryntje Wijers le lendemain ! Elle lui parlerait de sa visite nocturne et de son locataire tellement attentionné qu'il avait demandé à ses hommes de ne pas la déranger.

Elle s'arrêta net, et comprit en un éclair ce qui l'avait troublée dans les mots de l'homme barbu : comment Katoen avait-il pu le charger de ne pas la déranger mais de la saluer de sa part ? Quelque chose ne collait pas !

D'un seul coup, l'inquiétude pour le garçon qu'elle avait sous sa garde s'empara d'elle comme un mauvais pressentiment. Ce devait être l'excitation. Le plus grand calme régnait dans la chambre de derrière. Félix était vraisemblablement en train de dormir, et n'avait rien entendu de cette visite.

Mais pour se rassurer, Greet Gerritsen passa à l'arrière de la maison pour aller voir Félix. Lorsqu'elle ouvrit prudemment la porte de sa chambre, elle vit le lit défait à la faible lueur de la nuit qui tombait par la petite fenêtre – il était vide !

Elle cria le prénom du petit garçon, de plus en plus fort, mais personne ne lui répondit.

26.

L'araignée dans sa toile (1)

Jeudi 18 mai 1671

Une sorte de litanie douloureuse l'arracha au sommeil, et à l'instant même, le souvenir des rêves furieux qui l'avaient tourmenté se dissipa. Son crâne était lourd et bien trop épais – c'était du moins l'impression qu'il avait, comme après une nuit passée à boire trop d'alcool, de liqueur, de vin et de bière – trop de tout, et trop de mélanges. Il n'avait pas eu depuis longtemps cette sensation épouvantable, comme si son estomac allait se retourner. Il eut même du mal à formuler une pensée distincte, à se rappeler ce qu'il avait bu, où et avec qui.

Ce chant entêtant revint. Non, ce n'était pas un chant, quelqu'un lui parlait, mais les mots vibraient dans sa tête comme un refrain qu'on aurait entonné d'une voix beaucoup trop forte et fausse, et sur un rythme beaucoup trop rapide. Chaque syllabe le faisait souffrir.

Son regard embrumé, qui ne percevait jusque-là que des silhouettes ondulantes, se clarifia peu à peu, et la voix qui lui parlait devint plus supportable, même si elle résonnait encore de manière trop indistincte pour qu'il en comprenne le moindre mot. Il reconnut tout de même qu'il s'agissait d'une voix d'homme, et le visage qui se détacha de la brume devant lui était lui aussi masculin : des traits tranchés, dominés par un grand nez un peu busqué. Comme un vautour qui va d'un instant à l'autre s'abattre sur sa proie, songea-t-il.

— Faites un effort, reprenez enfin vos esprits ! exigeait la voix.

Mais Katoen se sentait abattu, écrasé par une lassitude infinie. Il ferma donc de nouveau les yeux et tenta de retomber dans le sommeil d'où on l'avait arraché. Ses rêves étaient sans doute fous, mais ils l'avaient certainement moins fatigué que sa brève période de veille. Quelque chose l'atteignit alors en plein visage. Des gifles. Gauche, droite, gauche, droite.

— Réveillez-vous enfin, Jeremias, sans quoi je le fais avec un seau d'eau !

Jeremias ! C'était son nom ! Et le souvenir revint lorsqu'il l'entendit. Le souvenir de sa visite chez Nicolaas Van der Zyl. Le repas copieux et le bon vin, le bourgogne. Le dernier verre qu'il avait bu. Le verre piégé.

— Vous avez mis quelque chose dans mon vin, marmonna-t-il à l'homme qui se tenait devant lui, son hôte, l'homme au visage d'épervier.

Sa voix à lui rappelait le croassement d'un corbeau. Sa langue était pâteuse et chargée ; elle semblait ne lui obéir qu'à contrecœur.

— Pourquoi ?

— Pour vous conduire ici sans être dérangé, répondit le juge. J'espère que ce n'est pas trop inconfortable.

Katoen n'aurait pas employé le mot de confort. Il était assis sur une chaise grossièrement assemblée et ses bras étaient accrochés au dossier, dans son dos. La pièce était froide et humide, et sentait le moisi comme dans l'aile des cellules de la tour du Rooden-Poorts. Ce lieu-là aussi aurait d'ailleurs pu être une prison, mais il ne voyait ni cellules ni barreaux. La pièce, dont le plafond voûté décrivait une légère courbe, était d'une taille extraordinaire. Elle était éclairée par quelques lampes à huile suspendues aux piliers massifs, et plongée dans une obscurité impénétrable là où la lumière n'arrivait pas. Partout où son regard portait, l'humidité luisait sur les piliers et sur les murs.

— Où sommes-nous ?

Van der Zyl fit un tour sur lui-même et écarta les bras.

— Tout cela est mon royaume. Vous ne me croyez pas ? Si, si, cela fait partie de ma maison, vous êtes juste en dessous. Inhabituel, je vous le concède. À la différence de la plupart des maisons d'Amsterdam, celle-ci n'a pas été construite sur des pilotis, mais à même le sol. Un caprice de la nature a déposé ici un petit carré de terre ferme, et mon beau-père a su le mettre à son profit. Le vieux Wouter Jaelens n'était pas du tout l'homme d'honneur pour lequel il s'est si bien fait passer. Il ne devait pas sa richesse à ses seules affaires légales. Il en a gagné une partie en important et en exportant des marchandises sans payer les taxes. C'est ici qu'il les stockait. Personne ne soupçonnerait l'existence d'une cave de cette taille si près de l'Ij. Après sa mort, j'ai dissous sa société, pour ne pas être attiré dans ses manigances. Cela n'aurait pas été bon pour ma réputation de juge d'instance.

— Et vous utilisez cette cave comme cachot, constata Katoen. Vous ne valez donc pas mieux que votre beau-père.

Van der Zyl lui lança un regard chagriné.

— Ne jugez pas trop vite, mon cher. Vous ne devriez pas vous considérer comme un prisonnier au seul motif que vous avez les mains liées. Vous restez mon invité.

— Si tel est le cas, j'aimerais bien prendre congé.

— Mais pourquoi tant de hâte ? J'ai deux ou trois choses à discuter avec vous.

— Nous aurions tout aussi bien pu régler ça chez vous. J'aurais trouvé cela un peu plus agréable.

— Allons, allons, la partie agréable est sans doute derrière nous. Nous en sommes à présent aux questions de fond, et j'espère pouvoir vous convaincre de la justesse de mes points de vue, Jeremias.

— Pas tant que vous parlerez par énigmes, Van der Zyl.

Il utilisait à dessein le nom de famille du juge : compte tenu des circonstances, la familiarité qu'impliquait l'usage du prénom lui paraissait plus que déplacée.

— Dans ce cas je vais m'exprimer plus clairement, reprit Van der Zyl, impassible. Vous êtes une araignée prise dans sa propre toile. Votre enquête vous a malheureusement mené sur une piste qui fait de vous un danger pour moi-même et mes proches. Mais j'ai bon espoir que vous vous décidiez à vous rallier à nos objectifs une fois que vous aurez appris de quoi il s'agit. Alors, vous serez libre et vous pourrez continuer à mener vos affaires pour faire régner l'ordre à Amsterdam.

— Et si je ne peux partager votre objectif, quel qu'il soit ?

— Ce serait bien entendu regrettable, dit le juge, d'un air sincèrement affligé qui étonna Katoen. Mais je suis certain que vous partagerez ma conception une fois que je vous aurai mis dans le secret.

Sous cette voûte, ses mots prenaient un écho irréel qui s'amplifiait encore dans l'esprit de Katoen. Le narcotique que Van der Zyl lui avait administré avec son dernier verre de vin devait être très puissant. Katoen dut se forcer pour ne pas céder simplement à la douleur et mettre ses idées en ordre. Mais il n'avait pas le choix, car il voyait bien désormais que sa vie en dépendait.

— Pour être honnête, je ne vous comprends toujours pas, Van der Zyl. Vous m'avez vous-même mis sur cette affaire, et maintenant me voilà prisonnier parce que mes enquêtes vous mettent en danger, prétendez-vous. Pourquoi alors me l'avoir confiée ?

— Parce que vous deviez trouver l'assassin aux tulipes, vous le savez bien. Je ne mentais pas lorsque je vous ai dit qu'il menaçait ma propre vie. (Le juge paraissait déçu, peut-être même triste.) Seulement voilà, Jeremias, ce n'est pas la piste de l'assassin que vous avez levée. C'est la mienne.

— Qu'est-ce que ça signifie, que j'ai levé votre piste ? C'est tout de même bien vous qui m'avez invité dans votre maison !

Van der Zyl sourit.

— N'est-ce pas un lieu plus agréable que le Moulin Rouge ?

Une fois de plus, Katoen eut du mal à ne pas perdre le fil, à ne pas laisser se rompre la chaîne logique de sa réflexion. Les révélations du juge ne permettaient qu'une seule conclusion. Et compte tenu de la situation dans laquelle se trouvait Katoen, cette conclusion n'était même pas aberrante. Seulement, vu qu'il avait affaire à l'honorable juge d'instance de la ville d'Amsterdam, elle lui paraissait incroyable.

— Est-ce que cela implique que vous êtes..., demanda-t-il, hésitant.

— Je suis celui que vous deviez rencontrer demain au Moulin Rouge, confirma Van der Zyl. Et si je ne m'y étais pas rendu en personne, c'est avec l'un de mes proches que vous auriez discuté. Vous comprenez certainement, à présent, que vous êtes devenu dangereux pour nous.

— C'est vous qui faites chanter Joan Blaeu ? Êtes-vous aussi responsable de l'enlèvement de ses parents ? Et vous prétendez que cet homme est votre ami !

Katoen ne fit pas mystère du mépris qu'il ressentait pour Van der Zyl.

— J'ai toujours des sentiments amicaux à son égard, je l'admets. Je l'admire, lui et son succès. Malheureusement, je ne suis pas arrivé à le persuader de la justesse de nos idéaux. Les choses auraient été beaucoup plus simples.

— Vous parlez du manuscrit du croisé et de la carte où l'on trouve la voie maritime pour gagner la Côte aux Tulipes…

Katoen n'avait pas encore tout à fait terminé sa phrase lorsque le souvenir de son entretien avec le juge d'instance lui revint d'un seul coup. Katoen lui avait révélé la cachette de la carte et du manuscrit !

Van der Zyl avait certainement compris ce qui se passait dans l'esprit de Katoen.

— Grâce à vous, reprit-il, nous avons enfin ce que nous cherchions. Deux de mes amis sont allés récupérer la carte et le livre à votre domicile.

— Et personne ne les en a empêchés ?

— Au contraire. Votre logeuse était heureuse que vous ayez pensé à lui adresser vos salutations.

Cela signifiait qu'il n'était rien arrivé à la veuve Gerritsen et à Félix. Katoen en était soulagé, mais cela ne changeait rien à la colère qu'il s'inspirait lui-même. Quel idiot avait-il été de révéler sa cachette ainsi ! Il maudissait son goût du bavardage, le vin rouge et sa naïveté.

— Qu'allez-vous faire de votre butin, Van der Zyl ?

— Dois-je vraiment vous le dire ? Que voulez-vous qu'on fasse avec une carte maritime ?

— La tulipe du mal !

Katoen eut l'impression d'avoir reçu un coup de poing ; il vit soudain toute l'ampleur de ce qui avait tout l'air d'une conjuration. Mais il restait encore quelques points obscurs, et il redoutait presque d'apprendre toute la vérité.

— Vous voulez monter une nouvelle expédition pour ramener encore plus de ces maudits bulbes.

— Bien entendu, qu'est-ce que vous croyez ?

— Mais cela coûte de l'argent, beaucoup d'argent. Il vous faut un navire, au moins un, il faut le préparer, recruter un équipage, mais aussi des soldats, puisque je suppose qu'on ne vous livrera pas de bon gré les oignons de la tulipe du sang.

— Nous avons dans nos rangs beaucoup d'hommes riches et influents : négociants, banquiers, officiers, armateurs, propriétaires de chantiers navals, et même…

— Banquiers et propriétaires de chantiers navals ? l'interrompit Katoen. Cela signifie-t-il que Balthasar De Koning et Jacob Van Rosven étaient des vôtres ?

Le juge hocha la tête.

— J'espère que vous comprenez, à présent, pourquoi je ne pouvais que redouter d'être l'une des prochaines victimes de l'assassin aux tulipes. Ne serait-ce que pour assurer ma protection, je devais mettre le meilleur de mes hommes aux trousses de l'assassin !

Katoen ignora cette flatterie et répondit :

— Mais tous les « Vénérateurs de la Tulipe » ne sont quand même pas des vôtres. Joan Blaeu n'en est pas, vous venez de me le dire.

— Pas tous, mais un très grand nombre. On compte parmi les « Vénérateurs de la Tulipe » quelques-uns des citoyens les plus respectés d'Amsterdam. C'est seulement que les « Hommes de Bonne Volonté » se recrutent essentiellement dans leurs rangs. Cela dit, notre influence ne se limite pas à Amsterdam. Nous avons aussi des proches dans d'autres villes des Pays-Bas.

— Les « Hommes de Bonne Volonté »? (Aussi incommode qu'ait été sa situation, Katoen ne put s'empêcher d'éclater d'un rire rauque et méprisant qui résonna jusqu'au fond de la voûte.) Voilà une belle hypocrisie, pour désigner une bande de ravisseurs et de maîtres chanteurs !

— Une fois de plus, vous jugez trop vite. Croyez-vous que tant de citoyens en vue se seraient ralliés à nous si notre objectif n'était pas pur? Et ils sont plus nombreux chaque jour.

— Paulus Van Rosven était du nombre?

— Où voulez-vous en venir?

— Le fils de Jacob Van Rosven est à ce jour la dernière victime connue de l'assassin aux tulipes, expliqua Katoen en oubliant volontairement le malheureux Joris Kampen, qui ne jouait aucun rôle dans ce contexte. Je veux savoir s'il était aussi des vôtres.

— Pas encore, répondit Van der Zyl en se passant la main sur le menton, l'air songeur. C'est une étrange affaire, cette histoire du jeune Van Rosven. J'avais effectivement l'intention de lui demander de prendre la succession de son père au sein de notre fraternité, mais j'ai vite compris que je devais procéder avec beaucoup de prudence et le familiariser peu à peu avec nos intentions. L'entretien décisif, au cours duquel je devais vérifier si je pouvais le mettre dans le secret et lui demander son aide, n'avait pas encore eu lieu lorsqu'il est mort.

— Intéressant. Si nous partons de l'idée que l'assassin aux tulipes voulait effectivement s'en prendre aux membres de votre fraternité, il a forcément su que vous aviez voulu gagner Paulus Van Rosven à votre cause. Il l'a en quelque sorte assassiné à titre préventif, avant l'entretien où tout se jouerait. Ce qui soulève une question : comment l'assassin pouvait-il le savoir ? Vous devriez vous faire à l'idée, Van der Zyl, que l'assassin aux tulipes est issu de vos propres rangs – qu'il s'agit d'un membre de votre confrérie !

— Inconcevable !

— Et si l'assassin en personne n'est pas l'un des vôtres, il y a forcément eu un traître parmi les vôtres. Ce qui revient au même.

Le juge se détourna et regarda dans le vide pendant plusieurs minutes. Manifestement, les derniers mots de son prisonnier lui avaient donné à réfléchir. Sa grande silhouette finit par se raidir, et il regarda Katoen droit dans les yeux.

— Vous avez raison, hélas. Nous avons besoin de vous et de votre intelligence. Il faut que vous trouviez l'assassin. Et le traître, s'il ne s'agit pas de la même personne. Ralliez-vous à nous, Jeremias ! Depuis le début, j'ai su que vous étiez l'homme qu'il nous fallait. Et oubliez cet ultimatum idiot que vous vous êtes vous-même fixé. Il va de soi que quoi qu'il arrive, vous resterez en fonction.

— Mais quels sont vos projets ? finit par demander Katoen.

— Au fond, c'est d'une terrible simplicité, répondit Van der Zyl en souriant légèrement, comme si le seul fait de penser aux objectifs de sa confrérie l'emplissait déjà de satisfaction. Les « Hommes de Bonne Volonté » veulent éviter la disparition de la République des Provinces-Unies !

— Par le chantage, l'enlèvement et je ne sais quelles autres manigances criminelles ? Vous vous payez de mots, Van der Zyl.

— Mais vous savez bien quel danger menace notre pays ! Le Roi Soleil et ses alliés vont l'écraser. Nous devons agir avant qu'il ne soit trop tard.

— Et que voulez-vous faire ? Lever une armée ?

— Au contraire, nous allons en anéantir une. La nôtre.

Katoen regarda le juge, stupéfait.

— Vous devenez fou ?

— Vous ne comprenez pas. Nous ne devons pas laisser la guerre éclater, sans quoi notre pays ne fera pas le poids face à une puissance supérieure. Faut-il accepter la destruction de tout ce que nos pères et nos grands-pères ont mis tellement de temps à bâtir ?

— Mais si nous ne nous défendons pas, nous serons écrasés. C'est alors que les Pays-Bas seront perdus.

— Faux. Notre confrérie négocie avec les Français. Si nous faisons en sorte qu'ils ne se heurtent à aucune résistance digne de ce nom, tout se passera de manière à peu près pacifique. Bien entendu, certaines troupes étrangères pénétreront sur notre territoire, mais sans combats ni destructions. La mission des soldats étrangers consistera exclusivement à maintenir l'ordre jusqu'à ce que nous soyons nous-mêmes en état de le faire. Et pour cela aussi, il nous faudra des hommes énergiques. Des hommes comme vous, Jeremias. Si l'on me confie un poste important au sein du nouveau gouvernement, vous pourriez prendre le siège que j'occupe aujourd'hui à Amsterdam. Monsieur le juge Jeremias Katoen, ça n'est pas séduisant ?

Katoen se rappela que Catrijn lui avait dit quelque chose d'analogue lors de la soirée qu'ils avaient passée à Volewijk. Il comprit qu'elle avait fait allusion à la conjuration dans laquelle son frère jouait un rôle déterminant, ce qui signifiait sinon que Catrijn était au courant de tout, du moins qu'elle était à peu près informée des manigances de son frère. Il se rappela leur étreinte passionnée et eut l'impression que l'on s'était servi de lui. Nicolaas Van der Zyl l'avait qualifié d'araignée prise dans sa propre toile, c'était bien cela ? L'image n'était pas la bonne. Katoen se faisait plutôt l'effet d'une mouche engluée. Le filet collant auquel il était suspendu avait été tissé par d'autres que lui : le juge d'instance et sa sœur, cette femme aussi fascinante que calculatrice.

— Que dites-vous de ma proposition, Jeremias ? demanda Van der Zyl, interrompant le flot des pensées de Katoen. Voulez-vous vous battre à mes côtés pour que les Pays-Bas puissent rester une communauté prospère ?

— Par la destruction de sa propre armée ? demanda Katoen en guise de réponse. Comment comptez-vous y parvenir ?

— La tulipe du mal, Jeremias ! N'oubliez pas la tulipe du mal !

Katoen mit du temps à répondre, et sa migraine lancinante n'en était pas le seul motif. Au fur et à mesure de leur discussion, ses pensées étaient devenues plus claires et plus fluides – et il en avait bien besoin pour assimiler les révélations inouïes que lui faisait Nicolaas Van der Zyl. Mais ce à quoi le juge faisait allusion dépassait tellement l'entendement que la raison de Katoen se refusait tout simplement à le considérer comme une réalité. Il regarda fixement Van der Zyl et se demanda s'il s'agissait vraiment de l'homme avec lequel il avait collaboré pendant un si grand nombre d'années. Ce juge fort respecté, qui avait toujours scrupuleusement veillé à l'équité de ses verdicts. Parlait-il sérieusement ? Et si oui, était-ce un criminel ou un dément ?

— Vous ne pouvez pas être sérieux, laissa finalement échapper Katoen, d'une voix saccadée. Vous comptez tuer toute une armée, des dizaines de milliers de soldats ?

— Non, ils le feront eux-mêmes, sous l'influence de la tulipe que le croisé Guillaume de Vailly a découverte par hasard.

— Mais que vous les tuiez vous-mêmes ou par l'intermédiaire de la tulipe, cela revient strictement au même ! cria l'inspecteur.

Il était en train de perdre contenance, et il ne le fallait surtout pas. Il ne s'en sortirait qu'avec du sang-froid. Il passa une fois encore en revue le plan de Van der Zyl : tout cela ne tenait pas debout.

— Vous n'avez aucune chance, Van der Zyl, dit-il, soulagé. Même si votre expédition sur la Côte aux Tulipes était un succès, vous devriez attendre que vos oignons volés deviennent des plantes. Et pour détruire toute une armée, il vous en faudrait une véritable cargaison. Vous pensez que les Français et leurs alliés attendront jusque-là ? Et puis comment comptez-vous convaincre les soldats de s'exposer à cette fleur ? En leur ordonnant de défiler sur les plates-bandes ?

Le juge d'instruction écouta les objections de Katoen avec une grande nonchalance.

— Vous êtes bien aimable de réfléchir autant à notre plan, finit-il par dire. Mais ce n'est pas nécessaire. Aucun des problèmes que vous venez de soulever ne se pose. Nous sommes parvenus à tirer de l'oignon de la tulipe un extrait qui déploie le même effet que la plante elle-même, mais avec cent fois plus de force.

Nous ferons en sorte qu'il soit mélangé à la bière de nos soldats, et ils le boiront sans difficulté, de la même manière que vous avez bu le vin et le somnifère il y a quelques heures.

Katoen comprit avec effroi que Van der Zyl croyait fermement à ce qu'il disait. Et pourquoi pas ? Si ces prétendus « Hommes de Bonne Volonté » étaient effectivement parvenus à obtenir l'extrait en question, ils étaient parfaitement capables de mettre leur plan à exécution. La seule chose qui leur manquait encore, c'était un nombre suffisant de bulbes. Mais grâce à la carte et à ce vieux récit que la diligence de Katoen avait fait tomber entre leurs mains, il leur serait possible de mettre le cap vers la Côte aux Tulipes et de prendre d'assaut la forteresse qui s'y trouvait, comme cela avait déjà été le cas plus de trois décennies plus tôt. Il vit se dessiner devant lui l'image de toute une armée prise de folie et s'exterminant elle-même : des soldats se tirant dessus avec leurs propres pistolets ou leurs mousquets, se jetant sur leur épée ou leur poignard, par compagnie, par bataillon, par régiments entiers. Une légion de cadavres baignant dans une mer de sang.

— Vous ne pouvez pas vraiment vouloir ça... chuchota-t-il, ahuri. Autant de morts ?

— Leur perte garantira la survie de notre nation, déclara Van der Zyl, impassible. Nous faisons ce que nous devons faire, pour le bien de la communauté.

C'est précisément ce à quoi Katoen ne croyait pas. Déjà, lorsque Catrijn lui avait dépeint leur avenir commun, il avait eu l'impression que c'était avant tout à son propre bien-être qu'elle pensait. Il n'en allait certainement pas autrement pour son frère et ses conjurés, mis à part, peut-être, quelques exceptions.

Il y avait toujours des dupes pour se laisser entraîner par des convictions erronées vers des objectifs démentiels. Mais la majeure partie de ces hommes dits de bonne volonté avaient vraisemblablement aussi leur propre carrière en tête. Van der Zyl y avait fait allusion lui-même en mentionnant le fait qu'il occuperait un poste important au sein du nouveau gouvernement.

Le juge prit une profonde inspiration, comme si cette longue conversation l'avait exténué, et demanda :

— Alors, Jeremias, où en êtes-vous ? Puis-je compter sur votre aide ? Entrez-vous dans notre confrérie ?

Peut-être Katoen aurait-il dû accepter, pour se donner du temps. Peut-être aurait-il alors eu une possibilité d'échapper à la violence de ce fou. Mais la seule idée de faire cause commune avec lui donnait la nausée à l'inspecteur. Van der Zyl, juge expérimenté, aurait de toute façon vraisemblablement compris qu'il mentait.

— Je peux seulement espérer que quelque chose fasse échouer votre plan, répondit Katoen. Votre navire coulera peut-être. Ou bien vos hommes perdront la bataille de la Côte aux Tulipes. Peut-être votre extrait se révélera-t-il loin d'être aussi efficace que vous l'affirmez.

Van der Zyl cria quelque chose vers la partie obscure de la cave, sans doute deux noms, mais l'écho déforma sa voix et Katoen ne le comprit pas.

On entendit des pas et des voix ; bientôt, trois hommes apparurent à la lumière des lampes à huile. On avait attaché les mains à l'un d'entre eux, comme à Katoen. C'était un vieil homme vêtu de hardes, le visage mangé par une barbe hirsute. Il ne portait qu'une botte, son autre pied était enveloppé dans des chiffons. C'était le mendiant qui avait abordé Katoen quelques heures plus tôt, sur le chemin du Damrak. Son visage oblique était enflé : on l'avait manifestement frappé.

— Amenez-moi ce vieux mendigot ! lança Van der Zyl aux deux autres hommes avant de s'adresser de nouveau à Katoen. Il n'a pas eu de chance d'avoir croisé votre chemin. Avec son cerveau embué par l'alcool, il ne se serait vraisemblablement plus souvenu de vous ; mes amis n'ont cependant voulu prendre aucun risque. Et puis le vieux tombe à pic pour une petite démonstration.

Katoen ne connaissait pas les hommes que le juge avait décrits comme ses amis. Ni l'un ni l'autre ne donnaient l'impression d'être des brutes, ils ressemblaient plutôt à de braves bourgeois, mais on lisait sur leur visage une détermination suffisante pour que Katoen comprenne qu'ils ne plaisantaient pas. Le plus âgé avait la quarantaine, une barbe bien taillée sur la bouche et le menton. Le plus jeune était rasé de près, il n'avait guère plus de vingt-cinq ans. Le mendiant avait quelque chose d'un animal traqué et qui, coincé de toute part, cherche une possibilité de fuite. Ses yeux, dont le droit était un peu plus haut que le gauche, regardaient frénétiquement de part et d'autre, incapables de se concentrer sur un point. Jusqu'à ce qu'il aperçoive Katoen. Il sembla le reconnaître et ouvrit ses lèvres enflées.

— Je vous en prie, *Mijnheer*, aidez-moi ! implora-t-il.

Cette fois, c'est Katoen qui se détourna. Il ne pouvait rien pour cet homme et ne supporta pas longtemps son regard désespéré.

— Regardez bien, Jeremias, c'est maintenant que ça va devenir intéressant.

Van der Zyl sortit d'une poche de son pourpoint une petite fiole emplie d'un liquide clair un peu trouble. Il la secoua vigoureusement ; le liquide devint aussi limpide que de l'eau. Katoen savait que ce n'en était pas : il s'agissait de l'extrait que Van der Zyl et ses hommes avaient tiré de la tulipe. Ce qui signifiait qu'ils cultivaient quelque part cette plante dangereuse ou qu'ils possédaient des oignons. Peut-être les deux. Mais pas en nombre suffisant, ce qui les rendait tributaires des réserves de la Côte aux Tulipes.

Van der Zyl déboucha la fiole.

— Tenez-le bien ! ordonna-t-il à ses deux sbires, avant de se diriger vers eux et d'annoncer au mendiant avec un grand sourire : Je vais vous servir à boire, mon cher, et gratuitement ! Vous n'avez qu'à ouvrir la bouche.

Devinant que le contenu de la fiole n'était pas anodin, le vieil homme serra les lèvres. De la main gauche, Van der Zyl lui pinça les narines. Le vieil homme dut respirer par la bouche et Van der Zyl en profita pour lui déverser la moitié du liquide dans la gorge. L'homme toussa et cracha, mais il en avala sans doute la moitié.

— Ça devrait être plus que suffisant, décida le juge avec satisfaction, tout en rebouchant la fiole et en la rangeant dans son pourpoint. Laissez-le filer.

Les deux hommes obéirent, laissant le mendiant tout seul. Il titubait, ce qui tenait sans doute aux mauvais traitements qu'il avait subis. Il gémit et sembla vouloir dire quelque chose, mais ses lèvres ne produisaient que des sons indistincts qui rappelaient, de loin, le grognement d'un chien.

Katoen réprima l'envie de détourner le regard. Il fallait qu'il sache si l'extrait de tulipes produisait vraiment l'effet dévastateur que lui prêtait Van der Zyl.

Le mendiant se mit à tanguer comme un navire en pleine tempête, et Katoen s'attendit à le voir s'effondrer d'un instant à l'autre. Au lieu de cela il s'immobilisa totalement, et ses yeux prirent une expression figée, vitreuse, presque celle d'un mort. Il ouvrit les lèvres autant qu'il le pouvait, leva la tête au plafond et poussa un cri à glacer le sang, auquel la cave voûtée répondit plusieurs fois en écho.

Tout d'un coup, le mendiant fut pris de violents spasmes. Il tenta, de toutes ses forces, de bouger les bras, mais les cordes avec lesquelles on l'avait attaché ne cédèrent pas. La tête du vieil homme tournait furieusement dans toutes les directions, comme s'il cherchait quelque chose de précis. Puis il se mit à courir comme un fou.

D'un signe, Van der Zyl ordonna aux deux hommes de ne pas intervenir, et le mendiant courut tête baissée contre l'un des piliers qui soutenaient la voûte et se tapa à plusieurs reprises la tête contre la pierre jusqu'à ce qu'un craquement ignoble indique que son crâne était en train de céder.

Le sang de Katoen se mit à bouillonner. Il ne pouvait plus supporter ce spectacle sans réagir. Tandis que Van der Zyl et ses amis observaient le mendiant qui tentait de mettre fin à ses jours, Katoen, malgré les liens qui lui entravaient les mains, se pencha en avant jusqu'à ce qu'il se trouve sur ses pieds, les bras toujours attachés au dossier de la chaise. Sans se faire remarquer, il se déplaça vers l'un des piliers et pivota pour que la chaise frappe la pierre.

Les trois conjurés, surpris, se retournèrent vers lui.

Deux fois, trois fois, il envoya la chaise contre la pierre. Le siège se brisa, mais ses mains étaient toujours attachées. Le plus jeune des deux hommes était déjà près de lui et lui tenait sous le nez un pistolet à canon court. Ce genre d'arme ne valait rien à longue ou même à moyenne distance, mais elle était mortelle à tous les coups quand on s'en servait à bout portant.

— Ça suffit, menaça l'homme en appuyant le canon de l'arme contre son front. Restez tranquille, ou vous n'avez plus de tête.

Katoen n'eut d'autre choix que d'obéir et de regarder le mendiant au crâne ensanglanté s'effondrer devant le pilier. Au sang qui coulait par terre se mêlait désormais la masse claire de son cerveau.

— Un effet proprement renversant, s'exclama Van der Zyl en se dirigeant vers Katoen. Votre comportement me déçoit beaucoup, Jeremias. J'avais tellement espéré que vous vous rallieriez à nous. Mais bon, tout cela était peut-être un tout petit peu trop pour vous. Je vais vous donner l'occasion de réfléchir au calme. Ce matin, j'ai un rendez-vous important à l'hôtel de ville. Le conseil m'a demandé de lui présenter un rapport. D'abord les assassinats aux tulipes, puis l'arrestation du secrétaire de Joan Blaeu, ces messieurs perdent un peu leur calme. Je vais leur dire que vous êtes sur l'affaire, que vous suivez actuellement une piste importante, ce qui n'est pas faux. Quand je reviendrai de l'hôtel de ville, je vous demanderai encore une fois si vous voulez faire cause commune avec nous. Et ce sera la dernière.

— Et si je ne change pas d'avis ? demanda Katoen.

— Dans ce cas, je serai contraint d'expliquer au conseil que vous avez perdu la vie en accomplissant votre devoir, ce qui sera la stricte vérité.

27.

L'araignée dans sa toile (2)

Ils conduisirent Katoen dans une pièce qui sentait les excréments et le vomi. C'est sans doute là qu'ils avaient gardé le vieux mendiant en captivité. Van der Zyl en personne défit les liens du policier. Lorsque celui-ci se frotta les bras pour faire circuler le sang, il eut l'impression d'être piqué par mille aiguilles.

Avant de refermer et de verrouiller de l'extérieur la lourde porte de bois massif, le juge lui lança :

— J'espère que vous changerez d'avis. Nous aurions tellement besoin de vous. Profitez donc du temps qui reste pour bien réfléchir, Jeremias !

Sur ces mots, Katoen demeura seul dans l'obscurité. Ce réduit n'avait bien sûr aucune fenêtre et ils ne lui avaient laissé ni lampe ni bougie. Avant qu'ils n'aient refermé la porte, il avait remarqué un tas de paille dans un coin, mais il ne s'y coucha pas : c'était de là que provenait la puanteur acide et nauséabonde. Il préféra s'asseoir sur la pierre froide et nue qui se trouvait à côté de la porte, le plus loin possible de la paille.

Tous les derniers événements lui revenaient peu à peu. Il entendit de nouveau la voix du juge d'instance qui l'enjoignait de se rallier à sa confrérie. Mais le simple fait de l'envisager sérieusement lui donnait l'impression de trahir tout ce à quoi il croyait. De renier l'humanité, les Dix Commandements et le serment qu'il avait prêté aux lois de la ville d'Amsterdam. Il crut aussi que le visage oblique du mendiant le regardait dans le noir, il crut revoir le vieil homme sombrer dans la folie et se taper de la tête contre le pilier, frapper et frapper encore, méprisant toute douleur, jusqu'à n'être plus qu'un cadavre allongé sur le sol.

Qu'est-ce qui pouvait pousser un homme à de telles extrémités ? Quelle force obscure recélait cette fleur qu'on appelait à juste titre la tulipe du mal ? Comment pouvait-elle inciter quelqu'un à mettre fin à ses jours d'une manière aussi atroce ? Se contentait-elle de troubler la raison et de plonger sa victime dans une haine de soi monstrueuse et inextinguible ? Ou faisait-elle pire encore ? Permettait-elle à celui qui lui était exposé de voir au plus profond de lui-même, et de discerner toute la noirceur, tout le mal qui y sommeillait ? Voyait-il alors la dépravation qui habitait tout homme depuis le péché originel ? Cette découverte poussait-elle quelqu'un à vouloir libérer le monde de sa personne à tout prix, y compris celui du suicide, autre péché mortel ?

Katoen n'avait jamais eu l'esprit particulièrement religieux, mais l'idée que Nicolaas Van der Zyl et ses conjurés puissent commettre une telle faute envers Dieu le fit frissonner. Le Seigneur avait accordé sa Grâce à l'homme pour le libérer de la malédiction du péché originel. Comment ces individus qui se prétendaient « de bonne volonté » pouvaient-ils oser précipiter leurs prochains dans les plus profondes ténèbres en les poussant à attenter à leurs jours ?

Il était fermement décidé à faire tout ce qui serait en son pouvoir pour contrecarrer les plans des conjurés. Et s'il devait mourir dans cette geôle sans avoir la possibilité d'agir, il voulait au moins pouvoir regarder en face ce qui allait lui arriver. En aucun cas il ne se rallierait à cette fraternité noire dont les membres n'étaient à ses yeux que des démons ayant pris forme humaine.

Plongé dans ces pensées qui le torturaient, il passa des heures assis sur la pierre froide, grelottant, entre la migraine et la nausée. Il était épuisé, mais il ne parvenait pas à dormir.

Il n'entendait que son propre souffle, rythmé, de temps en temps, par les gouttes d'eau qui tombaient des murs humides et, deux ou trois fois, par le couinement discret d'un rat dans le sous-sol – mais pas dans sa cellule, heureusement. Et à un moment, il entendit quelque chose, un raclement métallique tout près de lui, contre la porte. C'est le verrou, se dit-il d'un seul coup, quelqu'un est en train de lever le verrou !

Il n'avait entendu ni voix, ni pas, mais cela n'avait pour l'instant aucune importance : il avait une possibilité de retrouver la liberté. Il se leva rapidement, s'installa à côté de la porte, le dos contre le mur, et serra les poings. Les conjurés lui avaient pris son poignard et tous les objets qu'il aurait pu utiliser comme une arme, il devait donc se fier à ses poings.

On ouvrit la porte, très lentement, comme s'il s'agissait d'un tour de force accompli par un ou plusieurs de ces hommes de « bonne volonté ». Katoen sentit son cœur battre plus vite. Il tenta de maîtriser son souffle et se prépara à mettre son poing dans la figure du premier conjuré qui entrerait dans la cellule, sans se soucier des conséquences.

Dehors, dans la cave, les lampes à huile brûlaient encore. Leur lueur n'atteignait certes pas la cellule, mais répandait une clarté diffuse sur laquelle se découm pait la silhouette de l'intrus. C'était une petite personne, de la taille d'un enfant. Katoen retint son poing au dernier instant.

— Félix ? demanda-t-il à voix basse, en croyant à peine à ce qu'il voyait.

— Oui, répondit laconiquement le garçon, d'une voix claire.

Les yeux de Katoen s'habituèrent à la faible lueur et il parvint à reconnaître le visage du garçon. Félix le dévisagea étrangement de ses yeux sombres, de ce regard que seuls des adultes adressent d'ordinaire aux enfants. On y lisait une grande inquiétude. Les habits de Félix étaient aussi sales et déchirés qu'après son aventure chez les Poisseurs de cartes, et Katoen comprit que l'enfant avait franchi bien des obstacles pour arriver jusqu'à lui.

Katoen s'agenouilla, prit le petit dans ses bras et le serra contre lui.

— Comment es-tu arrivé jusqu'ici, mon fils ? demanda-t-il à voix basse.

— J'ai suivi les hommes qui sont allés prendre les affaires dans ta chambre. J'ai deviné que quelque chose ne collait pas, que tu étais en danger.

— Tu as du flair !

Le policier s'abstint de lui faire le moindre reproche. Bien sûr, Félix avait couru un grand risque, mais il avait agi avec courage, sans faire preuve de négligence ni de légèreté d'esprit. Et s'il ne l'avait pas fait, Katoen ne serait peut-être jamais sorti vivant de sa cellule.

— Comment es-tu arrivé dans cette cave ?

— Il y a une bouche d'air étroite ; mais j'ai dû attendre longtemps un instant d'inattention des gardes. Plusieurs heures.

— Nous pouvons aussi ressortir par cette voie ?

— Moi, oui, dit Félix, mais pas toi.

Katoen comprit. Lui n'avait pas le don de se tortiller comme un serpent. Devait-il renvoyer Félix par le chemin qu'il avait pris pour le rejoindre ? L'enfant risquait d'être découvert par les gardes. Il existait peut-être une autre issue qui leur permettrait de quitter la cave ensemble ? Après tout, ces lieux avaient jadis été l'entrepôt d'un receleur. Le beau-père cupide de Van der Zyl s'était forcément ménagé une possibilité de faire entrer et sortir ses marchandises de contrebande sans être vu depuis le Damrak et les bâtiments voisins.

— Filons d'ici en vitesse, déclara Katoen en poussant le garçon hors de la cellule. D'où es-tu venu ?

— De là, dit Félix en montrant la droite.

— Bien, dans ce cas nous allons prendre ce chemin-là, décida Katoen en désignant la gauche. Mais commençons par aller chercher un peu de lumière.

Ils se dirigèrent vers l'une des lampes à huile accrochées aux piliers. Près de l'un des montants de pierre, ils virent quelque chose de sombre sur le sol : le corps du mendiant.

— Ne regarde pas ! le somma Katoen lorsqu'il aperçut les rats qui rongeaient le cadavre.

Il prit la lampe et rejoignit le pilier où il avait cassé la chaise. Les débris étaient répandus sur le sol. Il soupesa l'un des pieds. En duel, ce morceau de bois dense ne serait pas la pire des armes, songea-t-il. Puis il poussa le jeune garçon vers l'avant.

Ils arrivèrent à une bifurcation, mais Katoen se fia à son intuition et préféra rester dans la partie centrale de la cave. Quelques vieux fûts et caisses témoignaient encore de l'activité commerciale clandestine et intense que l'on avait jadis menée ici.

Lorsqu'ils arrivèrent au tournant suivant, une voix s'éleva :

— Laurens, c'est toi ?

La lumière de la lampe à huile tomba sur le jeune homme que Katoen avait vu quelques heures plus tôt chez Van der Zyl. Laurens était-il le deuxième, l'homme à la barbe ? Et que faisait le jeune ici, une lanterne à la main ?

Il n'eut pas le temps de réfléchir : le conjuré, qui l'avait reconnu à la lueur de sa lanterne, avait déjà sorti son pistolet à canon court et le pointait vers lui.

Katoen lança sa lampe à huile dans sa direction. Elle le toucha en haut de la poitrine, roula par terre et s'éteignit.

Le conjuré avait rapidement fait deux pas en arrière pour éviter le projectile ; il avait trébuché et était tombé. Au sol, il voulut de nouveau viser Katoen, mais celui-ci se rua sur lui et lui arracha son arme d'un coup de pied. Au grand soulagement du policier, le pistolet ne tira pas, ce qui aurait pu mettre l'autre conjuré en alerte.

L'homme au sol attrapa des deux mains la jambe de Katoen pour le faire tomber. D'un geste vif et rapide, Katoen frappa avec le montant de chaise. Un coup suffit : l'homme resta inanimé, une blessure sanguinolente à la tête.

Katoen le ligota et le bâillonna avec ses propres vêtements. Par chance, la lanterne du conjuré était intacte ; il la prit pour remplacer la lampe à huile inutilisable. En revanche, il ne pouvait plus rien faire du pistolet : l'axe du rouet était cassé. Il ne trouva pas d'autre arme sur l'homme inconscient.

— Il faudra se contenter du pied de chaise, se résolut Katoen. Filons d'ici en vitesse, avant que ce Laurens ou un autre ne fasse son apparition.

Le sol fut bientôt détrempé. Plus ils avançaient, plus l'eau montait, jusqu'à atteindre le genou de Katoen. Mais ils virent alors la lumière du jour et pressèrent le pas : il existait apparemment une sortie vers l'extérieur et l'homme au pistolet était sans doute chargé de la garder.

Quelques klafter plus loin, Katoen comprit qu'il ne s'était pas trompé. L'issue donnait juste au bord de l'Ij, et assez loin dans l'eau pour que personne n'ait l'idée de soupçonner l'existence d'un pareil labyrinthe derrière la grotte baignée par la mer. Il laissa tomber son pied de chaise et sa lanterne, et souleva Félix, auquel l'eau montait déjà à la poitrine. Il sortit de la grotte le petit garçon dans les bras et atteignit le rivage entre deux bateaux de pêcheurs qui rouillaient lentement.

Il posa Félix et s'assit sur une pierre ronde qui dépassait à moitié du sol. Il était heureux d'avoir échappé à l'obscurité de la cave et de respirer l'air frais. Au-dessus des toits de la ville, côté est, le soleil du matin luttait avec une épaisse couche de nuages. Lorsqu'il perça enfin, son rayon tomba sur l'autre côté de la baie, le champ de potences de Volewijk.

— Nous avons une plainte déposée ce matin par la veuve Greet Gerritsen, domiciliée au Botermarkt. Elle évoque une visite nocturne que nos adjoints seraient censés lui avoir faite, mais ils le nient totalement. Elle signale par ailleurs la disparition de son locataire, l'inspecteur de circonscription Katoen, ainsi que celle d'un jeune garçon nommé Félix, qui est sous la tutelle de l'inspecteur. Pourquoi l'inspecteur Katoen est-il porté disparu s'il mène l'enquête sur cette affaire, comme vous le dites ?

— Effectivement, il n'a pas disparu, il est en mission secrète et je suis le seul à être au courant. C'est moi qui ai envoyé les deux hommes cette nuit dans la maison de la veuve Gerritsen, afin d'aller chercher dans l'appartement de Katoen des documents importants. Quant au petit garçon, cela reste une énigme pour moi aussi. J'ignore si cette prétendue disparition a un rapport avec l'affaire. Peut-être ce gamin est-il tout simplement parti parce que la vie au Botermarkt ne lui plaisait pas. Quoi qu'il en soit, j'ai demandé aux deux adjoints de l'inspecteur Katoen de chercher cet enfant.

La deuxième voix était indiscutablement celle du juge d'instruction. La première, Jeremias Katoen avait certes eu l'impression de la connaître, mais sans pouvoir la remettre. Lorsqu'il ouvrit la porte de la salle des conseils, il vit que c'était le maître cordier Philipp Schuiten qui présidait la séance. Il se rappela alors le son de sa voix et sut que c'était lui qui avait parlé.

Katoen entra dans la salle au côté de Félix, sous les regards curieux et ahuris. Ce n'était pas seulement que ces deux prétendus disparus aient surgi en pleine réunion extraordinaire du conseil municipal : leurs vêtements étaient déchirés, sales et trempés, et ne convenaient guère à ce cadre. Mais ils n'avaient pas eu le temps de se laver et de se changer.

Après être sortis des souterrains près de l'Ij, assez loin au nord-ouest de l'embouchure du Damrak, ils s'étaient rendus aussi vite que possible à l'hôtel de ville. Dès que l'on aurait découvert la fuite de l'inspecteur, ou le conjuré qu'ils avaient neutralisé, les « Hommes de Bonne Volonté » en informeraient Nicolaas Van der Zyl par la voie la plus rapide. Katoen avait souhaité être présent avant eux à l'hôtel de ville pour le démasquer, et il y était apparemment parvenu.

Van der Zyl réfléchissait intensément, cela se lisait sur son visage. Il ouvrit la bouche, mais ne dit rien. Il ne semblait pas sûr de la réaction qui devait être la sienne après l'apparition de Katoen.

Philipp Schuiten s'exclama quant à lui, dans le brouhaha général :

— *Mijnheer* Katoen, qu'est-ce que cela signifie ? Et quelle est cette tenue ?

Katoen ferma la porte avant de répondre :

— Vous auriez la même allure, *Mijnheer* Schuiten, si l'on vous avait fait boire un narcotique pour vous garder prisonnier toute une nuit dans une geôle souterraine. Et si vous aviez ensuite réussi à vous enfuir en pataugeant sur les rives de l'Ij.

Le silence s'installa immédiatement dans la salle, où l'étonnement grandissait sur tous les visages.

— On vous a drogué et enfermé, vous, un inspecteur de circonscription, reprit Shuiter. Qui peut faire une chose pareille ?

Katoen désigna Van der Zyl.

— Cet homme-là, le juge d'instance en personne !

Après ces mots, le calme ne fut plus qu'un souvenir, et le brouhaha se changea en tohu-bohu. La plupart des conseillers ne voulaient pas croire que leur juge ait pu être responsable d'une pareille scélératesse.

Un seul homme restait étrangement impassible : Joan Blaeu. Assis sur son siège molletonné, il regardait fixement Van der Zyl. Les mots de Katoen semblaient avoir agi sur lui comme une révélation : il voyait tout d'un coup sous un autre jour une bonne partie de ce qui lui était arrivé ces derniers temps.

L'accusé garda lui aussi son calme. Il attendait, installé devant la longue table où les conseillers avaient pris place.

Schuiten, au centre, frappa du poing sur la table jusqu'à ce que le calme fût revenu. Puis il regarda de nouveau Katoen.

— Votre incrimination suscite l'incrédulité générale, *Mijnheer* Katoen. Êtes-vous sûr de vouloir vous y tenir ?

Katoen désigna Félix.

— Si vous ne me croyez pas, demandez à ce garçon. Sans son aide, je serais toujours dans le cachot de Van der Zyl. Mais si ma parole et celle d'un orphelin ont trop peu de poids à vos yeux, questionnez donc le juge sur la cave voûtée qui se trouve sous sa maison et s'étend jusqu'à la rive de l'Ij. Sur cette cave où se trouve aussi un cachot et peut-être encore le cadavre d'un mendiant que Van der Zyl et les autres conjurés ont poussé à la mort la nuit dernière.

— Conjurés ? répéta Schuiten. De quelle conjuration parlez-vous ?

— Ils se nomment les « Hommes de Bonne Volonté », même si cela ne correspond guère à la réalité. La majorité d'entre eux seraient des gens haut placés, dont quelques « Vénérateurs de la Tulipe », et peut-être aussi des membres de votre assemblée. Le but de la conjuration est facile à résumer : il s'agit de livrer notre république aux Français et à leurs alliés, et d'en tirer profit.

Avant que la mention faite par Katoen de l'implication de citoyens respectables dans la conjuration n'ait pu susciter une nouvelle émotion, Schuiten intervint rapidement :

— *Mijnheer* Van der Zyl, répondez je vous prie à ces accusations !

Le juge écarta les bras en souriant.

— Je suis tout à fait surpris par l'imagination de l'inspecteur Katoen. Ou devrais-je plutôt dire par son état mental ? Je ne sais pas ce qui lui est arrivé pour qu'il se promène ainsi en tenue de clochard, mais il n'a manifestement plus toute sa raison. Vous me connaissez tous depuis longtemps, messieurs. Mieux, vous me faites confiance, et à juste titre. Pouvez-vous vraiment croire, ne serait-ce qu'une seconde, qu'il y ait quoi que ce soit de vrai dans ces accusations délirantes ? (Tout en parlant, il quitta sa place et remonta lentement le long de la table, jusqu'à ce qu'il se trouve devant Blaeu.) Notre ami Joan Blaeu peut confirmer que je n'ai commis aucune faute.

Le cartographe parut tout aussi stupéfait que Katoen. Mais son étonnement se transforma en pur effroi lorsque le juge le souleva de son siège, passa ses bras autour de son cou et le serra contre lui.

— Mettons un terme à cette farce, gronda Van der Zyl, non plus d'un ton conciliant, mais d'une voix dure et tranchante. Je vais à présent quitter la salle. Si quelqu'un tente de m'en empêcher, je casse le cou à Blaeu !

Van der Zyl sortit à reculons, tenant son otage devant lui, et se dirigea lentement vers la porte ; les conseillers municipaux assistèrent, éberlués, à ce spectacle. Katoen aurait aimé savoir ce qui les troublait le plus : que Blaeu soit ainsi menacé, ou que le comportement de Van der Zyl prouve sa culpabilité. Il aurait encore plus aimé pouvoir déterminer ceux qui feignaient l'effroi et ceux qui étaient sincères. Mais cela, il ne le saurait peut-être jamais.

Lorsque Van der Zyl fut arrivé à la hauteur de Katoen, il lui lança :

— Désolé, Jeremias, vous avez fait le mauvais choix. Maintenant, ouvrez-moi la porte – et n'essayez pas de me rouler !

Katoen écarta Félix pour qu'il ne coure aucun risque et obéit au juge. Il n'avait pas l'intention de commettre le moindre acte susceptible de mettre la vie de Blaeu en danger.

— Tout doux, dit Van der Zyl en passant lentement devant Katoen.

À peine eut-il franchi la porte de la salle, le juge frappa violemment son otage, se retourna et courut vers la sortie de l'hôtel de ville. Katoen eut tout juste le temps de rattraper Blaeu afin qu'il n'aille pas heurter le cadre de la porte. Schuiten et quelques conseillers arrivèrent en vitesse.

— Occupez-vous de Blaeu et de mon garçon, dit Katoen à Schuiten, qui se chargea de soutenir le cartographe, dont la respiration devenait lourde.

— Vous pouvez me faire confiance, répondit le cordier.

Katoen prit le juge en chasse ; il l'aperçut quitter l'hôtel de ville. Arrivé à l'extérieur, sur le Dam, Katoen crut tout d'abord que le fugitif lui avait échappé en se mêlant aux passants et aux marchands. Mais il finit par le reconnaître : il se frayait un chemin dans la foule et courait vers le Damrak. Katoen le suivit sans même essayer d'obtenir le renfort des gardes de l'hôtel de ville. Il devait se presser s'il ne voulait pas perdre la trace du juge d'instance.

Plus il courait, plus le souvenir de ce qu'il avait enduré était vif. À chaque pas, il ressentait une piqûre douloureuse au flanc, et l'avance de Van der Zyl ne cessait de croître.

Mais Katoen serra les dents et continua à courir. Il se demanda ce que le juge pouvait bien aller faire sur le Damrak. Se dirigeait-il vers sa propre maison, où il espérait que ses conjurés viendraient à son aide ? Mais à quoi cela l'avancerait-il ? Une fois que les conseillers municipaux auraient envoyé les gardes – et ce n'était qu'une question de temps –, les factieux, qui n'étaient pas si nombreux que cela, ne pourraient faire face.

Arrivé à la hauteur de sa maison, Van der Zyl ne se dirigea cependant pas vers le bâtiment, mais vers l'eau. Il courut vers le quai et sauta dans sa yole, largua les amarres à toute vitesse et la repoussa loin de la rive. Elle se mit à glisser vers le canal, et Van der Zyl leva la voile.

J'ai perdu la course ! Ce fut la première pensée qui vint à l'esprit de Katoen lorsqu'il vit le juge s'éloigner du quai. Une fois qu'il serait dehors, sur l'Ij, il n'aurait aucun mal à atteindre la mer et à débarquer quelque part sans être inquiété, dans une autre ville où personne ne le connaîtrait, ou bien sur une bande côtière déserte.

Mais Katoen comprit alors que Van der Zyl aurait bien du mal à sortir du Damrak. À son embouchure, une barge au départ venait d'entrer en collision avec deux péniches à l'arrivée, et les trois navires s'étaient encastrés les uns dans les autres. Les autres bateaux se gênaient les uns les autres en tentant de contourner l'obstacle. Le juge mit le cap sur la rive opposée, sans doute parce qu'il avait découvert dans cet entrelacs une faille qui lui permettrait de faire passer sa petite embarcation. Il savait suffisamment bien naviguer pour y parvenir, mais cela lui prenait du temps.

Et Katoen en profita. Il s'était arrêté de courir en voyant la yole lever l'ancre ; courbé vers l'avant, les mains sur les genoux, il remplit ses poumons d'air frais, en inspirant rapidement, avec avidité. Il rassembla toutes ses forces et courut au bord du quai, aussi vite qu'il en était encore capable, évita d'un cheveu une lourde caisse que l'on descendait depuis une poulie accrochée au pignon d'une maison de marchand. Il sauta au-dessus d'une bitte où l'on avait amarré un navire-léger, bouscula un portefaix massif en train d'épauler un sac lourd, et se retrouva à la hauteur du voilier de Van der Zyl, qui n'était qu'à sept ou huit pieds de lui.

Un dernier élan, un saut, et Katoen atterrit dans la yole qui vacilla sous le choc. Pendant quatre ou cinq secondes, il crut que le bateau allait chavirer, ou que lui-même allait perdre l'équilibre et tomber par-dessus bord. Mais il ne se passa rien de tel. Il se retint par la main droite et dévisagea Van der Zyl, qui tenait la barre et le regardait, hébété.

— Fin de la balade, annonça Katoen en haletant.

— Pas forcément. Il n'est pas encore trop tard, Jeremias, pour venir vous battre dans le bon camp.

— J'y suis déjà.

— C'est regrettable.

— Pour vous, Van der Zyl. Votre beau scénario ne produira pas ses effets. C'est vous, maintenant, l'araignée prise à sa propre toile !

— Vous croyez vraiment, Jeremias ?

Le juge n'avait pas encore fini de parler lorsqu'il lâcha la barre et se précipita en avant. Il sauta sur la cuisse de Katoen, qui perdit l'équilibre et fit une chute brutale dans le bateau. Van der Zyl se jeta de nouveau sur lui et l'étrangla des deux mains. Katoen, quant à lui, s'agrippa au cou de son adversaire.

Ce fut l'instant où la yole sans barreur heurta le bord du quai et chavira. Les deux hommes, toujours accrochés l'un à l'autre, furent catapultés dans l'eau froide et saumâtre ; Katoen but la tasse et recracha en toussant.

Mais il ne lâcha pas plus le cou de Van der Zyl que le juge ne lâchait le sien. La tête de Katoen plongea sous la surface et ressortit. Il avait du mal à respirer, même au-dessus de l'eau, et voyait des points noirs danser devant ses yeux. Mais il tenait toujours le juge, et pensait encore au vieux mendiant dont il lui avait demandé la grâce.

Et de la même manière que le mendiant avait frappé le pilier de la tête jusqu'à la faire éclater, Katoen utilisa ses dernières forces pour projeter le crâne de Van der Zyl contre le mur du quai, une fois, deux fois, trois fois. Des stries sombres se dessinèrent tout autour de la tête du juge. Il fallut un moment avant que Katoen ne comprenne que c'était du sang, celui de son adversaire.

Les mains de Van der Zyl se détachèrent de son cou et Katoen put enfin retrouver son souffle. Les mains qui tentaient encore de l'étrangler un instant plus tôt pendaient désormais au fil de l'eau. Et elles n'étaient pas les seules à être inanimées : le corps du juge était inerte. Le dernier coup contre le mur avait mis un terme à ses jours.

Katoen, au bord de l'épuisement, s'agrippa à l'un des anneaux d'acier rouillés qu'on avait scellés dans le mur du quai pour y amarrer les bateaux, tandis que Nicolaas Van der Zyl s'enfonçait peu à peu. Retenir son cadavre n'avait aucun sens, il n'en avait de toute façon pas la force. Il inspira profondément et regarda le Damrak engloutir le juge.

28.

La confrérie des « Hommes de Bonne Volonté »

Exténué et hagard, Jeremias Katoen regardait par la fenêtre de son bureau cette ville où la vie continuait comme à l'ordinaire. Le brouillard qui, ces derniers jours, s'était déposé sur Amsterdam comme un gigantesque drap étouffant s'était dissipé ; l'inspecteur pouvait voir par-dessus les toits des maisons jusqu'au Singel, où croisaient de petits navires de fret, des barges, des bateaux-légers et des barques, alimentant ce cycle infini des marchandises auquel la cité devait sa richesse.

Les gens qui se trouvaient en dessous de lui, marchands, bateliers et ouvriers, ne savaient pas ce qui s'était produit quelques heures plus tôt sur le Damrak – et s'ils l'avaient su, cela ne les aurait pas empêchés de charger et de décharger leurs embarcations, de vérifier les listes de fret et d'adresser un dernier salut aux navires qui partaient pour de longs trajets.

Katoen buvait sans plaisir, du bout des lèvres, son alcool de myrtilles, et pensait à ce dont il venait de réchapper, la fuite de Nicolaas Van der Zyl et le combat à la vie et à la mort qu'ils avaient mené sur le Damrak. Tout le reste lui paraissait aussi irréel qu'une pièce de théâtre qu'on regarde sans en prendre l'histoire pour argent comptant. Il l'avait pourtant bel et bien vécu, il sentait encore la poigne de fer de Van der Zyl sur son cou et avait beaucoup de mal à déglutir. Après être remonté sur le quai avec ses dernières forces, une fois débarrassé du juge, il lui avait fallu quelques minutes avant de reprendre ses esprits.

Il se demanda une fois de plus s'il devait regretter la disparition de Van der Zyl ou s'en féliciter. Il ne trouvait pas vraiment de réponse. Le conjuré auquel il avait fait face la nuit précédente avait certainement mérité sa mort, et elle ne lui faisait pas de peine. Mais il avait aussi connu pendant de longues années l'autre Van der Zyl, le juge d'instance, un homme juste et qui avait mis toute son énergie au profit d'Amsterdam et de ses citoyens honorables. Katoen portait le deuil de cet homme-là, tout en se disant qu'il n'était pas seul responsable de sa perte. Le Nicolaas Van der Zyl droit et loyal n'était plus qu'une façade qu'il avait érigée devant lui lorsqu'il s'était laissé entraîner par l'élément obscur et mauvais que recèle tout être humain.

Katoen se rappela les événements du matin. Après s'être un peu reposé, il était revenu à l'hôtel de ville pour rendre des comptes.

On décida rapidement de perquisitionner la maison de Van der Zyl et son sous-sol pour y trouver d'autres conjurés. Katoen avait guidé quelques gardes armés à l'endroit où Félix et lui-même étaient sortis de la cave, sur la rive de l'Ij. Ils surveillaient les lieux pour qu'aucun des « Hommes de Bonne Volonté » ne puisse s'enfuir par cette voie. Philipp Schuiten comptait, pendant ce temps-là, entrer dans la maison du juge avec d'autres hommes en armes. Katoen avait proposé que Félix décrive d'abord la manière dont on entrait dans la cave depuis la maison.

Le plan fonctionna. Il entendit dans le sous-sol des coups de feu dont l'écho retentit comme le tonnerre, mais aucun des conjurés ne tenta de s'évader par l'Ij. Cela convenait à Katoen : il laissait volontiers cette besogne aux autres. Il avait eu son lot de combat, de sang et de mort.

Dans la cave, les gardes rassemblés par Schuiten avaient trouvé cinq conjurés au total. Deux d'entre eux, dont le plus âgé des deux hommes qui avaient amené le mendiant pendant la nuit, étaient morts pendant la bataille. Parmi les trois prisonniers, il y avait celui que Katoen et Félix avaient laissé sur place ligoté et bâillonné, et que l'on avait trouvé dans le même état.

Katoen était ensuite allé avec Félix au Botermarkt, où la veuve Gerritsen s'était dans un premier temps montrée extrêmement réjouie de revoir son locataire et son protégé sains et saufs, avant de pousser des hauts cris en les découvrant aussi sales et aussi mal vêtus. Elle fit chauffer une grande marmite d'eau sur le poêle, attrapa personnellement la brosse et le savon, et étrilla Félix des pieds à la tête. Pendant ce temps-là, Katoen se lavait tout seul, avant que la veuve ne le prenne lui aussi comme cible de sa rage ménagère.

Cela aussi remontait à quelques heures. Entre-temps, le conseil s'était de nouveau réuni pour débattre de ces événements.

Katoen avait été appelé à deux reprises dans la salle de réunion, la première pour faire un rapport détaillé, la seconde pour répondre aux questions qui s'étaient posées au fil des débats. Il attendait à présent la décision des conseillers d'Amsterdam.

Il eut la surprise de voir Philipp Schuiten apparaître en personne dans son bureau : il s'était attendu à être de nouveau convoqué devant le conseil. Le cordier était livide, il avait les yeux cernés. Il semblait aussi épuisé que Katoen.

— Asseyez-vous, *Mijnheer* Schuiten. Voulez-vous un peu de cette myrtille que mon oncle distille lui-même à Utrecht ?

Schuiten accepta, et Katoen rempli un deuxième godet du breuvage foncé. Le maître cordier en prit une grande gorgée et ferma les yeux avec un air de délice lorsque l'alcool lui coula dans la gorge.

— Ça fait du bien, commenta-t-il avec un soupir.

— C'est que vous avez une longue réunion derrière vous, souligna Katoen, compatissant.

— Il n'y a pas eu de réunion, répondit Schuiten au grand étonnement de Katoen.

— Quoi ? Comment cela ? Vous en revenez, et j'ai fait deux dépositions devant le conseil !

— Une réunion du conseil municipal d'Amsterdam s'achève toujours par la rédaction d'un procès-verbal où en sont consignés le cours et les résultats. S'il n'y a pas de procès-verbal, il n'y a pas de délibération du conseil. Ce qui signifie qu'il n'y a jamais eu de réunion.

Katoen comprit.

— Vous voulez dire que personne ne doit entendre parler de cette réunion.

Schuiten eut un petit sourire.

— De quelle réunion parlez-vous ? (Il se pencha vers le policier et baissa la voix.) Écoutez-moi bien, Katoen. Vous devez oublier tout ce qui s'est produit la nuit passée et aujourd'hui. Vous m'entendez ? Rien de tout cela n'est jamais arrivé !

Katoen entendait bien, mais il ne voulait pas y croire.

— Je me doute de ce que vous pensez, reprit Schuiten. Que le conseil a pris cette décision pour protéger des citoyens de haut rang qui appartiennent à la communauté des « Hommes de Bonne Volonté ».

— Cela pourrait effectivement me venir à l'esprit, admit Katoen d'une voix glaciale. Surtout que je considère que plusieurs membres du conseil comptent au nombre des conjurés.

— C'est possible ; mais pour l'heure, d'autres intérêts sont prioritaires. Nous en avons longuement débattu et nous sommes finalement parvenus à une décision unanime. La stabilité de notre nation, dans cette situation difficile, est plus importante que l'anéantissement de tous les conjurés. Maintenant que nous connaissons leur projet, la direction de notre armée fera preuve de la prudence nécessaire. Quant à l'extrait de tulipe, ils ne peuvent plus en faire un usage très dangereux. Nous avons d'ailleurs trouvé dans la maison de Van der Zyl la carte maritime détournée et le manuscrit du croisé. Les « Hommes de Bonne Volonté » ne savent donc pas comment se rendre par la mer sur la Côte aux Tulipes et ne sont pas en mesure d'introduire en Hollande d'autres bulbes toxiques.

— Que sont devenus la carte et le livre ?

— Tous deux ont été remis à leur propriétaire légitime, Joan Blaeu.

— Et pourquoi justement lui ?

— D'abord, je vous l'ai déjà dit, c'est le propriétaire légitime. Ensuite, nous pouvons sans doute considérer qu'il n'est pas membre de cette fraternité.

— Mais ces documents lui ont déjà été volés une fois. S'il y a des conjurés au conseil, ils savent à présent où sont la carte et le livre.

— Blaeu a promis de leur trouver une bonne, une très bonne cachette, et de ne la révéler à personne. L'amère expérience qu'il a faite avec son secrétaire l'a rendu prudent.

— Les conjurés peuvent de nouveau tenter de le faire chanter, objecta Katoen. Ça ne me paraît pas être une bonne idée. Le mieux aurait été de brûler la carte et le livre.

— Nous ne pouvons pas faire ça, ils appartiennent à Joan Blaeu. Et ils sont très précieux. Comment le prendrait-on, si nous détruisions sans autre forme de procès la propriété d'un citoyen apprécié de notre ville ? N'importe quel marchand, à Amsterdam, devrait craindre qu'il ne lui arrive la même chose. Non, nous ne pouvons pas procéder ainsi entre nous.

— Je respecte tout à fait vos scrupules, *Mijnheer* Schuiten, mais la sécurité de notre nation ne devrait-elle pas être la priorité ?

— En ce qui me concerne, je vous approuve sur ce point, mais même si je vous parle en son nom, je ne suis pas le conseil à moi tout seul. Il ne nous reste plus qu'à garder désormais un œil vigilant sur Joan Blaeu. Cela étant dit, je ne crois pas que les « Hommes de Bonne Volonté » persisteront dans leur projet. Maintenant que nous connaissons leur existence, ils courent trop de risques. Je pense, Jeremias Katoen, que votre intervention a porté le coup de grâce à cette sombre confrérie.

Katoen n'était toujours pas satisfait que l'on restitue la carte et le manuscrit à Blaeu, mais il n'avait pas le pouvoir d'y changer quoi que ce soit. Tant de choses lui paraissaient encore obscures.

— Comment comptez-vous expliquer la mort du juge à l'opinion publique ?

— C'était un accident de voile, tout simplement. Vous, le brave inspecteur Katoen, vous trouviez là par hasard, et vous avez essayé d'arracher votre pauvre supérieur aux eaux du Damrak. En vain, malheureusement.

— Comptez-vous que je verse une larme à son enterrement ?

— En l'état actuel des choses, il n'y aura pas d'enterrement. Nous n'avons pas retrouvé le cadavre de Van der Zyl.

— Et qu'arrivera-t-il aux conjurés qui ont été capturés dans la cave ?

— Jusqu'ici, ils ne disent pas un mot, mais cela changera dans la cave au fouet. Personne ne les a identifiés, et nous ne savons rien non plus de leurs deux compagnons morts. Nous pensons qu'ils ne sont pas d'Amsterdam. C'est sans doute pour cette raison que Van der Zyl les a mis en poste ici. Selon toute vraisemblance, ils seront bannis des Pays-Bas pour le restant de leurs jours. Leur exécution ferait trop de bruit.

— Oui, probablement, reconnut Katoen avec un soupir. Tant d'animation sur le champ aux potences rendrait les gens suspicieux.

— Puisque nous parlons de gibier de potence : où en est la traque de l'assassin aux tulipes ?

— Il m'est presque devenu sympathique depuis que je sais que ses victimes appartenaient à la fraternité des « Hommes de Bonne Volonté ».

— Ce n'était pas le cas du jeune Van Rosven, ni sans doute celui de votre lieutenant. Manifestement, l'assassin n'est pas si sélectif dans le choix de ses victimes. Une raison de plus pour lui mettre enfin la main dessus.

— Certainement, conclut Katoen.

Il évoqua ensuite avec Schuiten l'accord qu'il avait passé avec Van der Zyl : à la fin de la semaine, il abandonnerait l'affaire et ses fonctions s'il n'avait pas arrêté l'assassin d'ici là.

— J'ai fait cette promesse à Van der Zyl en sa qualité de juge d'instance, et je m'y tiendrai bien entendu.

Si vous le souhaitez, je vous présenterai ma démission immédiatement, la coupure sera bien nette.

— Il n'en est pas question, Katoen, vous restez en fonction ! répondit Schuiten sur un ton qui n'admettait aucune contradiction. Van der Zyl cherchait un bouc émissaire pour tirer son épingle du jeu devant le conseil et l'opinion publique. Mais dans le même temps, il a répété à plusieurs reprises que vous étiez son meilleur homme, et vous avez prouvé aujourd'hui qu'il n'exagérait pas. Le fait que vos capacités aient finalement causé sa perte ne manque pas d'une certaine ironie.

— L'araignée prise dans sa toile, murmura Katoen.

— Qu'est-ce que vous voulez dire ?

— Non, ce n'est rien.

— Revenons à l'assassin aux tulipes. Pensez-vous que ces meurtres vont prendre fin, maintenant que les plans des « Hommes de Bonne Volonté » ont été contrecarrés ?

— Difficile à dire. Nous ignorons si le but de l'assassin était de faire échouer leurs plans ou simplement d'envoyer dans un autre monde les membres de la confrérie, pour quelque raison que ce soit. Dans la deuxième hypothèse, il y aura d'autres assassinats.

— Il faut donc que nous le pincions. Sans cela, d'autres innocents risquent de mourir, comme votre adjoint. Vous suivez une piste particulière ?

— Peut-être. J'attends une lettre de Haarlem ; ensuite, j'espère y voir un peu plus clair.

— Une lettre de Haarlem ? Bon, je vous fais entièrement confiance, Katoen, vous y arriverez bien. Mais j'ai encore une autre mission à vous confier. Vous êtes au courant de toute l'affaire, raison pour laquelle je ne veux en charger personne d'autre.

— De quoi parlez-vous ?

— De la tulipe du mal. Nous n'avons trouvé dans la maison de Van der Zyl ni ces effroyables tulipes ni une provision de leurs bulbes. Les pétales que l'assassin laisse auprès de ses victimes indiquent eux aussi qu'il en reste chez nous quelques spécimens. Trouvez la tulipe du mal, Katoen, trouvez-la et détruisez-la !

29.

La tulipe du mal

Vendredi 19 mai 1671

Le vendredi matin, un soleil éclatant brillait sur Amsterdam, comme si la pluie et le brouillard des journées précédentes n'avaient été qu'un mauvais rêve. On aurait dit que la ville sur l'Ij respirait à nouveau, à présent que le danger représenté par la confrérie s'était dissipé. À cette idée, Jeremias Katoen ne put s'empêcher de sourire. C'était absurde, bien entendu. Personne dans la ville, ou presque, ne connaissait l'existence des « Hommes de Bonne Volonté » ni leur plan ignoble pour s'emparer du pouvoir. Pour les habitants d'Amsterdam, c'était une journée semblable à n'importe quelle autre, et c'était bien comme cela.

Katoen se sentait mieux que la veille. Il avait dormi d'un sommeil profond, d'où l'avait tiré, au matin, le soleil qui illuminait les carreaux de sa fenêtre. Il avait eu le sentiment d'être débarrassé d'un grand poids. Il restait certes encore deux ou trois choses à régler, mais il croyait savoir ce qu'il devait faire pour chasser jusqu'aux dernières les ombres invisibles qui planaient encore sur Amsterdam.

Au petit déjeuner, préparé par une veuve Gerritsen toujours attentionnée, il avait enfin trouvé le temps de parler tranquillement avec Félix, de lui expliquer qu'il avait demandé à exercer sa tutelle, et qu'il porterait désormais le nom de Félix Katoen. L'enfant sembla n'y voir aucune objection, au contraire, son mince visage rayonnait comme s'il avait voulu rivaliser avec le soleil. Mais lorsque Katoen évoqua le fait qu'il comptait effectuer au cours de la semaine suivante les démarches nécessaires pour que son protégé puisse aller à l'école, la joie de Félix sembla un peu tempérée. Au début, le petit garçon aurait du mal à s'intégrer, comme il en avait aussi eu à s'adapter aux règles de l'orphelinat. Mais Katoen était certain qu'il y parviendrait. Il était intelligent et avait de la volonté. Katoen voulait l'aider autant que possible.

Katoen était à présent en marche vers le Jordaan, pour tenir une promesse qu'il avait faite quelques jours plus tôt. Il partait retrouver Anna Swalmius dans l'arrière-cour de l'immeuble où se situait son petit appartement. Les manches de sa robe retroussées jusqu'au coude, elle accrochait du linge dont les nombreux rapiéçages trahissaient la pauvreté dans laquelle ils vivaient, elle et son père adoptif. Elle fut étonnée de le voir la saluer, un sourire aux lèvres.

La beauté naturelle du visage de la jeune femme lui fit du bien. En dépit des duretés que la vie lui avait réservées, ses traits ne montraient pas la moindre trace d'amertume. Ce matin-là, Katoen s'était réveillé avec le sentiment d'avoir rêvé quelque chose d'agréable, mais il avait oublié le contenu du songe. Et c'est au moment où il la vit qu'il se rappela avoir rêvé d'Anna.

— Voilà ce que j'appelle une surprise, s'exclama-t-elle sans interrompre son activité. Une visite matinale de monsieur l'inspecteur de circonscription ! Et de bonne humeur, qui plus est, à ce qu'il semble.

— Quand je vous vois, je le suis toujours. (Il baissa la voix.) Sauf quand vous me tombez dessus avec votre rapière.

Elle sourit à son tour.

— J'ai été très sage, je n'ai pas touché la rapière ces derniers jours.

— Très bien, la félicita Katoen. Moi aussi, je veux tenir ma promesse. Je suis venu vous raconter ce qui s'est passé. Avez-vous le temps de faire une petite promenade ? J'ai une ou deux choses à vous dire.

— Cela paraît important. Je vais donc prendre le temps.

Tandis qu'ils se promenaient le long de la Prinsengracht en direction de l'Ij, Katoen lui raconta les événements des jours précédents. Anna fut soulagée d'apprendre que le plan des « Hommes de Bonne Volonté » avait été déjoué et qu'on avait réussi à mettre en sécurité la carte de la Côte aux Tulipes et le manuscrit ancien. Elle ne fut pas du tout réjouie, en revanche, en apprenant que le conseil avait rendu la carte et le livre à Joan Blaeu.

— Si Blaeu lui-même n'était pas membre du conseil, les édiles auraient pris une autre décision, protesta-t-elle. Il aurait mieux valu les brûler tous les deux, la carte et le manuscrit !

— Je partage votre avis, mais ce n'est ni à vous, ni à moi d'en décider, Anna. Il nous reste en revanche encore une mission à accomplir. Et vous aimeriez peut-être y participer, vous et votre père adoptif.

Lorsque Katoen lui raconta son projet, ses yeux bruns se mirent à étinceler comme de l'or.

Trois heures plus tard, un convoi d'une vingtaine de cavaliers et de cinq charrettes bâchées se mettait en route vers le sud sur la route qui reliait Amsterdam et Utrecht, tournait à gauche devant les ruines du Moulin Rouge et suivait le chemin qu'avait pris Katoen le mercredi de la semaine précédente jusqu'au grand mur qui entourait la propriété du cultivateur de tulipes Willem Van Dorp.

— Déchargez le bélier ! cria Katoen du haut de son cheval brun.

Jan Dekkert, qui se tenait à côté de lui sur une jument alezane, désigna le cordon de la cloche qui pendait à côté de la lourde porte en bois.

— Nous devrions peut-être commencer par essayer la sonnette, *baas*. Ça me semble une méthode plus simple.

Henk Bogaert, dont le petit cheval gris commençait à trépigner, objecta :

— Sauf qu'il n'y aura plus aucun effet de surprise.

— Henk a mis le doigt sur le problème, déclara Katoen. Je veux entrer avant que les chiens de garde de Van Dorp, qu'ils aient deux ou quatre pattes, ne soient au courant que nous sommes là.

— Vous vous attendez donc à une résistance ? demanda Dekkert.

— Je veux justement l'éviter en entrant à l'improviste, précisa Katoen avant de donner ses ordres à la troupe dont il assurait le commandement : Six hommes au bélier, tous les autres restent dans les carrioles et en selle. Dès que le portail est ouvert, nous prenons la propriété d'assaut. Écoutez bien mes consignes !

Le bélier était un tronc d'arbre à l'extrémité duquel on avait fixé une pointe d'acier. À gauche et à droite, on avait fixé trois poignées de fer dans le bois, pour pouvoir le porter, ce à quoi s'employaient six hommes musclés de la garde d'Amsterdam. Katoen désigna la porte et baissa le bras d'un geste sec. Les hommes se mirent à courir et lancèrent leur outil de toutes leurs forces contre le portail. On entendit un craquement sourd, mais le choc ne sembla pas avoir produit d'autre effet ; la pointe en fer n'avait fait qu'égratigner le bois.

— Continuez ! ordonna Katoen ! N'arrêtez pas !

Deux fois encore, le bélier alla donner contre la porte dans un bruit de tonnerre ; puis les verrous de celle-ci sautèrent, et le portail céda. Les hommes posèrent le bélier devant la clôture et ouvrirent en grand les deux battants.

— On entre ! cria Katoen, qui fut le premier à franchir le portail au grand galop, suivi par ses lieutenants, les gardes à cheval et la charrette sur laquelle étaient assis des mousquetaires.

Katoen fut une fois de plus impressionné par la taille des plates-bandes de tulipes, bien qu'il ait su qu'il s'agissait d'une simple illusion produite par le système de miroirs raffiné mis au point par Willem Van Dorp. Deux hommes vinrent à sa rencontre sur la large allée de gravier qui traversait les plates-bandes et menait à la maison. Tous deux avaient l'air prêts à tout et étaient visiblement furieux de voir Katoen et ses gardes faire irruption ainsi.

Le premier était Ebbo, le type à la gueule cassée. Il menait à la laisse le grand chien hirsute qui aboyait à en effrayer les chevaux. Le visage de l'homme qui avançait à côté de l'estropié était certes intact, mais pas beaucoup plus avenant. Il avait la mine grossière et perfide d'une de ces canailles que l'on préfère ne pas rencontrer seul dans une rue sombre. Il tenait des deux mains le manche d'une fourche à deux longues piques et semblait prêt à s'en servir comme d'une arme.

Katoen leva la main droite, et son groupe s'arrêta.

— Mousquetaires, en position, préparez-vous à tirer !

À peine eut-il donné cet ordre que vingt-quatre mousquetaires sautaient de la charrette et s'alignaient des deux côtés de l'allée, sans se soucier du fait qu'ils couraient sur les plates-bandes et piétinaient les tulipes avec leurs lourdes bottes. Ils touchèrent les fils de fer et déclenchèrent ainsi le système d'alarme : les cloches stridentes se mirent aussitôt à tinter.

Dès que les mousquetaires eurent planté dans la terre les fourchettes qui soutenaient leurs armes et y eurent installé les mousquets chargés, Katoen cria à Ebbo et à son acolyte, de l'autre côté :

— Pas de bêtises ou je vous fais tailler en pièces ! Et maintenant dégagez le passage !

Avant que les deux hommes ne puissent réagir, deux autres sortirent de la maison et accoururent. Le premier était Willem Van Dorp en personne. Katoen ne connaissait pas le deuxième : il était encore très jeune, mince, l'air décidé, armé d'un pistolet à double canon. À dix pieds de distance, il s'arrêta et visa Katoen et ses deux lieutenants, qui se trouvaient à la tête de la colonne.

Van Dorp s'arrêta lui aussi et cria, indigné :

— Vous revoilà déjà, Katoen ! Qu'est-ce que c'est que ce cortège ? Pourquoi vos hommes piétinent-ils mes tulipes ? Je me plaindrai au juge d'instance !

— Vous allez avoir du mal, *Mijnheer* Van Dorp, répondit le policier. Nicolaas Van der Zyl s'est noyé hier dans le Damrak.

Le cultivateur de tulipes parut sincèrement surpris.

— Noyé, dites-vous ? Dans le Damrak ?

— Comment se fait-il que vous n'en sachiez encore rien ? demanda Katoen. Les nouvelles circulent-elles si mal que cela au sein de votre confrérie ? Ou vos conjurés de « bonne volonté » ont-ils oublié d'entrer en contact avec vous pour ne pas se discréditer ?

Katoen avait bien entendu mis sous surveillance la propriété de ce fou de tulipes. Il voulait savoir, d'une part, si quelqu'un de la ville entrait en contact avec Van Dorp ; de l'autre, il voulait empêcher le cultivateur de lui fausser compagnie en emportant quelques exemplaires de la tulipe du sang. Mais depuis qu'il avait, la veille, envoyé des hommes fiables choisis parmi les gardes municipaux, personne n'était venu dans la propriété de Van Dorp, et personne ne l'avait quittée. Après une brève hésitation, celui-ci demanda :

— Quelle confrérie ? Je ne comprends pas un mot de ce que vous dites, Katoen.

— Vous me comprenez fort bien, et j'espère aussi que vous avez saisi que votre petit jeu est arrivé à son terme. Je connais votre projet, et il ne se réalisera pas. Je ne sais certes pas pour quelle raison vous vous êtes voué à cette cause, mais ça n'a pas non plus d'importance pour moi. Dites à vos hommes de laisser tomber leurs armes immédiatement !

Une lueur menaçante se mit à briller dans les yeux de Van Dorp.

— Vous n'avez aucun ordre à me donner, Katoen. Ici, c'est moi qui décide. Et j'exige que vous et vos hommes quittiez immédiatement mon terrain !

Le jeune homme leva un peu son pistolet, comme pour donner du poids aux mots de Van Dorp. Cinq ou six mousquetaires firent aussitôt feu avec leurs armes lourdes. L'homme au pistolet, atteint de plusieurs balles dans la poitrine, recula en titubant et s'affala dans une plate-bande de tulipes rouges. La chair déchiquetée teignait de sang son pourpoint déchiré. La fumée âcre de la poudre flottait encore dans l'air, et déjà les mousquetaires rechargeaient leurs armes.

Les yeux écarquillés par la terreur, Van Dorp regarda l'homme inanimé, couché dans les tulipes, et bredouilla :

— C'est… c'est mon neveu Gysbert…

Katoen observa l'homme allongé sur la plate-bande et vit ses yeux vitreux :

— Vous feriez mieux de dire que *c'était* votre neveu.

À peine Katoen eut-il prononcé ces mots, l'homme à la fourche laissa tomber son outil et recula de quelques pas. Ebbo le suivit en tirant le chien récalcitrant. Mais Van Dorp s'était déjà repris.

— Vous aurez à en rendre compte, Katoen. Vous vous trouvez sans autorisation dans ma propriété, et vous n'aviez aucun droit de tirer sur mon neveu.

— Erreur, Van Dorp. Je peux faire tirer sur quiconque tente de m'empêcher d'accomplir mon devoir. Et c'est ce qu'a fait votre neveu. Car mon devoir est de détruire vos réserves de tulipes du sang.

— Une fois de plus, je ne sais pas de quoi vous parlez.

— Faux. Vous continuez de me mentir. Je parle de la tulipe dont provient le pétale que je vous ai montré à ma première visite et dont vous avez affirmé ignorer l'existence. On l'appelle « la tulipe du sang », ou encore « la tulipe du mal », et vous ne le savez que trop bien, Van Dorp. Vous m'avez menti, et il n'y a qu'une seule explication rationnelle à cela. C'est vous-même qui cultivez cette plante maudite, vraisemblablement depuis de nombreuses années. C'est vous qui faites en sorte que ce végétal diabolique puisse aussi produire chez nous ses effets dévastateurs. Heureusement, vous ne semblez pas en posséder beaucoup d'exemplaires.

Sans cela, les autres conjurés n'auraient pas eu besoin d'envoyer un navire sur la Côte aux Tulipes.

— Vous êtes complètement fou, Katoen. Vous ne dites que des absurdités. Je ne vous ai pas menti lors de votre première visite, pas plus que maintenant.

— Vraiment ? demanda Katoen, aux aguets. Comment se fait-il alors que j'aie un témoin de vos mensonges ?

— Un témoin ? J'aimerais bien le voir.

— Mais vous allez le voir, dit Katoen.

Il dirigea son cheval vers la charrette qui fermait le convoi. Il mit pied à terre, attacha la longe de sa monture à la charrette, puis aida Anna et Sybrandt Swalmius à descendre.

Lorsque le policier revint avec eux à la tête du convoi, Van Dorp vitupéra :

— Vous osez amener ici l'ennemi des tulipes ? Ce qu'il a fait à mes fleurs la dernière fois ne vous suffit sans doute pas ?

— Sybrandt Swalmius peut témoigner que vous connaissez fort bien la tulipe du sang, poursuivit Katoen d'une voix tranquille, en espérant que le vieil homme aurait l'esprit suffisamment clair pour répéter ce qu'il lui avait raconté quelques jours plus tôt.

La petite silhouette de Swalmius sembla grandir lorsqu'il se redressa pour lancer un regard peu amène au cultivateur.

— Vous vous la rappelez forcément, Van Dorp, la tulipe du mal. Willem Blaeu nous en a parlé et nous a montré le manuscrit ancien dans lequel un croisé français parle de la fleur. Ce texte, nous l'avons feuilleté tous les deux, nous en avons même discuté. Au début du livre, il y avait un dessin représentant la tulipe du mal, noire comme du charbon, avec des taches rouge sang.

— Ah oui, vraiment ? répondit froidement Van Dorp. J'ai dû l'oublier.

— Vous, oublier une tulipe pareille ? s'exclama Swalmius. Impossible ! Vous vous rendez compte, Van Dorp, une tulipe noire ! On n'a encore jamais rien vu de tel. Je me rappelle que ce jour-là, vous avez dit que vous donneriez votre âme pour avoir ne serait-ce qu'un exemplaire de cette tulipe.

— C'était juste pour le plaisir de la posséder, Van Dorp ? demanda incidemment Katoen. Vous êtes-vous acoquiné avec les conjurés dans le seul but qu'ils vous laissent des oignons à cultiver ? Ou bien y a-t-il autre chose derrière tout cela ?

— Moi qui pensais que mes mobiles n'avaient pas d'importance à vos yeux, répondit le cultivateur.

— Vous avez raison, ils n'en ont guère. Mettons donc un terme à ce bavardage. (Katoen s'adressa à ses hommes.) Passez-moi ce terrain au peigne fin pour y trouver d'autres complices et démolissez le châssis de bois qui porte les miroirs !

— Quoi ? glapit Van Dorp. Pourquoi voulez-vous détruire mes miroirs, Katoen ?

— Parce que j'aimerais pouvoir admirer vos plantations dans leur splendeur authentique.

Les gardes à cheval essaimèrent, et Willem Van Dorp vit, les larmes aux yeux, les sabots de leurs chevaux labourer ses plates-bandes, les hommes attacher des cordes au châssis de bois et faire s'effondrer un miroir après l'autre ; en quelques minutes, toute sa propriété si soignée fut ravagée. Katoen constata avec surprise que ses hommes ne trouvaient ni d'autres valets, ni d'autres gardes, à l'exception de la vieille bonne qui s'était tapie dans sa cuisine, tremblant d'angoisse, entre la cuisinière et l'armoire à porcelaine.

Au fur et à mesure que les miroirs éclataient bruyamment l'un après l'autre, Katoen regardait, fasciné, les terres de Van Dorp, qui paraissaient jusqu'alors si gigantesques, retrouver leurs véritables dimensions – qui demeuraient considérables. Les six grandes plates-bandes de tulipes aux pétales violets striés de fines lignes jaunes n'en furent plus qu'une en l'espace de quelques secondes. Mais il ne voyait toujours pas ce qu'il cherchait.

— Vous me le paierez, Katoen, chuchota Van Dorp, le visage livide. Vous me le paierez !

Le vieux Sybrandt Swalmius, lui, semblait revivre. Il encourageait les gardes, et finit par lancer à Katoen :

— Allons donc derrière la maison, *Mijnheer* Katoen, il y a d'autres choses à voir là-bas.

— Bonne idée ! répondit Katoen en souriant.

Swalmius, Anna et lui-même firent rapidement le tour de l'édifice et regardèrent les gardes qui commençaient à démolir les miroirs de l'autre côté. Là aussi ce sont des plates-bandes entières qui semblaient disparaître en même temps que leur reflet illusoire. C'est alors que survint un phénomène qui fit battre plus fort le cœur de Katoen : là où se trouvaient encore un instant plus tôt plusieurs plates-bandes de fleurs rouge et bleu, il vit apparaître d'un seul coup un parterre de tulipes dont les pétales noirs étaient marqués de gouttes rouge sang.

— La tulipe du mal ! s'exclama Sybrandt Swalmius d'une voix où se mêlaient surprise et dégoût. C'est elle, sans aucun doute.

— Vous le saviez, Jeremias ? demanda Anna.

— Disons que je pressentais que Willem Van Dorp n'utilisait pas seulement son ingénieux système de miroirs pour multiplier le nombre apparent de ses plates-bandes. Ces faux parterres rendaient la tulipe noire invisible.

— On a presque l'impression que vous l'admirez, releva Anna.

— C'est un homme de génie, sans aucun doute, mais sa passion insatiable pour les tulipes l'a rendu fou.

— Étrange, ajouta Jan Dekkert, qui se tenait tout près d'eux, qu'il ne soit rien arrivé à Van Dorp et ses hommes. Pourquoi n'ont-ils pas été pris sous l'influence de ces tulipes ?

— Lui savait sans doute combien de temps on peut rester à proximité de ces parterres sans perdre la raison, répondit Katoen. Après tout, le père d'Anna, Julien de Montfort et ses compagnons, le savaient eux aussi. Cela dit, nous ne devrions peut-être pas rester trop longtemps dans ces lieux.

Il fit signe à un cavalier et lui donna quelques instructions. L'homme se dirigea vers les charrettes, croisant le cultivateur qui accourait en haletant et s'arrêta net en voyant que Katoen avait découvert la plate-bande des tulipes du sang.

— Qu'est-ce que vous en dites ? demanda Katoen. Vous ne vous rappelez toujours pas ? La tulipe du mal pousse même sur votre propriété.

Van Dorp ne répondit pas.

Le cavalier qu'on avait envoyé peu avant revint, suivi par l'une des charrettes qui s'arrêta à proximité des tulipes du mal. Les hommes de Katoen en déchargèrent rapidement quelques fûts d'huile de poisson à bon marché que l'on utilisait comme combustible dans les lampes. Lorsqu'ils en déversèrent le contenu sur les fleurs, Van Dorp sortit de sa torpeur et se mit à crier :

— Non, non, ne faites pas ça !

Ils le firent pourtant, et toute la surface fut bientôt recouverte d'huile. Cela aurait vraisemblablement suffi à tuer les tulipes du mal, mais Katoen ne voulut pas s'en contenter. L'un de ses hommes lui apporta un brandon en flammes pris dans la cuisine, qu'il envoya lui-même entre ces fleurs de malheur.

En un instant, la plate-bande, de quinze brasses de long sur quinze brasses de large, se transforma en enfer. Les fleurs se recroquevillèrent et une colonne de fumée d'un noir profond s'éleva dans le ciel. On aurait dit que les tulipes recrachaient leur âme malveillante.

Anna prit le bras de Katoen et le serra, ce qu'il trouva très agréable. Elle pensait sans doute à son père légitime, qui avait si longtemps cherché en vain les bulbes volés.

Les oignons ! Katoen sut tout d'un coup qu'il n'avait pas encore achevé son travail. Il passa ses consignes à Dekkert :

— Que nos hommes fouillent la maison de fond en comble, qu'ils inspectent méticuleusement toutes les annexes, et qu'ils mettent au feu tous les oignons de tulipe qu'ils trouveront. Jusqu'au dernier, compris ?

— Oui, *baas*.

Puisque Van Dorp cultivait ici les tulipes du mal, il en détenait forcément des bulbes. Ceux-ci seraient beaucoup plus difficiles à reconnaître que la fleur elle-même. Raison pour laquelle Katoen jugea qu'il valait mieux ne plus laisser le moindre oignon de tulipe à Van Dorp.

Le cultivateur se mit à pleurer comme un enfant lorsqu'il vit les hommes de Katoen déverser ses bulbes dans le feu, par caisses entières.

— C'est toute ma vie que vous détruisez ! lança-t-il à Katoen, dans un sanglot.

— Vous avez certainement des réserves financières. Et sinon, peu importe. Vous êtes le seul responsable. Et puis la vente de votre terrain vous rapportera bien un peu d'argent.

— La vente ? Qu'est-ce que vous voulez dire ?

— Le conseil vous demande de quitter Amsterdam et les Pays-Bas d'ici la fin du mois, et de ne plus jamais revenir.

— Il n'en a aucun droit tant qu'il ne m'a pas mis en accusation et condamné.

— Vous avez donc envie de passer au tribunal ? (Voyant que Van Dorp se taisait, Katoen reprit :) Allons, je vous en prie, évitez, à vous-même et au conseil, le déballage public de cette histoire. Sans cela, il se pourrait que cette histoire ne se termine pas en exil, mais à Volewijk.

Van Dorp déglutit et ne dit plus un mot. Il repartit vers sa maison, les épaules basses : un homme brisé.

Anna, qui paraissait étrangement agitée, lâcha le bras de Katoen.

— J'en ai assez vu, déclara-t-elle.

Elle se détourna de lui et s'éloigna du feu. Katoen la suivit.

— Vous n'avez pas l'air vraiment contente, Anna. Vous n'êtes donc pas soulagée que la mission de Julien de Montfort soit achevée ?

— Un peu, si, mais il me reste encore quelque chose à faire.

— Quoi donc ?

— Je vais partir pour Constantinople avec le prochain bateau pour informer les autorités locales que le danger lié au vol des tulipes il y a tant d'années est désormais dissipé.

— Vous comptez y aller seule ?

Elle comprit le sens de sa question et sourit.

— N'oubliez pas que je sais me défendre.

— Mais à quoi bon ?

— Je veux laver l'honneur de mon père.

Katoen sut que rien ne détournerait Anna de son projet. Il se contenta donc de demander :

— Je ne veux pas être indiscret, Anna, mais pouvez-vous seulement vous offrir un voyage pareil ?

— J'ai mis un peu d'argent de côté, cela devrait suffire. Si j'ai des soucis, ils concernent autre chose.

— Votre père adoptif, je suppose ?

— Oui. Qui va s'occuper de lui en mon absence ?

— Moi. Je lui rendrai régulièrement visite. Je suppose que son besoin de détruire des tulipes va être assouvi pour un moment. Et pour ce qui concerne les travaux domestiques, je verrais bien quelqu'un…

— Qui donc ?

— La veuve de mon lieutenant assassiné. Elle aussi habite dans le Jordaan, elle n'est pas bien loin de chez vous.

— C'est aimable de votre part, Jeremias. Cela dit, je ne sais pas si mes économies suffiront pour la payer.

— Ne vous inquiétez pas, elle a déjà été payée. Et si elle devait avoir des frais, je les réglerais.

Anna le regarda avec gratitude.

— Vous feriez vraiment ça pour moi ?

— Oui, mais à une condition.

— Laquelle ?

— C'est tout simple : tu reviens aussi vite que possible à Amsterdam !

Lorsque Katoen passa les bras autour des épaules d'Anna et la tira vers lui, elle ne résista pas. Pas plus que lorsque les lèvres du policier entrèrent en contact avec les siennes.

30.

Le dernier acte

Samedi 20 mai 1671

Le lendemain soir, mi-figue, mi-raisin, Jeremias Katoen quitta son logis du Botermarkt pour se rendre au Kloveniersburgwal, qui n'était pas si éloigné que cela. Son cœur aurait dû être léger : Anna et lui s'étaient enfin unis. Mais elle quitterait bientôt Amsterdam pour une période indéterminée. Elle aurait préféré être accompagnée et protégée contre tous les dangers d'un voyage en mer. Il devait cependant remplir ses devoirs à Amsterdam : assumer ses fonctions de policier, ses engagements envers Félix et la promesse qu'il avait faite à Anna à propos de son père adoptif.

Au milieu du large pont qui enjambait l'Amstel intérieur, il s'arrêta et regarda les vaisseaux et les bateaux qui transportaient les chargements les plus variés au soleil de cette douce soirée de mai. Les marins et les marchands utilisaient jusqu'à la dernière heure de lumière du jour : ils devraient ensuite suspendre leurs activités pour toute la journée de dimanche. Katoen finit par sortir de sa rêverie et reprit son chemin pour régler les affaires qui devaient encore l'être.

Il n'avait pas de preuves, juste des supputations. Et les deux lettres qui le menaient au Kloveniersburgwal. Il devait pourtant tenir sa promesse à Joris Kampen, mais aussi au mort et à lui-même. Un serment qu'il avait réitéré le matin, dans la Noorderkerk, lors du service funèbre organisé pour Kampen : il arrêterait l'assassin.

Lorsqu'il voulut entrer au Kloveniersburgwal, deux femmes d'un certain âge vinrent à sa rencontre ; elles discutaient avec ardeur de toutes sortes de maladies. L'une portait une grande corbeille, l'autre un petit paquet enveloppé dans un mouchoir blanc. Pieter Hartig était donc lui aussi en plein travail.

Katoen entra dans la pharmacie et vit Hartig, les manches relevées, un tablier sur le ventre, touiller le contenu d'un grand chaudron fumant. Lorsqu'il remarqua la présence du visiteur, il le dévisagea sans le saluer. Le visage anguleux de Hartig était figé comme un masque au menton saillant. Leurs regards se croisèrent brièvement. Katoen passa devant lui et monta dans l'appartement de Catrijn. Hartig n'était sans doute pas le seul à se faire du mauvais sang.

Catrijn, qui ouvrit à Katoen avec un sourire retenu, portait une robe sombre, bleu foncé, avec un décolleté qui paraissait un peu trop franc, compte tenu du deuil de son frère.

— Je suis contente que tu sois là, Jeremias. Entre, je t'en prie.

Il franchit le seuil et déposa son chapeau.

— Bonsoir, Catrijn. Ta lettre parlait d'un dîner que je ne devais en aucun cas manquer.

Catrijn ferma la porte de l'appartement et s'y adossa. Ses yeux, qui étaient de la même couleur que sa robe, restèrent longuement fixés sur Katoen avant qu'elle ne se décide à parler.

— J'ai peut-être un peu exagéré. Il s'agit plutôt d'un modeste repas que je nous ai préparé pour tous les deux. Mais j'avais tellement envie que tu viennes. Je me suis mal comportée dimanche dernier, et je voudrais me rattraper. Je ne suis qu'une idiote jalouse. (Son sourire timide s'effaça.) Et puis je voudrais te remercier d'avoir risqué ta vie pour sauver celle de Nicolaas.

— En vain, hélas, dit-il avec un soupir. Ton frère repose au fond du Damrak.

— Un accident de voile aussi idiot ! Lui qui a toujours été un si bon marin… (Elle secoua la tête comme si elle ne pouvait toujours pas y croire.) Enfin, au moins, il ne t'est rien arrivé !

Elle avança vers lui, l'enlaça et lui donna un baiser. En d'autres circonstances, sentir ainsi son corps rond et chaud se serrer contre lui, et le parfum enivrant qui entourait la jeune femme, n'aurait pas laissé Katoen indifférent.

Lorsque Catrijn remarqua qu'il ne répondait pas à ses caresses, elle le lâcha et recula d'un pas.

— Qu'est-ce qui t'arrive ? C'est toujours mon comportement stupide de dimanche ?

— Je n'y pense plus depuis longtemps.

— Alors, qu'est-ce qu'il y a ?

— J'étais ce matin dans la Noorderkerk, j'ai accompagné mon adjoint, Joris Kampen, à sa dernière demeure.

— C'est celui que l'assassin aux tulipes a tué, n'est-ce pas ?

— Oui.

— Tu as déjà une piste ?

— Peut-être. Si ce que je soupçonne est avéré, je suis même à ses trousses.

— Tu l'auras, j'en suis certaine. (Elle lui caressa doucement la joue, comme une mère qui console son enfant.) Passe donc au salon, Jeremias. Je nous prépare quelque chose à boire.

Au salon, il fit ce qu'il n'avait pas eu l'occasion de faire lors de sa première visite : il observa les tableaux accrochés aux murs. Ils étaient mal assortis à cet intérieur douillet et aimable. Tous les motifs étaient empruntés à l'Ancien Testament : Jacob se battant avec l'Ange sur le gué du Jabbok ; Moïse abattant le Veau d'or ; Lot allongé dans la grotte, ivre, en compagnie de ses deux filles. Les thèmes étaient aussi sombres que leur exécution.

Catrijn revint avec deux verres en cristal à long pied, remplis d'un liquide couleur ambre. Elle lui en tendit un.

— De la liqueur de miel. Cela va te plaire.

— J'en suis certain, dit-il en posant son verre sur la table. Mais avant cela, il y a autre chose qui me plairait.

Cette fois, c'est lui qui prit Catrijn dans ses bras. Il lui ouvrit les lèvres avec les siennes, laissa sa langue lui explorer la bouche et commença à déboutonner sa robe. Il en avait ouvert la moitié, mais le bras droit de Catrijn le retint : elle avait toujours son verre à la main. Lorsqu'elle l'eut posé sur la table à son tour, Katoen fit descendre le haut de la robe jusqu'aux hanches de la jeune femme, puis lui défit le bas. Ses mains saisirent ses seins blancs comme lait, et il couvrit de baisers ses tétons allongés qui se raidirent aussitôt. Catrijn frissonna.

— Ça fait du bien, Jeremias. Moi qui pensais que je ne te plaisais plus et que tu t'étais entiché de cette Swalmius !

— Il n'y a qu'une femme qui me plaise, et c'est toi. (Il continua à lui caresser les seins, avant de dire, le souffle lourd :) Je te veux, Catrijn. Je veux passer le reste de ma vie avec toi !

Elle sourit.

— Je le veux aussi, Jeremias. Buvons pour fêter cela !

D'un geste vif, il attrapa les deux verres, en tendit un à Catrijn et leva l'autre.

— À nous, Catrijn, que rien ne puisse plus nous séparer, sinon la mort !

— Qu'il en soit ainsi ! s'exclama-t-elle en avalant une grande gorgée.

Katoen porta son verre à ses lèvres et le vida d'un trait. La liqueur sucrée avait un arrière-goût épicé, révélant qu'elle avait été anoblie par des herbes aromatiques. Catrijn, elle aussi, vida son verre et lui lança un regard impatient.

— Que dis-tu de ce nectar, Jeremias ?

— Excellent. J'espère que tu partages mon avis. Je suppose que le miel et les herbes recouvrent le goût de l'extrait de tulipe du sang, s'il en a un.

— Que… qu'est-ce que tu veux dire ? demanda-t-elle, effarée.

— J'ai des raisons de croire que tu as participé à la conjuration de ton frère. C'est…

— Conjuration ? De quoi parles-tu ?

— Tu le sais vraisemblablement mieux que moi. Tu m'as tout de même invité chez toi ce soir pour venger la mort de Nicolaas. C'est en tout cas ce que je suppose. À Volewijk, déjà, j'avais été intrigué par les plans d'avenir que tu faisais pour ton frère et pour moi. Tu étais tellement persuadée qu'il ne tarderait pas à prendre de plus hautes fonctions. Mais ce qui a renforcé mes soupçons à ton égard, c'est l'extrait de tulipe proprement dit. D'où Nicolaas le tenait-il ? J'ai fini par me rappeler ce que tu m'avais dit : que tu avais appris le métier de pharmacien auprès de ton défunt mari. À qui Nicolaas pouvait-il se fier pour produire l'extrait de tulipe, sinon à sa sœur, celle avec laquelle il ne faisait qu'un ?

Plus Catrijn l'écoutait, plus son souffle s'accélérait, soulevant et rabaissant ses seins nus à un rythme rapide.

— Mais si tu crois cela, pourquoi as-tu donc…

Elle s'interrompit et regarda fixement le verre vide qu'il tenait à la main.

— C'est ton verre, dit-il, et je t'ai donné le mien. Par sécurité. Mais si je me trompe, si je t'ai soupçonnée injustement, tu es autorisée à te ficher cordialement de moi. (Il la regarda dans les yeux ; mais il ne lut dans son regard ni moquerie, ni colère, juste un pur effroi.) Tu ne ris pas ? Tu te demandes sans doute combien de temps il va falloir avant que la tulipe du mal ne te rende folle… Si je me réfère à ce qu'a vécu le pauvre mendiant auquel ton frère a fait absorber cet extrait, je suppose que cela va arriver d'un instant à l'autre. À moins que tu n'aies mis une dose un peu moins forte cette fois-ci, pour qu'on ne sente pas le goût en buvant ? Et qu'est-ce que tu aurais raconté si ton plan avait fonctionné ? Que l'inspecteur de circonscription Jeremias Katoen avait mis fin à ses jours dans un accès soudain de folie ? Pour toi, l'explication sera plus crédible : après la mort de ton mari, tu n'as tout simplement pas supporté de perdre aussi ton frère.

Elle n'entendit sans doute plus ses derniers mots. Comme soulevée par des furies, elle courut à la cuisine, d'où elle revint un instant plus tard, armée d'un grand couteau à viande.

— Si je dois mourir, je t'emmènerai avec moi ! croassa-t-elle.

Elle leva le couteau, qu'elle serrait des deux mains, pour se précipiter vers lui. Mais avant qu'elle ne l'atteigne, elle se figea et son regard sembla soudain le traverser. Il ne savait pas ce qu'elle voyait derrière lui : il ne pouvait que lire ce qui se passait dans ses yeux, un mélange d'effroi et de haine – de haine d'elle-même.

Catrijn enfonça profondément le couteau dans sa propre poitrine et le retourna en poussant un long cri qui s'acheva sur un râle. Celui-ci diminua et s'éteignit lorsqu'elle tomba. Elle resta couchée sur le dos, la tête sur le côté ; de son si beau sein, désormais déchiqueté, du sang coulait sur le tapis.

Katoen regarda fixement la morte ; il n'éprouvait pas de regrets, il ressentit seulement une nouvelle fois la consternation que lui inspiraient les effets de la tulipe du mal. Catrijn avait mérité cette mort. Elle-même aurait accepté sans broncher de voir des dizaines de milliers de personnes connaître cette fin effroyable. Et elle l'aurait regardé agoniser, lui, Katoen. Il pouvait juste espérer qu'elle avait emporté avec elle, dans l'au-delà, le secret de fabrication de l'extrait de tulipe.

Il finit par se retourner et passa à la cuisine. Il y trouva une carafe en verre dans laquelle brillait un liquide couleur ambre, sans aucun doute la liqueur de miel. Juste à côté, une solution translucide remplissait aux deux tiers une fiole haute comme un doigt. C'était forcément l'extrait de tulipe. Il glissa la fiole dans sa poche, dans l'intention d'en déverser le contenu là où cela n'aurait aucune conséquence – le mieux serait les eaux de l'Ij.

Lorsqu'il repassa dans le couloir, il entendit des pas bruyants dans l'escalier. On ouvrit brutalement la porte de l'appartement, et Pieter Hartig, le ventre toujours protégé par son tablier, se précipita à l'intérieur. Il avait vraisemblablement entendu le cri de Catrijn.

— Qu'est-ce qui s'est passé ?

— Au salon, se contenta de répondre Katoen.

Le pharmacien passa devant lui en courant. Dès qu'il fut sur les lieux, il poussa un cri qui n'avait rien à envier à celui de Catrijn.

Katoen le suivit. Hartig était agenouillé près du corps. Des larmes lui coulaient sur le visage. Il finit par lever les yeux et demanda d'une voix faible :

— Pourquoi ? Pourquoi avez-vous fait cela ?

— Vous vous trompez. Catrijn a elle-même mis fin à ses jours. L'extrait de tulipe, vous savez ?

— Qu'est-ce que je suis censé savoir ?

Katoen sortit d'une poche de son pourpoint la petite boîte de tabac à priser et montra à Hartig le pétale séché.

— Ne faites donc pas l'hypocrite, mon vieux ! C'est bien vous qui avez laissé ces pétales auprès de vos victimes. Vous savez parfaitement de quoi je parle !

— Vous m'accusez ? Vous pensez que je suis l'assassin aux tulipes ? Et pour quelle raison aurais-je fait cela ?

— C'est effectivement une question sur laquelle je me suis longtemps cassé les dents. J'imagine mal que vous fassiez partie des conjurés : vous ne décimeriez pas leurs rangs comme vous l'avez fait. Mais si vous étiez au courant du complot, pourquoi ne pas l'avoir dénoncé aux autorités ?

Hartig se contenta de le regarder sans dire un mot. Katoen désigna la morte.

— À cause de Catrijn. C'est elle, la clé. Votre amour sans espoir, mais qui tenait tout de même de l'idolâtrie, vous a poussé au meurtre. Vous avez appris qu'elle produisait l'extrait de tulipe en bas, dans la pharmacie. Vous êtes peut-être un amoureux transi, mais pas un imbécile. Ce que montre la procédure que vous avez choisie pour les assassinats. Vous avez espionné Catrijn et découvert ce qu'elle préparait avec son frère. Vous les avez peut-être même espionnés, ce qui vous a permis de connaître l'ampleur de cette conjuration. Il vous était impossible de transmettre ces informations aux autorités : vous auriez livré Catrijn à la mort. Vous avez donc eu l'idée démentielle de tuer chaque lundi l'un des conjurés et de laisser un pétale de cette tulipe auprès du cadavre. Votre espoir était que le bruit causé autour de ces assassinats effraierait les conjurés et les dissuaderait de mener leur projet à bien. Vous vouliez empêcher votre Catrijn de commettre des actes qui pourraient lui coûter sa tête. Risquer la vôtre vous était apparemment indifférent. L'amour ne rend pas seulement aveugle, il vous prive aussi de la raison.

— Vous êtes un conteur fantastique, Katoen.

— On me l'a déjà dit une fois. J'aimerais bien que ce soit vrai.

— Alors montrez-moi les preuves de vos affirmations absurdes !

— Dois-je demander à mes lieutenants de fouiller votre pharmacie et votre appartement ? Découvririons-nous d'autres pétales comme celui-ci ? Peut-être aussi les vêtements de femme que vous portez les soirs des meurtres ? Tiens, vous voilà livide, tout d'un coup. J'ai donc raison. Il ne me reste qu'une seule question : comment accédez-vous aux pétales de tulipes ? Catrijn tirait l'extrait des oignons, et pas de la plante, non ?

Katoen vit le pharmacien lutter avec sa conscience pour savoir s'il devait ou non continuer à nier. Manifestement, Hartig en vint à la conclusion que Katoen en savait ou en devinait trop, et finit par dire :

— Catrijn faisait aussi des expériences avec ces plantes. Elle pensait que j'ignorais où elle cachait les fleurs et les bulbes. Mais je le savais, bien entendu.

— Bien entendu : votre plus grand plaisir était de l'espionner. Au fait, il vous arrive de dormir, ou bien vous passez votre temps à patrouiller ? C'est sans doute vous qui, la nuit suivant l'assassinat de Balthasar De Koning, avez glissé la lettre sous la porte d'Antonius Swildens. Comme votre premier meurtre, contrairement à vos attentes, n'avait pas fait beaucoup de bruit, vous avez voulu vous assurer qu'il en irait autrement pour le deuxième – et vous avez réussi. Vous avez certainement espionné aussi le frère de Catrijn et Paulus Van Rosven. Vous avez ainsi appris ou déduit que le juge voulait gagner le jeune Van Rosven à sa cause. Ce qui vous a fourni l'identité de votre nouvelle victime.

— Juste une question, Katoen : comment avez-vous compris que je me déguisais en femme ? demanda Hartig sans chercher à commenter les mots de Katoen.

— Peu avant son assassinat, on a vu le banquier Balthasar De Koning avec une femme inconnue. Cela ne cadrait pas avec l'idée que je me faisais de cette affaire, d'autant que je ne pouvais pas imaginer qu'un lourdaud comme vous l'êtes puisse jouer le rôle d'une femme. Mais mardi dernier, Nicolaas Van der Zyl a mentionné le fait que vous étiez un comédien de talent. Cela a excité ma curiosité, et j'ai demandé des renseignements plus précis sur votre compte au conseil municipal de Haarlem. La réponse qui m'est arrivée ce jour par la poste est très instructive. Vous avez été encensé pour vos performances scéniques à Haarlem, et notamment pour vos rôles de femmes. Vous avez toutefois brisé votre carrière en courtisant l'épouse de votre imprésario et en refusant obstinément de vous laisser éconduire. C'est alors, pendant une représentation, qu'une dispute a éclaté en pleine scène, si violente qu'elle vous a valu d'être banni de la ville.

— Rebecca m'aimait, affirma Hartig, l'air rétif. Seulement elle ne voulait pas l'admettre parce qu'elle avait peur de son mari. Et c'est lui qui a fait en sorte que je ne puisse plus me produire dans aucun théâtre décent aux Pays-Bas.

— Vous vous êtes donc reconverti dans la pharmacie, compléta Katoen. Funeste décision, tout compte fait. Tout aussi funeste que votre tendance à vous éprendre à tout jamais de femmes qui ne veulent pas entendre parler de vous.

— Ça n'est pas vrai ! cria Hartig. Rebecca et Catrijn m'aimaient toutes les deux !

Un long moment, il garda le regard fixé sur la morte, à côté de lui. Puis il leva de nouveau les yeux vers l'inspecteur.

— Vous m'avez pris Catrijn !

Il bondit avec l'énergie d'un fauve qui saute sur sa proie – en l'occurrence, sur Katoen. Mais celui-ci s'y était préparé et esquiva. Emporté par son élan, le pharmacien atterrit contre le mur, juste sous le tableau de Jacob et de l'Ange.

Hartig se retourna, éberlué. Il fut trop lent pour bloquer les poings de Katoen. Une nuée de coups s'abattit sur son visage. Ses lèvres éclatèrent, puis ses arcades sourcilières. Il avait la face ensanglantée. Mais Katoen continua à frapper, l'image de Joris Kampen ne le quittait pas, il frappa et frappa jusqu'à ce que Hartig s'effondre à genoux et reste la tête dodelinant sur le côté, le souffle court.

Katoen s'arrêta alors qu'il levait déjà le poing pour un nouveau coup, et regarda fixement l'homme qui se trouvait devant lui, à genoux, dans un état pitoyable. Aux yeux de l'inspecteur, Hartig n'avait mérité aucune pitié.

Le pharmacien leva la tête et marmonna entre ses lèvres éclatées et sanglantes :

— Pourquoi ne continuez-vous pas ?

— Pour que vous ne me claquiez pas entre les mains, dit froidement Katoen. N'allez pas croire que j'aie la moindre compassion pour vous. Mais je ne veux pas me priver du plaisir de vous voir vous balancer au bout d'une corde à Volewijk. Ce sera l'acte ultime de votre existence. Et il ne déparera pas le reste.

Épilogue (1)

Jeudi 22 février 1672

L'hiver et ses rigueurs avaient fui la côte hollandaise. Les toits d'Amsterdam n'étaient plus blancs, on ne glissait plus sur les chemins, l'eau ne gelait plus dans les canaux. Une semaine plus tôt encore, Katoen était allé faire du patin à glace ; désormais, les bateaux et les barques y naviguaient de nouveau. L'hiver s'était éloigné, mais il n'était pas encore parti. Il faisait froid et humide, le ciel était bas et gris comme du plomb, il flottait dans l'air une sourde menace. Katoen était d'humeur extrêmement maussade.

Tant qu'il était occupé, que ce soit par son service ou pendant les heures qu'il passait avec Félix, la chose était supportable. Mais chaque soir ou presque, et celui-là ne faisait pas exception à la règle, il se sentait attiré vers le port. Il lui arrivait alors de s'y tenir pendant parfois une heure entière, ou plus, de regarder vers l'Ij et sa forêt de mâts qui s'étendait à perte de vue, et de se demander quand l'un de ces nombreux vaisseaux reviendrait enfin avec Anna à son bord.

Moins d'une semaine après qu'elle lui avait parlé de son projet de partir pour Constantinople, elle avait embarqué à bord d'un navire de commerce ottoman dont le capitaine proposait un passage à bon marché et voulait en outre mettre directement le cap vers Babylone. S'il l'avait laissée partir, c'était à contrecœur, et son inquiétude augmentait à chaque mois qui passait. Il n'avait reçu aucune lettre d'elle ni aucune autre information. Le désir qu'il avait de la revoir le rongeait, et pourtant il avait peur de leurs retrouvailles : il se demandait comment elle accueillerait ce qu'il avait à lui dire.

Un vent froid et tournant soufflait sur l'Ij. Katoen referma en frissonnant sa cape de laine devant sa poitrine. Avec ce temps, il aurait sans doute été judicieux de rentrer chez lui et de demander à la veuve Gerritsen une pinte de bière tiède ou une tasse de lait chaud. Ce qui l'amenait ici n'avait rien de raisonnable, et frôlait même la superstition : il lui semblait qu'Anna reviendrait plus vite s'il l'attendait ici.

Et si elle ne revenait pas du tout ? S'il lui était arrivé quelque chose ? Cette question l'avait obsédé pendant tout l'hiver, battant avec obstination à la porte de son entendement. Mais il se refusait à la laisser entrer. Ce n'était pas possible !

— Puis-je vous aider, *Mijnheer* ? Vous avez l'air à moitié gelé.

C'est une femme, derrière lui, qui venait de lui poser cette question. Il était tellement absorbé par ses pensées qu'il ne l'avait pas entendue s'approcher. C'était sans doute l'une des putains qui gagnaient leur salaire immoral dans le port. Elle avait dû remarquer, à ses vêtements, qu'il n'était ni un simple marin, ni un docker. Elle devait penser avoir fait une bonne prise et pouvoir gagner un petit pactole en réchauffant un bourgeois transi jusqu'aux os. Excédé de voir qu'elle n'attendait même pas le crépuscule pour se livrer à son activité honteuse, le policier se retourna brutalement pour lui faire la leçon.

— Anna !

Il la regarda sans doute comme s'il avait affaire à un fantôme. Elle était à portée de main, emmitouflée dans un épais manteau à capuche, et lui souriait. Comme ça, simplement. Il voulut la prendre dans ses bras, l'embrasser, mais il n'osa pas la toucher, craignant qu'elle ne puisse disparaître comme un de ces rêves qui se dissipent d'autant plus vite qu'on tente de les retenir au réveil.

— Tu me reconnais tout de même, dit-elle avec une pointe de moquerie. Mais tu ne sembles pas avoir de baisers en réserve pour moi. Une jolie fille d'Amsterdam t'aurait-elle tourné la tête, Jeremias ?

— Il n'y a pas d'autre fille pour moi, ni à Amsterdam ni ailleurs. (Il la prit par les bras et la tira vers lui.) Voilà une bonne chose !

— Quoi donc ? demanda Anna.

— Tu ne te volatilises pas ! (Il approcha son visage de celui de la jeune femme, et leurs lèvres s'unirent en un baiser interminable.) Je ne te laisserai pas repartir, Anna, plus jamais !

Lorsqu'il la tenait ainsi dans ses bras, il ne sentait plus ni froid ni vent. Il se sentait bien, comme s'il n'y avait jamais rien eu d'autre, comme lors de leur tout premier baiser, jadis, dans le jardin de Van Dorp, le cultivateur de tulipes. Tous les mois qui s'étaient écoulés depuis lui parurent avoir été effacés.

Lorsqu'ils se détachèrent finalement l'un de l'autre, Anna le dévisagea et demanda :

— Tu ne vas pas bien, Jeremias ? Tu as l'air tellement… tellement triste.

— J'ai quelque chose à t'annoncer, Anna. Il s'agit de ton père adoptif.

— Il est mort ?

— Comment le sais-tu… ? demanda Katoen, étonné.

— Je m'y attendais. Lorsque je suis partie, il m'a dit que nous ne nous reverrions plus. Il comptait encore passer l'été, mais pas l'automne. Et il m'a encouragée à partir pour Constantinople pour accomplir mon devoir. Quand nous a-t-il quittés ?

— Le dernier jour du mois d'août, un jeudi chaud et ensoleillé. Noortje l'a trouvé en venant prendre de ses nouvelles et lui préparer un déjeuner. Il était assis dans son fauteuil, un livre sur les genoux, il avait l'air de dormir. Nous avons fait dire la messe funèbre à la Noorderkerk et nous l'avons enterré à l'ombre de l'église.

— Je te remercie. Pour tout, ajouta-t-elle en lui caressant la joue. Et j'aimerais aller voir sa tombe.

Katoen était soulagé. Combien de fois s'était-il figuré ce que ce serait de lui annoncer cette nouvelle ! Il avait imaginé Anna brisée par le deuil et les remords, ou bien le critiquant durement pour ne pas s'être assez soucié de Sybrandt Swalmius. Il ne pouvait que rire de ses propres angoisses. Qu'il avait été bête, qu'il avait mal jugé Anna ! C'était une femme de caractère, il ne fallait pas la sous-estimer.

Elle avait un grand sac à côté d'elle.

— C'est là tout ton bagage ? demanda Jeremias.

— Oui.

— Dans ce cas nous pouvons l'emporter à la Noorderkerk.

— Pourquoi pas ? Notre… mon appartement est juste à côté.

— Il n'y est plus. Je l'ai rendu après la mort de ton beau-père. Ignorant quand tu reviendrais, j'ai trouvé absurde de continuer à payer le loyer.

— Tu as bien fait. Mais où vais-je loger, maintenant ?

Il se racla la gorge.

— D'abord chez moi, au Botermarkt, me disais-je. Mon appartement est assez grand. La chambre que je n'ai jamais vraiment utilisée est déjà aménagée pour toi. Tu y trouveras aussi un lit.

Anna leva les sourcils, mais sourit en même temps.

— Vraiment ? Ne m'as-tu pas raconté que ta logeuse n'apprécie pas du tout que ses locataires reçoivent des visites féminines ?

— Depuis qu'elle s'occupe de Félix, son cœur tendre l'a emporté sur sa sévérité naturelle. Ce garçon lui fait du bien.

— Pas seulement à elle, me semble-t-il.

— Pourquoi savez-vous toujours, vous, les femmes, ce qui se passe dans nos têtes, alors que nous ne savons jamais à quoi ressemble la vôtre ?

— Peut-être parce que vous ne tenez pas du tout à le savoir, dit Anna en souriant.

Il prit le lourd sac de la jeune fille et ils marchèrent jusqu'au quartier du Jordaan, dans des rues où la foule et les traîneaux qui se bousculaient n'empêchaient pas le manteau hivernal de flotter au-dessus des maisons. Le vent froid semblait dissuader les hommes de discuter trop longtemps. Ils paraissaient même se déplacer plus lentement, comme s'ils voulaient économiser leurs forces pour les tempêtes de neige, les nouvelles des navires coincés quelque part dans la glace et tout ce que l'hiver leur réservait encore.

Katoen et Anna n'étaient pas aussi tranquilles. Il la cribla de questions sur son voyage, et posa d'emblée la plus importante :

— Tu es arrivée à ce que tu voulais, à Constantinople ?

— Tout dépend comment on prend les choses. Il a fallu un certain temps avant que je ne sois autorisée à parler à un responsable plus haut placé que ceux chargés de se débarrasser des quémandeurs indésirables. Mais cet homme-là m'a écoutée et m'a aidée à obtenir un entretien avec l'un de ses supérieurs. Et ainsi de suite. Pour finir, j'ai parlé à un haut fonctionnaire dont je ne connais toujours ni le titre ni le nom, mais il m'a remerciée au nom du sultan et a même rédigé un compte rendu que j'ai signé. Comme je ne pouvais pas lire le procès-verbal, je ne sais cependant pas ce qu'il contenait. À quoi bon, d'ailleurs ? Je suppose que ce papier restera dans un tiroir sans que personne ne s'en soucie. (Elle soupira.) Je n'y peux rien. J'ai fait ce qui était en mon pouvoir pour laver la mémoire de mon père. Sur le chemin du retour, au cours de la troisième nuit de traversée, j'ai fait un rêve. Mes parents légitimes me sont apparus, et ils avaient l'air satisfait.

Puis elle lui raconta son séjour dans la grande ville de Constantinople, et son retour, au cours duquel elle avait dû surmonter de nombreux obstacles et s'était finalement retrouvée coincée à Malte. Seul le passage d'un vaisseau de commerce de la Compagnie des Indes orientales qui accostait à Malte pour charger des vivres frais avant de repartir pour les Pays-Bas lui avait permis d'arriver à bon port. Le vaisseau de la Compagnie, trop grand pour le port d'Amsterdam, avait jeté l'ancre aux environs de midi devant l'île de Texel, et Anna était revenue avec l'une des barges qui faisaient la navette entre Amsterdam et Texel.

— Si j'avais su tout cela, je me serais fait encore plus de souci pour toi, dit Katoen, heureux qu'elle ait franchi tous ces obstacles. Tu devrais écrire un livre sur ce que tu as vécu, l'un de ces récits de voyage mouvementés que ton père adoptif lisait si volontiers. Tu aurais du succès.

Ils avaient atteint la Noorderkerk et entrèrent dans un cimetière que ses arbres dénudés par l'hiver rendaient encore plus sinistre qu'à l'ordinaire. Katoen conduisit Anna jusqu'à la tombe.

— Une vraie pierre tombale ! s'exclama-t-elle, étonnée. Ça n'était certainement pas bon marché !

— Il l'a bien méritée, après la rude vie qu'il a menée, affirma Katoen.

Anna lut alors l'inscription qui figurait sous le nom et la date de décès : « C'était un bon père. »

Elle avait les larmes aux yeux lorsqu'elle les releva vers Jeremias et le remercia.

Lorsque Katoen présenta Anna à la veuve Gerritsen, une heure plus tard, celle-ci embrassa la jeune femme sur les deux joues, comme elle le faisait tous les matins et tous les soirs avec Félix. Il n'aurait pas fallu grand-chose pour que cette brave femme n'embrasse aussi Katoen comme si c'était son fils.

— Voilà donc la femme que notre M. Katoen a choisie comme épouse, s'exclama la veuve, toujours aussi amène. Je dois reconnaître qu'il a fait un bon choix.

Katoen se hâta de porter le sac de voyage d'Anna chez lui, avant que les deux femmes ne remarquent qu'il rougissait.

Ils attendaient dans la salle à manger de la veuve le dîner que préparait Greet Gerritsen, lorsque Félix revint de l'école. Katoen lui avait souvent parlé d'Anna, et l'enfant n'avait jamais montré le moindre indice laissant penser qu'il pourrait avoir quelque chose contre elle. Mais cette fois, il fit preuve d'une très grande réserve, et ne répondit que par monosyllabes aux questions que lui posait Anna. Plus tard, lorsqu'ils furent chez lui et que celle-ci déballa ses affaires, Katoen expliqua :

— Je suis désolé que Félix se soit mal comporté. Il s'habituera à toi. À l'école, aussi, il a eu des difficultés. Mais une fois les deux premiers mois passés, ça s'est arrangé.

— Bien sûr qu'il s'habituera. Moi, à sa place, je serais aussi agacée si je devais tout d'un coup te partager avec quelqu'un, déclara-t-elle en souriant, avant de reprendre un air sérieux. Félix suit son chemin, cela, je le sais. Mais que s'est-il passé d'autre à Amsterdam pendant que j'étais partie ? D'autres actions ont-elles été engagées contre la confrérie des « Hommes de Bonne Volonté » ?

— Pas officiellement. Mais tous les conseils municipaux des grandes villes et l'assemblée des États généraux à La Haye ont été informés en secret. J'ignore si l'on y a entrepris quelque chose. Mais ce sera certainement difficile : nous sommes forcés de considérer que partout où l'on prend des décisions importantes, les conjurés ont aussi leur mot à dire. Il ne nous reste donc qu'à espérer qu'ils ne se remettront pas du coup que nous leur avons porté ici, à Amsterdam.

— Qu'est-il arrivé aux conjurés arrêtés ?

— Ils ont été libérés sous condition de ne jamais plus mettre le pied sur le sol néerlandais. J'espère qu'ils la respecteront ! Si on les avait inculpés, cela aurait fait bien trop de bruit. N'oublie jamais que pour le public, la conjuration des tulipes n'a jamais existé. Willem Van Dorp a quitté Amsterdam et les Pays-Bas, comme je le lui avais suggéré au nom du conseil. Il serait parti pour la France. En revanche, le secrétaire de Joan Blaeu, Barent Vestens, a été jugé. On lui a plongé la main droite dans l'huile bouillante et il a été banni des Pays-Bas, à vie et de manière tout à fait officielle.

— Et l'assassin aux tulipes ?

— Hartig ? Lui aussi a été mis en cause, mais dans une procédure qui n'était pas publique. Il était difficile de le laisser filer. Peut-être ce fou aurait-il trouvé un motif pour perpétrer de nouveaux meurtres. Ou bien il aurait répété ce qu'il savait de la tulipe du mal. Les membres de la confrérie sont en apparence d'honorables citoyens qui ne révéleront rien pour ne pas mettre leur existence en péril. Hartig, en revanche… (Il soupira.) Lui, on ne pouvait pas lui faire confiance. Et il avait plus que mérité la mort. Mais la sentence a elle aussi été exécutée sans que le public en soit informé ; son corps n'a pas été pendu à Volewijk.

— Qu'en ont-ils fait ?

— Ils lui ont coupé la tête et l'ont enterrée dans un lieu inconnu avec le reste du cadavre. Comme il n'avait pas de famille, personne ne demandera où il est. Pour le public, ce n'était qu'un fou meurtrier. Dans l'ensemble, tout s'est passé dans une discrétion étonnante, ce qui s'explique aussi par les précautions prises par le nouveau juge d'instance.

— Le nouveau juge d'instance ? On ne t'a pas proposé le poste, après tout ce que tu as fait pour Amsterdam et les Pays-Bas ?

— Tu n'y comptais tout de même pas sérieusement, demanda-t-il. N'oublie pas, je suis le fils d'un simple marin et d'une…

Il se tut, l'air consterné.

— Tu dois pardonner à ta mère ce qu'elle a été. Qui sait ce qu'elle a traversé ? Elle en était peut-être tout aussi malheureuse que toi.

— Oui, peut-être, dit-il à voix basse. Oublions cela. Les choses sont comme elles sont, et c'est bien comme ça. Le nouveau juge d'instance est le maître cordier Philipp Schuiten, un homme honorable. Il ne s'est d'ailleurs pas battu pour avoir ce poste, il a pratiquement fallu le forcer à confier la corderie à son fils aîné pour se charger d'assurer le droit et l'ordre à Amsterdam.

Anna regarda, songeuse, par la petite fenêtre qui donnait sur le Botermark.

— Le droit et l'ordre ? Existeront-ils jamais ?

Katoen se rapprocha d'elle et posa les mains sur ses épaules.

— Qu'est-ce qui te rend aussi triste, Anna ? Tu n'as pas vraiment l'air heureux.

— Je me demande si le danger que faisait courir la tulipe du mal a réellement disparu.

— Nous avons fait tout ce qui est en notre pouvoir.

— Soit, mais je me sentirais mieux si le conseil avait brûlé le manuscrit du croisé et la carte de la Côte aux Tulipes plutôt que de les restituer à Joan Blaeu.

Katoen embrassa Anna sur le front et sur les yeux.

— Assez de tristesse. Je trouve que pour aujourd'hui, nous avons suffisamment évoqué le passé. Parlons donc de l'avenir !

— Ah oui ? Tu as peut-être déjà des idées précises sur ce point ?

— Très précises, même. Celle-ci, par exemple, dit-il en la soulevant pour la poser doucement sur le lit.

— Je m'étais déjà étonnée de te voir installer un lit aussi large dans ta petite chambre. (Anna souriait à présent, et l'on ne lisait plus sur son visage la moindre trace de la mélancolie qui la dominait encore un instant plus tôt.) J'espère que la bonne veuve Gerritsen n'en saura rien.

— Nous devons être discrets, préconisa Katoen en ôtant son pourpoint.

Anna joignit les mains derrière la tête et le regarda se déshabiller. Elle prenait un plaisir manifeste à voir son corps mince et musculeux.

— Je crois que je suis très heureuse que tu n'aies pas été nommé juge d'instruction. Tu t'engraisserais dans un fauteuil de magistrat. Tel que tu es, tu me plais beaucoup.

— Beaucoup, pas plus ?

— On va voir ça tout de suite, répondit-elle, taquine.

— Une épreuve, donc, renchérit Katoen lorsqu'il fut entièrement nu. Et comment dois-je la passer si tu ne te déshabilles pas ?

— C'est ta mission, Jeremias. Considère-la comme la première partie de l'épreuve.

Il fallut très longtemps pour que Katoen en vienne à bout : il couvrait de baisers chaque centimètre de peau qu'il avait libéré de ses vêtements. Anna frissonnait de plaisir au fur et à mesure que les mains et les lèvres de Jeremias progressaient et s'enfonçaient, embrassant son ventre à peine bombé et ses cuisses minces.

Lorsqu'il ôta les bas d'Anna et que ses lèvres entrèrent en contact avec les pieds de la jeune fille, elle dit en feignant l'indignation :

— Tu as oublié quelque chose.

— Tu te trompes, Anna, j'ai seulement gardé le meilleur pour la fin.

Ses lèvres remontèrent à l'intérieur de la cuisse gauche et atteignirent le tendre duvet brun qui recouvrait l'espace entre ses jambes. Il écarta doucement les cuisses d'Anna tout en couvrant son sexe de baisers. Ses gémissements de plaisir se transformèrent en cri aigu lorsque sa langue s'insinua en elle. Le corps d'Anna se tordit de plaisir et finit par se cabrer, pris d'extase.

Ils en vécurent d'autres au cours de cette nuit. On aurait dit qu'ils voulaient rattraper tout ce qui leur avait été interdit au cours des mois précédents. Ils passèrent des heures à explorer mutuellement leur corps avec les yeux, les mains, les lèvres. Ils ne s'endormirent, l'un contre l'autre, que plusieurs heures plus tard.

Même en rêve, Katoen serrait fermement Anna contre lui et se jurait de ne plus jamais la laisser partir. Mais lorsqu'il s'éveilla, au milieu de la nuit, elle avait disparu.

ÉPILOGUE (2)

Vendredi 23 février 1672

Par quoi avait-il été réveillé ? Était-ce Anna dans l'une des autres pièces ? Mais pourquoi aurait-elle dû abandonner le lit chaud ?

Katoen se leva, encore engourdi par le sommeil, et regarda fixement la lampe à huile qui était toujours éteinte. En tout cas, Anna n'était pas dans la chambre. Il traversa les autres salles, nu comme un ver. Mais il ne l'y trouva pas non plus.

Il alla à la porte de l'appartement, et constata qu'elle n'était pas fermée à clef. Mais il ne savait plus s'il l'avait verrouillée lorsqu'il était monté avec Anna, après le dîner.

Suivant une intuition, il revint dans la chambre d'Anna et chercha la clef de la porte de la maison, qui était certainement restée dans son pourpoint – ce fut en vain. Anna avait dû la prendre avec elle, il n'y avait pas d'autre explication. Mais ses vêtements étaient toujours par terre, dans le même désordre qu'auparavant.

Il se rappela avoir vu dans ses bagages les vêtements d'homme qu'Anna portait lors de ses patrouilles nocturnes – il l'avait aidée à les ranger dans l'armoire étroite qui occupait un coin de la chambre. Les vêtements ne s'y trouvaient pas plus que les bottes, la rapière et la bandoulière qui les accompagnaient.

Un terrible pressentiment s'insinua en lui, et il se rappela ce qu'elle avait dit lorsqu'il lui avait demandé pourquoi elle paraissait si chagrine. Il crut soudain savoir où il la trouverait. Dans la hâte, avec inquiétude, il s'habilla tandis qu'au loin, un gardien de nuit annonçait qu'il était 2 heures et demie du matin.

Avant de quitter l'appartement, il prit la précaution d'emporter sa canne-épée. Arrivé au pied de l'escalier, il constata qu'Anna avait verrouillé derrière elle la porte d'entrée de la maison. Pour protéger les habitants de visiteurs nocturnes indésirables ? Ou pour empêcher qu'il ne la suive et ne la retienne ?

Il voulut frapper chez sa logeuse, mais le bruit de ses pas dans l'escalier l'avait réveillée, et elle ouvrit la porte en hésitant.

— La clef de la porte d'entrée, vite ! demanda Katoen.

Le visage ensommeillé, coiffée d'un bonnet de nuit, la veuve le regarda sans comprendre.

— Mais qu'est-ce qu'il se passe ?

— J'ai besoin de la clef de votre immeuble, dépêchez-vous !

Elle comprit enfin et alla la chercher. Il la lui ôta de la main et s'empressa d'ouvrir.

— Refermez derrière moi, demanda-t-il. Et veillez à ce que Félix n'ait pas de nouveau l'idée de me suivre !

Elle voulut lui poser une ultime question, mais il n'écoutait déjà plus et sortit dans l'air froid de la nuit. Son inquiétude pour Anna lui faisait paraître tout le reste insignifiant. À chaque seconde, sa peur de la perdre pour toujours grandissait. Les heures passionnées qu'ils avaient passées ensemble avaient-elles été non le début d'une nouvelle vie, mais leurs adieux à tout avenir ?

Il tourna vers la droite et courut vers le pont qui menait à l'Amstel intérieur, puis continua dans la Kalverstraat en direction du Dam. Il n'y rencontra que deux ivrognes qui titubaient, bras dessus, bras dessous, zigzaguant d'un côté de la rue à l'autre. Les interroger sur Anna aurait été pur gaspillage de temps, il ne s'attarda donc pas. De toute façon, s'il ne se trompait pas, il connaissait l'objectif d'Anna.

Lorsqu'il ne fut plus qu'à deux ou trois minutes du Dam, il entendit un gémissement bruyant dans l'une des rues perpendiculaires. C'était la voix d'une femme. Katoen s'arrêta net. Il avait couru si vite qu'il avait le souffle court et saccadé.

Il entendit de nouveau la voix :

— Non, arrêtez, ne frappez plus !

Un claquement bref et puissant témoigna du fait que la demande avait été vaine. La voix stridente n'avait rien à voir avec celle d'Anna, mais il entra tout de même dans la ruelle obscure. La femme semblait réellement avoir besoin d'aide. Mais à chacun de ses pas, il pensait à Anna, dont l'avance ne cessait de grandir.

— Misérable petite crotte ! hurlait une voix d'homme rauque qui lui parut familière, même s'il ne la reconnaissait pas. Je t'amène un client avec une bourse pleine à craquer, et tu veux me piquer ma part ? Je vais te montrer, moi !

Katoen entendit de nouveaux claquements, une, deux, trois fois. La femme cria, puis se mit à sangloter comme un gamin.

Il s'agissait d'une dispute entre un maquereau et une fille de joie. Il était furieux, à présent, d'avoir interrompu pour cela sa marche vers le Dam, et voulait déjà faire demi-tour. Si les proxénètes et les prostituées voulaient se rendre la vie impossible, en quoi cela le regardait-il ? Il ne se souciait guère des uns ni des autres, peut-être d'ailleurs encore moins des filles de joie.

Mais les mots d'Anna lui revinrent à l'esprit : « Tu dois pardonner à ta mère ce qu'elle a été. Qui sait ce qu'elle a traversé ? Elle en était peut-être tout aussi malheureuse que toi. » Anna avait-elle raison ? Avait-il, toute sa vie durant, entretenu une haine absurde contre sa mère et, avec elle, contre toutes les putains de ce monde ?

Le maquereau frappa une fois de plus, et sa victime se mit à glapir comme un chien battu. Aussi absurde que ce fût, Katoen imagina que c'était sa mère que l'on rossait dans cette venelle obscure. Il se rapprocha et cria :

— Arrêtez ! Arrêtez immédiatement !

La venelle débouchait sur une petite cour dans laquelle la lumière tombait d'une fenêtre au rez-de-chaussée de l'une des maisons mitoyennes. Le brave bourgeois que l'on devinait derrière sa fenêtre avait peut-être été réveillé par le bruit que produisaient le maquereau et la prostituée, mais n'osait pas intervenir.

La fille de joie était assise par terre, non loin de la fenêtre. Elle avait un corps plantureux, une robe rouge dévoilait ses seins rebondis plus qu'elle ne les cachait. Katoen ne pouvait pas voir si elle était jolie, tant son visage auréolé d'une coiffure claire et hirsute était ensanglanté par les coups du proxénète.

Ou plutôt des proxénètes, car deux hommes se trouvaient auprès d'elle et regardaient Katoen avec étonnement. Il ne connaissait pas le premier des deux. Il était jeune et gras, une véritable boule d'énergie, une nuque de taureau, des bras aussi épais que des cuisses. Mais il ne connaissait que trop bien l'autre, dont il venait d'entendre la voix.

— Jaepke Dircks ! laissa-t-il échapper.

— *Mijnheer* Katoen, fit ce dernier, moqueur, en esquissant une révérence. Ravi de vous voir. La nuit va peut-être tout de même finir par être agréable.

— Pour vous, certainement pas, répondit Katoen. Pas après ce que je viens de voir. Cette fois, Dircks, vous êtes bon pour le Rasphuis !

— Et vous pour l'au-delà, monsieur l'inspecteur de circonscription, répondit Dircks en tirant d'un geste rapide un poignard de sa botte.

— C'est un inspecteur de circonscription ? demanda le gros, dont la voix étonnamment aiguë rappelait celle d'une femme. Tu es devenu fou, Dircks, de te colleter avec un type pareil ?

— Pas fou du tout. C'est l'inspecteur Jeremias Katoen, et sa tête vaut cinq mille florins.

— Tiens donc, et qui a fixé ce prix ? demanda le policier, qui n'était pas au courant de cette histoire.

— Un cultivateur de tulipes désappointé.

— Willem Van Dorp ?

— Lui-même, confirma Dircks avec un sourire fielleux, en avançant lentement vers Katoen.

— Alors là, c'est autre chose, fit l'homme à la voix de fausset. On fait moitié-moitié ?

— Mais bien entendu, Truus, répondit Dircks. On le prend chacun d'un côté, ça ne va pas durer longtemps. Fais juste attention à sa canne : c'est une épée camouflée.

— Pour la moitié de cinq mille florins, ça m'est bien égal, pépia Truus en se penchant pour ramasser quelque chose derrière lui.

C'était un morceau de bois qui traînait au sol, à peu près de la taille d'un bras. Entre les mains de ce solide gaillard, c'était une arme à ne pas sous-estimer.

Dircks et son complice avancèrent lentement vers Katoen, en veillant à rester tous les deux à la même distance du policier ; Katoen appuya sur le petit bouton du pommeau de sa canne et sortit la lame de son fourreau, qu'il lança sur le gros, dont il pensait qu'il serait moins mobile que Dircks. Il effleura effectivement la tête de son adversaire, mais cela n'impressionna pas beaucoup Truus.

— J'ai toujours dit que je te mettrai la main dessus un jour ou l'autre, fouineur ! lança Dircks. Je n'ai pas oublié les coups de fouet. Je vais enfin pouvoir me venger, et empocher en plus une petite fortune. Comme quoi il y a encore une justice ! Allez, Truus, on y va, cria-t-il, d'une voix nettement plus forte.

Mais il y eut plus bruyant encore que Dircks : la détonation qui résonna dans toute l'arrière-cour. Truus fit effectivement un bond en avant, mais loin de s'attaquer à Katoen, il tomba par terre, tête la première. Il avait un grand trou dans le dos.

Alors seulement, Katoen remarqua qu'on avait ouvert la fenêtre où il avait vu, plus tôt, de la lumière. Un homme à barbe blanche, en chemise de nuit, bonnet sur la tête, tenait entre les mains une sorte de pétoire d'où sortaient des volutes de fumée.

— Ambrosius Nuyens, ancien membre de la Guilde des Tireurs de Saint-Sébastien, à votre service, se présenta l'homme. J'ai tout entendu, et je n'ai pas pu laisser sans rien faire cette canaille s'en prendre à un représentant de l'autorité.

— Votre aide est bienvenue, même s'il est un peu tard, *Mijnheer* Nuyens. Cette femme-là s'en serait réjouie, elle aussi.

L'homme en chemise de nuit caressa le canon de sa vieille arquebuse.

— Je n'ai pas utilisé ma fidèle Malwine depuis longtemps. J'ai d'abord dû la sortir et la préparer. Mais j'ai encore un bon œil, n'est-ce pas ? Retenez donc encore un peu le deuxième voyou jusqu'à ce que j'aie rechargé, je vais voir si je suis capable de lui faire sauter la caboche !

Dircks ne lui en laissa pas le temps. Il se retourna, rejoignit la fille de joie en un éclair et lui posa la lame sur la gorge.

— Jette ta canne-épée, Katoen, immédiatement.

Au lieu d'obéir, Katoen se dirigea lentement vers Dircks.

— Tu ne sais pas que je me fiche pas mal des putains, Dircks ? Amsterdam en est plein. Une de plus, une de moins, que veux-tu que ça me fasse ? Qu'elle aille au diable ! La seule chose qui compte pour moi, c'est de te coincer !

— Tu ne parles pas sérieusement, Katoen, rétorqua-t-il, mais une oscillation dans sa voix trahit son incertitude. Tu veux m'avoir ? Tout à l'heure, tu voulais aider Betje.

— Mais je ne savais pas encore que j'allais pouvoir te régler ton compte, espèce de rat !

Une lueur de frénésie éclaira les yeux profonds du maquereau.

— Encore un pas, et la petite est morte !

— Oui, et après ? demanda Katoen sans s'arrêter. Je pourrai t'arrêter pour meurtre, en plus du reste. Évidemment, ça t'évitera le Rasphuis. On n'y accepte pas les morts. Mais j'irai de bon cœur te rendre visite le dimanche à Volewijk.

Le proxénète paraissait de plus en plus inquiet, et son hésitation tombait à pic. Katoen bondit vers l'avant, porta un coup d'épée rapide, et il arriva à Dircks ce dont il avait menacé la prostituée : la lame lui traversa le cou.

Le proxénète regarda fixement Katoen, effrayé, réprobateur. Il ouvrit les lèvres, mais quoi qu'il ait voulu dire, ses mots furent noyés sous le flot de sang qui se déversait de sa bouche.

Katoen retira sa lame. L'instant d'après, Dircks tomba à côté de la prostituée et roula au sol, pris de convulsions.

— Si cela peut te consoler, Dircks : tu seras sur l'autre rive d'un instant à l'autre, dit Katoen. Pour quelqu'un comme toi, ça va presque trop vite.

Il posa son épée contre le mur de la maison et aida la prostituée à se relever ; elle lui tomba dans les bras en tremblant et en pleurant. Il constata, à son grand étonnement, que ce contact ne l'écœurait pas, qu'il ne lui était même pas désagréable. C'était un être humain en détresse. Rien de plus, mais rien de moins non plus.

Il la repoussa avec douceur et s'adressa au vieil homme à sa fenêtre.

— *Mijnheer* Nuyens, je dois reprendre ma route. Accueillez cette femme chez vous, donnez-lui une couverture et un verre d'alcool. Ensuite, appelez-lui un médecin et alertez les gardes de nuit. S'ils ont des questions, qu'ils viennent me voir demain à l'hôtel de ville.

— Bien sûr, à vos ordres, volontiers, s'exclama le vieil homme avec ferveur.

Katoen ne l'entendait déjà plus, car il avait repris sa course dans la Kalverstraat.

Lorsqu'il quitta cette rue pour rejoindre le Dam, il devina qu'il arriverait trop tard. Il vit la grande lueur rouge et tremblante derrière la Nieuwe Kerk. On aurait dit qu'une porte s'y était ouverte sur l'enfer. Et le signal des trompettes sur les tours de gardes retentissait déjà, suivi du crépitement sifflant et pénétrant des crécelles des gardes de nuit. Le même cri résonnait partout sur le Dam : « Au feu ! »

Des lampes s'allumaient derrière de nombreuses fenêtres, on ouvrait des portails, des hommes et des femmes, souvent en chemise de nuit ou à demi vêtus, sortaient en courant et regardaient autour d'eux en demandant aux voisins ce qui s'était passé.

Comme dans toutes les grandes villes où les maisons se côtoyaient, parfois même de si près, dans les venelles, que leurs toits se touchaient presque, le feu était un ennemi redouté. Un démon malveillant et imprévisible, capable de détruire en très peu de temps des quartiers entiers et les moyens d'existence de milliers de personnes.

Katoen se fraya un chemin à travers les grappes de badauds qui se formaient sur le Dam, encore vide quelques instants plus tôt, et se précipita vers la Gravenstraat, où il découvrit toute l'ampleur du désastre. Un grand bâtiment brûlait à hautes flammes, et il vit au premier regard qu'il n'y avait plus rien à faire.

Les flammes sortaient par les portes et par toutes les fenêtres, elles léchaient les murs avec avidité et dévoraient l'édifice, infernales, insatiables. De ce qui était peu de temps auparavant l'atelier du célèbre cartographe Joan Blaeu, il ne restait qu'un gigantesque monstre de feu dévorant tout ce qui approchait avec ses innombrables langues rouges.

Les maîtres pompiers, aussitôt accourus, avaient eux aussi compris la situation et demandé aux groupes d'hommes venus du voisinage pour éteindre les flammes de concentrer tous leurs efforts sur la protection des maisons voisines. Des chaînes humaines se formèrent et des seaux de cuir, remplis d'eau provenant du Nieuwezijds Vooburgwal tout proche passèrent de main en main jusqu'aux bâtiments menacés.

On approcha des échelles, on les posa contre les maisons voisines de l'atelier en feu, et l'on tendit sur les bâtiments de gigantesques draps avant de les asperger d'eau. Un tintement bruyant annonça l'arrivée imminente d'une pompe à incendie qui apparut au coin de la rue, tirée par deux puissants chevaux. En quelques gestes exercés, on les mit en position pour arroser les toits. Seule la présence des maîtres pompiers permit que tout se déroule de manière ordonnée et sans friction et ne se transforme pas en une mêlée incontrôlable.

Katoen regarda tout cela du coin de l'œil : il scrutait la foule et finit par apercevoir celle qu'il cherchait, au milieu d'un groupe de gardes de nuit : c'était Anna !

Elle portait les vêtements d'homme qu'il avait cherchés, sans les trouver, dans la chambre de la jeune fille. Elle avait perdu son chapeau, sa longue chevelure brune flottait au vent de la nuit. Deux gardes la tenaient fermement par les bras, on lui avait ôté sa rapière et sa bandoulière. L'un des hommes tenait l'arme entre ses mains et l'examinait de près.

Anna semblait totalement indifférente au fait d'être retenue. Son regard était fixé sur la maison que les flammes consumaient aussi vite que si elle avait été construite en paille. Il est vrai que les quantités de papier, de bois et de colle qu'elle contenait constituaient un excellent combustible. Le toit finit par s'effondrer en grinçant et en craquant; des milliers d'étincelles s'élevèrent, s'envolant dans la nuit comme un essaim de vers luisants.

— Patrouillez dans les rues voisines ! ordonna un maître pompier à un groupe d'auxiliaires. Faites attention que la pluie d'étincelles ne déclenche pas de nouveaux incendies !

Katoen se fraya un chemin parmi les hommes qui tentaient d'éteindre le feu ; les gardes de nuit le reconnurent et le laissèrent passer. Lorsqu'il atteignit le groupe au centre duquel se trouvait Anna, il chercha vainement ses mots. Il savait pourquoi elle avait fait cela, il le comprenait même, mais il ne pouvait pas l'approuver. Elle avait mis en danger la vie et la propriété de beaucoup de citoyens d'Amsterdam.

Melchior Bicker, un sergent moustachu de la garde de nuit, un homme que Katoen connaissait très bien, se dirigea vers lui.

— Inspecteur Katoen, comment êtes-vous arrivé si vite ? Avez-vous encore quelque chose à faire à l'hôtel de ville à cette heure où les chrétiens ne sortent plus ?

— Je n'étais pas loin, éluda Katoen, avant de désigner Anna. Qu'est-ce qui se passe, avec cette femme ?

— Celle-là ? C'est une sorcière, une véritable diablesse ! C'est elle qui a allumé le feu, mes hommes peuvent en témoigner. Cette folle a cassé un carreau de fenêtre, est entrée dans l'atelier du cartographe Blaeu, y a, partout, déversé de l'huile à lampe, avant d'y mettre le feu. Mes hommes ont réussi à la sortir de la maison, mais pas à étouffer les flammes. Avec l'huile, en moins de cinq minutes, l'incendie s'est propagé à tout l'étage.

Bicker était un brave type. Katoen savait que cet homme corpulent aux joues roses, approchant la cinquantaine, était aussi un joyeux fêtard ; mais à cet instant précis, il était profondément outré, et son visage d'ordinaire aimable s'endurcit lorsque son regard tomba sur Anna. Il cracha par terre, méprisant.

— Le mieux aurait été de laisser cette bonne femme brûler là-dedans !

Le martèlement de roues sur le sol pavé précéda l'arrivée d'une calèche noire dont le cocher brida ses deux chevaux de trait moreaux juste devant le barrage que les hommes de Bicker avaient formé quelques maisons plus loin afin que l'arrivée de nouveaux badauds ne gêne pas le travail des pompiers. Une porte latérale de la voiture s'ouvrit et deux hommes en descendirent : Joan Blaeu et un jeune homme de vingt ans, très mince, le visage imberbe. Il y avait une certaine ressemblance avec le visage ridé et barbu du cartographe.

Katoen connaissait le jeune homme, même s'il ne lui avait encore jamais parlé. C'était un des fils du cartographe, même si ce dernier aurait pu être son grand-père. Lui aussi se prénommait Joan, et on l'appelait généralement Joan Blaeu II pour le distinguer de son père.

Les deux hommes regardaient, ahuris, les flammes dans lesquelles disparaissait une bonne partie de ce que Joan Blaeu l'Aîné et son père Willem pouvaient qualifier d'œuvre de leur vie. Katoen se demanda s'ils étaient encore pétrifiés par l'effroi ou si leur esprit commercial avait déjà repris le dessus et évaluait les dégâts.

Une partie du mur extérieur s'effondra, crachant une nouvelle gerbe d'étincelles que le vent se chargea d'éparpiller. Joan Blaeu II posa doucement sa main sur l'épaule de son père et le tira un peu plus loin de l'incendie. Puis ils aperçurent le groupe des gardes de nuit qui encadrait Anna et marchèrent dans leur direction.

La main tremblante, le vieux cartographe désigna Anna :

— C'est elle, je le sais ! La fille de l'ennemi des tulipes, voilà la coupable !

Qu'il l'ait réellement su ou qu'il ait juste exprimé une supposition, il avait raison. Il donna l'impression de vouloir se précipiter sur Anna pour la frapper à poings nus, mais Katoen lui barra le chemin.

— Ah, *Mijnheer* Katoen, s'écria Blaeu sans aucune amabilité.

Il respirait lourdement et son visage était trempé de sueur. Peut-être cela tenait-il à la grande chaleur dégagée par l'incendie, mais peut-être aussi à son émotion, à son désespoir, à sa colère.

— Vous arrivez trop tard ! gronda-t-il. Vous auriez dû empêcher cela !

Katoen comprenait bien que le vieux ne devinait pas combien ce reproche le touchait et ne souhaitait pas non plus le lui expliquer. Il se contenta donc de répondre :

— Croyez-moi, *Mijnheer* Blaeu, si je l'avais pu, je l'aurais évité.

— Oui, bon, ça ira, grogna le vieil homme. Ce n'est pas vous, le coupable, c'est celle-là ! dit-il en lançant de nouveaux regards furibonds à Anna. C'était bien elle, n'est-ce pas ?

— Oui, *Mijnheer*.

Le sergent Bicker, qui les avait rejoints, fit au cartographe un rapport identique à celui qu'il avait présenté à Katoen quelques instants plus tôt. Lorsque le sergent eut terminé, Blaeu lança :

— Anna Swalmius, vous allez me le payer ! Je vous traînerai devant le tribunal, et je ferai en sorte que vous brûliez comme vous avez fait brûler ma maison et mon affaire !

Cela ne sembla pas toucher Anna le moins du monde. Elle n'accorda qu'un regard furtif au cartographe, puis consacra de nouveau toute son attention au brasier qui s'élevait devant elle.

Joan Blaeu s'adressa à Katoen :

— Vous êtes personnellement chargé de veiller à ce que cette femme soit enfermée à l'hôtel de ville jusqu'à son procès !

La première impulsion de Katoen fut de le contredire et de lui demander l'autorisation de placer Anna sous sa garde personnelle. Mais il comprenait bien que Blaeu ne l'accepterait pas, pas en ce lieu ni à cet instant précis. Il devrait chercher une autre occasion de plaider en faveur d'Anna. S'il élevait la moindre objection maintenant, il ne ferait qu'éveiller la méfiance du cartographe, lequel userait peut-être même de son autorité de conseiller municipal pour veiller à ce qu'Anna soit placée sous la surveillance de quelqu'un d'autre. Il préférait encore l'amener lui-même dans la cave au fouet. Aussi effroyable que cela puisse être, il pourrait au moins tenter de lui rendre sa détention aussi supportable que possible.

— Je vais me rendre chez le juge Schuiten et porter plainte contre Anna Swalmius !

Le cartographe avait prononcé ces mots comme un serment. Ensuite, il regarda la maison en flammes, et ses yeux s'embuèrent.

— Une question, *Mijnheer* Blaeu : conserviez-vous ici la carte maritime de la Côte aux Tulipes et le manuscrit du croisé ?

— Oui, dans une très bonne cachette. (Le cartographe le dévisagea avec étonnement.) Mais quel rôle cela joue-t-il encore ?

Un grand rôle, songea Katoen lorsqu'il regarda Anna. Blaeu et lui avaient parlé à voix basse, mais elle avait entendu tout de même. La satisfaction se lisait sur son visage.

Peu avant le lever du soleil débuta une légère chute de neige, et lorsque Katoen se rendit dans la Gravenstraat, un vent énergique faisait danser les flocons. C'était une vision joyeuse, qui ne correspondait pas du tout au spectacle offert par le lieu du sinistre.

Du somptueux atelier de Joan Blaeu, celui que le cartographe avait fièrement fait visiter à Katoen quelques mois plus tôt, il n'était plus rien resté qu'un tas de ruines calcinées qui dégageait une fumée nauséabonde. Tout ce qui avait pu brûler était en cendres. Le reste, presses et plaques d'imprimeries, avait fondu dans cette chaleur infernale. Il ne faisait aucune espèce de doute que les dessins de Guillaume de Vailly et la carte maritime qui s'en inspirait avaient été détruits.

Un maître pompier se trouvait encore devant les lieux, et l'on avait laissé sur place une pompe à incendie et son équipage, au cas où une braise passée inaperçue se ranimerait, ou bien si une étincelle portée par le vent mettait le feu dans l'une des maisons voisines. L'odeur de brûlé était tellement forte que Katoen quitta de nouveau ce lieu effroyable et dirigea ses pas vers l'hôtel de ville. Malgré la froideur, beaucoup de voisins restaient devant leur maison pour discuter avec ardeur de l'incendie de la nuit passée.

Dans la cave de l'hôtel de ville, le geôlier auquel Katoen avait montré la lettre du juge d'instance le conduisit à la cellule d'Anna et l'ouvrit. Anna était assise sur son étroite banquette de bois. Elle avait sur les genoux un bol de brouet et de croûtes de pain, mais elle ne mangeait pas.

— Je suis désolée, Jeremias, dit-elle en voyant Katoen. Je t'aurais volontiers épargné tout cela, mais je ne pouvais pas faire autrement. Comprends-tu ?

— Je te comprends, mais je ne t'approuve pas, répondit-il en lui tenant la cape de laine qu'il lui avait apportée. Mets ça, il fait froid dehors et il neige.

— Dehors ? Qu'est-ce que je vais faire dehors ?

— Mets ça, répéta Katoen, et viens avec moi.

Elle se leva, hébétée, tandis qu'il lui enveloppait les épaules de la cape pourvue d'une capuche. Katoen l'entraîna avec lui, sans lui laisser le temps de lui poser des questions. Ils sortirent du bâtiment et il la conduisit vers le Damrak.

— Où allons-nous ? demanda Anna, toujours déroutée.

— Nous allons nous promener. Cela te fera du bien, après l'air vicié de la cave au fouet.

— Nous promener ? Et ensuite ?

— On trouvera bien. (Jusqu'ici, il l'avait à peine regardée. Mais cette fois, il se tourna vers elle et s'exclama :) Comment as-tu pu faire cela, Anna ? Tu as mis tant de vies en jeu !

— Je te l'ai dit, je ne pouvais pas faire autrement. Il le fallait pour que mon père Julien de Montfort retrouve vraiment la paix. Maintenant, c'est fait, je le sens.

— Tu n'étais même pas sûre que la carte et le manuscrit se trouvaient vraiment dans la Gravenstraat. Blaeu aurait tout aussi bien pu les conserver dans son ancien atelier de la Bloemgracht, ou n'importe où ailleurs.

— Mais ils s'y trouvaient ! répliqua-t-elle.

Ils remontèrent le Damrak en direction de l'Ij. Anna attrapa l'un des flocons qui dansaient joyeusement autour d'eux et ne se préoccupaient guère des soucis humains. Pendant quelques secondes, le flocon resta posé sur la paume de sa main, puis il fondit.

— Parti, commenta Anna, comme notre avenir. Maudis-moi, Jeremias, mais crois-moi : cela me fait une peine infinie !

— Je te crois, sans cela je ne serais pas ici.

— Oui, une belle promenade. Ma dernière, vraisemblablement.

— J'espère que non.

— Depuis quand les prisonniers qui attendent leur condamnation à mort obtiennent-ils le droit de faire des promenades ?

— Il n'y aura pas de condamnation à mort. Il n'y aura pas de condamnation du tout.

Anna s'arrêta et secoua la tête.

— Mais c'est impossible ! Enfin, tu as bien entendu Joan Blaeu !

— J'ai passé toute la nuit à discuter avec Joan Blaeu et Philipp Schuiten. Ça n'a pas été facile, mais ils ont fini par accepter de te libérer et de ne pas t'inculper. Officiellement, la cause de l'incendie restera inexpliquée.

— Mais les gardiens de nuit m'ont arrêtée !

— Un peu d'argent les incitera à garder le silence. J'ai quelques économies, et Schuiten y ajoutera quelque chose.

Anna resta un bon moment à le regarder sans rien dire.

— Pourquoi ce changement d'attitude ? finit-elle par demander.

— Je leur ai fait comprendre, à tous les deux, que si une procédure devait être ouverte à ton encontre, je serais forcé de révéler ce qui t'avait amenée à commettre ton acte. Toute cette conjuration des tulipes qu'on avait si joliment maquillée se retrouverait ainsi au grand jour. Et à ce moment précis, comme on peut s'attendre à ce que la France nous déclare la guerre d'un jour à l'autre, cela tomberait extrêmement mal pour le conseil municipal d'Amsterdam et les États généraux de Hollande.

— Cela signifie-t-il que tu as fait chanter le conseil municipal d'Amsterdam et le gouvernement des Pays-Bas ?

— Quel vilain mot, rétorqua Katoen avec un large sourire. Disons que j'ai conclu un marché avec eux.

— Ton silence en échange de ma liberté ?

— Pas seulement. Nous nous engageons tous les deux à respecter un silence absolu, et nous quittons les Pays-Bas dans les semaines qui viennent. Pour ne plus jamais y revenir.

— Un bannissement à vie ?

— Oui.

— Et tu dis *nous* ?

Katoen la regarda au fond des yeux.

— Ne t'ai-je pas dit que je ne te quitterai plus jamais ? Alors tentons notre chance tous les trois.

— Tous les trois ? Tu veux parler de Félix ?

— Mes félicitations, Anna, tu viens de devenir mère.

Anna voulut répondre quelque chose, mais sa voix se bloqua. Des larmes lui coulèrent sur les joues.

— C'est si grave que ça ? demanda-t-il.

— Non, c'est très beau, dit-elle avec un sourire. Seulement je ne sais pas si Félix voit lui aussi les choses ainsi.

Ce fut au tour de Katoen de sourire.

— Il va falloir que tu fasses des efforts et que tu te montres sous ton meilleur jour.

— Je le ferai, promit-elle, je le ferai !

Ils s'enlacèrent et s'embrassèrent, d'abord avec retenue, puis passionnément. Ils restèrent ainsi enlacés sur le Damrak, de longues minutes durant, tandis que les flocons dansaient autour d'eux et que le voile blanc ne cessait de s'épaissir sur leurs vêtements.

— Mais où allons-nous ? finit par demander Anna.

— Nous trouverons bien, répéta Katoen en désignant la forêt de mâts au-dessus de l'Ij. Ça ne manque pas, ici, les bateaux, non ?

Chronologie

1562 : Première apparition de tulipes aux Pays-Bas.

1581 : Les sept provinces septentrionales des Pays-Bas espagnols proclament leur indépendance et adoptent le nom de République des Provinces-Unies.

1593 : Le savant Charles de L'Escluse (Carolus Clusius) est nommé professeur de botanique à l'université de Leyde. Il apporte avec lui une réserve d'oignons de tulipe, et cette plante que l'on voyait rarement jusqu'ici aux Pays-Bas se propage rapidement sur tout le territoire de la république.

1598-1599 : Naissance de Joan Blaeu, fils de Willem Blaeu, qui deviendra cartographe et conseiller municipal d'Amsterdam.

1602 : Pour améliorer la fluidité du commerce néerlandais outre-mer, on fonde la Compagnie unifiée des Indes orientales.

1630 : Joan Blaeu entre dans l'entreprise de son père.

1633 : Une modification de la loi autorise tout citoyen à pratiquer le commerce des bulbes de tulipe, jusqu'ici réservé aux marchands professionnels.

1634 : Le commerce des tulipes devient une véritable fièvre ; les prix des oignons atteignent des sommets vertigineux.

1637 : La fièvre des tulipes tourne à la folie collective lorsque le commerce des oignons s'effondre.

1638 : Après la mort de leur père, Joan Blaeu et son frère Cornelis reprennent son affaire.

1642 : Mort de Cornelis Blaeu.

1648 : Les traités de Münster et Osnabrück garantissent l'indépendance des Pays-Bas unis en tant qu'État.

1651 : Joan Blaeu devient membre du conseil municipal d'Amsterdam.

1665 : Le nouvel hôtel de ville d'Amsterdam, sur le Dam, est considéré comme achevé, bien que de nombreux travaux d'aménagement intérieur soient encore à réaliser.

1667 : Joan Blaeu ouvre une nouvelle imprimerie dans la Gravenstraat.

1669 : À l'instigation du peintre Jan Van der Heyden, on met en place un éclairage public à Amsterdam.

1670 : Le roi de France Louis XIV fait les premiers préparatifs en vue d'une guerre d'agression contre les Pays-Bas.

1672 : Le grand atelier du cartographe Joan Blaeu, à Gravenstraat, à Amsterdam, est totalement détruit par le feu.

Guillaume III d'Orange est nommé capitaine général aux Pays-Bas, afin d'organiser la défense du pays.

Au mois de mars, le roi d'Angleterre Charles II donne l'ordre d'attaquer la flotte néerlandaise de Smyrne.

Au mois d'avril, Louis XIV déclare la guerre aux Pays-Bas et entre en terre ennemie avec une armée de 130 000 hommes.

En juin, Guillaume III est nommé gouverneur des Pays-Bas.

1673 : Joan Blaeu meurt au mois de décembre. Ses affaires sont reprises par ses fils, Joan II et Pieter.

1674 : Traité de paix entre les Pays-Bas et ses ennemis, l'Angleterre, Cologne et Münster.

1678 : Traité de paix entre les Pays-Bas et la France.

Postface

Le cartographe Joan Blaeu a réellement existé et sa vie a certainement été riche en événements, mais il n'a pas été impliqué dans la conjuration des tulipes du mal, qui est le fruit de mon imagination. Comme dans mon roman *La Couleur bleue*[1] (où Jeremias Katoen mène l'enquête pour la première fois), qui met en scène un complot autour de Rembrandt, je n'ai pu résister, pour ma deuxième excursion dans l'Amsterdam de ce que l'on a appelé « l'Âge d'or », à la tentation d'intégrer à mon récit une personnalité importante de cette époque.

Le terrible incendie de la Gravenstraat s'est lui aussi bel et bien produit aux premières heures du matin, le 23 février 1672, mais son origine n'est pas précisément établie. L'entreprise de Blaeu a subi à cette occasion des dommages économiques dont elle ne s'est jamais remise. Sept mois plus tard, un autre coup brutal atteignit Joan Blaeu : pour des raisons politiques, il fut exclu du conseil municipal d'Amsterdam. On rend ces deux événements responsables de la dégradation de son état de santé et de sa mort, le 23 décembre 1673. Ses fils, Joan II et Pieter, ont prolongé la vie de l'entreprise,

1. JC Lattès, 2006.

mais après les pertes provoquées par l'incendie, elle n'était plus rentable, et il fallut la vendre.

Comme je l'ai dit, la conjuration des tulipes est le fruit de mon imagination. Cela vaut aussi – fort heureusement – pour la « tulipe du mal ». Il n'y a jamais eu de tulipes noires (si ce n'est dans un roman d'Alexandre Dumas), et toutes les tentatives botaniques pour en obtenir ont produit tout au plus des plantes aux fleurs extrêmement sombres, mais pas noires. Cela vaut aussi pour la variété bien connue « Reine de la Nuit », dont les fleurs sont d'un violet très sombre. Quand on rencontre quelque part une tulipe d'un noir profond, on peut donc en déduire qu'elle a été teinte artificiellement.

Ce qui est vrai, en revanche – et cela a constitué une inspiration non négligeable pour ma tulipe du mal –, c'est que la tulipe, comme beaucoup d'autres plantes du printemps, est toxique. L'oignon et la tige contiennent en particulier de la tulipanine, qui peut provoquer, lorsqu'on la consomme, des vomissements, des crampes d'estomac, une chute de la température corporelle, un choc, une apathie et un arrêt respiratoire ; on a déjà constaté des hallucinations après la consommation de tulipes. Mais qui mange de grandes quantités de tulipes ? Dans cette mesure, le marchand de draps flamand dont je parle au début de ce livre a peut-être eu de la chance que les oignons qu'il avait rapportés se soient changés en de superbes fleurs avant qu'il n'ait pu les consommer.

Le plus grand danger que les tulipes firent courir au cours du XVIIe siècle ne tenait cependant pas à la fleur, mais aux hommes eux-mêmes. Leur goût pour la spéculation et leur appât du gain ont débouché sur le désastre de 1637, lorsque le marché des tulipes s'est effondré. Les tulipes ne sont pas même responsables des modifications de leurs pétales, si imprévues et si appréciées : le coupable était le puceron et un virus dont il était le vecteur. Ce dernier n'a cependant été découvert qu'au XXe siècle. Mike Dash, dans son livre *La Tulipomania*[1], qualifie à fort juste titre d'« ironie de la tulipomania » le fait que les tulipes avec lesquelles les Néerlandais, spéculateurs acharnés, atteignaient les prix les plus élevés, aient été des tulipes malades.

Même si la conjuration de la tulipe du mal est inventée, une bonne partie de ce qui peut paraître singulier à la lecture de mon roman est inspiré de modèles bien réels. Il a existé des cultivateurs de tulipes aussi possédés que le personnage imaginaire auquel j'ai donné le nom de Willem Van Dorp. L'un d'entre eux, qui vivait à Hoorn, dans le nord de la Hollande, avait disposé tout autour de ses précieuses plates-bandes un fil de fer qui faisait trébucher les intrus et déclenchait une sonnette d'alarme en cas de contact. Et l'amateur de tulipes Adriaen Pauw, grand pensionnaire de Hollande, construisit effectivement un système raffiné de cadres de bois et de miroirs pour multiplier le nombre de ses tulipes aux yeux du visiteur.

Les choses les plus incroyables peuvent parfois s'avérer. Mais la tulipe du mal reste, je l'espère, le produit de mon imagination.

Jörg Kastner.

www.kastners-welten.de

---

1. JC Lattès, 2000.

Table

Du même auteur :

LA COULEUR BLEUE,
JC Lattès, 2006.

LE SECRET DE LA VRAIE CROIX,
JC Lattès, 2009.

PAPIER À BASE DE
FIBRES CERTIFIÉES

Le Livre de Poche s'engage pour
l'environnement en réduisant
l'empreinte carbone de ses livres.
Celle de cet exemplaire est de :
500 g éq. CO_2
Rendez-vous sur
www.livredepoche-durable.fr

Composition réalisée par DATAGRAFIX

Achevé d'imprimer en février 2013 en France par
CPI BRODARD ET TAUPIN
La Flèche (Sarthe)
N° d'impression : 72342
Dépôt légal 1re publication : octobre 2012
Édition 02 – février 2013
LIBRAIRIE GÉNÉRALE FRANÇAISE
31, rue de Fleurus – 75278 Paris Cedex 06

31/6253/4